EL ENGAÑO
DE LA PRINCESA

KIERSTEN WHITE

EL ENGAÑO
DE LA PRINCESA

Traducción de Evelia Romano

Argentina – Chile – Colombia – España
Estados Unidos – México – Perú – Uruguay

Título original: *The Guinevere Deception*
Editor original: Delacorte Press, an imprint of Random House Children's
Books, a division of Penguin Random House LLC, New York
Traductora: Evelia Romano

1.ª edición: febrero 2020

ISBN: 978-84-92918-88-1
E-ISBN: 978-84-17981-03-7
Depósito legal: B-25.648-2019

Fotocomposición: Ediciones Urano, S.A.U.

Impreso por: Rodesa, S.A. – Polígono Industrial San Miguel
Parcelas E7-E8 – 31132 Villatuerta (Navarra)

Impreso en España – *Printed in Spain*

A Steph y a Jarrod, por abrir su casa como un portal mágico, y al señor Tumnus, por tolerar mi presencia allí.

CAPÍTULO UNO

No hay nada en el mundo tan mágico y aterrador como una muchacha a punto de transformarse en mujer.

Esta muchacha, en particular, nunca antes había sentido el poder de existir en un mundo de hombres, pero en ese momento, rodeada de ellos, lo irradiaba. *Soy intocable.* Giraban a su alrededor como si ella fuera la Tierra y ellos, el sol, la luna y las estrellas; la adoraban, pero a distancia. Era una especie de hechizo en sí misma.

Un velo ocultaba y volvía borroso el mundo. Iba sentada, con la espalda erguida y tiesa en su montura. Ni siquiera retorcía sus dedos poco acostumbrados a las botas que los cubrían. Fingía ser una pintura.

—No puedo creer que el convento no tuviera monjas dispuestas a viajar con usted —se quejó Brangien, sacudiendo la fina capa de polvo que bautizaba su travesía. Luego, como si no tuviera conciencia de haber hablado en voz alta, bajó la cabeza—. Pero, por supuesto, me siento contenta y honrada de estar aquí.

La sonrisa ofrecida en respuesta a la disculpa de Brangien pasó desapercibida.

—Por supuesto —dijo la joven, pero esas no eran las palabras apropiadas. Podía hacerlo mejor. Debía hacerlo mejor—. Tampoco me gusta viajar, y aprecio la amabilidad que me demuestras acompañándome en esta larga travesía. Me sentiría sola sin ti.

Estaban rodeadas de gente, pero para ellos, la joven envuelta en azul y escarlata era una mercancía que debían proteger y entregar sana y salva a su nuevo dueño. Ella deseaba con desesperación que Brangien, con dieciocho años frente a sus dieciséis, se hiciera su amiga.

Necesitaba una amiga; nunca había tenido una.

Pero también podía ser una complicación. ¡Llevaba escondidas tantas cosas preciosas! Tener a una muchacha con ella todo el tiempo era a la vez extraño y peligroso. Los ojos de Brangien eran negros como su pelo y revelaban inteligencia. Con suerte, esos ojos solo verían lo que se les ofrecía. Brangien la descubrió observándola y le respondió con una sonrisa tímida.

Concentrada en su compañera, la joven no notó el enorme cambio. Una mutación sutil, una disminución en la tensión, la primera respiración profunda en dos semanas. Inclinó la cabeza hacia atrás y cerró los ojos, agradecida por el alivio verde, frondoso del sol a través del velo. Un bosque. Si no la hubieran cercado hombres y caballos por todas partes, habría abrazado los árboles, deslizando sus dedos por las rugosidades para aprender la historia de cada uno.

—¡Cerrad el círculo! —ordenó Sir Bors. El pesado arco de las ramas acalló su grito. No era un hombre acostumbrado a que lo silenciaran. Hasta su bigote se erizó ante esa ofensa. Se puso las riendas en la boca para sostenerlas y desenvainó la espada con su brazo sano.

La joven abandonó su ensoñación para ver que los caballos se habían contagiado del miedo de los hombres. Se movían y pateaban el suelo, su mirada revoloteaba hacia todas partes como sus jinetes. Una ráfaga de viento levantó su velo. Se encontró con la mirada de uno de los hombres: Mordred, tres años mayor que ella, quien pronto sería su sobrino. Su boca delgada se curvaba hacia arriba en uno de sus extremos, como si se estuviera divirtiendo. ¿Había descubierto lo que fantaseaba antes de que ella misma entendiera que ese bosque no debía alegrarla?

—¿Qué sucede? —preguntó, apartando su mirada de Mordred, que estaba demasiado atento. *Sé una pintura.*

Brangien tembló y se acurrucó en su manto.

—Los árboles.

Se amontonaban a ambos lados del camino, con sus troncos retorcidos y sus raíces como garras. Sus ramas se entrelazaban para formar un túnel. La muchacha no entendía la amenaza. Ni el crujir de una brizna, nada perturbaba la belleza del bosque, excepto ella y los hombres a su alrededor.

—¿Qué sucede con los árboles? —preguntó.

Le respondió Mordred. Su rostro estaba serio, pero había algo cantarín en su voz, juguetona y grave.

—No estaban aquí cuando íbamos a recogeros.

Con la espada todavía desenvainada, Sir Bors dio un chasquido y su caballo volvió a avanzar. Los hombres se agrupaban alrededor de ella y de Brangien. La paz y el alivio que la muchacha sentía por estar entre los árboles desaparecieron, agriados por el miedo. Esos hombres se adueñaban de cada espacio que ocupaban.

—¿Qué quiere decir con que los árboles no estaban aquí? —le susurró a Brangien.

Brangien había estado murmurando algo. Se acercó para acomodar el velo de la joven y le respondió también en un susurro, como si temiera que los árboles pudieran oírla.

—Hace cuatro días, cuando pasamos por esta región, no había bosque alguno. Toda la zona había sido deforestada. Eran granjas.

—¿Tal vez hemos tomado una ruta diferente sin darnos cuenta?

Brangien negó con la cabeza; su rostro, un borrón de cejas oscuras y labios rojos.

—Hemos pasado por un paraje cubierto de rocas hace una hora. Como si un gigante hubiera estado entretenido en un juego de niños y hubiera dejado tirados sus juguetes. Lo recuerdo con claridad. Es el mismo camino.

Una hoja cayó lentamente de los árboles, y aterrizó tan liviana como una plegaria sobre el hombro de Brangien. La muchacha gritó de miedo.

Fue fácil extender la mano y quitar la hoja del hombro. La joven quería acercarla a su rostro para estudiar la historia de sus nervaduras. Pero al tocarla, sintió de inmediato que tenía dientes. La arrojó al suelo del bosque. Buscó, incluso, sangre en sus dedos, pero, por supuesto, no encontró nada.

Brangien se estremeció.

—Hay una aldea no muy lejos. Podemos escondernos allí.

—¿Escondernos?

Estaban a un día de su destino. Ella quería que aquello terminara, que todo terminara y se resolviera. La idea de amontonarse con esos hombres en una aldea mientras esperaban —¿a qué?, ¿a pelear con un bosque?—, la hacía desear quitarse los zapatos, el velo y rogarles a los árboles un pasaje seguro. Pero los árboles no lo entenderían.

Ellos eran del otro bando, después de todo.

Lo siento, pensó, sabiendo que los árboles no podían oírla, en su anhelo por explicárselo.

Brangien gritó otra vez, tapándose la boca con las manos, horrorizada. Los hombres a su alrededor se detuvieron de pronto. Estaban todavía rodeados de verde; el velo filtraba y emborronaba todo. Formas amenazantes se cernían desde el bosque: enormes piedras cubiertas de musgo y enredaderas.

Al diablo con el recato. Se arrancó el velo. El mundo apareció con una deslumbrante y perfecta nitidez.

Las formas no eran piedras. Eran casas, cabañas parecidas a las que habían visto antes, hechas de adobe revestido de cal y vigas, con techos de paja que bajaban hasta el suelo. Pero allí donde el humo debía salir de los techos, había flores. En lugar de puertas, tenían cortinas de enredaderas. Era una aldea reconquistada por la naturaleza. Si hubiera tenido que adivinar, habría dicho que había sido abandonada muchas generaciones atrás.

—Había un niño —murmuró Brangien entre sus dedos—. Me vendió un pan relleno de piedras. ¡Me enfadé tanto con él!

—¿Dónde está la gente? —preguntó Sir Bors.

—No debemos entretenernos aquí. —Mordred dirigió su caballo hacia ellas—. ¡Rodead a la princesa! ¡Deprisa!

Mientras el impulso de sus guardias la transportaba, vio un último peñasco, o tal vez, un tocón, cubierto de enredaderas, justo del tamaño y la forma de un pequeño niño, ofreciendo pan con piedras.

No se detuvieron hasta que el crepúsculo se adueñó del mundo, de forma mucho más amable que la del bosque al adueñarse de la desgraciada aldea. Los hombres miraban los campos a su alrededor con desconfianza, como si los árboles fueran a salirles al paso para empalarlos.

Tal vez lo harían.

Ella aún estaba nerviosa. Nunca había mirado las cosas verdes y secretas del mundo con miedo. Era una buena lección, pero habría preferido que la aldea no tuviese que pagar el precio de su educación.

No podían avanzar mucho más en la oscuridad sin arriesgarse a lesionar a los caballos. La primera noche, se habían quedado en una posada. Brangien había dormido a su lado en la mejor cama que el lugar podía ofrecer. La muchacha roncaba suavemente: un sonido amigable, compañero. Sin poder dormir, la joven había anhelado bajar sin hacer ruido las escaleras, ir al encuentro de los caballos en el establo, dormir fuera.

Esa noche se cumpliría su deseo. Los hombres se dividieron la guardia. Brangien se preocupó de disponer unos petates, quejándose por la falta de otras comodidades para dormir.

—No me importa. —La joven le ofreció una sonrisa a Brangien que, una vez más, pasó desapercibida en la oscuridad.

—A mí, sí —murmuró Brangien. Tal vez pensaba que el velo obstaculizaba su escucha tanto como su visión.

A pesar del fuego crepitante para resistir la noche, el frío, los animales y las alimañas, las estrellas estaban a la espera. Los hombres no habían podido ingeniárselas para derrotarlas. Las muchachas siguieron el trazo de sus constelaciones favoritas: La Mujer Ahogada, El Río Caudaloso, La Orilla Pedregosa. Si alguna estrella hizo un guiño de advertencia, no lo vieron entre las chispas que el fuego enviaba al cielo.

Al día siguiente, exigieron aún más a los caballos. Ella descubrió que le temía menos al bosque que habían dejado atrás que a la ciudad que los esperaba.

Solo encontraba paz en el balanceo y en las sacudidas del animal que montaba. La proximidad de los caballos era profundamente tranquilizadora, daba calma y propósito. Acarició la crin de su yegua distraídamente. Esa mañana, Brangien había trenzado su cabello, largo y negro, entrelazando algunos hilos de oro. Brangien había dicho: «¡Cuántos nudos!». Pero no había visto su función ni la había sospechado. ¿O sí?

Ya había demasiadas complicaciones impredecibles. ¿Cómo podría haber sabido la muchacha que esa joven exploraría su cabello con tanto cuidado? Y Mordred, siempre mirando. Era guapo, imberbe, con ojos verde musgo. Le recordaba a la elegancia de la serpiente que se desliza en la hierba. Pero cuando lo descubría observándola, su sonrisa tenía más de lobo que de serpiente.

Para los otros caballeros, al menos, ella no significaba más que una obligación. Sir Bors los hizo marchar más rápido. Pasaron por diminutas aldeas, donde las casas se amontonaban como los hombres en el bosque, protegiéndose unas a otras y vigilando la tierra a su alrededor, temerosas y desafiantes. Ella quería desmontar, ir al encuentro de la gente, entender por qué vivían allí, decididos a domesticar la naturaleza salvaje y exponiéndose a innumerables amenazas. Pero todo lo que podía ver eran formas borrosas e indicios verdes y dorados del mundo que la rodeaba. El velo era una versión más íntima de sus guardias, que, como ellos, la aislaba.

Dejó de molestarse por la velocidad impuesta por Sir Bors y deseó que avanzaran aún más rápido. Estaría feliz de dejar ese viaje atrás, para ver qué amenazas tenía por delante y poder prepararse para ellas.

Entonces, llegaron al río.

No podía decidir nada allí; eso parecía. Ahora se alegraba por su velo. Le ocultaba la titilante traición del agua, y ocultaba su pánico a aquellos que la rodeaban.

—¿No hay otro camino? —Trató de que su tono fuera a la vez suave e imperioso. No lo logró. Sonaba exactamente como se sentía: aterrada.

—El barquero nos asegurará un cruce seguro. —Sir Bors dijo eso como si fuera un hecho. Deseó aferrarse a su certidumbre, pero la confianza pasó a través de ella y fuera de su alcance.

—Cabalgaría más tiempo con alegría si eso significara que podemos evitar el cruce —dijo ella.

—Mi señora, estáis temblando. —Mordred, de alguna manera, se había puesto a su lado otra vez—. ¿No confiáis en nosotros?

—No me gusta el agua —susurró ella. Se le cerró la garganta alrededor de esa frase que tan inadecuadamente capturaba el terror esencial que sentía. Un recuerdo (el agua densa y negra sobre su cabeza, a su alrededor, invadiéndolo todo, llenándola) emergió, y ella lo rechazó con todas sus fuerzas, alejando sus pensamientos de él tan rápido como hubiera alejado su mano de un hierro candente.

—Me temo, entonces, que vuestro nuevo hogar no será de vuestro agrado.

—¿Qué quieres decir?

Mordred sonaba arrepentido, pero ella no podía ver su rostro lo suficientemente bien como para saber si su expresión coincidía con su tono.

—¿Nadie os lo ha dicho?

—¿Si me han dicho qué?

—Odiaría arruinaros la sorpresa. —Su tono era falso. La odiaba. Ella lo sentía, y no sabía qué había hecho en esos dos días que habían pasado juntos para ganarse su desprecio.

La corriente del río alejaba toda otra consideración; sus únicos competidores eran los latidos de su corazón y el sobresalto de su respiración, atrapada por el velo en una húmeda nube de pánico. Sir Bors la ayudó a desmontar, y ella se quedó parada junto a Brangien, abstraída en su propio mundo, distante.

—¿Mi señora? —dijo Sir Bors.

Ella se dio cuenta de que no era la primera vez que le dirigía la palabra.

—¿Sí?

—La balsa está lista.

Trató de dar un paso hacia la embarcación. No podía hacer que su cuerpo se moviera. El terror era tan intenso, tan sobrecogedor, que no podía ni siquiera inclinarse en esa dirección.

Brangien, entendiendo por fin que algo no iba bien, se puso delante de ella. Se acercó, y sus facciones se hicieron más nítidas al otro lado del velo.

—Estáis asustada —dijo, sorprendida. Su voz se ablandó entonces, y por primera vez sonó como si le estuviera hablando a una persona en lugar de a un título de nobleza—. Puedo daros la mano, si os parece bien. También puedo nadar. No se lo digáis a nadie, pero prometí que os llevaría sana y salva al otro lado. —La mano de Brangien encontró la de ella y la apretó fuerte.

Le dio la mano agradecida, aferrándose como si ya estuviera ahogándose y esa mano fuera todo lo que se interponía entre ella y el olvido.

¡Y todavía no había dado ni un paso hacia el río! Todo fracasaría antes de que llegara al rey, porque no podía sobreponerse a ese miedo absurdo. Se odió a sí misma, y odió cada elección que la había llevado hasta allí.

—Venid con nosotros. —Las palabras de Sir Bors tenían el ritmo de la impaciencia—. Nos esperan antes del anochecer. Debemos movernos.

Brangien le dio un gentil tirón. Un paso, después otro, luego otro.

La balsa debajo de sus pies se hundió y se bamboleó. Se dio la vuelta para correr hacia la orilla, pero los hombres estaban allí. Avanzaron, un mar de pechos amplios, de cuero y metal, inflexibles. Trastabilló, y se aferró a Brangien.

Dejó escapar un gemido. Estaba demasiado asustada para sentir vergüenza.

Brangien, la única cosa segura en un mundo de confusión y movimiento, la sostenía. Sabía que si se caía, lo *sabía*, quedaría deshecha. El agua se apoderaría de ella. Dejaría de existir. Encerrada en su miedo, el cruce pudo haber durado horas o minutos. Fue infinito.

—Ayudadme —dijo Brangien—. No puedo moverme, de tanto que se aferra a mí. Creo que está inconsciente.

—No es correcto que la toquemos —gruñó Sir Bors.

—¡Dios del cielo! —dijo Mordred—. Lo haré yo. Si él quiere matarme por tocar a su prometida, bienvenido sea, siempre que pueda dormir en mi propio lecho una última vez.

Sus brazos la levantaron, pasando por debajo de sus rodillas y sujetándola como a un niño. Ella hundió su rostro en el pecho de él, sintiendo olor a cuero y a tela. Nunca había estado tan agradecida por algo sólido, algo real.

—Mi señora. —La voz de Mordred era suave como su pelo, en el que se enredaban sus dedos como garras—. Os llevaré sana y salva a tierra firme. Tan valiente en el bosque, ¿qué puede haceros un arroyo?

La bajó, con sus manos todavía en su cintura. Ella tropezó. Ahora que la amenaza había pasado, la invadía la vergüenza. ¿Cómo podría ser fuerte, cómo podría completar su misión, si no era capaz ni siquiera de cruzar un río?

Una disculpa floreció en sus labios. La arrancó y la desechó.

Sé lo que ellos esperan que seas.

Se enderezó con cuidado, con la actitud de una reina.

—No me gusta el agua. —Lo dijo como un hecho, no como una disculpa. Luego aceptó la mano de Brangien y volvió a montar en su caballo.

»¿Seguimos adelante?

De camino al convento había visto castillos de madera que se levantaban del suelo como una deformación del bosque. También un castillo de piedra. Era un edificio cuadrado y bajo, poco atractivo.

Nada la había preparado para Camelot.

La tierra estaba domesticada durante kilómetros a la redonda. Los campos dividían la naturaleza en hileras pulcras y ordenadas, prometiendo cosechas y prosperidad. A pesar de haber más aldeas y pequeños pueblos, no habían visto ni a una sola persona. Eso no inspiraba el mismo miedo y la misma desconfianza que el bosque. Por el contrario, los hombres a su alrededor se relajaban más y se agitaban más al mismo tiempo, pero de entusiasmo. Entonces, vio por qué. Se quitó el velo. Habían llegado.

Camelot era una montaña, una montaña de verdad. Un río la había recortado y separado de la tierra. Durante una cantidad de años que su mente no podía imaginar, el agua se había dividido, atravesando cada lado y erosionando la tierra hasta que solo había quedado el centro. Todavía caía en violentas cascadas a cada lado. A los pies de Camelot, un gran lago acechaba, frío y misterioso, alimentado por los ríos mellizos, y daba origen a un único gran río en el extremo más alejado.

Sobre la montaña, rodeada de agua por todas partes, una fortaleza había sido tallada, no por la naturaleza sino por generaciones de manos. La piedra gris había sido esculpida para crear formas fantásticas. Curvas y nudos, rostros de demonios con ventanas por ojos, escaleras en espiral a lo largo del borde exterior con nada más que el vacío a un lado y el castillo al otro.

La ciudad de Camelot se aferraba a la empinada ladera, debajo del castillo. La mayoría de las casas habían sido talladas con la misma piedra, pero algunas estructuras de madera se mezclaban con ellas. Las calles serpenteaban entre los edificios, venas y arterias que conducían desde y hacia el corazón de Camelot: el castillo. Los techos no eran de paja en su totalidad, sino mayormente de tejas, un azul intenso mezclado con la paja, de modo que el castillo aparecía como si estuviera enclavado en un edredón hecho de retazos de piedra, paja y madera.

Ella no había creído que los hombres fueran capaces de crear una ciudad tan magnífica.

—Impresionante, ¿no es cierto? —Hilos de envidia corrían por la voz de Mordred. Estaba celoso de su propia ciudad. Tal vez, a través de los ojos de ella, la veía de forma diferente. Era, ciertamente, algo para envidiar.

Se acercaron cabalgando. Ella tenía la atención fija en el castillo. Intentó ignorar el ubicuo rugido de los ríos y las cascadas. Intentó ignorar el hecho de que tendría que atravesar un lago para llegar a su nuevo hogar.

Pero no pudo.

En la orilla del lago, los esperaba un festejo. Se habían levantado carpas, y las banderas ondeaban y azotaban con el viento. Se escuchaba música, y el aroma de carne asada los incitaba a avanzar. Los hombres se enderezaron en sus monturas. Ella hizo lo mismo.

Se detuvieron antes de entrar al lugar del festejo. Cientos de personas estaban allí, esperando, todos sus ojos sobre ella. Se sintió agradecida de haberse puesto otra vez el velo que la escondía de ellos y los escondía de ella. Nunca había visto tanta gente en su vida. Si había pensado que el convento estaba muy poblado y que la compañía de los caballeros era apabullante, aquello era el susurro de un arroyo comparado con el rugido del océano.

Un silencio se hizo en el gentío, ondulante como un campo de trigo. Alguien se movía entre la multitud; la gente se separaba y volvía a amontonarse cuando él terminaba de pasar. El murmullo que acompañaba su avance era de reverencia, de amor. Percibió que habían ido para estar cerca de él más que para verla a ella.

Él se acercó a grandes pasos hasta su caballo y se detuvo. Si la multitud estaba en silencio, su cuerpo y su mente eran todo lo contrario.

Sir Bors carraspeó; su voz estridente estaba perfectamente cómoda en ese espacio.

—Su Majestad, rey Arturo de Camelot, os presento a la princesa Ginebra de Cameliard, hija del rey Leodegrance.

El rey Arturo hizo una reverencia; luego extendió su mano y envolvió la de la princesa. Era una mano fuerte, firme, segura, callosa, con una claridad de propósito que palpitaba amablemente desde él hacia ella. Comenzó a desmontar, pero con los ríos y el lago y el viaje, estaba todavía temblorosa. El rey le ahorró el esfuerzo: la levantó del caballo, le dio una vuelta y luego la puso en el suelo con una cortés reverencia. La multitud bramó de aprobación, ahogando el rugido de los ríos.

Cuando le quitó el velo, el rey Arturo se le reveló como el sol que atraviesa las nubes. Como Camelot, él parecía haber sido tallado directamente de la naturaleza por una mano paciente y amorosa. Hombros anchos sobre una cintura pequeña, era más alto que cualquier hombre que hubiera conocido antes. Su rostro, todavía juvenil a los dieciocho años, era firme y resuelto. Sus ojos castaños eran inteligentes, pero las arrugas alrededor de ellos contaban historias del tiempo pasado al aire libre, sonrientes. Sus labios eran carnosos y blandos; su mandíbula, fuerte. Llevaba el cabello sorprendentemente corto, casi a ras de piel. Todos los caballeros que Ginebra había conocido tenían el pelo largo. Usaba una simple corona de plata con tanta comodidad como un granjero usa un sombrero. No podría habérselo imaginado sin ella.

El rey Arturo también la estudió. La princesa se preguntaba qué estaría viendo. Lo que todos veían cuando miraban su cabello largo, tan negro que al brillo del sol se azulaba; sus cejas delicadas y expresivas; su nariz pecosa. Las pecas contaban la verdad de su vida anterior, llena de sol, libertad y alegría. Ningún convento podría haber alimentado esas pecas.

Él tomó su mano y la apoyó contra su mejilla tibia; luego la levantó y volvió su atención a la multitud.

—¡Vuestra futura reina, Ginebra!

La multitud rugió, coreando el nombre de Ginebra, una y otra vez.

Si tan solo hubiera sido ese su verdadero nombre.

El dedo sobre la hoja. La hoja al suelo del bosque a la raíz. De raíz a raíz a raíz, redes entrelazadas reptando por la tierra. De la raíz a la tierra al agua.

Agua que se filtra y se escurre por la marga blanda y negra. Corre sobre la piedra. Cae y se divide y se vuelve a unir. Fluye y fluye...

Del agua al agua al agua a la raíz al árbol a la savia.

De la savia a la tierra que contiene la ausencia de un cuerpo.

La reina de Arturo no tiene el sabor que debe tener una reina. ¿Qué sabor tiene? La verdadera reina, la Reina Oscura, la reina salvaje, generosa y cruel, se lo pregunta. No tiene respuesta, pero tiene ojos, muchísimos ojos. Ellos verán la verdad.

CAPÍTULO DOS

Había tanta gente, demasiada gente.

Arturo la condujo a través de la multitud. Las manos se extendían para tocarla. Intentó no asustarse; trató de mantener una actitud hierática y amable. Había malabaristas, juglares, niños corriendo a lo loco entre la gente. A estos, los encontró fascinantes. Nunca antes había visto a un niño.

Habían puesto mesas y estaban repletas de comida. No se intercambiaba dinero. La comida gratis, probablemente, daba cuenta de la gran asistencia. Pasaron por un escenario de madera en miniatura. Dos imitaciones de seres humanos, crudamente talladas, le hicieron una dramática reverencia, y ella se detuvo. Confundida por un momento, pensó que se movían por su propia voluntad, pero luego vio los brazos y las manos que las manejaban detrás de una cortina. Ninguna magia.

—Oh, esto. —Arturo sonrió con cansada tolerancia. Era obvio que deseaba seguir adelante, pero ella estaba intrigada.

—Ahora presentamos —gritó uno de los títeres con voz chillona y exagerada—: ¡la historia de nuestro gran rey Arturo!

Los niños se empujaban, ansiosos por mirar. Los dos títeres desaparecieron, y en su lugar se asomaron un caballero maltrecho, un niño y un bebé.

—¡Soy Sir Héctor! —dijo el miserable caballero, zigzagueando borracho por el pequeño escenario.

—¡Soy Sir Kay! —dijo el niño.

Sir Héctor le dio una palmada en la cabeza a Sir Kay. Los niños que miraban reían a carcajadas.

—Aún no eres Sir Nada. ¡Rata!

Su pleito continuó hasta que notaron al bebé. Una voz estruendosa declaró desde bambalinas: «Este es Arturo. Es tuyo ahora. Cuida de él».

Sir Héctor y el pequeño Kay se miraron, luego miraron al bebé, luego se miraron, luego miraron al bebé, y siguieron así un largo rato. Los niños se reían, gritando: «¡Llevaos al bebé! ¡Llevaos al bebé!».

Finalmente, las marionetas cumplieron. Se alejaron del escenario.

Era interesante que no hubiera un títere para Merlín, solo una voz descarnada. Y nada había sucedido exactamente así. Había habido violencia, persecuciones, amenazas urdidas a fuego lento. Estaban quienes querían matar al bebé simplemente por existir. Y la madre de Arturo había quedado fuera por completo, pues el triste destino de Igraine difícilmente hubiera podido inspirar una obra para niños.

Varias escenas mostraron la niñez de Arturo, mientras servía a Sir Héctor y a Sir Kay. Luego llegaron a un torneo en Camelot donde se rompió la espada de Sir Kay. Desesperado por reemplazarla, Arturo sacó a Excalibur de la piedra encantada que la retenía contra todo intento, la piedra que solo liberaría la espada para el verdadero futuro rey.

La audiencia contuvo el aliento y aplaudió cuando la pequeña marioneta levantó la espada del tamaño de un cuchillo. Luego se rieron cuando él tropezó y la espada se deslizó lejos. Sir Kay y Sir Héctor reprendieron a Arturo durante unos minutos vertiginosamente absurdos.

En realidad, los tres habían huido. Uther Pendragón, el rey, no quería un heredero, un usurpador. Sir Héctor había arrojado a

Excalibur a un lago, para deshacerse de la evidencia del derecho de Arturo a gobernar. Las oscuras profundidades la habían guardado. Hasta que...

El telón de fondo de la obra de títeres fue reemplazado por un paño azul. El títere de Arturo era más grande ahora. Una mano, una mano de verdad, salió de la tela azul, sosteniendo la espada en miniatura.

Aquella versión reconocía los elementos mágicos —la historia no podía contarse sin ellos—, pero los hacía tan pequeños que eran superfluos. La Dama del Lago no era más que una excusa para devolverle la espada a Arturo. Ninguno de los pocos seres mágicos que se habían puesto de su lado contra la Reina Oscura estaba presente. Pero Camelot había abandonado la magia; tal vez, incluso sus historias la estaban alejando.

Una enorme marioneta con una corona negra y puntiaguda entró rugiendo en el escenario. Los niños aullaban, se burlaban y le gritaban maldiciones a Uther Pendragón.

—Ven —Arturo la tomó del brazo. Sus ojos seguían siendo amables, pero había en ellos cierta dureza—. Habrá regalos.

Quería ver el resto de la obra, ver cómo los ciudadanos de Arturo decidían interpretar y difundir su historia, ver si Merlín había regresado alguna vez, si reconocían su papel en las siguientes escenas después de ignorarlo en las primeras. Y tenía mucha curiosidad por saber cómo los títeres recrearían el Bosque de Sangre y la batalla con la Reina Oscura, por no mencionar el destierro de Merlín.

Pero no podía, de ninguna manera, exigir que la dejaran con los niños. Ella siguió a Arturo.

En la orilla del lago se alineaban las embarcaciones. Balsas planas, estrechas naves hechas de troncos ahuecados, botes de remos que parecían tan firmes y confiables como una hoja atrapada en un torbellino.

—¿Estás nerviosa? —preguntó Arturo. Durante las últimas dos horas, él había estado celebrando con su pueblo y ella había estado sentada con Brangien a su lado, haciendo inclinaciones de cabeza y sonriendo, mientras la gente ponía regalos sobre una mesa: alimentos, en su mayoría, pero también algunas varas de tela y piezas de metal ingeniosamente retorcidas. Ella había tocado cada artículo. Ninguno la había mordido. Ninguno le había cantado. Todos resultaban seguros.

Era de noche y estaban desmontando el festejo. Los barcos esperaban. Camelot esperaba. Ningún rey se habría casado a la orilla de un lago.

—A nuestra señora Ginebra no le gusta el agua. —La voz de Mordred brilló como una chispa mientras la luz del día se apagaba. De una manera o de otra, él siempre terminaba a su lado.

—¿Es eso cierto? —preguntó Arturo.

Ella asintió, deseando poder mentir y pretender ser fuerte. ¿Qué pensaría de ella?

Arturo volvió hacia donde ellas estaban. Aunque Mordred era el más cercano, todos los caballeros de Arturo se reunían a su alrededor. Ella había perdido el rastro de cuáles eran los que la habían acompañado hasta ese lugar y cuáles los que acababa de conocer. ¡Había tantas caras! El bosque le parecía solitario, pero ahora anhelaba la simplicidad de su vida allí.

La voz de Arturo era tan cálida como su sonrisa.

—Mi novia y yo tomaremos otro bote. Queremos llegar primero para poder ver el desfile.

—Pero mi rey —Sir Bors frunció el ceño, dubitativo, con su bigote en curva descendente—, ¿es apropiado estar a solas con ella antes de casarse? No se puede confiar en la naturaleza apasionada de las mujeres.

Molesta, ella se olvidó de ser una pintura.

—Protegeré su honor con mi vida —respondió secamente. Hubo un breve silencio, y luego los hombres se echaron a reír a carcajadas al imaginar la enagua de una niña protegiendo a su rey. Si hubieran sabido... Sir Bors, sin embargo, no parecía divertirse.

Mordred le dio una palmada en la espalda.

—No temas, mi valiente Sir Bors. Yo los acompañaré.

—Gracias, sobrino —dijo Arturo. Era extraño escucharlo llamar sobrino a Mordred, que era un año mayor que él. El árbol genealógico de Arturo era retorcido y enfermo, lleno de giros, traiciones y dolor. No sabía cómo Arturo podía ser uno de sus frutos.

Bueno, algo sabía. ¡Ojalá hubiera sabido menos!

Arturo hizo traer su caballo. La alzó sobre el animal, y luego montó detrás de ella. No sabía cómo responder a esa asombrosa proximidad; se sentía inquieta, a sabiendas de que tenían todos los ojos encima. Así que se sentó de forma tan elegante como pudo, mientras Arturo saludaba con la mano y espoleaba a su caballo.

Él acercó su cabeza a su oído.

—Hay otra manera. Solo lo sabemos Mordred y yo. Lo comparto contigo como regalo de bodas, ya que he olvidado traerte otra cosa.

—Salvarme de un bote es el regalo más amable que se pueda imaginar. —Intentó enfriar el placer de sentirlo detrás: su amplio pecho, que subía y bajaba con su respiración. Había tenido más contacto físico directo con otras personas en los últimos dos días que en todos los años de su vida juntos. Brangien, Mordred, ahora Arturo. ¿Se acostumbraría a eso? Tendría que hacerlo.

Cabalgaron por la orilla del lago. El caballo de Mordred era todo blanco y casi brillaba en la oscuridad. El estruendo de la cascada más cercana se volvió ensordecedor. Ella la sentía atravesar su cuerpo. Saber que no tenía que cruzar por el agua poco alivió el pánico que experimentaba por su cercanía.

Arturo desmontó y la bajó tan fácilmente como si fuera una niña. Parecía muy cómodo en su compañía. No había rastros de la prudente distancia que sus hombres habían mantenido. Ella había sido educada para no rozar siquiera la mano de un hombre, pero había transgredido ese principio de manera espectacular en el camino hasta aquel lugar. Además, Arturo lo hacía todo sin pausa. No lo retrasaba, como había hecho Mordred cuando la había soltado después de cruzar el río. Arturo la quería bajar del caballo, así que la bajó del caballo. Era tan simple como eso.

Tomó su mano y la guio en la oscuridad. Sus pasos eran seguros, su camino conocido, aunque invisible para ella. Su corazón acelerado no la dejaba olvidar lo cerca que estaba el lago, lo voraz que era la cascada vecina. Una fina capa de niebla cayó sobre ella y se estremeció. Aferró su mano con demasiada fuerza, concentrándose tanto como podía en su percepción de *Arturo*. Si su miedo era como el agua, que golpeaba, corría, lo cubría todo, la fuerza de Arturo era como las rocas: estable e inamovible. No era de extrañar que fuera la base sobre la que se había construido un reino.

—Aquí —dijo, soltando su mano. Al perder su contacto, se sintió más pequeña. Golpeó el pedernal y una antorcha se encendió. Mordred apartó una cortina de enredaderas para revelar una cueva. La sonrisa de Arturo era deliciosamente juvenil, denunciaba su juventud de una manera que su comportamiento y sus modales no lo habían hecho—. Así fue cómo entré por primera vez en Camelot. Merlín me lo mostró.

Sintió una punzada al oír el nombre de Merlín. Debería haber sido él quien estuviera allí. Estaba mucho mejor preparado para aquello; era más inteligente, más fuerte. Pero no era exactamente apropiado para casarse con un rey joven.

—Tío, mi rey, permíteme recordarte que no debes pronunciar el nombre del demonio desterrado.

Arturo suspiró.

—Gracias, Mordred. Sí.

Esperaba no haber reaccionado al nombre de Merlín de ninguna manera que Mordred pudiera haber notado. No podía mostrar ninguna conexión con el mago.

—Tu futura reina lo sabe, ¿no es así? —preguntó Mordred—. Las cosas podrían ser diferentes en el sur.

—Ah, sí. —Arturo carraspeó—. Hemos desterrado toda magia de Camelot.

—¿Por qué? —preguntó Ginebra. Merlín nunca había sido claro. Se había referido a su destierro con un suspiro burlón pero resignado, y luego había cambiado de tema para hablarle largamente sobre un tipo de rana que podía cambiar de macho a hembra, si una situación lo requería, para sobrevivir.

—Trabajamos y luchamos para hacer retroceder a la Reina Oscura y su ejército de hadas. Pero dejar la magia aquí era como sembrar cizaña entre el trigo. Los zarcillos crecerían y ahogarían lo que intentamos hacer. Y así se decidió que no se permitiría magia alguna dentro de Camelot, lo que significaba que nuestro mago residente ya no era bienvenido, y no podía recibir otra cosa que no fuera el destierro más severo —respondió Mordred. Luego se dio la vuelta, caminando hacia atrás, de frente a ellos—. A cualquiera que se encuentre practicando magia se lo expulsa del reino. O peor. —Mordred se entretuvo tan suavemente como la caricia de una araña en esta última afirmación; luego, continuó sin demora—. Mi tío, el rey, gobierna con justicia y orden. Está haciendo avanzar al reino desde el caos de su nacimiento hacia la paz de su futuro.

La sonrisa de Arturo era tensa.

—Sí. Gracias, Mordred. No hay magia dentro de nuestras fronteras. Es una ley inquebrantable.

Ella se estremeció cuando el túnel de la cueva los aisló de la noche. La roca era negra, resbaladiza por la humedad. Arturo no tropezó ni resbaló, pero caminó más despacio de lo que ella sospechaba que podía. Se lo agradeció. Las palabras de Mordred flotaban como el frío a su alrededor. Destierro. *O peor.*

—Nunca he tenido una reina antes. ¿Cómo debo llamarte? —La voz de Arturo era suave, y solo hacía eco en torno a ellos, sin llegar a Mordred, que marchaba delante. El camino era estrecho y los obligaba a avanzar en fila.

—Ginebra me parece bien, gracias.

—¿Solo Ginebra? ¿Nada más? Conozco el poder de los nombres.

Esas palabras fueron recibidas con su doble significado. Los nombres que eran títulos daban poder entre los hombres. Los nombres verdaderos daban poder entre las cosas anteriores a los hombres. Se concentró en la antorcha para hacer que su voz fuera alegre, como si así se sintiera.

—Ginebra, cuando tú lo pronuncias, tiene suficiente poder.

Guardaría para sí su verdadero nombre como un talismán, un secreto. En la horrible posada, mientras padecía el encierro y la desesperación, se lo había susurrado a ella misma en mitad de la noche. No se sentía real. Se preguntaba si, al no haber nadie que así la llamara, dejaría de existir. *Ginebra*, susurró. La cueva se tragó el nombre entero, llevándolo hacia Camelot.

Ginebra. Ginebra. Muerta y enterrada. ¿Cómo había sido? ¿Quién había sido?

Yo, pensó. *Ginebra*. Se imaginó entrando en el nombre como había entrado en la ropa: poniéndoselo sonido por sonido, letra por letra. Cubriéndose con él, y luego ajustándolo bien para que no se soltara. Era un nombre complicado, con tantas piezas. Tendría que ser muy complicada para encajar en él.

Ginebra siguió a Arturo a lo largo de la cueva.

Salieron a un estrecho espacio, una especie de depósito lleno de barriles. Arturo ayudó a Mordred a mover uno grande para seguir adelante. Mordred volvió a colocarlo en su lugar mientras Arturo sacaba una llave y abría la puerta. Cuando todos hubieron pasado, cerró la puerta con llave detrás de ellos.

Estaban fuera, en uno de los pasillos que circunvalaba el edificio. Ginebra miró en dirección al castillo, oscuro, que se elevaba hacia el cielo. Puso la mano sobre la piedra, pero era vieja, tan vieja que había olvidado qué había sido antes de ser un castillo. Mordred puso su mano junto a la de ella. Sus dedos eran largos y delicados. Parecían tan suaves como una hoja nueva, tal vez una hoja con dientes, como la del bosque.

—Nosotros no construimos Camelot —dijo—. Tampoco el padre de Arturo, Uther Pendragón. Hizo lo que los hombres siempre hacen. Lo quería y se apoderó de él. Luego, nosotros se lo quitamos a él.

Ella no sabía si parecía orgulloso o triste, y la noche que los envolvía no daba pistas.

—¡Mira! —Arturo distrajo su atención de ese pasado que había sido ensangrentado y vencido sobre el filo de la espada de su padre.

Ella se concentró en el paisaje y el resto de la noche fue una revelación. La ciudad de Camelot se arrodilló ante ellos, y más allá de los edificios, las casas y los muros, el lago transportaba chispas de fuego: cientos de botes lo cruzaban con lámparas encendidas, que se reflejaban con ondulante belleza sobre el agua negra. Era como el cielo nocturno, ardiendo de estrellas.

Casi podía amar ese lugar, incluyendo el lago.

—Están trayendo luz a Camelot en honor a su nueva reina.

Ginebra observaba. Su sonrisa era como un reflejo: no era exactamente real. Le ofrecían esperanza y belleza a cambio de un engaño.

Estaba envuelta en rojo y azul. Un cinturón de plata se ajustaba, por lo bajo, a sus caderas. Su cabello estaba cargado de joyas. Era la última vez que usaría joyas allí, pues las mujeres casadas nunca lo hacían. También era la primera vez que las usaba, pero nadie lo sabía. Un cuello de piel adornaba su capa; el fantasma del animal le hacía cosquillas. Si lo tocaba, ¿qué historia le contaría?

No lo tocó.

Se arrodillaron frente a un altar. Un sacerdote recitaba palabras en latín. Estas no tenían ningún significado para Ginebra; carecían de sentido como los votos que ella pronunció. Pero Ginebra, la Ginebra muerta, era una princesa cristiana, y por lo tanto, Ginebra, la falsa Ginebra, también tenía que serlo.

Cuando terminaron, Arturo llevó a Ginebra a un balcón que daba a la ciudad. Las luces se habían trasladado a las calles. La gente se agolpaba, amontonándose para acercarse al castillo. Ginebra sonrió, a pesar de que no podían verla desde esa distancia. ¿Por qué ofrecía constantemente sonrisas cuando no le exigían ninguna? Levantó la mano y saludó.

Estalló un *¡viva!* Arturo, un héroe de las historias de Merlín tres horas atrás y de pronto su marido, la empujó hacia un lado.

—Mira. —Le hizo un gesto a un hombre que estaba cerca, y este gritó una orden. Se escuchó un estruendo, y luego la gente vitoreó con tanta alegría y ferocidad que Ginebra entendió lo débil que había sido su propio vítor en comparación. Se empujaban, reían, se alzaban unos a otros para alcanzar los largos y sinuosos canales instalados en las calles.

—¿Qué es? —preguntó.

—Agua, por lo general. Desviamos el río para que fluya hacia abajo, a través de la ciudad, y la gente pueda extraer el agua de los acueductos. Pero esta noche la hemos bloqueado y mis hombres están vertiendo barril tras barril de vino para brindar por nuestra boda.

Ginebra disimuló un poco elegante ronquido al reírse.

—Seré una reina muy popular, ciertamente, hasta que se despierten por la mañana en agonía.

—El dolor es a menudo el precio del placer. Hay un banquete esperándonos, con todos mis mejores hombres, donde podrás experimentar ambos al conocer a sus esposas.

Ginebra deseó mucho, en ese momento, tener su propio acueducto de vino. Esa sería la gran prueba para su improvisada misión, ese torpe disfrazarse con la vida de otra muchacha. Y si no la pasaba, todo habría sido en vano.

Mientras todos miraban el espectáculo del vino, se arrancó unos mechones de su propio cabello y los ató en nudos intrincados. Cada nudo y vuelta y bucle sujetaba la magia al cabello, a ella. La sellaba. Era una magia pequeña y finita, el único tipo seguro por el momento. Levantó la mano como si ajustara la corona de Arturo y en ella enganchó los mechones anudados. Él le sonrió, sorprendido por su gesto aparentemente espontáneo. Satisfecha, tomó el brazo ofrecido por Arturo y caminó con él hacia el castillo.

La magia del nudo era frágil y temporal. Merlín no la usaba. Pero Merlín no necesitaba hacerlo. Caminaba a través del tiempo, siguiendo la huella del futuro misterioso, envuelto en magia. Podía pedirle al sol que cambiara de color u ordenarles a los árboles que se reunieran con él para desayunar, y ella no se hubiera sorprendido de que obedecieran.

Ginebra, la verdadera Ginebra, no era una hechicera. Ginebra era una princesa que había sido criada en un reino lo suficientemente lejano como para que nadie la hubiera visto. Había pasado los últimos tres años en un convento preparándose para el matrimonio. Y después, había muerto, dejando un espacio en su estela. Merlín había visto el espacio, y lo había ocupado.

También se había encargado de que nadie supiera o recordara quién había sido Ginebra. La había borrado de los recuerdos del convento. Eso no había sido un hechizo efímero o controlado, sino una magia salvaje, oscura y peligrosa. Deshacer el registro de una vida y dársela a otra persona era una magia violenta.

La nueva Ginebra quería, desesperadamente, susurrarse su propio nombre, pero no podía arriesgarse a que la escucharan.

Ginebra, murmuró.

En lugar de imaginar el nombre como su vestido y su capa, lo imaginó como una armadura. Pero cuando ella y Arturo entraron en el banquete, olvidó su miedo.

Eso, por fin, fue algo que pudo disfrutar. ¡Su vida en el bosque había sido tan pequeña! Ella y Merlín habían comido lo que la naturaleza decidiera darles: a veces, bayas y nueces; a veces, un pez que un halcón dejaba caer en su puerta. Una vez, un halcón había dejado caer el pez sobre su cabeza. Tal vez no debería haberlo molestado. Los halcones eran pájaros terriblemente orgullosos. Pero, de vez en cuando, la naturaleza decidía no ofrecerles más que una comida de larvas. Las larvas brotaban del suelo, fuera de la choza. A Merlín no le importaba. Ella pasaba hambre esos días.

En la mesa del rey Arturo, no había larvas ni halcones quisquillosos. Había comida como nunca había visto antes, y quería probarlo todo.

Tenía que ser cuidadosa y mesurada. La verdadera Ginebra se habría acostumbrado a tales banquetes en el castillo de su padre antes de que la enviaran al convento. Pero comer también significaba no hablar, lo cual era bueno. Las señoras en ese extremo de la mesa, esposas de los caballeros en su mayoría, con algunas damas de compañía y algunas otras invitadas, se contentaban con charlar y cotillear sobre su nueva reina. Se mantenían a una cortés distancia, intentando descubrir cómo sería la nueva reina con ellas.

Pero a ella eso no le importaba. Solo le importaba el hecho de que estaba hambrienta. El primer plato fue a base de carne: venado molido en salsa de vino, suculentos cortes de ave, cosas que ella y Merlín nunca habían comido. Lo probó todo. Tuvo cuidado de no tocar la comida con las manos. Probablemente los animales no le hablarían, pero no quería arriesgarse.

Había un pastel relleno de algo que no podía identificar.

—Anguilas —susurró Brangien a su lado—. Es posible que no hubiera en el lugar donde vivíais, tan al sur. Las criamos en las marismas; muchas hectáreas de anguilas. Vivas parecen seres de pesadilla, pero horneadas en tartas, están buenas.

Dio un mordisco. Ginebra también lo hizo. La carne era gomosa, pues el pastel había absorbido su aceite. Era un sabor inusual. Prefería los otros platos. Un trozo resbaló de su cuchillo y lo atrapó antes de que cayera sobre su vestido.

Oscuridad. Agua. Se desliza, resbala, alrededor de mil hermanas, mil compañeras, hambrientas, lanzando dentelladas, tan frías, y el agua, siempre el agua...

Luego lo dejó caer como si quemara. No quería tocar una anguila nunca más.

Una vez que levantaron la primera tanda, trajeron el segundo plato. Ginebra estaba más familiarizada con esa comida: frutas, jaleas y nueces, presentadas artísticamente. Se abalanzó ansiosa y se sirvió varias piezas; luego se detuvo, helada. Nadie más lo había hecho. Todos estaban simplemente... mirando.

—El segundo plato —susurró Brangien—, es generalmente más atractivo para la vista que para la lengua. Aunque si no vais a comeros todas esas cerezas, por favor, deslizad una en mi plato.

Ginebra se sorprendió con esa nueva Brangien, más atrevida. Entonces, notó lo poco que quedaba en su copa de vino, y todo tuvo más sentido. Puso dos cerezas en el plato de Brangien. Un juglar tocaba mientras su compañero cantaba; las canciones competían con la charla general y el ruido alegre de la sala. Ginebra se sentía invisible, y no le molestaba.

Los platos continuaron llegando, y tuvo más cuidado de seguir el ejemplo. La mesa estaba dividida entre hombres y mujeres. Arturo, rodeado de sus caballeros, estaba frente a ella. Todos reían a carcajadas, intercambiando historias y comentando la calidad de la carne. Ella se descubrió deseando que él la mirara. A pesar de que Brangien estaba a su lado, durante el sexto plato empezó a sentirse verdaderamente sola. Estaba encerrada en un mar de falsedad, y entre esos extraños que celebraban, lo sentía con más intensidad. Ella no significaba nada para ninguna de esas mujeres. Solo significaba algo para Arturo, y él significaba algo para todos en Camelot. Ella tenía poco derecho sobre él.

Pero resultó que alguien *sí* la estaba mirando. Mordred levantó su copa para brindar, con los ojos brillantes a la luz de las velas. Ella no respondió a su brindis.

—No os metáis en eso —susurró Brangien, mordisqueando las nueces tostadas que Ginebra le había pasado—. Él es veneno. Sir Tristán dice que Arturo debería desterrarlo, pero Arturo es demasiado bueno.

¿Sir Tristán?

Brangien señaló sutilmente a un hombre sentado a varios comensales de distancia de Arturo. Tenía el pelo negro cortado al ras, como el de Arturo, aunque el suyo se enroscaba en rizos apretados. Su piel era de color marrón oscuro, su rostro tan atractivo que Ginebra no pudo dejar de apreciarlo.

—Sir Tristán me trajo aquí y me consiguió un puesto en el castillo. —Brangien sonrió, pero era una sonrisa cargada de una profunda tristeza, de la que Ginebra no tenía noticias. ¿Por qué Sir Tristán tendría a una mujer joven como sirvienta, en primer lugar? No podían ser familia. No se parecían en nada—. Como la mayoría de los caballeros de Arturo, él no es de Camelot. Arturo lo recibió cuando fue desterrado. Nos acogió a los dos.

—¿Por qué fue desterrado? —preguntó Ginebra con cierta indiferencia; necesitaba información sobre todos los que estaban cerca de Arturo.

—Isolda. —Brangien dijo la palabra con la misma reverencia de una oración. Esta vez, ni siquiera fingió sonreír—. Era mi señora. Estaba comprometida con el tío de Sir Tristán, un viejo lujurioso. —La mano de Brangien apretó su cuchillo.

—¿Sir Tristán la amaba? —Había lágrimas en los ojos de Brangien—. ¿Estás bien? —Ginebra extendió una mano, pero Brangien se secó los ojos y luego sonrió animada.

—La luz es tenue aquí. Me debilita los ojos. Debéis probar la fruta asada. —Puso unas ciruelas damascenas en el plato de Ginebra, demasiadas para una sola persona—. Sir Tristán es un buen hombre. Os caerá bien. Sir Bors tiene buenas intenciones, pero es orgulloso y rápido para enfadarse. Su padre le marchitó el brazo.

—¿Su *padre* hizo eso? —Ella apenas podía ver el brazo de Bors. No era raro que los hombres se lesionaran en batalla, o incluso que perdieran una extremidad. Pero la mano de Bors era retorcida y gris, más parecida a una corteza que a la piel que sobresalía de sus mangas.

—Un hechicero. —Brangien se metió una ciruela en la boca—. No es un hombre amable. Su padre, quiero decir. Sir Bors tampoco es amable, pero nunca le haría daño a un inocente. Ha luchado contra el bosque con la ferocidad de un hombre con cuatro brazos. Fue uno de los primeros en pedir el destierro de Merlín. —Brangien dejó caer la información tan fácilmente como la carne asada caía de los huesos. Ginebra intentó no reaccionar.

—¿Lo conoces? ¿A Merlín?

—Se marchó antes de que yo llegara. Hubo una purga de todos los que practicaban los viejos métodos.

Ginebra quería más detalles, pero Brangien siguió hablando en voz baja sobre la hermana de Sir Percival, que nunca se había casado y que dependía de su hermano para todo, para disgusto de su cuñada. Como Ginebra no sabía nada de ninguno de ellos, las historias no le interesaban particularmente, y solo atendía en los pasajes más importantes.

Mordred, siempre vigilando, desconfiado entre los demás caballeros. Tristán, desterrado y enamorado de la joven esposa de su tío. Bors, ruidoso y descarado, con el brazo marchito por la magia. Tendría que tener mucho cuidado con él. Caballeros cuyos nombres luchaba por recordar. Damas cuyos nombres sí recordaba: la esposa de Percival, Blanchefleur, y su hermana, Dindrane, quienes parecían competir entre sí agresivamente para obtener los mejores cortes de carne. La mayoría de los caballeros de Arturo eran jóvenes: Sir Tristán, Sir Gawain, Sir Mordred, todos solteros. Las esposas que estaban presentes eran mayores que ella, al menos una década. ¡Cuánta experiencia! La desesperación la abrumaba; había bebido demasiado. El fondo de su copa la saludó. Quiso susurrarle su nombre, para ponerse a sí misma a salvo, reunida en una copa.

Se dio cuenta demasiado tarde de que todos los demás estaban de pie. Ella también se puso de pie, para encontrarse con Arturo radiante, hablándoles a los presentes.

—Nunca un rey ha sido tan bendecido con amigos como yo. Sois más que mis amigos. Sois mi familia. Somos Camelot, y esta noche, estoy rebosante de esperanza en el futuro.

—¡Y por una buena noche con una tierna muchachita!

La cara de Ginebra se encendió. El caballero que había hablado —¿Sir Percival?— también tenía el rostro enrojecido pero por el vino, no por la vergüenza. Los hombres se rieron. Las mujeres ignoraron con delicadeza el comentario, excepto Dindrane, que miró a Ginebra con una malicia no disimulada.

Brangien se acercó.

—Estaré cerca esta noche —le susurró.

Arturo dio una vuelta a la mesa y le tendió la mano. Ginebra puso la suya encima. Vítores y silbidos los siguieron desde el comedor hasta el aposento de Arturo, quien cerró las puertas detrás de ellos, aislándose del resto. Una cama esperaba; los cuatro postes del dosel envueltos en una tela discreta. La habitación estaba apenas iluminada por las velas; todo era suave y oscuro para la ocasión.

Ella sabía que ser reina era necesario, que solo siendo la esposa de Arturo podría tener la libertad de estar lo suficientemente cerca como para hacer lo que debía hacer. Pero… era su esposa.

No había pensado en eso.

—Entonces, mi reina —dijo, girándose hacia ella—. ¿Quién eres en realidad?

CAPÍTULO TRES

Arturo le señaló un lugar para sentarse en su amplia habitación de paredes de piedra. Ginebra se sintió agradecida de alejarse de la cama.

—No deberías haber preguntado cómo llamarme cuando estábamos en la cueva. ¿Y si Mordred nos hubiera escuchado?

Arturo se echó hacia atrás, estirándose.

—Muchos hombres tienen nombres especiales para sus esposas. ¿Y si te llamara por tu verdadero nombre cariñosamente?

Por un momento, la idea de escuchar su nombre en la boca de Arturo fue más tentadora que los manjares de la fiesta. Tal vez con eso se sentiría como en casa. Pero no. Si ella tenía que ser Ginebra, sería Ginebra todo el tiempo.

—Puedes llamarme «Mi reina» o «La más bella de las mujeres» o «Rubí de inimaginable valor».

Arturo se rio.

—Muy bien, mi sol y mi luna. Dime cómo está tu padre. Lo echo de menos.

Ginebra se movió nerviosa, incómoda al pensar en Merlín como su padre, tan incómoda como se sentía en la silla. La paternidad le quedaba a Merlín peor que esa silla, diseñada para alguien mucho más alto, a su cuerpo.

—¿Cómo saberlo? La mitad de las conversaciones que tengo con él me dejan más confundida de lo que estaba al comienzo. Pero estoy bastante segura de que te envía sus mejores deseos.

—Me envió a su mejor estudiante y su única posesión, lo cual es más que sus deseos.

Sintió que se sonrojaba y rezó para que la tenue luz de las velas ocultara su rubor.

—Espero ser suficiente.

—Desterrarlo fue una tontería. No puedo creer que tuviera que hacerlo. Confío en que él sabe lo que es mejor, pero fingir que lo odio, permitir que mi gente lo odie... está mal. —Cambió de posición en la silla, agobiado por el peso invisible del engaño. Merlín había dicho que Arturo era el hombre más honesto, el más verdadero. A pesar de que lo había conocido hacía apenas unas horas, podía *sentirlo*. Era como si lo hubiera conocido antes, como si pudiera encontrar recuerdos de él si los buscaba en lo más profundo de su ser.

Pero eso era obra de Merlín. Sus palabras estaban tan llenas de magia que incluso sus historias creaban imágenes. Ella conocía a Arturo porque Merlín lo conocía. Ella confiaba en él porque Merlín confiaba en él.

«Una amenaza se acerca», había dicho. «Necesitamos más tiempo. Necesito darte más. Pero ya casi está aquí, y no me atrevo a retrasarme. Debes ir con Arturo».

«Pero ¿por qué yo?», había preguntado ella. «Tu poder es mucho mayor que el mío. ¿Qué pasa si no puedo protegerlo?».

«Tu temor es infundado», le había dicho él. Luego la había mirado, como lo hacía cuando estaba buscando algo en sus ojos. Nunca lo encontraba. Había esbozado una sonrisa, y se había alejado. «Voy a buscar unos caballos. El convento te espera».

Ginebra envió su enfado y sus silenciosas maldiciones hacia Merlín. Esa era toda la preparación que él le había dado. Algo se acercaba, casi estaba allí, y ella tenía que proteger a Arturo. Sola.

—Deberíamos hablar sobre el papel que debo desempeñar —dijo—. Lamento que hayas tenido que casarte conmigo. —Era la única manera de que ella se mantuviera cerca de él y tuviera acceso al castillo, a las personas que lo rodeaban, a todas las amenazas que sus caballeros no podían ni imaginar siquiera, de las cuales las espadas no podrían salvarlo.

Arturo estaba intentando forjar una nación de ideales con una tierra salvaje y hambrienta, y la tierra no se rendía sin luchar. Solo alguien que conociera los caminos sutiles y el subrepticio alcance de la magia podría protegerlo. Ella había visto a sus caballeros en el bosque mágico. Su terror le había dado alguna esperanza. Ella no era Merlín y nunca lo sería, pero sabía más que esos hombres. Vería cosas que ellos nunca podrían percibir. Merlín no le había dicho cuál era la amenaza, pero ella la reconocería.

—No te disculpes. —Arturo tomó sus manos entre las suyas. Ella sintió que el poder de su magia sobre él se enfriaba; lo sentía invasivo en ese momento. Podía controlarlo, un poco, si se concentraba y no la tomaba por sorpresa—. Has hecho un gran sacrificio por mí. De todos modos, necesitaba casarme pronto. Percival ha estado haciendo arreglos para que tenga un encuentro casual con su hermana.

—¡Es diez años mayor que tú! —Ginebra tosió para disimular la fuerza de su exclamación—. Y guapa.

Arturo sonrió.

—Es una joya entre las mujeres, pero una joya menor. Quizás, más bien, una piedra brillante. Ciertamente no es un rubí.

Ahora estaba segura de que él la había visto sonrojarse, porque miró hacia otro lado y habló sin interrupción.

—Luego están los pictos del norte, que me casarían con una de sus mujeres y lo usarían como excusa para expandirse hacia el sur sobre nuestras tierras. Es mejor tener tratados militares que matrimoniales cuando se trata de los pictos. Además, el matrimonio con la hija de un rey lejano renueva mis vínculos de amistad con el sur, sin que mis vecinos teman que esté tratando de expandirme. Es ideal.

—Pero no soy la hija de un rey lejano.

La sorprendía la sutil nostalgia de su voz. Si hubiera sido realmente Ginebra, ¡cuánto más simple habría sido su vida! ¡Qué diferente sería esa noche! Aunque sospechaba que habría estado igual de aterrorizada si hubiera sido el lecho matrimonial lo que la esperaba, en lugar de una discusión sobre cómo mantener a Arturo a salvo de los asesinos y de los ataques mágicos. Quizás ese aspecto de ser una reina había sido tratado en el convento. Si así había sido, la verdadera Ginebra se lo había llevado a la tumba. Y Merlín ciertamente no la había educado para el romance. Tenía dieciséis años, y esa era la primera vez que un muchacho le tomaba las manos. En lugar de estar emocionada, luchaba contra sus poderes mágicos para evitar invadir la mente del rey.

—Tú eres la hija de Merlín. Eso te hace mucho más valiosa que cualquier princesa.

—Espero ser una protección mejor de lo que él es como padre.

Lo dijo en broma, pero la expresión de Arturo se ensombreció. Y asintió.

—Todos debemos ser mejores que nuestros padres. Al menos Merlín no te deja nada para expiar, solo un ejemplo que emular.

Era un alivio ver cuánto echaba de menos Arturo a Merlín. Confirmaba las historias de Merlín sobre él, y cuánto confiaban el uno en el otro.

Intentó comprender por qué Camelot había exigido el destierro de Merlín. Era cierto que estaba más cerca de la magia salvaje del bosque que del ordenado gobierno de Arturo. Merlín no era del todo humano, ni dejaba de serlo. Era inescrutable y paradójico, y a menudo estaba ausente aunque estuviera justo a su lado. Pero también era la razón de que existiera Camelot, la razón de que Arturo estuviera vivo. Si Camelot había podido despreciar eso, ¿qué haría si descubriera que ella no era una princesa, sino una simple bruja del bosque?

Arturo era rey gracias a la magia, a una espada mágica, entregada por la Dama del Lago. Su vida estaba protegida por un mago.

Pero su papel como rey era hacer retroceder la magia para que la humanidad prosperara.

Hasta que la magia desapareciera de verdad, era una amenaza. Ella sería el escudo que lo protegería de cualquier hechizo que buscara destruir lo que Arturo estaba construyendo. A pesar de no sentirse preparada, no lo defraudaría. Ella estaría a la altura del legado de Merlín.

—Me siento honrada de servirte, mi rey.

—Y juntos, servimos a Camelot. —Él sonrió con cansancio, reclinándose y frotándose la cara—. Me alegro de no tener que casarme todos los días. ¡Es agotador!

Ginebra también estaba más cansada de lo que podía recordar haber estado alguna vez. Sentía como si hubiera vivido toda una vida en los últimos días. Y lo cierto era que así había sido: toda una vida nueva, al convertirse en Ginebra.

Sin embargo, quedaba una cosa por discutir. Ella no quería pero necesitaba conocer los límites de su acuerdo, algo que la verdadera Ginebra habría sabido.

—¿Qué...? —Ella vaciló; luego cambió de táctica—. ¿Qué espera la gente de tu esposa?

Arturo, el honesto Arturo, el dulce Arturo, no entendió lo que le preguntaba.

—Nunca he tenido una reina antes. Creo que deberías estar a mi lado para los eventos formales, al saludar a otros gobernantes. Tal vez incluso para cazar, si lo deseas.

—Necesitaré privacidad para hacer mi trabajo.

Él frunció el ceño, rascándose la nuca. Era obvio que todavía no había considerado eso. No era de extrañar que Merlín la hubiera enviado. A pesar de que estaba allí para protegerlo a través de la magia, Arturo apenas lo había pensado.

—Las cacerías podrían ser una buena manera de salir de los confines de la ciudad sin despertar sospechas. Me encargaré de que tengas todo lo que necesitas, y privacidad para hacer tu trabajo sin que lo noten. Podemos encontrar razones por las que debes salir de casa en lugar de estar siempre en el castillo. Yo... —Hizo una pausa y luego sonrió—. Quiero que seas feliz aquí.

—Estoy aquí para trabajar, para servirte, como hizo Merlín.

Arturo asintió, y algo cambió en su rostro amigable y franco.

—Aun siendo así, puedes ser feliz. Es importante para mí.

Ginebra hizo todo lo posible para contener una sonrisa complacida.

—Muy bien, añadiré ser feliz a mi lista de obligaciones, junto a la de proteger al rey del peligro de la magia. —Se puso de pie, y Arturo también. Ambos se quedaron de pie e inmóviles. El lecho esperaba. Su matrimonio solo era legal si se consumaba—. De todos modos, no es legal porque yo no soy la verdadera Ginebra —dijo de pronto, continuando sus pensamientos en voz alta.

Arturo levantó una ceja, intrigado. Luego, por fin, entendió lo que ella no estaba dispuesta a decir. Se sonrojó de una manera raramente gratificante.

—Estás aquí como la hija de Merlín, y no pido nada más de ti. Tampoco espero nada más.

El alivio de ella fue... complicado.

—Pero, con el tiempo, querrán herederos.

La mirada de Arturo pareció volverse hacia su interior, y la sombra de un antiguo dolor cruzó su rostro. Tal vez pensaba en su madre.

—Nos preocuparemos por eso cuando llegue el momento. Además, tengo plena confianza en que arrancarás cualquier amenaza mágica de mi vida en una quincena.

Se sintió agradecida de saber que bromeaba. No esperaba que fuera ni tan rápido ni tan fácil. La urgencia de la petición de Merlín, los esfuerzos que había hecho para que ella se estableciera allí como Ginebra, todo le aseguraba que la amenaza venidera no debía ser subestimada.

Pero también se sintió agradecida de que Arturo solo pretendiera que ella fuera una esposa de nombre. Era un extraño para ella, a pesar de lo familiar que le pareciera y la confianza instantánea que le despertara. Moriría por él.

Ese pensamiento la sobresaltó. Parecía como si viniera de muy lejos, como un eco. Sin embargo, lo aceptó tal como se manifestó. Moriría por Arturo. Pero eso no significaba que quisiera compartir su cama el día en que se habían conocido. Aunque allí, sin los atributos de rey, era igual de atractivo y mucho más real, de un modo que la hacía sentirse pequeña e insegura por dentro.

Había conocido a más hombres en los últimos días que en todos los días de su vida juntos. Le llevaría algún tiempo decidir cómo se sentía con respecto a ellos en general, y a él en particular. Aunque él era, de lejos, el mejor de todos. Sospechaba que podía conocer a todos los hombres de toda la vasta isla y seguir pensando que Arturo era el mejor.

Él levantó un tapiz de una escena de caza en el bosque. Como todo en su habitación, estaba descolorido por los años. Allí no había lujos. Todo era funcional o viejo.

Detrás del tapiz apareció una pesada puerta.

—Conecta mis aposentos con los tuyos. Nos visitaremos lo suficiente, por lo que no habrá motivo de sospecha. —Sonrió—. Quizás pueda aprender a trenzar tu cabello, y tú puedas enseñarme algo de magia.

Ella se rio, relajada al fin.

—Trenzar el cabello es mágico. Por eso los hombres no pueden hacerlo; solo la magia de las mujeres. ¡Eso me recuerda…! —Después de todo, no dormiría con su corona. Necesitaba hacer algo más que los nudos que había metido allí. Fue hasta la ventana más cercana, con un cristal grueso y rugoso, frío al tacto. Respiró sobre ella; luego dibujó las formas de sus nudos en el vidrio. Cuando el vapor de su aliento se desvaneció, también lo hicieron sus trazos. Pero todavía estaban allí. Era un hechizo débil, como los nudos del pelo, pero algo de magia tenía. Mantendría las cosas menores fuera, y ella sentiría el cambio si se deshacía algún nudo.

Hizo lo mismo en todas las ventanas. Con cada soplo de magia, perdía más el aliento, como si hubiera estado corriendo. Todo se borraría con el tiempo. La puerta no era adecuada para empañarla, así que la escupió. Arturo se rio de eso. Ella lo hizo callar, pero estaba secretamente complacida. Aunque Arturo sonreía fácilmente, hacerlo reír era muy agradable.

En la cama, a la que podía mirar sin temor sabiendo que él no esperaba nada de ella, arrancó unos hilos del gastado cubrecama y los retorció en nudos precisos. Algo más permanente, pero menos personal. El sacrificio no estaba en su cuerpo, sino en el riesgo de que la magia se desatara sin que ella lo supiera. Pero era suficiente por el momento.

—¿Eso te lo enseñó Merlín? —preguntó Arturo, curioso.

—No, él… Sí. —Ginebra hizo una pausa, tratando de recordar. Merlín nunca se hubiera rebajado a anudar la magia, ni siquiera para mostrarlo. Era un hechizo demasiado humano: frágil y temporal. Intentó evocar a Merlín explicándole eso, enseñándole. Debía de haber sido en su mesa maciza. ¿O en el bosque? Se acordó de su cama limpia, la cabaña que mantenía ordenada; los árboles y el sol y las aves; mirar sus propias manos con asombro. Noche y día, dormir y despertar, hambre y comida, y todo dando vueltas y oscureciéndose, como si buscara en la niebla…

Merlín, frunciendo el ceño, presionó su frente con los dedos. «Esto debería de ser suficiente», había dicho. «No busques más».

Se frotó ese lugar de la frente. Él había introducido el conocimiento en su cerebro. Lo había forzado a entrar, en lugar de enseñarle. Podía ser *muy* perezoso.

—Sí, él me enseñó, a su manera. —Terminó el nudo.

Satisfecha, se dio la vuelta y casi se chocó con Arturo. Se había puesto detrás de ella para verla trabajar.

—¡Lo siento! —Sus manos estaban sobre el pecho de él. Las retiró rápidamente—. Lo siento. Debería irme. Estoy cansada.

La acompañó hasta el tapiz, levantándolo de nuevo y sosteniéndolo para dejarla pasar.

—Gracias. Me alegra que estés aquí, Ginebra.

—A mí también —susurró ella, sorprendida al ver que lo decía en serio. Y sorprendida también por lo mucho que deseaba haberle dicho su nombre, después de todo.

Cuando la puerta se cerró detrás de ella y la dejó sosteniendo una vela en el oscuro pasillo, cerró los ojos y se acercó a la luz parpadeante. Le susurró su nombre directamente a la llama.

Y entonces, la apagó de un soplo.

La araña muere en el alféizar de la ventana.

El ciempiés se marchita, sus piernas se agitan en agonía, en el espacio entre la puerta y el suelo de piedra.

Una docena de otras cosas que trepan, reptan y se escabullen, intentan y no pueden visitar a Arturo esa noche. Ninguno pretende hacer daño, por lo que los lazos mágicos no se rompen y nadie es advertido del intento de la Reina Oscura. Pero esos mismos lazos mágicos significan que la reina no puede ver.

Sin embargo, no ver es tan revelador como ver.

El rey usurpador tiene un nuevo mago. Merlín se ha ido, pero todavía tiene sus garras en el reino. Ella llama a sus legiones que aún no han perecido. Habrá otros momentos para ver. Otras formas de espiar. Ella todavía tiene manos y ojos en Camelot. Dejemos que el rey y esta hechicera duerman.

Ella es la tierra, las rocas, el bosque. Ella es paciente.

Arranca la vida de un centenar de arañas en un espasmo de ira. Quizás no sea demasiado paciente.

CAPÍTULO CUATRO

El problema de ser una dama era que una dama tenía una doncella, y la doncella nunca la dejaba sola.

Brangien estaba durmiendo en un catre en el rincón cuando Ginebra cruzó sigilosamente el pasillo hacia su habitación. Brangien se asombró al despertarse por la mañana y encontrar allí a Ginebra, pero disimuló su sorpresa. Iba de aquí para allí, corriendo cortinas y ordenando. Había ventanas a lo largo de un solo lado de la habitación. La pared trasera daba al pasaje secreto, que a su vez daba a la roca de la montaña. La forma en que el castillo se aferraba al precipicio era desconcertante para Ginebra. Había tan poco entre ella y una caída, y el lago acechaba, esperando abajo para tragársela entera.

No era de extrañar que Merlín nunca le hubiera contado cómo era Camelot. En cambio, la había atosigado con historias sobre Arturo: su bondad, su valentía, sus metas. Si ella hubiera conocido de antemano la geografía particular del lugar, tal vez no habría aceptado ir.

Pensándolo bien, nunca había aceptado explícitamente ir, porque él no se lo había preguntado. Le había dicho que la amenaza era inminente y la había llevado al convento. Esa era su manera de hacer las cosas. Por lo que sabía, diez años más tarde, se sentaría y le explicaría todo el asunto, incluida la amenaza, cómo debía luchar contra ella y por qué tenía que ser ella y solo ella.

Después de que ella ya lo hubiera hecho.

Trató de sentir compasión por él. Era como si viviera todos los momentos de su vida al mismo tiempo. Su mente viajaba a través del tiempo, lo que significaba que sabía lo que vendría antes de que sucediera, pero también significaba que tenía dificultades para llegar a lo que era necesario decir o hacer en un momento dado.

Y eso, también, hacía la vida de ella muy frustrante. Sin embargo, no podía hacer nada más que ponerse a trabajar.

Se puso de pie y se estiró. La cama, al menos, era cómoda. Parecía nueva comparada con la de Arturo. Los cubrecamas estaban teñidos de un azul profundo. Las cuerdas que sujetaban el canapé estaban sujetas con suficiente fuerza para que la cama no crujiera cuando se movía. Y el colchón era más suave que la hierba nueva, verde y dorada, de la primavera. Su lecho en el convento había sido un colchón de paja, lleno de pulgas y de bultos. Y su cama en casa había sido… Solo podía imaginársela, pues no recordaba haber dormido en ella. Parecía que había pasado una vida entera. Solo tenía el recuerdo de sus sueños, algo apropiado para quien vive en una casa compartida con un mago.

La tela que cubría los cuatro postes del dosel podía cerrarse como las cortinas de una ventana, para proteger su sueño. Ella no lo había hecho la noche anterior. No le gustaba la idea de estar encerrada en sus sueños.

Además de la cama, había varios baúles en la habitación, enviados por el convento antes de su llegada. Le pertenecían a la verdadera Ginebra. Ella se preguntó qué habría dentro de ellos. No le parecía bien abrirlos, pero ya se había adueñado del nombre de Ginebra. ¿Cuánto más culpable podía sentirse por apropiarse de sus pertenencias?

Desvió sus ojos de los baúles, que había empezado a sentir como ataúdes. Había una mesa con una sola silla, y el catre de Brangien en el rincón. Una puerta conducía al pasillo y otra puerta, a una habitación vecina.

Dos tapices iluminaban la pared sin ventanas; uno de ellos escondía la puerta secreta. Los tapices eran viejos, como el de la habitación de Arturo. Esas escenas pastorales podrían haber estado colgadas en la casa de cualquier otro gran hombre.

—¿Por qué no tiene tapices con escenas de su vida? —preguntó Ginebra mientras Brangien se ajetreaba por la habitación.

—¿Perdón, mi reina?

—Arturo. El rey. Todos los tapices que he visto no significan nada. ¿No tiene ninguno sobre el milagro de la espada? ¿De su victoria sobre Uther Pendragón? ¿La derrota de la Reina de las Hadas y el Bosque de Sangre?

Brangien se detuvo donde ordenaba la nueva ropa interior.

—No lo había pensado antes, pero él nunca los ha encargado. Y tampoco hay tapices de Uther Pendragón. Creo que ordenó destruirlos.

—¿Él...? ¿Se supone que debo desayunar con él? —Ginebra aún no conocía las reglas. ¿Podía ir a su habitación para darle los buenos días? ¿Debía ir?

—Creo que hay un juicio esta mañana. Descubrieron a una mujer practicando magia. —Brangien lo dijo con la misma naturalidad con la que tendía la cama de Ginebra. Era algo rutinario. Ginebra forzó un *Mmm* neutro en respuesta.

Después de que Brangien quedara satisfecha con la ropa que había elegido, hizo una reverencia y se fue. Ginebra se apresuró hacia las ventanas, repitiendo para sí el mismo trabajo que había hecho la noche anterior para Arturo. Tendría que rehacerlo al menos una vez cada tres noches. Había hechizos más grandes, más fuertes, pero llevaban más tiempo y más recursos.

Acababa de dibujar los nudos en la ventana cuando se abrió la puerta que daba a su sala de estar. Fingió que intentaba ver el paisaje a través del grueso vidrio.

Brangien hizo una reverencia.

—Todo está listo, mi señora.

Ginebra la siguió, hambrienta, ansiosa por desayunar. En cambio, fue recibida por una tina de agua humeante en el centro de su sala de estar.

—¡No! —exclamó.

—¿Mi señora? ¿He hecho algo mal? —Brangien estaba de pie junto a la bañera. Sobre una mesa, había varias tinturas y jabones, un paño suave, un cepillo de baño. Brangien había levantado y sujetado sus mangas, dejando sus pálidos brazos expuestos.

—¿Para qué es esto? —Ginebra miraba para todos lados, menos hacia la bañera. Había visto algo reflejado en el agua, algo que no estaba en esa habitación. No quería saber qué era. El agua era el mejor instrumento para ver, mejor que cualquiera de sus miserables trucos. El agua lo tocaba todo, fluyendo de una vida a otra. Con suficiente paciencia y tiempo, el agua podía conducir a un mago experto hacia cualquier respuesta.

Pero también podía llevarlo por mal camino. El agua adaptaba su forma a cualquier recipiente que la contuviera. No todos los recipientes eran benignos. La Dama del Lago había proclamado hacía mucho tiempo que la magia del agua era suya, y todo volvía a ella con el tiempo. La Dama del Lago había sido la aliada de Merlín contra la Reina Oscura, pero era ancestral e inescrutable, y Ginebra no podía arriesgarse a invocar su poder dentro de Camelot. Mejor quedarse con lo pequeño, lo contenido, lo anudado.

Podía justificar todo lo que quisiera, pero aparte de la magia, el baño era *agua*. Ginebra no se metería allí.

—Creo que la temperatura es agradable, pero si no lo es, puedo cambiarla. ¿Os ayudo a desvestiros?

—¡No!

Brangien retrocedió, herida por la vehemencia de la respuesta de Ginebra. Su rostro se puso de color escarlata y se quedó mirando el suelo.

—Es perfectamente habitual, mi señora. He bañado a muchas mujeres antes que a vos. Y no es necesario que sumerjáis la cabeza, si os asusta.

—No es eso. —Ginebra hacía un esfuerzo por encontrar una razón por la cual esa tarea ordinaria para una doncella no podría, nunca podría llevarse a cabo—. En el convento me enseñaron que mi cuerpo es solo para mi esposo. Incluso que no debo mirarme a mí misma mientras estoy desnuda. —Sonaba razonable para una sociedad que les prohibía a las mujeres mostrar sus muñecas—. No podría soportar que alguien más me viera. Eres una buena doncella, la mejor que pudiera desear. Pero debo bañarme sola.

Brangien frunció el ceño, pero al menos ya no parecía molesta.

—Hace muy poco que me he convertido al cristianismo. Nunca había escuchado eso.

—Creo que es algo particular del convento en el que me enseñaron cómo ser una esposa. Hay muchas otras formas de pecar para una reina. —Trató de no desenmascarar con un mohín todas las falsedades que salían de su boca. Por cierto, en sus tres días en el convento, había aprendido mucho sobre el pecado y la culpa, lo que parecía ser un poderoso tipo de magia en sí, una magia para controlar y moldear a los demás. Las monjas la manejaban hábilmente, expertas en su oficio. También habían sido amables, cariñosas y generosas. A Ginebra no le habría importado pasar más tiempo entre ellas, tratando de entender esa nueva religión que hacía retroceder a lo antiguo de la misma manera en que los hombres hacían retroceder a los bosques.

Arturo también había abrazado el cristianismo. Ella tendría que aprenderlo. ¡Si Merlín hubiera estado allí para colocar todo dentro de su cabeza como si tuviera el nudo mágico!

—Así pues —dijo Ginebra—, me gustaría bañarme sola. Cuando termine, te llamaré y podrás vestirme y ¿peinarme? ¡Lo haces mucho mejor que yo!

Eso pareció calmar a Brangien o, al menos, hacerla sentir más segura en su tarea. Asintió.

—Voy a buscar vuestra ropa interior. Si necesitáis ayuda para ponérosla, llamadme, por favor. —Corrió hacia el dormitorio, trajo la ropa interior de lino y la puso delicadamente sobre la mesa junto a las otras cosas.

Ginebra sonrió hasta que Brangien salió otra vez. Luego, dejó caer la sonrisa con un estremecimiento mientras dejaba caer su ropa de dormir. No miró la bañera. Podía sentir el agua allí, hirviendo, prometiendo una magia que ella no pedía y que no exploraría.

Salió del anillo que formaba su ropa. Estaba descalza sobre el suelo de piedra y lo rascaba con los dedos de sus pies, y echó de menos la blanda entrega de la tierra. Por suerte, Brangien había dejado una vela sobre la mesa. Ginebra le insufló vida. Era un truco peligroso, pero la mecha contenía el fuego antes de que pudiera escapar.

La magia del fuego era la especialidad de Merlín, no la de ella. Necesitaba los límites de la magia de los nudos, la seguridad de los lazos y ataduras. Pero tenía que limpiarse, y no se atrevía a sentarse en el agua.

Susurrando, puso su dedo sobre la llama, que saltó de la mecha a la carne, ardiendo apenas menos que una quemadura. Dio vueltas en círculo. La llama la siguió para formar un anillo brillante, que la rodeó. Le exigió toda su concentración sostenerlo, prohibirle el desenfreno que era su naturaleza. A diferencia del agua, el fuego no tenía amo, ninguna dama o reina que pudiera gobernarlo.

Se precipitó sobre ella ardiente, hambriento y seco, devorando toda suciedad. Cuando ya no pudo soportarlo más, apartó el aire para que el fuego no tuviera nada con qué alimentarse. Se fue apagando de mala gana y murió.

Le dejó picazón en la piel y cansancio en todo el cuerpo. Pero estaba limpia y el agua, intacta. A pesar de ser difícil, la magia del fuego era relativamente segura. Devoraba lo que tocaba, sin dejar evidencia de sí o de quien la usara. Y cuando se extinguía, desaparecía. No llevaría noticias de su magia a nadie que supiera dónde mirar.

La primera vez que había intentado una limpieza, Merlín tuvo que extinguirla. Había estado a segundos de ser devorada. Frunció el ceño, aguijoneada tanto por el recuerdo como por el fuego mismo. Merlín lo había encontrado *hilarante*. Ojalá hubiera visto lo bien que lo había manejado esta vez. Al menos le había dado las herramientas necesarias para evitar el agua, con una consideración poco característica.

Se puso la ropa interior y echó un vistazo a la habitación. La mesa con los elementos para el baño estaba intacta. Disgustada, rompió un trozo de jabón de pétalos prensados y lo arrojó al agua, de espaldas, por encima de su hombro. Tomó el cepillo y se acercó más a la bañera, metiéndolo con cuidado sin mirar lo que hacía. Luego, rápidamente, lo volvió a colocar en la mesa. Desordenó los otros elementos, asumiendo que una princesa nunca se preocuparía por el orden con tanta gente alrededor para hacerlo por ella.

Su cabello estaba seco, pero el cabello se lavaba con poca frecuencia. Se las ingeniaría para engañar a Brangien cuando llegara el momento.

Todo lo que tenía que hacer era esperar el tiempo razonable que durara un baño. Se sentó en el suelo de modo que la superficie del agua estuviera por encima de sus ojos y no pudiera verla, y tampoco las mentiras que contaba. Cuando el vapor finalmente se disipó, llamó a Brangien.

Brangien no notó nada extraño en la bañera sin usar. Deshizo el peinado de Ginebra, rehaciendo las trenzas y quitando cuidadosamente las joyas que Ginebra había olvidado quitarse la noche anterior. Brangien las colocó en una caja dorada, que luego cerró con llave.

—Guardaré la llave, a menos que mi señora quiera guardarla ella misma.

El tono de Brangien era desafiante, como si instigara a Ginebra a no confiar en ella. Negarse a que la bañara le había hecho daño.

Ginebra necesitaba repararlo. No podía tener a alguien siempre a su lado que sospechara de ella o que no la quisiera.

—¡Estoy segura de que la perdería! Gracias por guardarla. ¿Qué se espera de mí hoy? —preguntó.

Brangien negó con la cabeza, mientras retorcía y trenzaba con destreza el largo y grueso cabello.

—Se supone que la reina estará cansada después de su noche de bodas, así que ninguna de las otras damas os requerirá.

Ginebra no hizo comentarios en relación con esa suposición. Al menos, le daba algo de tranquilidad.

—¿Y Arturo?

—Asumo que estará ocupado todo el día.

—¡Bien! —Ginebra se dio la vuelta, sonriendo con sincero entusiasmo—. ¿Me llevarías a la ciudad? ¿Me mostrarías la Camelot que tú conoces?

Brangien se quedó atónita.

—¿Qué queréis decir?

—Esta es mi ciudad ahora. Quiero caminar por las calles contigo, ver cómo funciona, cómo vive la gente. Por favor, ¿me llevarías a una aventura?

La expresión de Brangien se relajó y se volvió amigable. Terminó de sujetar una trenza alrededor del rostro de Ginebra.

—A veces me olvido de lo maravillosa que sois. Cuando Sir Tristán y yo llegamos, me pareció que el viaje a través del lago me había transportado a una tierra de ensueño. Era la primera vez en meses que podía sentir de nuevo algo parecido a la esperanza. —Se recostó, admirando su trabajo antes de asentir con la cabeza—. Pero ¿creéis apropiado que salgamos a explorarla hoy?

—No me han dado instrucciones sobre lo que debo hacer. ¡Y si nadie me ha dicho que no, no pueden enfadarse con nosotras!

Brangien se echó a reír.

—Si nos vamos del castillo, necesitaremos una ropa diferente de la que he escogido.

Ginebra siguió a Brangien hasta su aposento y esperó pacientemente a que Brangien la envolviera y sujetara en su ropa. El vestido de ese día era de un alegre color amarillo. La capucha que caía sobre sus hombros era de un azul profundo. Después de asegurarse de que las mangas de Ginebra le cubrían hasta los dedos, Brangien se arrodilló y la ayudó a ponerse los zapatos.

—¿Os gustaría usar un velo? —preguntó Brangien.

—¿Debo?

—No es inusual en las damas, pero no murmurarán si no lo hacéis.

—Preferiría que se acostumbren a mi cara antes que a un velo.

Brangien asintió y se puso de pie. Su ropa de doncella era más bonita que cualquiera que Ginebra hubiera poseído alguna vez, pero la tela no estaba tan finamente tejida, y su capucha no tenía el borde de piel. Las tinturas también eran más apagadas. La ropa de Brangien decía que era importante, pero no una reina.

La ciudad tenía una lengua propia que Ginebra debía aprender. Estaba agradecida de tener a Brangien para que la asistiera, y aún más agradecida por la sabiduría de Merlín al elegir a una princesa tan lejana para suplantar, de modo que cualquier error podría justificarse por su condición de extranjera.

Brangien le metió prisa para cruzar el pasillo. Ginebra sospechaba que a su doncella le preocupaba un poco que las descubrieran y no les permitieran salir. Ambas suspiraron de alivio cuando atravesaron una de las puertas laterales del castillo; entonces, se miraron y se echaron a reír.

Ginebra siguió a Brangien por unas escaleras angustiosamente estrechas que serpenteaban desde la mitad del castillo hasta la ciudad a sus pies. Al principio, que el castillo tuviera tantas puertas parecía un defecto en su seguridad, pero solo una persona a la vez podía recorrer las escaleras. Y eran tan sinuosas y traicioneras que nadie con armadura y empuñando un arma podría treparlas deprisa.

La base del castillo presentaba la única puerta lo suficientemente ancha como para dejar pasar a más de una persona. Estaba abierta, pero vigilada por diez hombres a lo largo. Pasaron a su lado. Ginebra esperaba que los hombres les ordenaran detenerse, pero no prestaron atención alguna a las dos mujeres.

Sintiéndose más libre que lo que se había sentido desde que entrara al convento, Ginebra entrelazó su brazo con el de Brangien y, juntas, bajaron por el empinado camino hacia la ciudad de Arturo. Las calles no eran lo que había esperado. No estaban empedradas ni eran de tierra, sino que eran canales abiertos en la roca misma. Eran planas en el centro, pero los bordes se curvaban suavemente hacia arriba, casi como los acueductos por encima de sus cabezas, pero a una escala mucho mayor.

Pasaron por las casas más cercanas al castillo, que también eran las más bonitas. Brangien le iba haciendo comentarios, entusiasmada, sobre ellas: la de Sir Percival, la de Sir Bors, la de Sir Mordred, que era, de lejos, la más grande y la mejor de todas.

—¿Dónde vive Sir Tristán? —preguntó Ginebra.

—La mayoría de los caballeros que se unieron a Arturo dejaron todo lo que tenían para luchar a su lado. Los recibió como hermanos y les dio habitaciones en el castillo. —Se giró y señaló el nivel más bajo—. Todos viven allí, en sus propias habitaciones. Arturo dice que son los cimientos de su fuerza.

—Él los valora mucho.

—Así es. Y su afecto es correspondido. —Volvió su atención a la ciudad—. Sin duda alguna, os veréis obligada a sentaros en muchos banquetes en estas mansiones. No hay razón para detenernos aquí. Quiero mostraros *mi* Camelot. Poneos la capucha más sobre la cara. Si nadie os reconoce, nos moveremos más fácilmente.

La alegría de Brangien era contagiosa. Los pies de Ginebra se movían más ligeros, como si bailaran por el sendero.

—¿Pasas mucho tiempo en la ciudad?

KIERSTEN WHITE • 59

—¡Lo hago! O lo he hecho. No tenía mucho que hacer antes de que el castillo, por fin, consiguiera a su dama. —Brangien se volvió hacia Ginebra—. ¡No entendáis esto como que no estoy contenta de que estéis aquí! Es un alivio volver a ser útil. Ha pasado tanto tiempo desde que perdí a Isolda.

—¿Eras la doncella de Isolda? Pensé que estabas con Sir Tristán.

—Primero la serví a ella. —Dejó de hablar y sonrió decidida. Brangien ofrecía sonrisas en lugar de explicaciones—. Los acueductos han vuelto a regar hoy. —Señaló hacia arriba. Ginebra siguió su dedo: dos tubos gemelos a lo largo de la carretera que luego viraban a cada lado y atravesaban la ciudad.

—Es un sistema ingenioso. Nunca había visto algo así. —Ginebra nunca había visto una ciudad y punto, pero Brangien no lo sabía.

—No tenemos pozos. Los ríos nos proveen el agua. Sería muy laborioso bajar al lago y luego subir a la ciudad o al castillo. Hay un dicho entre los sirvientes cuando las cosas van mal: «Podrían ser cubos». Es su forma de recordarse mutuamente ver el lado positivo de las cosas. ¡Al menos no tienen que romperse la espalda cargando innumerables cubos de agua por estas calles!

Ginebra lo entendió. Debía pisar con cuidado para no deslizarse muy rápido, puesto que la pendiente de las calles tiraba de ellas. Las casas y tiendas estaban construidas en ángulo. La mayoría de las puertas daban al lago. Se asomó por una que estaba abierta y vio una pequeña entrada, con el suelo empinado en dirección al castillo. Habían colocado estantes allí, usando de manera inteligente el espacio. Las calles parecían improvisadas, como afluentes que salían del castillo. Casas y edificios habían sido levantados en cualquier parte que lo permitiera.

A medida que ella y Brangien descendían, los edificios se amontonaban, empujándose y dándose codazos entre sí para ganar espacio. Había barriles de agua colocados a intervalos regulares.

—¿Para qué sirven los barriles, si tenéis los acueductos?

—Para el fuego —dijo Brangien—. Hay campanas en todas las calles. Si suenan, todos salen corriendo y se ocupan de los barriles que se les han asignado.

Un incendio devoraría la ladera con una velocidad aterradora. Muchos de los edificios eran de piedra, pero tenían suficientes estructuras de madera para que el fuego fuera devastador y mortal.

—Cuidado con la mierdecilla —dijo Brangien.

Ginebra la miró, estupefacta. Brangien se echó a reír, tapándose la boca avergonzada.

—Lo siento, mi señora. Ese es su título. —Señaló a un niño delgado que subía la ladera tirando de un carro—. Él recoge los urinales de la noche y los vacía más allá del lago. En los días de Uther, estas calles estaban inundadas de orina y despojos. De hecho, las llamaban El Camino del Pis. Arturo impuso multas por ensuciar las calles. Usa ese dinero para pagar a los mierdecillas. Ahora las calles están limpias, pero los viejos nombres son difíciles de reemplazar. Algunos han empezado a llamarlos El Camino del Pis hacia el Castillo, que es mejor. Y los comerciantes en la Calle de la Mierda han estado haciendo una vigorosa campaña para que la gente la llame la Calle del Mercado, pero ese nombre es menos divertido.

Ginebra se echó a reír, sin poder evitarlo. Tal vez una princesa no hubiera encontrado eso gracioso, pero ella sí. Nunca había pensado en la logística esencial para tantas personas en un espacio pequeño. Tampoco había imaginado jamás que un rey tendría que averiguar cómo lidiar con los orinales de mil ciudadanos. En su cabeza, se trataba todo de espadas y batallas y gloria y magia.

Sin embargo, una ciudad era un tipo particular de magia, compleja y llena de piezas en constante movimiento. Arturo era responsable de todas ellas. Ginebra ya se sentía abrumada por la ciudad, y apenas se habían cruzado con alguien. Era maravilloso y terrible y *nuevo*.

Quizás Merlín debería haber dedicado más tiempo a llevarla a las ciudades que a darle su magia de nudos.

Brangien señaló varias tiendas. La mayoría de los edificios tenían viviendas en los pisos superiores y una tienda en la parte inferior. Las herrerías estaban todas en la llanura más allá del lago, junto con los mataderos y cualquier otra cosa que, o bien no cabía en el espacio limitado de las laderas de Camelot, o tenía un olor demasiado nauseabundo como para mezclarse con las casas.

—Cada tercer día, y mañana es el caso —dijo Brangien—, tenemos una feria más allá del lago. La gente viene de todas las aldeas y pueblos para vender y comprar. Las ferias especiales tienen lugar cada luna nueva. Ahí se pueden encontrar las cosas más inusuales: especias, a veces seda. Mi padre y mi tío eran comerciantes de seda. Recorrieron todo el mundo para llegar hasta aquí, ocultando sus mercancías todo el camino, turnándose en el carro y fingiendo tener la plaga. —Parecía a la vez triste y contenta—. Mi padre compró una vida mejor para sí mismo. Mi familia fue solvente y respetada gracias a él. Por eso conseguí un puesto como doncella de Isolda. —Brangien continuó, dejando de lado el pasado a propósito, aunque Ginebra quería oír más—. Las ferias especiales también tienen caballos, armas, comida, zapatos y cualquier cosa que se pueda imaginar. Los comerciantes vienen de todas partes. La tasa del rey Arturo es justa, y todos saben que estarán seguros dentro de sus fronteras. La última vez, había un malabarista, y acróbatas. Me muero por mostrárosla.

—Suena maravilloso. —Sonaba caótico, como el lugar perfecto para un ataque mágico contra Arturo. Cuanto más caminaba por Camelot, más veía lo inhóspita que sería para las hadas y los secuaces de la Reina Oscura. Toda esa gente, esa piedra antigua y dormida, el metal en puertas y ventanas. ¿Qué amenaza había visto Merlín aproximarse? ¿Por qué no había sido más específico? La Reina Oscura estaba muerta y derrotada, pero su tipo de magia, salvaje y devoradora, perduraba. Ginebra la había visto con sus propios ojos de camino a aquel lugar.

—¿Hay algo que necesitéis hoy? —preguntó Brangien—. La mayoría de las cosas tendremos que conseguirlas en los mercados, pero algunas de las tiendas pueden tener algunas disponibles.

—No, gracias. No puedo pensar en nada que me haga falta. —Al menos, en nada que se vendiera en una tienda. Tendría que recurrir a su caja de joyas. Ciertas piedras contenían la magia de un modo especial, y nadie miraría con recelo a un rey que llevaba joyas.

Sería su próxima tarea. Hasta el momento, habían recorrido media ciudad. La pendiente de la ladera formaba una meseta allí, antes de volver a caer dramáticamente más cerca del lago. Era el terreno más plano que había pisado. Ginebra oyó gritos y se dio la vuelta, alarmada.

—¡Ah! —dijo Brangien—. Os mostraré algo realmente emocionante. —Brangien dobló por una calle lateral y llegaron a un edificio circular. Era el más grande que Ginebra había visto, después del castillo—. Es más nuevo que el castillo, pero también es antiguo, anterior a Uther Pendragón. Él no construyó nada. —Brangien la condujo a través de un arco de piedra oscura hacia la brillante luz del sol.

No era un edificio, exactamente. No tenía techo. Las paredes bordeaban un círculo plano y lleno de suciedad. Varias gradas cubrían las paredes. Los asientos estaban casi todos ocupados, y de ahí venían los gritos. Alrededor del círculo se habían dispuesto varios cuadriláteros, marcados con tiza en la tierra y cercados por armas; dentro de ellos, los hombres luchaban.

—Vamos, hay un palco especial. ¡Nunca he podido sentarme en él! —Brangien la llevó rápidamente por las gradas. Subieron a la parte superior de la pared, saludaron con la cabeza a un guardia y entraron en una estructura de madera. Estaba construida de tal modo que, cuando llegaron al frente abierto, quedaron suspendidas sobre los combatientes. Entre los bancos cubiertos de cojines y el techo que proporcionaba sombra, eran las personas más cómodas de la arena.

Ciertamente, más cómodas que los hombres que estaban debajo de ellas. Los guerreros se golpeaban y herían mutuamente. Sus gruesas armaduras de cuero, cosidas con placas de metal sobre las partes más vulnerables del cuerpo, absorbían los ataques. Pero Ginebra gritó y se cubrió la boca cuando un hombre cerca de ellas recibió un golpe brutal.

—Las espadas no están afiladas —dijo Brangien, dándole palmaditas en la mano—. Pero incluso así, hay heridas, a veces terribles, aunque nadie ha muerto.

—¿Para qué lo hacen? —Había más de una docena de hombres allí abajo, interpretando la guerra como un juglar sus canciones.

El corazón de Ginebra se aceleró. Era terrible y emocionante, y no entendía el propósito de todo aquello.

—Algunos de ellos entrenan. Mirad, allí están Sir Tristán y Sir Caradoc. Sir Bors dirige las peleas. —Brangien identificó hábilmente a cada hombre, aunque a Ginebra le parecían todos iguales: como una muerte con armadura y con yelmo.

—¿Está Mordred ahí abajo también?

—Oh, no. Él nunca pelea. Piensa demasiado bien de sí mismo como para entrenar con sus hermanos caballeros, a pesar de que el rey Arturo a menudo se une a ellos.

—Y quién es...

Brangien emitió un grito sofocado, y apretó la mano de Ginebra.

—¡Está aquí!

—¿Quién?

Brangien señaló a un nuevo caballero que había entrado a la arena. Era alto y de hombros anchos, y llevaba una máscara de cuero que le ocultaba todo el rostro. Su armadura también era excepcional: una mezcla de metales de diferentes colores. Esa variedad hacía que pareciera menos una armadura y más una parte natural de él.

—¡El caballero Parches! Así lo llaman. Nadie sabe quién es o de dónde viene. Aparece a veces, gana todas las peleas, y luego desaparece.

¡Es terriblemente popular! No pasará mucho tiempo antes de que gane un torneo y se convierta en un verdadero caballero del rey.

—¿Arturo haría eso? —preguntó—. ¿Ofrecerle un lugar en su corte a un extraño?

—¡Así fue cómo Sir Tristán obtuvo su título de caballero! Por su valentía en la arena.

—¿Así que cualquiera podría hacerlo bien aquí y luego tener un lugar al lado del rey? ¿Un lugar en el castillo?

—Sí, pero los aspirantes solo pueden competir una vez por semana, y siempre son muchos. Sin embargo, es solo cuestión de tiempo que el caballero Parches lo logre. —La voz de Brangien sonaba distraída, su atención se hallaba absorbida por el espectáculo. Estaba inclinada hacia delante, sin aliento de tanta excitación.

También Ginebra tenía ahora una razón para prestar atención, porque cualquiera, o cualquier cosa, podía estar detrás de esa máscara, usándola como una forma de acercarse a Arturo.

CAPÍTULO CINCO

Aunque una docena de otras peleas sucedían al mismo tiempo, era evidente a quién había ido a ver la multitud. Cada movimiento que hacía el caballero Parches era recibido con vítores, recomendaciones, incluso algunos abucheos de los simpatizantes del desafortunado oponente que era golpeado sin piedad. La pelea duró solo unos minutos antes de que el rival del caballero Parches saliera a tumbos del cuadrilátero, admitiendo la derrota. El perdedor se quitó la armadura de cuero y la arrojó.

Su dramática salida pasó desapercibida para la multitud, que solo tenía ojos para el caballero Parches. Pero él, en lugar de levantar los brazos o regocijarse en su victoria, se quedó inmóvil, con la punta de la espada apoyada en el suelo y rodeando la empuñadura con ambas manos. Parecía una estatua que cobraba vida solo cuando era desafiada.

Otro aspirante —Brangien aclaró que así era cómo llamaban a los que hacían el intento de derrotar a los caballeros— entró al cuadrilátero. Los aspirantes a los combates de la semana se enfrentaban entre sí. Solo el ganador podía pelear con uno de los caballeros de Arturo.

—La mayoría de las veces hay tantos aspirantes que los caballeros nunca llegan a pelear. El sol se pone antes de que hayan terminado de cruzarse entre ellos —explicó Brangien, mientras otro aspirante caminaba decidido hacia el cuadrilátero en el que esperaba el caballero Parches.

—¿Son tantos los que intentan convertirse en caballeros del rey Arturo?

—Oh, sí. Los que lo hacen lo suficientemente bien pueden servir en su ejército permanente —explicó—. Se les da alojamiento, pero deben trabajar para comer y entrenar por su cuenta. Solo un puñado ha llegado a ser parte de su verdadero círculo de caballeros, y también aquellos que han sido entrenados en otras cortes. Un hombre acostumbrado a cultivar los campos tendría que trabajar durante años para superar a quien ha sido un caballero toda la vida. Pero el sistema de Arturo les da entrenamiento y así tenemos un ejército de hombres al que podemos recurrir en tiempos de peligro.

Tenía sentido. Lo que no tenía sentido era la destreza del caballero Parches. En el tiempo que le había llevado a Brangien explicar el sistema, ya había derrotado al confiado aspirante. Lo habían tenido que sacar inconsciente del cuadrilátero. Y de nuevo el caballero Parches se quedó perfectamente inmóvil. Era casi inhumano.

Ginebra se asomó por encima de la barandilla del palco, entrecerrando los ojos como si con eso pudiera penetrar su máscara.

—Eso es lo extraordinario en el caballero Parches —dijo Brangien. Estaba bordando en una tira de tela, con un hilo escarlata, un diseño que Ginebra no podía ver todavía. Brangien apenas miraba su tarea; sus diestros dedos sabían lo que hacían—. Obviamente, ha sido entrenado. Todos los otros caballeros entrenados que han competido, como Sir Tristán, se han presentado: sus nombres, sus títulos, su lugar de origen. El caballero Parches nunca ha dicho ni una palabra.

—Interesante.

—Tened cuidado —dijo una voz detrás de Ginebra, sorprendiéndola tanto que casi se cayó del palco. Unos dedos delgados la sujetaron por la cintura. Ella levantó la vista hasta el rostro de Mordred. Él la soltó, retrocediendo a una distancia prudente—. No debéis asomaros tanto. Podríais caeros. Quizás la reina no debería estar tan interesada en los combates como para arriesgar su propio cuello por verlos mejor.

Mordred se sentó a la derecha de Ginebra. Brangien refunfuñó a su izquierda.

—La mayoría de los hombres —dijo Brangien, dirigiendo sus palabras al bordado— no se sientan en el palco. Están demasiado ocupados entrenando.

Mordred se rio.

—La mayoría de los hombres tienen algo que demostrar allí, entre el polvo y la sangre, jugando a la guerra con espadas romas.

—¿Ves las peleas a menudo? —preguntó Ginebra, tratando de mantener la conversación trivial y cordial.

—Solo cuando hay alguien a quien vale la pena ver. —La miró directamente. Ella entrecerró los ojos, pero antes de que pudiera reprenderlo, él señaló con la cabeza hacia el caballero Parches—. No podía perderme esto.

El segundo aspirante todavía estaba en el suelo. No, era uno nuevo. El caballero Parches había derrotado a su tercer oponente. Sus acciones eran como las de los otros hombres, pero más enérgicas, más eficientes. Se movía más rápido, golpeaba más fuerte, anticipaba cada ataque. Cuando lo golpeaban, se reponía del dolor tan fácilmente como si las espadas fueran varas de caña.

Ginebra nunca había visto combates. Incluso sabiendo que las espadas estaban sin afilar y los golpes no eran fatales, se estremecía y sufría por todos y cada uno. En varias ocasiones, casi gritó de euforia con la multitud cuando el caballero Parches derrotó a un nuevo aspirante.

Después de más o menos una hora, se permitió mirar hacia el lado. Mordred se inclinaba hacia delante, con las cejas bajas, en un gesto de concentración o preocupación. Él también observaba al caballero Parches, pero no con admiración o entusiasmo como el público, sino como si estudiara a un enemigo, o una amenaza.

—Pareces bastante intrigado por el caballero Parches. —Ginebra se enderezó y fingió con histrionismo un bostezo, para sugerir que no estaba tan interesada en el caballero—. Si no combates, ¿por qué le prestas tanta atención?

Mordred se echó hacia atrás

—Mirad el modo en que se mueve. Para él, cada pelea es única. No lo disfruta. Lo *necesita*. Cualquiera tan intensamente concentrado en su meta, con un propósito tan exclusivo, es peligroso. —Sus palabras la sorprendieron, y su rostro lo evidenció. Él sonrió—. No todos protegemos a mi tío, el rey, con puños y espadas. Y yo estoy siempre vigilando.

Ella quería despegar la mirada de esos ojos verde musgo, inteligentes e intensos. Esa vez no le preguntó qué quería decir. Observaba al caballero Parches, era cierto, pero también la observaba a ella, y quería que lo supiera.

Un escalofrío de peligro recorrió su cuerpo. Estaba ahí para proteger a Arturo, como Mordred. Pero sus métodos para proteger al rey debían permanecer en secreto a toda costa. Volvió, con intención, a mirar el combate.

—Me alegra que el rey te tenga a su lado, entonces.

—A su lado siempre, cuando y como me necesite. ¿Habéis escuchado la historia del Caballero Verde?

—No —respondió Ginebra.

—Claro, cómo podríais, si se trata de un caballero que no es del todo humano, y definitivamente no es cristiano. Y ya no contamos más esas historias. ¿No es cierto, querida Brangien?

—No contamos esas historias porque las cuentas tan a menudo que no hay necesidad —protestó Brangien, sin levantar la vista de su bordado.

Mordred se rio.

—La lengua como su aguja, igual de aguda y dos veces más punzante. Pero nuestra reina no la ha oído.

Brangien dejó escapar un suspiro y bajó la costura.

—Antes de que la Reina Oscura fuera derrotada, Arturo y sus primeros caballeros fueron en una misión a buscar aliados. Sir Mordred, Sir Percival y Sir Bors llegaron a un sendero que atravesaba el bosque, el único seguro, y encontraron a un caballero que les impedía el paso: armadura verde, piel verde, barba de hojas. —Agitó una mano despectivamente—. Todo verde.

—Eres terrible para contar historias —dijo Mordred molesto y frunció el ceño.

—No los dejaría pasar a menos que encontraran un arma que pudiera derrotarlo. Sir Percival probó con una espada, pero la hoja quedó atrapada en la madera gruesa del brazo del caballero, y Sir Percival no pudo recuperarla. Sir Bors probó con una maza y una cadena, pero las abolladuras en el pecho del Caballero Verde florecían y desaparecían.

—Estaban perdidos —interrumpió Mordred—. Sus armas no servían para nada, y no podían pensar otra solución para el problema que no fuera golpearlo y esperar que sangrara. No todo se puede resolver con hierro. Así que mientras estaban ocupados intentando y fracasando en derribar al Caballero Verde, me metí en el bosque y...

—Un ciervo —interrumpió Brangien—. Trajo un ciervo para que se lo comiera. El Caballero Verde pensó que era ingenioso y los dejó pasar.

—Brangien —Mordred se llevó una mano al pecho como si estuviera herido—, tienes la gracia y la imaginación de un martillo. Las historias no son clavos para machacar. Son tapices para tejer.

—Tus historias son un peso que hay que soportar. Ahora, ¿podemos ver el combate, por favor? —Brangien volvió a su bordado, contradiciendo sus palabras al concentrarse en su tarea en lugar de en la pelea.

—¿Qué sucedió con el Caballero Verde? —preguntó Ginebra, intrigada. Nadie había hablado sobre la época anterior a la derrota de la Reina Oscura. Prometía un paisaje maravilloso y extraño, con el que se sentía más a gusto que con el orden y la piedra de Camelot.

—Excalibur. Ese fue un final mucho más contundente que ser devorado por una tierna gacela. —El tono de Mordred era irónico. Si se burlaba de sí mismo o de la narración de Brangien, Ginebra no podía decirlo. Se puso de pie e hizo una reverencia—. Permitidme traeros algo para beber.

Brangien bufó suavemente después de que se fue. Levantó la vista, sonrió y guardó el bordado.

—¡Oh, mirad! Ha derrotado a otro. Con ese van quince. Creo que solo hay treinta compitiendo hoy, así que puede ser que él llegue a los caballeros, si queréis quedaros hasta entonces.

—¿Es posible que se encuentre con el rey Arturo esta noche, entonces?

—No. Si llega a los caballeros, será un torneo oficial. Cada caballero elegirá su forma de combate preferida y se encontrará con él en la arena. No tiene que derrotarlos a todos para ganar su lugar, pero tiene que derrotar por lo menos a tres.

—¿Y si los derrota a todos?

—Eso nunca ha sucedido. Pero si lo hiciera, entonces el mismo Arturo lo desafiaría a combatir.

Ginebra sintió un escalofrío en su estómago.

—¿Aquí?

—No. Más allá del lago, en la pradera.

La pradera, donde Arturo había hecho retroceder al Bosque de Sangre y recuperado la tierra, esa tierra empapada por la sangre de la magia. Si el caballero Parches era una criatura feérica, sería más poderoso allí que en esa antigua ciudad muerta. Y Arturo sería vulnerable, caería en una trampa tendida por sus propias reglas. Si Ginebra hubiera planeado atacar al rey, lo habría hecho en ese lugar, donde los caballeros todavía se sentían cómodos y relajados, y la guardia que protegía su ciudad estaba lejos.

Ginebra se puso de pie.

—Me siento desfallecer. Me gustaría volver al castillo.

Brangien se apresuró a guardar sus cosas en su morral. Al salir, pasaron junto a Mordred, que llevaba una copa de vino y un plato con pan y queso.

—¿Os vais tan pronto? —dijo.

Ginebra no respondió. Necesitaba hablar con Arturo y, más importante aún, necesitaba liberarse de su doncella para seguir al caballero Parches después de que terminara de combatir por el día.

—El rey no está en el castillo —Brangien la informó con un tono de disculpa. Ginebra la había enviado a buscar a Arturo tan pronto como regresaron a sus aposentos—. Se ausenta a menudo. Viaja constantemente por sus tierras, para ver cómo les va a los agricultores y asegurarse de que los caminos estén despejados. No está hecho para sentarse ocioso en su trono.

—¿Dónde está ahora? —Ginebra trató de no parecer demasiado molesta por su ausencia, apenas un día después de la boda. Obviamente *ella* sabía que no era un matrimonio real, pero nadie más.

—El bosque —dijo Brangien y bajó los ojos—. El que invadió al pueblo. Se ha ido con sus hombres para quemarlo.

—Pero no está dentro de los límites de Camelot.

—Él no le da la espalda a una pelea, aunque no sea su propia batalla.

Ginebra admiraba eso de él. Era rey de su pueblo, sí, pero extendía esa responsabilidad y protección hasta donde pudiera, aun cuando no había amenaza ni beneficio para él mismo. Arturo era… bueno. Ese era el calor que ardía dentro de ella cuando pensaba en él.

Su disposición la complacía, pero ese día era un inconveniente. Quería advertirle sobre el caballero Parches y sus sospechas. Sin embargo, quizás retrasarlo fuese mejor. Necesitaba más información.

—Brangien, gracias por el paseo. Ha sido maravilloso, pero me temo que demasiado para mí. Me duele la cabeza, y me gustaría recostarme en la oscuridad. ¿Hay alguna comida a la que deba asistir por la noche?

—Por supuesto que debéis descansar. Los banquetes solo tienen lugar una vez al mes. Algunas noches se espera que cenéis con los caballeros y sus esposas, pero nadie ha preguntado por vos para esta noche. Si alguien lo hace, les diré que estáis… —Hizo una pausa, buscando la palabra correcta.

—Agobiada por el amor a mi nuevo rey y país, desfalleciente de tanta alegría. —Ginebra sonrió con picardía y Brangien se echó a reír.

—Desmayada de tanta alegría, incluso.

—Perfecto. Gracias.

Brangien cerró las cortinas y retiró las mantas del lecho. Luego, ayudó a Ginebra a desvestirse, desanudando la túnica exterior desde las mangas.

—Estaré en la sala, cosiendo. No os molestaré ni entraré a menos que me llaméis. Si seguís durmiendo hasta la mañana, descansad bien.

Sintiéndose tonta y mentirosa, Ginebra se metió en la cama. Brangien la abrigó con las mantas y luego salió de la habitación.

Ginebra se levantó de la cama.

Revisó el primer baúl. Ninguna mujer de su estatus andaría sola por las calles. Tampoco lo haría una doncella de la categoría de Brangien, pero había más espacio para improvisar en ese caso. La reina necesitaba una tintura, o solicitaba una especia particular para su comida, o algo así, que fuera tan urgente que justificara que una doncella fuera sola a la ciudad. Seguramente, además, la doncella de la reina podría excusar su salida después del toque de queda si fuera una orden directa de la reina.

Pero, una vez más, Ginebra no tenía idea de cuánta era la autoridad de la reina en Camelot, si es que ostentaba alguna. La ciudad nunca había tenido una reina. También tendría que preguntárselo a Arturo.

El primero, el segundo y el tercer baúl guardaban sus cosas. Hizo una pausa, con su mano sobrevolándolos. No eran sus cosas, no realmente. ¡Qué rápido lo había olvidado! El cuarto baúl, uno pequeño en la esquina, guardaba las pertenencias de Brangien. Su ropa era más sencilla; se la podría poner sin ayuda.

La culpa aguijoneó a Ginebra cuando sacó un vestido y una capa con capucha. La ropa era cara y valiosa. Eran todo lo que Brangien poseía, y Ginebra se lo estaba robando. Pero lo devolvería todo intacto.

Relativamente intacto. Tiró de un hilo de la capa, haciendo con él un nudo para confundir, que sería imposible de desatar. Cuando se cubriera la cabeza con la capucha, el nudo mágico se extendería de modo que cualquiera que mirara su rostro sería incapaz de desenmarañar quién, exactamente, era ella.

Se puso la capucha y comenzó a mecerse. Un poco de ella se metió en cada nudo, en cada pieza de la magia que había hecho. Había hecho más magia en las últimas veinticuatro horas de lo que solía hacer en una semana. A ella, en realidad, le hubiera encantado meterse en la cama y dormir toda la tarde y la noche. Pero al igual que la fiel Brangien, tenía trabajo que hacer y no lo descuidaría.

Salió al pasillo y caminó con una prisa decidida, propia de una mujer con una misión. Siguió el mismo camino de esa mañana, recorriendo las escaleras a la tenue luz de la tarde. Con suerte, estaría de vuelta antes del anochecer.

En esta ocasión había más gente; hacían recados y terminaban negociaciones antes de ponerse el sol. La muchedumbre en las calles, con sus cotilleos y sus gritos, comprando, vendiendo y regateando, le permitía confundirse con los demás. Dio varias vueltas a la arena. Había algunas mujeres en los asientos, todas acompañadas por sus esposos. Sabía que llamaría la atención si entraba sola. Los gritos y vítores le decían que el combate aún estaba en su apogeo.

Necesitaba matar el tiempo, y para evitar perder al caballero Parches por su propio descuido, recorrió la circunferencia de la arena. Había casas construidas muy cerca de los muros del anfiteatro, y ella bordeaba charcos y cajones. Sin embargo, los mierdecillas de Arturo habían hecho bien su trabajo. Estaba muy limpio.

Por el lado más alejado de la arena, había una puerta pequeña, discreta y nada conspicua como la gran puerta que se abría para arrojar al espectador y al combatiente a la calle principal de la ciudad. Podía estar equivocada, en cuyo caso todos sus esfuerzos habrían sido en vano. Pero esa parecía ser la puerta para alguien que deseaba pasar desapercibido, alguien como el caballero Parches. Encontró un cajón en la profunda sombra de un edificio de piedra inclinado y allí se sentó.

Ginebra era muy buena para esperar. Una vez había pasado un día entero sobre el suelo del bosque, perfectamente inmóvil, para atraer a una gacela a su lado. Había funcionado. Sonrió al recordar la nariz de terciopelo dándole golpecitos en la cara. Menos agradable era la razón por la que había necesitado la gacela.

Hizo una pausa.

¿Para qué *había* necesitado la gacela?

Su memoria pareció detenerse, recortada, como si hubiera dado la vuelta a una página y encontrado la siguiente en blanco. Escarbó, pero nada se reveló. Sentía un leve dolor detrás de sus ojos. Tal vez el nudo para confundir había hecho más de lo que suponía.

El griterío desde la arena alcanzó una intensidad febril, y luego se acalló rápidamente. El sol se había puesto, y la lucha del día había terminado. No sabía los resultados, pero no los necesitaba. Solo necesitaba al caballero. Las voces se desvanecieron, alejándose. Todo el mundo estaba volviendo a casa, pero nadie atravesaba esa puerta. Se había equivocado. Decepcionada, se puso de pie y estiró sus contraídos músculos.

Unos pasos furtivos la obligaron a quedarse quieta y refugiarse más en la sombra. Una mujer con un mantón en la cabeza atravesaba deprisa la puerta. Tropezó, y el bulto que llevaba se desparramó. Dio un grito ahogado de angustia, y se arrodilló a juntar sus cosas tan rápido como pudo.

Pero Ginebra lo vio: paquetes envueltos en arpillera, algunas frutas y, lo más curioso, unas piedras lisas.

La mujer volvió a atar el bulto tan fuerte como pudo. La puerta se abrió. Con una rápida inclinación de gratitud, la mujer le entregó el bulto al caballero. Él lo metió en una bolsa que llevaba, luego pasó por delante de Ginebra sin verla y bajó deprisa por un estrecho callejón. La mujer volvió por donde había venido.

¿A quién seguir?

Al caballero. Ginebra lo siguió mientras serpenteaba por callejones de la ciudad que aún no había recorrido. Aquellos no olían tan bien como las calles principales. Las casas estaban más juntas. No eran necesariamente más viejas, pero no estaban tan bien mantenidas. Las estructuras de madera parecían menos estables, y se amontonaban allí donde había una pizca de espacio.

El caballero no se había quitado el yelmo ni la máscara. Continuó andando por los callejones entre las casas, detrás de ellas. No había puertas. Las ventanas estaban cerradas. Él y Ginebra bien podían estar solos.

Él se detuvo al lado de unos cimientos derruidos. Luego levantó la mano y se quitó la máscara. Ginebra estaba demasiado lejos para ver, pero no podía acercarse sin arriesgarse a ser descubierta. Buscó hacia un lado para ver si había un mejor lugar para espiar, pero cuando volvió a mirar al caballero, se había ido.

Maldiciendo, corrió hacia el punto por el que había desaparecido, y casi se cayó por el borde escarpado del precipicio que la saludaba. Allí terminaba Camelot, en ese peñasco rocoso, sin vegetación, que caía en picado sobre el agua negra a cientos de metros en el fondo. Se tambaleó, mareada y con náuseas, y vislumbró al caballero Parches, bajando por la pared como si fuera un insecto.

La nueva reina no puede ser vista.

Irrita a la Reina Oscura. Porque la nueva reina no debería ser importante, debería ser menos que nada; pero la hoja ha dicho que la reina no era la reina, y eso es intrigante. Sus poderes están mejor dirigidos a Arturo, pero eso ya era poco interesante. Incluso la muerte ha perdido su brillo. Así que si la reina-que-no-es-la-reina es algo nuevo, lo descubrirá.

La habitación de la reina está protegida igual que la de Arturo, con pobres, básicos nudos. La insultan. No son una magia de vida, creación o destrucción. Son un truco humano, una frontera, una barrera. Los humanos y sus paredes. Ella tiene humanos para ocuparse de esos nudos. Harán su trabajo cuando sea el momento.

Pero puede sentir otro espacio. Más ventanas. Su polilla se lanza contra ellas, golpeando su vida en el cristal. En el interior, un corazón que late. No el corazón de la reina-que-no-es-la-reina. De otra persona.

Y ese corazón se acelera. Ese corazón es…

Mágico. Hay magia en esa habitación.

La polilla expira. La verdadera reina, la Reina Oscura, la reina de piedra y tierra y árbol, está contenta. Camelot se ha vuelto muy complicada. Lo complicado es cercano al caos.

Y el caos es su reino.

CAPÍTULO SEIS

Que el castillo estuviera cuesta arriba parecía un cruel castigo por el fracaso de Ginebra en su intento de atrapar al caballero Parches. Subió fatigosamente por las calles. Las velas iluminaban las tiendas cerradas a esa hora, las familias se encerraban, a resguardo de la noche y de las cosas que traía para imperar en el oscuro espacio del sueño.

Las campanas del toque de queda aún no habían sonado. Cuando le había mostrado la ciudad, Brangien las había mencionado. Cualquier persona que se encontraba en las calles después de las campanas era escoltada a una celda por el resto de la noche. Prevenían el delito y el crimen, pero hacían la vida de Ginebra más difícil. Y triste. Tejer una capa de sombras era una forma de magia que ella disfrutaba. No mordía ni picaba como el fuego purificador, ni reclamaba partes de ella como los nudos. Lo había practicado todas las noches para escapar del convento. Cuando se deslizaba en las sombras, pasando de un círculo de oscuridad al otro, cada uno de los cuales quería retenerla como si les perteneciera, se sentía casi como en casa en su propia piel. Adoraba la noche. En la quietud silenciosa, sospechaba, hasta una ciudad podía sentirse como un bosque.

¿Qué cosas había adorado la Ginebra muerta? ¿Qué hubiera pensado ella de esa maravillosa ciudad en la montaña? ¿Qué hubiera pensado de su atractivo y valiente esposo, que recorría constantemente sus tierras para mantener la paz y la justicia, construyendo un reino en el que todos fueran bienvenidos, siempre que lucharan por Camelot?

¿Habría adorado el castillo la Ginebra muerta? ¿Habría echado de menos su hogar? ¿Habría tenido una relación más simple con Arturo? Quizás hubieran llegado a quererse algún día. Tal vez a ella no le hubiera importado esa pendiente infinita y penosa.

¿A quién se le había ocurrido construir una ciudad en una montaña? Era una idea terrible. No era de extrañar que Camelot fuera imposible de invadir. Un ejército tendría que descansar antes de llegar a la mitad de su objetivo. Y eso, después de cruzar un lago sin protección alguna o navegar a través de las atronadoras cataratas. No, Camelot solo podía caer desde dentro, que era como Arturo la había conquistado.

Como si sus pensamientos lo hubieran invocado, Arturo apareció por una calle lateral. Avanzaba de prisa por la carretera principal, con la luz de su antorcha reflejándose en su corona de plata. A su lado había varios caballeros. Se movían al unísono, el olor a humo colgando de ellos como una segunda capa. La propia capa de Arturo voló hacia atrás para revelar su mano que descansaba sobre el pomo de su espada.

La espada.

Excalibur.

Tenía la misma nebulosa sensación de reconocimiento que había sentido sobre Arturo. Él la miró; sus ojos pasaron por ella con facilidad e indiferencia mientras examinaba los edificios.

Luego se detuvo a media marcha, y se dio la vuelta para mirarla una vez más. Sus ojos se encontraron con los de ella, y levantó una ceja a modo de pregunta. Sorprendida, ella negó con la cabeza. No quería que la vieran los hombres que iban con él. Como si nada hubiera pasado, continuó subiendo la ladera hacia el castillo.

Pero él la había *visto*. Tocó el hilo. Sus nudos aún se mantenían. No podía explicar cómo había perforado el velo de su magia. Pero después de esos largos días de fingir ser otra, el gran alivio de ser vista por la única persona que la conocía la animó lo suficiente como para terminar la subida al castillo. Sin embargo, las escaleras le parecieron demasiado. Entró por la puerta principal, y los soldados no se molestaron en mirar por debajo de la capucha. Tendría que hablar con Arturo sobre eso, y encontrar una manera de asegurar cada puerta, dentro y fuera del castillo. No esperaba un ataque allí, pero las exasperantemente vagas instrucciones de Merlín le hacían suponer que no podía dejar ninguna abertura sin protección. Sería un trabajo tedioso y agotador, mucho menos emocionante que perseguir a un misterioso caballero por la ciudad.

Aunque también planeaba hacer eso otra vez.

Ginebra se escabulló de regreso en su habitación, aliviada de que la puerta de la sala todavía estuviera cerrada. Brangien no la había echado de menos. Sus nudos de protección también estaban en su lugar, aunque podía sentir que algo de la tensión acumulada en su interior disminuía. Los nudos tendrían que ser rehechos por la mañana. Qué molesto era que el alivio físico que producía el hecho de deshacerse de los nudos significara que debían ser rehechos.

Cortó el hilo anudado de la capucha de Brangien y, luego, volvió a guardar con cuidado la ropa que había sacado. Se puso una bata forrada en piel. Era difícil no tocar la piel con los dedos. No era que no quisiera sentir lo que el animal había sentido; más bien, lo contrario. Su breve chispa de vida y libertad hacían insoportables las paredes. Tendría que pedirle a Arturo algo de ropa que no tuviera pieles.

Entonces se dio cuenta: no podía seguir al caballero Parches, pero ¡podía tomar algo de él!

Merlín no le había enseñado el toque mágico. Parecía que no lo entendía, y en realidad, ella tampoco. Era diferente a los nudos o al fuego, o a cualquiera de los trucos que tenía a su disposición. Para los que tenía que concentrarse. Tenía que realizarlos con determinación, y de cierta manera.

El toque mágico simplemente sucedía, más a menudo con gente, aunque era difícil de interpretar. Una persona cambiaba constantemente, incluso su piel siempre se desprendía y se renovaba.

No le gustaba. Entre ella y Merlín todo había sido familiar. En el convento, en cambio, había sido inquietante: las nuevas sensaciones y sentimientos y las personas, abrumándola. Los objetos eran menos confusos. Al igual que la piel de los animales, generalmente preservaban algo de sus orígenes: el sentido de lo que eran, o lo que podrían ser. No siempre estaba claro cuál de las opciones era la que ella percibía. Sin embargo, si un objeto era importante, casi siempre le susurraba. Y si ella insistía, podía tener más que una sensación fugaz. Aunque parecía invasivo e incorrecto hacerlo con la gente. Lo había probado con una de las monjas y se había encontrado con un pozo de tristeza y compasión tan profundo que apenas había podido respirar.

No entendía los límites o el propósito del toque mágico, y eso la ponía nerviosa. Le gustaba la seguridad de los nudos. Aun así, era capaz de ingeniárselas para tocar algo del caballero Parches; preferiblemente, su máscara, que parecía más vital para el caballero que su espada o su armadura. Cualquier cosa cuyo propósito fuera ocultar, no podía dejar de ser reveladora en igual medida.

También intentaría encontrar a la mujer del callejón. Algo sobre el intercambio que había visto le molestaba.

Arturo estaba de vuelta. Su entusiasmo por verlo la sorprendió. Había pasado solo un día desde que lo había conocido, pero ya era el centro de su vida allí. Apartó el tapiz y atravesó el pasillo hasta su habitación. Golpeó ligeramente la puerta, esperando en el espacio frío entre el muro de piedra y la roca de la montaña. El frío se propagaba con una intensidad que sentía como algo personal. Puso su mano contra la montaña, pero era demasiado vieja e inamovible como para reaccionar ante ella. Solo temía...

El agua. No le gustaba el agua. Podía sentirla en la piedra. No le importaban nada los hombres que se arrastraban en ella, nada el castillo tallado en su superficie. Pero el agua, el agua constante e implacable, algún día la destruiría. Ginebra sintió cómo había desviado el río, haciendo que sus aguas se dividieran cuando querían permanecer unidas. ¡Cuántos miles de años más la montaña sobreviviría gracias a eso! Pero no para siempre. Se desgastaría y desaparecería. La frialdad era el duelo por el futuro. Tampoco las montañas querían perecer.

—Lo entiendo —susurró ella, acariciando la piedra.

La piedra le devolvió un latido... ¿un silencioso reconocimiento? Apartó la mano, sorprendida y nerviosa. Estaba a punto de volver a su habitación cuando se abrió la puerta.

—Entra. —Arturo se hizo a un lado y mantuvo levantado el tapiz para que ella no tuviera que agacharse—. Esperaba tu visita. No estoy seguro de qué pensaría Brangien si entrara en tu habitación.

—Sea lo que sea lo que piense, dudo que te critique. Te quiere mucho.

—Es una buena chica. Sir Tristán piensa muy bien de ella. —Él se sentó y Ginebra siguió su ejemplo, tratando de no demostrar cuánto la enternecía que Arturo llamara niña a Brangien. Tenía la misma edad que él, pero Arturo llevaba el peso de una nación sobre sus hombros. Tal vez se había ganado el derecho a sentirse mayor que el resto.

»¿Estás bien? —preguntó, acercándose.

Ella no tenía la intención de mencionarlo, pero su cuerpo se había desplomado en un arco de agotamiento, traicionándola.

—Los próximos días serán difíciles. Pero una vez que tenga la base de tus salvaguardas en su lugar, mantenerlas requerirá menos de mí.

—Por favor, avísame si hay algo que pueda hacer.

Apreciaba el ofrecimiento, pero si Arturo hubiera podido hacer eso por sí mismo, Ginebra no estaría allí. Arturo siempre había necesitado protección mágica. Él gobernaba Camelot, pero ella tenía habilidades que él nunca podría tener.

—Tengo algunas ideas —dijo, revitalizada por su confianza. No era Merlín, pero tenía la confianza de Merlín, y la de Arturo también—. Primero, diles a los guardias en tus puertas que las mujeres pueden ser tan peligrosas como los hombres, y deben verificar a todos los que entran.

Arturo frunció el ceño como si nunca se le hubiera ocurrido, a pesar de que él mismo había luchado contra una reina de tremendo poder. Asintió.

—Los instruiré. Aunque, ¿eso no hará que tus tareas sean más difíciles?

—Todos mis esfuerzos serán en vano si un asesino con ropa de mujer puede cruzar la puerta principal.

Arturo sirvió dos vasos de vino con agua y le alcanzó uno.

—Sin embargo, me gustaría que me lo dijeras cuando sales del castillo. ¿Y si te hubiera pasado algo? No sabría dónde buscarte.

Ginebra levantó una ceja.

—Olvidas tu lugar, mi rey. No debes preocuparte por mí, yo debo preocuparme por ti.

—Ah. —La frente de Arturo se ensombreció. Bebió un sorbo—. ¿Qué más?

—¿Qué sabes del caballero Parches?

La actitud de Arturo cambió por completo mientras gesticulaba con tanta animación que casi derramó su vino.

—¿Lo has visto pelear? Oh, es *magnífico*. Quisiera habilitar un torneo para él, pero el problema con las leyes es que tienes que cumplir tus propias ideas tontas. Si hiciera una excepción por él, los caballeros que se han ganado sus lugares se resentirían, y los que no recibieran la misma ventaja se enfadarían. Todos los días espero que haya menos aspirantes para que finalmente podamos organizar el torneo. No esperaba que la oportunidad de luchar por mí fuera tan popular.

—Arturo, eres el rey más grande en varias generaciones. Por supuesto que los hombres quieren luchar por ti, por lo que estás construyendo aquí.

Agachó la cabeza y se frotó la nuca.

—Bien. Debe de haber una razón por la que lo has mencionado específicamente.

Ella no quería enfriar su entusiasmo, pero tenía que compartirlo con él.

—Puede que no sea humano.

—¿Qué?

—La forma en que se mueve, su increíble inmovilidad entre peleas. Si logra llegar al final, el torneo termina contigo en un campo regado por sangre de hadas. Si yo fuera un asesino alimentado por la magia, te atacaría de esa manera.

Arturo parecía reacio a pronunciar palabra. Ella pensó que la razón era que no quería renunciar a sus deseos de tener un nuevo y valioso caballero, hasta que finalmente habló.

—Estás equivocada.

—¿Qué?

—Estás equivocada. No es hada ni usa magia.

—Pero ¡lo he visto pelear! Y lo he seguido después de que los combates terminaran. Una mujer le ha dado un bulto extraño, y luego se ha dirigido al escarpado precipicio en el lado sur. Ha descendido por él.

—¿De veras? ¡Eso es extraordinario! —Arturo estaba de nuevo más entusiasmado que preocupado.

—¡No conozco ser humano que pueda hacer tal cosa!

—He visto hombres que muestran proezas de fuerza que parecen mágicas. Es en lo que creo más profundamente: la capacidad de los hombres para ser más grandes que ellos mismos. Todo en mi reino está orientado a construir sobre eso.

—Eso está muy bien, pero… —Ginebra se detuvo. Se tomó un tiempo, sonriendo—. Todo eso está muy bien, mejor que bien. Pero no puedes decir que no es una criatura mágica a menos que lo hayas conocido. ¿Lo has conocido?

—No necesito hacerlo. También yo aprendí de Merlín, si lo recuerdas. Él no podía enseñarme magia, no tengo ninguna habilidad para ello, pero me enseñó sobre eso. Pasamos muchas horas juntos. —Arturo sonrió; luego, entrecerró los ojos—. ¿Quién te cuidaba cuando Merlín estaba conmigo? Pasaba varios meses seguidos instruyéndome durante mi infancia, y estuvo aquí dos años seguidos antes de ser desterrado.

Ginebra buscó en sus recuerdos. Ahí estaban los pájaros, y los ciervos, los zorros astutos, los conejos en sus madrigueras, debajo de la tierra. Y Merlín. Pero, seguramente, había habido alguien más. Tendría que usar ese miserable nudo de confusión con más moderación. Podía sentir los espacios en su mente, distantes e inalcanzables a través de la niebla. Sacudió su cabeza.

—No cambies de tema. ¿Cómo puedes saber que el caballero Parches es humano?

—Ningún aspirante puede traer su propia espada a la arena. Las espadas provistas son de hierro, incluidos los pomos. Ninguna de las criaturas feéricas podría sostener una de ellas.

—¡Oh! —Ginebra se reclinó en su asiento, todas sus sospechas y sus trabajos nocturnos eran un desperdicio. El hierro mordía la carne de las hadas. No podían soportar estar cerca, mucho menos sostenerlo y luchar con él—. Eso ha sido muy inteligente de tu parte.

Arturo rio.

—No te sorprendas tanto. Sé cómo usar mi cerebro además de mi espada.

—¡Por supuesto! ¡Por supuesto que sí! Estoy molesta conmigo misma, no contigo. ¿Qué hay de la mujer del bulto?

—Sin duda, una admiradora que le da un regalo con la esperanza de ganar su favor.

—Mmm. —Tenía sentido. Ojalá hubiera podido ver lo que había en los paquetes de arpillera. ¿Y por qué piedras? Tampoco podía quitarse de la cabeza el movimiento del caballero Parches. Le despertaba curiosidad. Podía ser que no fuera un hada, pero era esencialmente diferente. Tal vez era algo nuevo. Tal vez las criaturas feéricas habían descubierto una manera de evitar su aversión al hierro y el miedo a morir por sus mordeduras. No dejaba de sospechar del caballero Parches. Pero lo haría en privado en lugar de discutir con Arturo y hacerle creer que dudaba de su inteligencia de nuevo.

Él le dio un golpecito en la rodilla con la suya.

—Has dicho que tenías algunas ideas que discutir. Esas son dos. ¿Qué más?

Ella *había* dicho *algunas ideas*. Pero no quería incluir la última en la lista. Quería saber cómo la había reconocido, cómo había encontrado su rostro cuando lo estaba escondiendo. Parecía un don precioso, un regalo de la gracia en medio de la confusión. Y ella no quería desatarlo como uno de sus nudos fallidos. Cazó otro tema al vuelo para plantearlo en su lugar.

—Oh, sí. Tendré que visitar cada puerta dentro y fuera del castillo. Me has dado la solución que me faltaba para asegurarlas. Necesito hilos de hierro, derretidos y estirados hasta que hayan quedado tan delgados que pueda retorcerlos. —Esos nudos no necesitarían ser reemplazados. Exigirían más de ella para ponerlos en su lugar, pero luego podría olvidarse. El precio se pagaría por adelantado.

—Por supuesto. Los mandaré hacer lo antes posible. ¿Necesitas algo más?

—Una forma de almacenar insumos sin despertar la sospecha de Brangien.

—Eso es fácil. Conseguiré un baúl para el pasadizo secreto entre nuestras habitaciones.

Ella bostezó, sin poder disimularlo. Sus párpados estaban pesados. Sintió un ardor liviano como las alas de una polilla sobre uno de sus doloridos, contraídos músculos. No, no era un músculo real, sino algo más dentro de ella. Se enderezó en su asiento, alarmada. Los nudos estaban todos intactos. Lo habría sabido si se hubieran desatado. ¿Realmente había sentido algo? ¿O estaba tan cansada que el umbral entre el sueño y la vigilia se estaba desmoronando?

—¿Va todo bien? —preguntó Arturo, reaccionando a su expresión. Ella repasó su cuerpo: el espacio en su cuero cabelludo, donde siempre se sentía como si le estuvieran arrancando tres pelos; el cosquilleo del aire liberado de sus pulmones; la sequedad de su lengua; el dolor molesto que nunca desaparecía del todo. Todos los nudos seguían atados a ella. Si algo los había rozado, no había logrado nada.

—Sí. Creo que sí. —De todos modos, rehízo todos los nudos bajo la mirada paciente de Arturo. Pronto los sellaría con hierro. Después de darle las buenas noches a Arturo, regresó, trastabillando exhausta, a su dormitorio y se acurrucó con gratitud bajo las mantas. No vio la polilla que esperaba, blanda y paciente, donde la habían depositado en la habitación de Ginebra, sobre la capa robada de Brangien.

La Reina Oscura ha visto eso, Ginebra, la reina-que-no-es-la-reina, lista, traída hasta ella en cien sueños teñidos de vino. Arturo puede alejar a su gente de ella, pero los sueños y las pesadillas siguen siendo su reino, y ella es libre de ir y venir como le plazca.

La reina-que-no-es-la-reina es pequeña, más un gorrión que un halcón. Su cabello es tan negro como el alquitrán y, dependiendo del soñador, se peina en una simple trenza o en una tremenda corona de trenzas.

En algunos de los sueños es reina. En otros, apenas una niña. En unos pocos, es pequeña y fea, con labios burlones y ojos viciosos. En la mayoría de los sueños, ella casi no existe, eclipsada por el rey usurpador, el niño con su espada, la imagen de la que ni siquiera la Reina Oscura puede escapar, aunque ya no la vea con sus ojos.

Pero a ella le es indiferente cómo esos cientos de ojos prestados ven a la reina-que-no-es-la-reina, porque ninguno de esos ojos importa. Ninguno de esos ojos ve la verdad. Incluso en sus sueños no pueden distinguir lo que ven para entender lo que es.

Es por eso que ella encuentra los sueños de la reina-que-no-es-la-reina. Una polilla desempolva los ojos dormidos de la niña, sus labios, sus orejas.

Se desliza desde el polvo hacia el sueño.

Hay un constante plic, plic, plic *de agua. La Reina Oscura conoce la oscuridad, pero en la negrura, el miedo claustrofóbico del soñador la atrapa, trata de alcanzarla, aunque ella sea la oscuridad. Ella no tiene nada que temer allí. No puede ser atrapada.*

Hay una chica, desnuda, pálida y temblorosa, con los brazos envolviendo sus piernas, la cara hundida en sus rodillas. Se ha hecho tan pequeña como puede, y aun así, no es lo suficientemente pequeña.

La Reina Oscura avanza a través del sueño hacia la niña. El sueño retrocede. Por fin, está tan cerca como le interesa estar. Lo que había tomado por piel pálida es algo más complicado. Hay nudos por todas partes, entretejidos en las venas mismas, formando una red sobre la piel como de cicatrices, uniendo y sujetando. Mechones de cabello negro azulado caen por la espalda de la niña, y la reina casi puede ver lo que hacen los nudos allí. Casi puede decir que...

La niña mira hacia arriba. Sus ojos no tienen fondo, vacíos. La Reina Oscura retrocede. La cueva no es la trampa. La niña es la trampa. Porque en esos ojos, ella ve...

—Nos deshará —susurra la niña—. Y dejaré que suceda.

La polilla muere.

La Reina Oscura se escapa arañando la oscuridad que grita tras ella. La oscuridad quiere tragarse lo que queda de ella. Siente algo que no ha sentido desde que el rey usurpador sacó su espada maldita.

La Reina Oscura tiene miedo.

¿Qué ha traído Arturo al castillo?

CAPÍTULO SIETE

—¡Día de feria! —trinó Brangien, abriendo las cortinas del dosel.
Ginebra no recordaba haberlas cerrado. Quizás eran la razón por la
que había soñado con la oscuridad y con estar atrapada—. El rey
solicita vuestra presencia a su lado.

Aunque estaba decidida a pasar cada momento preparándose
para la amenaza inminente y buscándola, tenía que admitir que un
día en el mercado sonaba *divertido*. Con la gente reunida allí por una
razón distinta a la de su boda, sería menos abrumador que a la orilla
del lago. Y tenía que acostumbrarse a las multitudes. Las personas
eran un misterio para ella, lo que no era útil para una reina.

Había pasado mucho tiempo sin conocerlas. Merlín había sido
el único antes del convento. Eso le recordó la pregunta de Arturo.
Merlín había estado con Arturo hasta un año atrás. Ginebra había
estado con…

—¿Mi señora?

—¿Sí? —Ginebra volvió a prestarle atención.

—Preguntaba de qué color os gustaría vestiros hoy.

Ginebra sonrió.

—Algo alegre. A menos que pienses que debería parecer triste.

—La gente ama a su rey. Ellos quieren verlo feliz. Si les mostramos una reina alegre a su lado, se enamorarán de vos —murmuró
Brangien apenas para sí misma. Su voz era clara, dulce y melancóli-
ca. A Ginebra le gustaba muchísimo.

Brangien cruzó los lazos y las ataduras de un largo vestido verde vaporoso que luego cubrió con una delicada túnica amarilla. Un cinturón de plata los ajustaba.

Frunciendo el ceño, levantó varias capuchas. Una de ellas envolvería la cabeza de Ginebra como una cueva, con dos largas tiras de tela que llegaban casi hasta el suelo a cada lado de la parte delantera, manteniéndola anclada.

A Ginebra todo le parecía lo mismo: cuerdas para atarla.

Brangien negó con la cabeza.

—No del todo bien. Como mujer casada, podéis elegir si cubrir o no vuestra cabeza. Y no hay reglas para vuestro cabello. El estilo es siempre trenzado, por supuesto. Las trenzas combinadas formando una corona sobre la cabeza están de moda. Pero vuestro pelo es tan llamativo. ¿Qué tal si lo trenzamos tirante hacia atrás, pero luego lo dejamos largo y suelto, cayendo sobre vuestra espalda, como las cascadas de Camelot?

A Ginebra no le gustaba imaginar su cabello como una cascada. Pero confiaba en que Brangien la peinaría bien.

—Eso suena perfecto.

Brangien se puso a trabajar. Cuando terminó, el cabello de Ginebra brillaba y se ondulaba. Había un espejo de metal bruñido en su habitación. Reflejaba más su apariencia que la verdad, pero era agradable.

Después de un cuidadoso examen, Brangien asintió.

—No hay ninguna razón para tratar de que parezcáis una vieja esposa aburrida. Sois joven y encantadora. La hermana de Sir Percival simplemente os detestará. —Brangien sonrió con malicia—. Solía sacudirme cada vez que me encontraba sola; me trataba como si fuera una vulgar criada. No busco placer en la infelicidad de los demás, pero hoy podría encontrarlo, por accidente.

Ginebra se echó a reír, dándole el brazo.

—Apoyo totalmente ese accidente.

Brangien ya estaba vestida, así que estaban listas para irse. Era extraño ser la última en despertarse. En el bosque, se despertaba al alba. Tantas largas conversaciones con Merlín, tantas lecciones. Barrer la cabaña. Correr bajo la lluvia y refugiarse en una cueva.

No lograba recordar los detalles de la cueva. O no quería. Era como si la muchacha que había dejado en el bosque ya no existiera, igual que la Ginebra muerta. Ambas habían sido reemplazadas. Quizás la razón de sus lagunas de memoria fuera simple: tenía que llenar su mente con tantas cosas nuevas que las viejas habían sido expulsadas. Y cada hechizo tenía su precio. Anudaba pequeñas partes de ella constantemente. ¿Qué había expulsado Merlín al introducir el conocimiento de la magia de nudos?

Buscando alejar esas preocupaciones, Ginebra dejó que Brangien la acompañara por varios tramos de escalera hasta la sala principal del castillo. Debido a que tenía poca profundidad y había sido esculpido minuciosamente en la montaña, el castillo se había construido hacia arriba en lugar de hacia afuera. Todo era piedra: los escalones, las paredes. Y la mayor parte no tenía uniones ni junturas. No había yeso alrededor de las aberturas, que habían sido excavadas directamente en la piedra.

—¿Quién hizo el castillo? —preguntó Ginebra.

—No lo sé, mi señora.

—¿Alguien lo sabe?

Brangien se excusó, encogiéndose de hombros.

—Es el más viejo de todos. Uther Pendragón lo descubrió. Pero dudo de que supiera quién lo talló en la montaña.

Entraron en el gran salón. Arturo ya estaba allí, de pie, conversando con Sir Bors, Mordred, Sir Percival y algunos caballeros que Ginebra aún no conocía por su nombre. Sintió una leve punzada: pasaban más tiempo con él que ella. Ella era su esposa, después de todo.

Ella no era su esposa.

¡Qué rápido lo había olvidado! Tanto aparentar lo había embrollado todo. Había una magia peligrosa en fingir. Si se pretende el tiempo suficiente, ¿quién puede decir cuál es la verdad?

Pero cuando Arturo la miró desde el otro lado de la habitación y todo su ser se iluminó de felicidad, Ginebra se olvidó de nuevo. Le sonrió cuando se acercó presuroso y le hizo una reverencia exagerada y tonta. En el tiempo que le llevó cruzar el salón, se había transformado de rey conquistador al mando de hombres que tenían el doble de edad que él en... Arturo.

—He pensado que hoy podríamos visitar los puestos de herrería. —Tomó su mano y la puso en su brazo. Brangien caminaba varios pasos detrás de ellos. Los caballeros también, siempre alrededor de Arturo. Si la forma en que la habían rodeado en su viaje hasta allí había sido obediente, la manera en que orbitaban alrededor de Arturo era voluntaria y tenía un claro propósito. Era útil. No era una tarea. Él lo era *todo*—. Me gustaría que hagan algo para ti. Puedes dar las instrucciones tú misma. —Le guiñó un ojo. No serían joyas para su reina, sino hilos de hierro para su bruja secreta.

Mucho mejor para ella. Le ayudaría a recordar que no era una reina. Era una protectora. Los protectores, como los caballeros que rodeaban a Arturo, no se tomaban días libres para celebrar visitas a la feria.

Aun así, sonrió y saludó con amabilidad mientras caminaban por las calles. Tenía que proteger tanto como cualquier caballero, pero fingir mucho más.

Aunque algunos caballos estaban en el establo dentro de la ciudad de Camelot, rara vez se montaban allí. Las calles eran demasiado empinadas. Brangien le había explicado el día anterior que los caballos eran transportados al otro lado del lago para ejercitarse. La mayoría de la gente en Camelot no tenía caballos, o los que tenían estaban en las llanuras más allá del lago.

Ginebra podía ver una gran balsa delante de ellos cargada de caballos. Los animales estaban perfectamente tranquilos, acostumbrados a ser transportados. Ginebra no estaba en absoluto tranquila. No había pensado en cómo llegarían a la feria.

Su cuerpo se congeló. Arturo lo percibió. Levantó una mano para que sus hombres se detuvieran; luego se inclinó hacia ella y acercó la boca a su oído.

—Confía en que no permitiré que te haga daño.

Ella lo hizo, realmente lo hizo. Pero ¿quién era Arturo para el agua? Arturo era un rey. El portador de Excalibur. Eso nada le importaba al lago. Era oscuro y profundo, frío y eterno. Algún día podría secarse, pero el agua fluiría a otra parte. Era indestructible.

Y ellos eran frágiles, quebradizos, separados de la muerte por un suspiro ahogado.

Avanzó trastabillando, anestesiada, guiada por Arturo. Cuando llegaron al borde de Camelot, al lago que roía la orilla, no pudo seguir avanzando. Arturo la levantó en brazos, riendo alegremente para disimular la necesidad de sus acciones. La estaba encubriendo con una broma.

—¡Mi reina es tan liviana que podría llevarla nadando yo mismo al otro lado!

Sus hombres también se rieron. Una mano estaba en su espalda: Brangien. Ginebra hundió su rostro en el pecho de Arturo. Hablaba y bromeaba con sus hombres como si cargar a su reina en una balsa fuera una acción perfectamente normal para un rey. Y como Arturo actuaba como si fuera normal, se volvió normal.

Ginebra permaneció acurrucada contra él; temblaba, escondiéndose del agua. Lo sintió en el balanceo de la balsa, lo oyó en los hambrientos golpes del agua contra la madera. Arturo ordenó al barquero virar hacia la orilla del lago para acortar la travesía, y reunirse allí con los caballos en lugar de dirigirse directamente a la feria.

—Me gustaría cabalgar un poco —explicó.

No la bajó hasta que estuvieron otra vez en tierra firme. Brangien se colocó delante de ella, cubriéndola de la vista de todos mientras pretendía arreglar una de sus trenzas.

—Tomaos vuestro tiempo —susurró—. Esperad hasta que podáis respirar de nuevo. Esperad a que podáis sonreír. —Miraba a

Ginebra a los ojos. Y pronto, Ginebra pudo respirar. Pronto, pudo sonreír.

—Gracias —murmuró ella. Brangien le apretó la mano; luego, se quedó con ella mientras los caballos eran alistados. Sintió el tacto de Brangien como el anochecer o el amanecer; algo estaba casi a la vista, pero Ginebra no podía decir si Brangien estaría iluminada u oculta del todo si se le daba suficiente tiempo.

»Creo —añadió Ginebra, haciendo que su voz fuera tan ligera y despreocupada como el día de verano que los rodeaba—, que he encontrado mi nueva forma de transporte preferida. Nunca volveré a caminar, ni montaré a caballo. Quiero que un rey me lleve a todas partes.

Los hombres se rieron.

—La reina tiene gustos caros —dijo Mordred—. Imaginad cuántos reyes tendremos que encontrar para que se turnen y mi pobre tío, el rey, pueda descansar en algún momento.

—Estoy a la altura del desafío. —Arturo levantó a Ginebra por la cintura y la hizo girar. Ella se rio de la sorpresa, consciente de que los estaban observando. Si Arturo fingía adorarla lo suficiente como para querer llevarla en volandas al otro lado del lago, ella se aseguraría de que todos supieran que el sentimiento era recíproco.

Él la subió a un caballo. Ella se acomodó, pero tuvo un instante de desilusión cuando él montó su propio caballo en lugar de ir detrás de ella, como lo había hecho en su noche de bodas.

Brangien puso su caballo al lado del de Ginebra. Arturo estaba al otro lado. Rodeándolos, los caballeros de más confianza de Arturo los escoltaron a lo largo de la ancha y curva orilla del lago. Ginebra hubiera preferido cabalgar a más distancia del agua, pero esperaba que, para el viaje de regreso, Arturo pensara una excusa para separarse y tomar el túnel en lugar de otra maldita balsa.

Sus pensamientos se desvanecieron al divisar la feria. Era más grande que cualquiera de las aldeas por las que habían pasado en su viaje. Eran varias hectáreas. Había muchas más personas de las que Camelot podía albergar.

—Vienen de todas partes —dijo Arturo—. Durante los días de feria, envío hombres a las carreteras por las mañanas y me aseguro de que sea seguro transitarlas. Todos los que quieran comprar, vender o hacer trueque son bienvenidos.

—Por un arancel —agregó Mordred.

Arturo sonrió.

—Por un arancel. Tengo que pagarles a los hombres que vigilan, que hacen que los caminos sean seguros. Pero una feria segura es una feria próspera.

—¿Todas las ferias son así? —le preguntó Ginebra a Brangien mientras Arturo y Mordred discutían algo sobre una frontera.

—¿Nunca habéis estado en una feria antes?

Ginebra se sobresaltó. La voz de Brangien estaba llena de asombro. Había hablado como un ser salvaje del bosque, no como Ginebra. Ella disimuló con una mentira, que también le serviría de excusa para futuros errores.

—Nunca me ha sido permitido. Mi padre no lo consideraba apropiado. Rara vez salía de nuestra casa, y luego estuve en el convento.

—Bueno, os habéis iniciado con la mejor. No hay feria en el mundo como la de Camelot. Nuestro rey se ha ocupado de que así sea. Habla de mantener los caminos seguros como si fuera una tarea simple. Por cierto, no lo es. Ha luchado estos últimos tres años para crear este tipo de seguridad en todas partes.

No era difícil fingir estar encantada con Arturo y orgullosa de él. ¿Quién podía no estar orgullosa de un hombre así, de semejante rey? Sus temores de perderse en la actuación eran infundados. Tenía *permitido* pensar lo mejor de él.

Cabalgaron hasta los límites de la feria. Ginebra miró por todo el lugar, pero no vio nada amenazador. Tiras de telas de colores brillantes se alzaban en postes, como banderas. Algunas tenían imágenes pintadas, anuncios de dónde se podían encontrar ciertas mercancías. La música y la risa y el parloteo de la gente en un clima de celebración los envolvieron.

Arturo la ayudó a desmontar.

—Ve a explorar. Me reuniré contigo al mediodía para visitar las herrerías.

—Pero ¿y tú? —Escudriñó nerviosa a la multitud—. ¿Cómo puedo protegerte si no estamos juntos?

Una vez más, pareció sorprendido.

—Oh. ¿Habrá... un nudo? ¿Algo que nos conecte? Debo estar con mis hombres. Y me temo que notarían demasiado tu presencia.

Ginebra se arrancó tres cabellos. Arturo se acercó como si le susurrara algo mientras ella los anudaba alrededor de su muñeca. El aliento de Arturo sobre su oreja era cálido y agradable; el hormigueo que la conectaba a los cabellos era casi imperceptible en comparación.

—Listo —dijo, aunque había empleado en los nudos un poco más de lo necesario.

Arturo le apretó el brazo, y luego se volvió hacia sus hombres. Unos cuantos más, vestidos del polvo de kilómetros, se habían unido a ellos. Sus rostros no tenían la feliz distensión de un día de feria. Cargaban el peso de las noticias.

Ginebra quería escuchar de qué se trataba, pero Arturo había dicho que ese no era un lugar para una reina. Si era algo relacionado con una amenaza de la magia, Arturo se lo contaría. Si era cosa de hombres, Ginebra no podría ayudar. Los había conectado por el momento. Si algo mágico amenazaba a Arturo ese día, ella lo sentiría.

Ginebra hubiera querido recorrer la feria con él. Ahora se sentía inútil. Su humor se agrió aún más cuando ella y Brangien entraron en los puestos... y Mordred todavía estaba a su lado.

—¿Necesitabas algo? —preguntó Ginebra.

—Se me ha encomendado que os acompañe y me asegure de que tengáis todo lo que necesitéis —le informó, como si ambos estuvieran de acuerdo con ese arreglo.

—¡Seguramente tienes algo mejor que hacer!

La sonrisa de Mordred se hizo más amplia.

—Nada mejor.

Ahora estaba realmente molesta, lejos de Arturo y bajo la vigilante mirada de Mordred. Pero era difícil aferrarse a su frustración en medio de las imágenes, los olores y los sonidos de la feria. No podía imaginar cómo sería una gran feria, si esa era pequeña. Había carpas y puestos de madera; zapatos, ropa y telas; materiales de costura; pieles. ¿Cómo podía haber tantas cosas en el mundo? ¡Y tanta gente para comprarlas!

—Este es el sector de las telas —explicó Brangien—. Señalad lo que queráis. Puedo confeccionar cualquier diseño.

Brangien siempre tenía una aguja entre los dedos. A Ginebra le gustaba todo, pero no necesitaba nada. Prefería estudiar lo que había a su alrededor. Había más de lo que había visto en las pinturas del convento. Era real. Era vida y *vibraba*. Al no ser el centro de atención, se sentía menos agobiada que en su boda. Dejó que el caos la envolviera como la cálida brisa estival.

Brangien la condujo en otra dirección.

—Por allí está el sector de ganadería. No queremos ir allí. Debemos dirigirnos hacia los panaderos. Hay multas y pérdida de puestos si pesan sus panes con piedras o venden mala harina, así que todo es delicioso.

—¡Oh! ¡Yo quiero ver a los animales! —Ginebra apresuró el paso entre los carniceros y pescaderos. Los peces se retorcían en barriles de agua. Las mujeres regateaban, discutiendo y exigiendo mejores precios. Había una tina de madera entera que se convulsionaba por las anguilas. Ginebra apartó la vista rápidamente, recordando la sensación que había tenido cuando había tocado una en un pastel.

Sin embargo, los corrales de animales eran maravillosos. Brangien arrugó la nariz, tapándosela con un pañuelo. A Ginebra le encantaba ese olor, esa vida intensa y cálida. Las ovejas y las cabras balaban, los caballos pateaban el suelo, los cerdos tomaban sol mientras sus enormes vientres subían y bajaban con cada respiración. Una niña, gritando amenazas, perseguía un pollo. Fue corriendo directamente hacia ellas, y siguió persiguiéndolo alrededor de las faldas de Ginebra.

Por fin, la niña lo atrapó; luego, levantó la vista triunfante. Sus ojos se abrieron de par en par y se quedó boquiabierta cuando vio de quién eran las faldas que había pisoteado.

—Ese es un buen pollo—dijo Ginebra—. ¿Tiene nombre?

—Mi papá los llama a todos igual.

—¿Cómo?

Los ojos de la niña se agrandaron aún más.

—No lo puedo decir delante de una dama. —Entonces lo susurró, incapaz de callarse—. Los llama Cerebros de Mierda.

Brangien tosió. Mordred miró hacia otro lado. Ginebra se echó a reír.

—Creo que es un excelente nombre para un pollo. Ve y devuelve a Cerebro de Mierda adonde pertenece.

La niña sonrió, con huecos donde deberían haber estado sus dientes frontales. Luego, se fue corriendo.

—Pobre —exclamó Ginebra—. Tan joven y ya ha perdido los dientes.

Brangien frunció el ceño.

—Tiene la edad adecuada para perderlos.

—¡Pasará toda su vida sin dientes! —¿Tan común era perder los dientes en las clases pobres?

Mordred y Brangien se miraron desconcertados.

—Vuelven a crecer —dijo Brangien—. Uno se acuerda de cuando se le cayeron los dientes de leche. Los pequeños se caen para dejar sitio a los grandes.

Ginebra no recordaba tal cosa. La idea de que los niños corrían por ahí, con dos juegos de dientes en la boca, uno acechando debajo de las encías a la espera de salir a la luz, era horrible. Ella debía de haber perdido los suyos demasiado temprano como para acordarse, lo que la alegraba.

KIERSTEN WHITE • 99

Pero Brangien y Mordred todavía la miraban. Necesitaba distraerlos. No podía explicarles por qué tenía tantos huecos en su memoria. Rehuyó la idea de que ni siquiera podía explicárselo a sí misma.

—¡Mirad! ¡Caballos! —Ginebra corrió hacia ellos, apoyándose en los tablones de madera que conformaban el corral—. Son encantadores.

Nunca había montado antes de abandonar el convento. A pesar de que los primeros días habían sido increíblemente dolorosos, le encantaban esas bestias grandes y gentiles. Una nariz de terciopelo apareció, dándole golpecitos en la mano, buscando algo para comer. Le acarició la cabeza, complacida al descubrir que podía percibirlo. Era sutil, nada tan dramático y horrible como la anguila.

El caballo pareció... reconocerla. Había un casi imperceptible aire de parentesco.

—Hola, amigo —susurró. El caballo relinchó en suave reprimenda, fijando en ella un gran ojo marrón como si esperara algo.

Brangien le tendió una manzana, pero el caballo no le prestó atención. Miró a Ginebra unos segundos más, luego resolló y se dio la vuelta.

—A mi reina le gustan los animales —dijo Mordred. Estaba apoyado contra la valla mirando fuera, observando la multitud. Cualquiera que lo hubiera visto, habría pensado que se aburría. Pero Ginebra notaba el constante movimiento de sus pupilas, que no dejaban de recibir información. La estaba *protegiendo*. Ella no necesitaba un guardia. Su incomodidad por fingir ser reina resurgió. Estaba allí como protectora, no como alguien que necesitaba protección.

—Me gustan mucho —respondió de mala gana.

—A mí también. —El caballo había comenzado a empujar el hombro de Mordred con su cabeza. Mordred le acercó la cara y le susurró algo. El caballo lo acarició con el hocico, avanzando despacio para que Mordred le abrazara el cuello. Él acarició el cuello del caballo, luego lo palmeó y susurró algo más.

Se enderezó.

—¿Buscamos algo para comer? Aquí hay un vendedor de especias que tiene unas nueces tostadas que nunca habéis probado.

—Muy bien. —Ginebra dejó que Mordred los guiara de vuelta a través de la muchedumbre. Brangien no confiaba en él, y la misma Ginebra lo sentía como una amenaza. Pero había sido genuinamente tierno con el caballo, y el caballo parecía confiar en él. Los animales podían sentir cosas que la gente no. Tal vez ella se había equivocado con Mordred. Arturo también confiaba en él. Y no podía culparlo por proteger a su reina. Permitir que la custodiaran era una parte necesaria de su engaño.

Mordred les trajo las nueces. La primera estalló en la lengua de Ginebra como chispas de fuego.

—¡Oh! —Se tapó la boca con la mano. No quería escupir la nuez, pero la sensación era muy sorprendente.

Mordred se rio.

—Debería habéroslo advertido. No a todos les gusta.

—No, yo... —Ginebra no pudo seguir hablando. Su lengua ardía. Mordred le alcanzó su propia cantimplora de cuero, y ella bebió mucho más rápido de lo que se consideraba femenino.

Él metió la mano en su paquete de nueces y tomó varias. Ella le pasó todas las suyas a él. Era un gusto adquirido, aparentemente, y uno que ella no tenía interés en adquirir.

Después de eso, las cosas fueron diferentes, más fáciles. Mordred era muy bueno fingiendo estar relajado en lugar de vigilante, por lo que ella resolvió fingir, también. Mordred señaló a varios mercaderes que conocía. A todos parecía caerles bien, o al menos les gustaba lo generoso que era con su dinero. Todos a su alrededor regateaban, pero Mordred siempre pagaba el primer precio que le pedían.

—Se están aprovechando de ti —se quejó Brangien mientras le entregaba una vara de tela amarilla que él había notado que ella estaba mirando. Dos mujeres de pie, a la sombra de uno de los puestos, cuchicheaban. Una apretaba algo en su mano. Ginebra entrecerró los ojos, tratando de distinguir qué era.

Parecía... una piedra. La mujer que la había recibido se fue de prisa. Ginebra se adelantó para seguirla. Había algo familiar en ella.

Mordred dio un paso, interponiéndose. Cuando Ginebra miró a su alrededor, la mujer se había perdido entre la muchedumbre.

—¿Se aprovechan de *mí*? —preguntó Mordred—. Si puedo pagarlo, y a ellos les vendrá bien ese dinero extra, ¿por qué no debería aceptar sus precios? —Saludó a un vendedor de sombreros, que le devolvió el gesto con afecto.

—Brangien —dijo Ginebra, en voz baja—, ¿tienen algo especial... las piedras? ¿Algún valor?

—¿Piedras? —Brangien frunció el ceño—. ¿Qué tipo de piedras?

—Solo... piedras. ¿Hay alguna razón para venderlas o intercambiarlas?

—Adoquines, tal vez. Un agricultor puede hacer trueque con ellos como material para construir paredes, supongo. No se me ocurre ningún otro valor.

—¡Mordred! —gritó una voz en la multitud. Él cerró los ojos, con una mueca de desdén. Luego, su sonrisa volvió a su lugar, pero ya no era genuina. Era una anguila, retorciéndose y deslizándose y estirándose.

—Sir Héctor, Sir Kay. —Mordred se inclinó ante dos hombres. El primero era mayor, de unos cuarenta años. Tenía la forma de una calabaza, con cuatro ramitas insertadas para formar los brazos y las piernas y una cabeza que se balanceaba en la parte superior. Exhaló una ráfaga de aire a través de un tremendo bigote. Ginebra pudo oler la cerveza desde donde estaba.

El segundo era un hombre más joven, probablemente de unos veinte años. Tenía una cara y una nariz largas, labios delgados, ojos pequeños y entrecerrados. Era una versión más joven del primer hombre. Su vientre apenas había comenzado a expandirse y sus brazos y piernas aún parecían proporcionados, pero Ginebra podía ver su futuro. Padre e hijo.

—Vos debéis de ser la nueva esposa de nuestro Arturo. —Sir Héctor la miró de arriba abajo como si estuviera exhibida en un puesto y decidiera si valía la pena el precio que le habían pedido—. Sois pequeña. Bonito cabello. Buenos dientes. ¿Del sur?

Ginebra no sabía cómo responder. Asintió en silencio, sin querer hablar ni mostrar los dientes, para que no descubriera algo que tal vez no aprobara. Las piedras le preocupaban, pero no podía perseguir a una mujer entre la multitud. Además, podía haber sido otra cosa: una manzana, dura y gris. Podía ser. Por otro lado, ¿qué amenaza suponía una mujer con una piedra? Ginebra estaba ahí para proteger a Arturo de la magia, no de piedras.

—Reina Ginebra —dijo Mordred, molesto, por lo que su voz era delgada y tensa—. Os presento a Sir Héctor y a Sir Kay, caballeros de Camelot.

—¡Y padre del rey! —dijo Sir Héctor, inflando el pecho hasta quedar casi igualado con su vientre.

Ella sabía quiénes eran, por supuesto. Merlín se había llevado a Arturo cuando era un bebé. Y, cuando se había dado cuenta de que no podía criar a un rey, había entregado al joven Arturo a un caballero para que lo entrenara en las cosas que necesitaría saber.

Pero... ¿ese caballero? Ciertamente, Merlín era un misterio, pero ella le encontraba menos sentido a la elección de ese hombre para educar al rey que a ninguna otra cosa que hubiera hecho.

—Lo siento, no hemos estado en la boda —dijo Sir Kay, sonriendo. Le faltaban varios dientes. Ella no creyó que le volvieran a crecer, pero se negó a preguntar—. Estábamos en una cruzada. ¡Y el matrimonio ha sido un asunto tan repentino! Nos enteramos demasiado tarde.

—En una cruzada —repitió Mordred, con un tono seco.

—Sí, en una cruzada. Oímos hablar de un Señor en el sureste, que tiene doncellas cautivas. Así que fuimos a investigar.

—¿Y?

Sir Héctor se encogió de hombros, y su armadura de cuero crujió. Estaba agrietada y desgastada. Varias de sus manchas parecían más de vino que de sangre.

—Resultó que tiene muchas hijas. Muchas, muchas hijas. Ha intentado convencernos de que nos lleváramos a unas cuantas. Pero ¿quién tiene tiempo para las mujeres?

—Quién, claro —murmuró Brangien.

—¿Vives en Camelot? —preguntó Ginebra, sabiendo que como reina debería poder conversar con el padre y hermano adoptivos de Arturo, pero un poco perdida en cuanto a los temas.

—No, no es lo nuestro. —Sir Kay miró un puesto de cerveza con interés—. Somos caballeros itinerantes. Siempre lo hemos sido.

—Mercenarios —dijo Mordred.

—Los mercenarios son contratados por reyes y tiranos. Nosotros brindamos nuestros servicios a los humildes, a los necesitados.

Mordred se acercó para que solo Ginebra escuchara sus palabras.

—A aquellos que están tan desesperados que no pueden pagar mejor.

—Vamos. —Sir Héctor le dio una palmada en el hombro. A pesar de que sus brazos eran delgados, sus manos eran enormes y el golpe fue involuntariamente fuerte—. Sentaos con nosotros. Quiero conocer a la esposa de Art.

—Pensé que sería más alta. —Sir Kay le hizo una seña al vendedor de cerveza para indicarle que le comprarían.

—Bastante bonita, sin embargo, si te gustan pequeñas.

La cara de Ginebra ardía. ¿Todos hablaban de ella de esa manera, pero eran demasiado amables para dejárselo oír? Brangien levantó la vista por detrás de los caballeros. Mordred miró ansiosamente hacia el centro de la feria.

—Podríamos perderlos en la multitud —susurró Mordred.

—Son la familia de mi esposo.

—Yo soy la familia de tu marido. Ellos son una vergüenza.

Sir Héctor les hizo un gesto para que se unieran a él y a Sir Kay.

—¡He encontrado una carpa para nosotros! Podemos tomar una buena copa a la sombra.

En realidad, Ginebra quería seguir paseando en compañía de Mordred y de Brangien, pero hubiera sido grosero por su parte. Y mientras a *ella* no le molestaba ser grosera, a la reina, sí. Con un gesto de disculpa hacia Mordred, siguió a Sir Héctor y a Sir Kay a una pequeña carpa. Los hombres se sentaron en el suelo, reservando las dos sillas para ella y Brangien. De inmediato, Brangien sacó la costura de su bolso, aislándose de la conversación. Mordred se quedó a la entrada de la carpa.

—Estaré justo fuera —dijo, tras decidir, al parecer, que prefería el brillo del sol a la compañía de Sir Héctor y Sir Kay.

A Ginebra ninguno de los dos le parecía cautivante, pero le despertaban curiosidad. ¿Qué había visto Merlín que le había hecho pensar que sería mejor para Arturo ser criado por ellos? Les llevó menos de treinta minutos emborracharse lo suficiente como para que sus historias se volvieran interesantes. Luego, la paciencia de Ginebra fue recompensada y entendió la decisión de Merlín.

—¿Hace cuánto, diez años? —preguntó Sir Héctor.

—Diez años —asintió Sir Kay, mirando con fijeza su jarra vacía.

—Uther Pendragón estaba todavía en el trono. Y no digo que esté descontento con Art como rey. Es un gran rey.

—Un rey muy bueno —dijo Sir Kay, encogiéndose de hombros.

—Pero nuestras vidas eran mucho más fáciles con Uther Pendragón.

Ginebra frunció el ceño.

—Creía que era un tirano terrible y violento.

—¡Oh, sí! Absolutamente. Lo que he querido decir es que había mucho trabajo para los caballeros contratados como nosotros. Cuando el rey no piensa dos veces en utilizar a un hechicero para *conquistar* a la esposa de otro hombre, mientras lo asesina, bueno, ya os podéis imaginar lo que sucedía en el campo.

—Por no mencionar a las hadas —agregó Sir Kay.

Sir Héctor dejó escapar un soplo de aire ruidoso y húmedo entre sus labios.

—Hadas. ¡Bah! —dijo dándole cariñosas palmadas a su espada.

Sir Kay levantó su vaso.

—Pobre Igraine. He oído que era hermosa.

—Debió de haberlo sido, para que Uther se tomara tantas molestias.

Brangien clavó su aguja en la tela. Ginebra no la culpó por la rabia silenciosa que despertaba en ella la forma en la que esos hombres hablaban de la madre de Arturo. Merlín le había contado la historia. Uther Pendragón, el rey entre los señores de la guerra, había visto a Igraine durante la negociación de un tratado. Había intentado llevársela a la cama, pero ella lo había rechazado. Amaba a su marido profundamente. Y Uther quería eso más de lo que quería poseerla: quería sentir lo que era ser tan amado por una mujer. Uther atrajo al marido de Igraine a una batalla, atrapándolo allí. Usando magia negra, se hizo pasar por su marido y entró en sus aposentos en medio de la noche, declarando que había ganado la batalla, y entonces, tomó lo que ella voluntariamente le daba al esposo que amaba. Pero no significó nada, no cambió nada, porque ella no lo amaba. ¿Quién hubiera podido?

Uther dejó a su esposo muerto y a Arturo en su vientre.

Igraine tenía hijos más grandes. La madre de Mordred estaba entre ellos. Morgana le Fay, la madre de Mordred y hermanastra de Arturo, quería venganza. Cuando Arturo nació, la señora Igraine murió de fiebre. Morgana le Fay planeó matar al niño y entregarle el cuerpo a Uther. Fue entonces cuando Merlín lo encontró y se lo llevó.

—Art era demasiado joven para defenderse en ese momento, así que nos lo llevamos como nuestro paje. ¡Cómo lloró cuando encontramos esa aldea devastada! ¿Te acuerdas?

Sir Kay asintió, limpiándose la nariz.

—Lloró toda la noche. No servía de nada llorar. Ya estaban todos muertos. Siempre ha sido un blando.

—Si nos detuviéramos a llorar por todos los que han muerto a causa de Uther Pendragón, tendríamos un lago propio.

—¡Tal vez de ahí ha salido el lago de Camelot! —Sir Kay se palmeó la pierna como si hubiera hecho un comentario gracioso.

—¡Tal vez la Dama del Lago se ha escurrido de su mocosa nariz! —Sir Héctor se rio tanto que se puso morado. Finalmente, recuperó el aliento y tomó otro trago—. De todas formas, lo que estaba diciendo. Le enseñamos a Art cómo era el mundo, pueblo a pueblo. Incluso luchamos contra unos cuantos caballeros feéricos.

Brangien carraspeó de una manera extraña.

—Nadie quedó más sorprendido que nosotros cuando sacó la espada de la piedra —dijo Sir Kay—. Eso lo sabéis, ¿verdad? Una gran piedra con una espada clavada en el medio solía estar en el centro de Camelot. Antigua como el tiempo. Nadie sabía de dónde ni de cuándo era. Pero la espada no había perdido su filo ni se había oxidado. Y en la piedra estaba escrito que solo el verdadero rey podría poseerla. Ponía furioso al viejo Uther Pendragón. No podía mover ni la espada ni la piedra que la sostenía. Nadie pudo. El gran misterio de Camelot. ¡Y pensar que todo ese tiempo tuvimos al verdadero rey con nosotros, lustrando nuestras botas y alimentando a nuestros caballos y cocinando nuestras comidas! —Sir Kay sonrió con orgullo—. No muchos pueden decir que solían azotar al rey por quemar su desayuno. ¿Recuerdas esa vez…?

Ginebra dejó que su narración serpenteara, perdidos como estaban en sus propios recuerdos, cada uno dando detalles sobre el momento en que habían sido contratados por un pueblo para matar a un dragón y habían engañado a los aldeanos para que pensaran que lo habían hecho.

Al escuchar lo que habían visto y hecho en los años al servicio de Uther Pendragón, la decisión de Merlín de dejar a Arturo con ellos adquirió la claridad de un cristal en su mente. Si Arturo se hubiera criado recluido en el bosque, bajo la tutela de un amable mago, ¿cómo habría conocido el trabajo que debía hacerse?

Había visto el sufrimiento impuesto por su padre. Había visto cómo un tirano torturaba la tierra. Había visto lo poco útiles que eran los hombres como Sir Héctor y Sir Kay. Y en lugar de dejar que eso lo quebrara, en lugar de dejar que la tragedia y la violencia de su propia existencia lo volvieran amargado e iracundo, había decidido hacer algo al respecto.

Había decidido convertirse en el rey que su tierra necesitaba.

Merlín nunca caminaba en línea recta. Sus elecciones, a menudo, parecían absurdas o equivocadas. Pero él veía a través del tiempo, perforándolo con la flecha de su magia, y siempre daba en el blanco. Era tranquilizador. Podía no haberla dotado de tanto conocimiento como necesitaba con respecto a la amenaza que se avecinaba, pero si la había enviado allí, debía de ser porque era donde debía estar. El tiempo lo probaría.

—Gracias, buenos señores. —Ginebra se puso de pie, interrumpiéndolos en la mitad de una historia sobre haber prendido fuego a unos cerdos para asustar a una banda de ladrones—. Esto ha sido de lo más informativo.

Se apresuraron a ponerse de pie. Ginebra inclinó la cabeza y ellos hicieron una reverencia. Brangien levantó los ojos aliviada, guardando el bordado. Ginebra avanzó hacia la luz del día, ahora cegadora, seguida de sus voces.

—Sus senos son bastante pequeños —dijo Sir Héctor.

—Tiene un rostro bastante bonito, sin embargo. Siempre se pueden encontrar pechos grandes en otra parte.

Ella se arrepintió de haberles dedicado algún pensamiento amable. Merlín podía haber tomado la decisión correcta, pero eso no quería decir que tuvieran que agradarle. Ni en ese momento ni nunca.

CAPÍTULO OCHO

—Me siento como si fuera ganado —le susurró Ginebra a Brangien cuando la carpa se cerró detrás de ella, dejando a Sir Héctor y a Sir Kay en su interior.

—Al menos son solo palabras y no manos. —Brangien miró hacia la carpa—. A excepción de Sir Tristán y el rey Arturo, podría prescindir de los hombres por completo.

—Me ofendes, bella doncella. —Mordred se irguió, apoyado contra un puesto. Les mostró dos ciruelas perfectas.

Brangien le arrebató la ciruela y la mordió agresivamente, dándole la espalda a Mordred. Ginebra sostuvo la suya, acariciando su piel suave. No tenía historias que contar. De todos modos, ya había tenido suficientes historias ese día.

—Nos encontraremos con mi tío, el rey, en las herrerías. —Mordred señaló en dirección a ellas.

Era un alivio que pronto pudiera ponerse manos a la obra.

Mordred las guio al otro extremo de la feria, entre la gente y los puestos. Las herrerías estaban lejos del resto debido al calor y al humo. Al ver a Arturo esperándolos allí, Ginebra sintió que su corazón se aligeraba. Todo lo que había escuchado sobre él le confirmaba que había tomado la decisión correcta yendo a ese lugar. Arturo era un protector, y era algo muy bueno proteger a un protector. Sonrió al darle el brazo. El sol reverberaba en su corona de plata, y la multitud le cedía el paso, respetuosa, con la ayuda de los caballeros que hacían un cerco a su alrededor.

—¿Has disfrutado de la feria? —preguntó.

—Ha sido... un paseo esclarecedor.

—Nunca adivinarás con quién nos encontramos —dijo Mordred.

—¿Con quién? —preguntó Arturo.

—Te daré una pista: han evaluado a tu esposa perfecta con comentarios sobre sus dientes, su cabello y el tamaño de sus...

—¡Sir Héctor y Sir Kay están aquí! —exclamó Arturo, llevándose la mano a la cara.

Ginebra le dio una palmadita en el brazo.

—Ha sido muy informativo.

—Te ruego que aceptes mis disculpas por todo lo que han dicho, y por cualquier cosa que puedan decir en el futuro. Tienen buenas intenciones, pero... —Hizo una pausa—. En realidad, no estoy seguro de que tengan buenas intenciones. Pero son criaturas benignas. Si no son buenos, al menos no son malos.

Mordred se guardó un pañuelo en el chaleco.

—Su olor, por otro lado...

Brangien se echó a reír, y luego bajó la cabeza con modestia. Mordred se encontró con los ojos de Ginebra y sonrió ante la victoria de haber hecho reír a Brangien. Ella le devolvió la sonrisa. Se sentía mejor al haber vuelto con Arturo y ocuparse de un problema para el que tenía un plan.

El lugar en el que trabajaban los herreros, protegido por la sombra, irradiaba calor. Había menos gente allí; la mayoría no podía pagar lo que los herreros pedían. Pero Arturo y Mordred conocían a los mejores. Sus puestos eran los más próximos al centro de la feria.

—A mi reina le gustaría un alambre de hierro tan fino como el hilo —le explicó Arturo a un herrero con brazos como troncos de árboles.

—¿Para qué? —preguntó Mordred.

—Para entrelazarlo en mi cabello. Ahora que estoy casada no puedo usar joyas —dijo Ginebra. Esa era una regla que no conocía hasta que Brangien la había mencionado—. Pensé que el metal le daría buen brillo. Sin embargo, tiene que ser muy delgado y flexible, para que pueda entretejerlo como yo quiera.

—No entiendo las modas de las mujeres. —Mordred frunció el ceño, mientras examinaba una serie de dagas y espadas.

El herrero no tenía reparos. Se rascó la barba, con una mueca pensativa en el rostro ennegrecido por el humo. Su pelo estaba cortado tan al ras como el de Arturo. Ahora que Ginebra lo pensaba, casi todos en la feria llevaban el cabello muy corto. Solo los hombres obviamente ricos tenían el pelo más largo.

—Puedo hacerlo —dijo el herrero—. Dadme una hora.

Pasaron el tiempo mirando otras mercancías. Arturo le compró a Ginebra una bonita daga de hierro. Cuando ella la tocó, fue como si sonara una nota demasiado grave como para que sus oídos la escucharan. Fue desconcertante. La guardó en su vaina y la sensación cesó.

Brangien le pasó una bolsa a Arturo; luego, pidió permiso para ir a buscar sola algunas provisiones, prometiendo encontrarse con ellos más tarde.

—Ve —dijo Ginebra—. Tómate el resto del día para ti. Te veré en el castillo. —De esa manera, sería libre de usar el túnel en lugar de la balsa. Con una sonrisa agradecida y emocionada, Brangien hizo una reverencia y regresó a la feria.

—¿Por qué no plata? —preguntó Mordred, probando el peso y el balance de una espada. Aunque no se uniera a los caballeros en la arena, no había duda de que era hábil con la espada. Parecía una extensión de su brazo; tenía una habilidad letal y movimientos dúctiles.

—¿Plata? —Ginebra levantó la vista de las herraduras que pretendía examinar en lugar de mirar a Mordred y a su espada. Arturo estaba cerca, hablando con el herrero sobre algo; Mordred no había abandonado su lugar junto a Ginebra.

—Para vuestro pelo. La plata brilla más que el hierro.

—Oh, sí. Claro. No estoy segura de que funcione. Quiero probar con un metal menos precioso antes de gastar el dinero del rey Arturo en plata. Esto ya es una frivolidad.

Mordred insinuó una sonrisa.

—Pensé que a las damas se las alentaba a ser frívolas, que era un deber de su jerarquía.

—Si piensas tan mal de nosotras, tal vez esa sea la razón por la que aún no te has casado.

Mordred se rio.

—Pienso muy bien de las mujeres. Intimidantes y maravillosas, cada una de ellas. Vos, en particular, me parecéis de lo más fascinante. Un enigma.

—No soy tal cosa. —Ginebra levantó una herradura, como si tuviera alguna idea de cómo juzgar su calidad.

—A diferencia de la mayoría en la ciudad, he visitado el extremo sur de la isla, y vos no tenéis acento sureño.

Ginebra se sobresaltó.

—Yo... Mi tiempo en el convento debe de haberlo suavizado.

—Mmm. Además, nunca he visto a una dama de vuestra posición tan deslumbrada por un mercado, o tan dispuesta a sonreír e interactuar con una sucia chiquilla que cuida pollos.

Ella refunfuñó en su defensa.

—Arturo ama a toda su gente.

—Sí, pero Arturo no ha sido criado rey. Ha sido criado como un sirviente. Él ve el mundo como ningún noble ha podido verlo jamás. Y vos, creo, lo veis como ninguna princesa lo haría. —Levantó las manos—. No es una crítica. Estoy sorprendido, eso es todo. No esperaba algo como vos.

Su voz se volvió fría y pesada como el hierro.

—Siento no cumplir con sus expectativas, Sir Mordred.

Se acercó, levantando otra de las herraduras. Podía sentir el calor de él a su lado.

—No lo sienta, mi señora Ginebra.

Un estruendo de risas atrajo su atención, y sonrió aliviada por esa pausa en el intenso intercambio con Mordred. Un grupo de niños tenía una pelota de cuero y le daban patadas en un terreno abierto, en medio de las herrerías. Arturo jugaba con ellos, y en ese momento balanceaba la pelota sobre su cabeza. Un niño se abalanzó sobre él, haciéndola caer. Los que observaban contuvieron la respiración. El niño había golpeado al rey.

Arturo se rio aún más fuerte, agarrando al niño y levantándolo en el aire antes de que pudiera alcanzar la pelota.

—A veces me olvido de lo joven que es —dijo Mordred, con voz suave.

—¡Ginebra! —llamó Arturo, bajando al niño y dándole una patada a la pelota para que los demás corrieran detrás de ella. Ginebra se acercó de prisa, sintiéndose extrañamente más tranquila una vez que se hubo alejado de Mordred; y también agradecida, por escapar de la conversación y de sus comentarios algo inconvenientes. Le dirigió a Arturo una sonrisa falsamente brillante.

—Mordred presta mucha atención a los detalles. —Sus ojos se agrandaron, tratando de transmitir con la mirada más que sus palabras—. Por ejemplo, mi forma de hablar.

Arturo frunció el ceño, luego sacudió la cabeza.

—Nada tienes que temer. Si me habla de eso, calmaré sus sospechas. —Puso su mano en el pliegue del codo de Ginebra—. Vamos, el hierro debe de estar listo.

Examinó cada una de las delgadas hebras, esta vez con el ojo atento de quien sabe exactamente lo que necesita. Cumplían con todos los requisitos. Elogió por su trabajo al herrero, que hizo una reverencia rígida, haciendo crujir su grueso delantal de cuero.

—Es un placer. Cualquier cosa para el rey, lo que significa cualquier cosa también para su reina.

Su trabajo esa noche sería agotador y difícil. Quería empezar lo antes posible.

—¿Podemos regresar? —le susurró a Arturo mientras volvían a la feria. Buscó entre la multitud a la misteriosa mujer o alguna señal de las piedras, pero no vio nada—. Tengo mucho que hacer. Y me gustaría regresar por el túnel, si es posible. —No podría conservar la fuerza que necesitaba si tenía que atravesar el agua de nuevo. La hacía sentir tonta y débil, y eso no era una base sólida para la magia.

—Sí, por supuesto, déjame...

—Mi señor rey —llamó uno de los caballeros de Arturo, corriendo hacia ellos y haciendo una reverencia. Le pareció que era Sir Gawain, pero no estaba segura. Era joven como Arturo, imberbe—. Hemos recibido a otro mensajero. —Le tendió un pliego de papel, sellado con cera negra.

—Sir Maleagant —susurró Arturo.

—¿Qué pasa? —preguntó Ginebra y Arturo le sonrió. Pero era demasiado honesto como para mantener una sonrisa falsa que se desdibujó en su rostro mientras la preocupación arrugaba su frente.

—No estoy seguro. Pero debo hablar con esos hombres.

—Puedo esperar —dijo Ginebra.

—No debes esperar por mi culpa. ¿Mordred? —Él se acercó, adelantándose desde los bordes de la comitiva.

—¿Sí, tío, mi rey?

—¿Acompañarías a Ginebra de vuelta al castillo? Está fatigada. Usa mi bote privado.

Mordred lo entendió y asintió.

—Sé exactamente el bote que la dama prefiere. La llevaré al castillo y luego volveré.

—Gracias. —Arturo apretó el hombro de Mordred—. Necesitaré tu consejo sobre esto.

Mordred hizo una reverencia, y luego extendió la mano para conducir a Ginebra. No le ofreció su brazo, algo de lo que ella se alegró.

—¿Es esto apropiado? —preguntó mientras se alejaban de la feria hacia sus caballos. No sabía si estaba permitido que estuviera a solas con Mordred. Y después de la forma en que Sir Héctor y Sir Kay habían hablado de ella, se preocupaba por las apariencias.

—Seguramente si mi tío, el rey, confía en que yo os deje sana y salva en el castillo, vos también podéis confiar.

—Claro, no es eso, no he dicho que...

Mordred se rio.

—Me gusta la forma en que os ruborizáis debajo de vuestras pecas. Más señoras deberían intentar conseguir pecas. Son muy encantadoras. —Ginebra frunció el ceño y Mordred cambió la expresión de su rostro para mostrarse ingenuamente comprensivo—. Por supuesto que no habéis dicho eso. Y normalmente una dama sería acompañada por su doncella. Pero Brangien está entretenida en el mercado, y vos parecíais tener una necesidad urgente de regresar al castillo. Soy el sobrino de vuestro marido. Si uno no puede confiar en la familia, ¿en quién puede confiar?

Ginebra no tenía respuesta. Montó en su caballo torpemente, mientras Mordred traía su yegua.

—Habladme de vuestra familia —dijo mientras cabalgaban bordeando el lago. Con toda la gente reunida en el mercado, estaban prácticamente solos. Las rocas negras y lisas de la orilla contrastaban con el verde vivo de la hierba. Ginebra miraba hacia la llanura, no hacia el lago.

—Mi padre es el rey Leodegrance. Mi madre murió hace varios años. Tengo dos hermanastros y una hermana. Ella es más joven que yo. No nos hemos visto en tres años, desde que me enviaron al convento a prepararme para ser una esposa.

¿Extrañaba su familia a Ginebra? ¿Alguna vez había pensado su padre en ella? Él había aceptado la alianza matrimonial sin conocer a Arturo. Ni siquiera había ido al convento para ver que su *hija* fuera entregada sana y salva a los hombres de su marido.

En algún lugar, la hermana de la difunta Ginebra creía todavía que no estaba sola. Esa era la parte más cruel del engaño. La Ginebra muerta había sido una hermana, una hija. Y esa gente no tenía ni idea de que la muchacha que habían conocido, y que, con suerte, habían amado, se había ido, había sido sustituida por otra.

Ginebra no se sentía culpable por engañar a Camelot. Era necesario. Pero sentía mucha lástima por la muchacha cuya muerte lo había hecho posible.

—Me disculpo —dijo Mordred—. Os habéis puesto triste, pensando en vuestra familia. No debería haber preguntado.

—No, está bien. —Ginebra apresuró su caballo para que no estuvieran a la par y él pudiera ver su rostro, con esos ojos que siempre veían demasiado—. Estoy feliz aquí. No he dejado nada atrás que eche de menos.

Excepto los árboles, la pequeña cabaña que barría, y Merlín. Era extraño pensar en el padre de Ginebra, preguntarse cómo era. Ella nunca había pensado en Merlín como su propio padre. Había sido su mentor, su maestro. Cuando pensaba en él como un padre, lo sentía como una túnica demasiado apretada, dura, que le tiraba.

Merlín no era un hombre, no exactamente. Era algo intermedio. Nunca se había preguntado en qué la convertía eso. No parecía algo importante cuando solo se trataba de ellos dos. Pero en ese momento, rodeada de seres humanos, se sentía distante. ¿Era por las mentiras con las que se disfrazaba? ¿O era porque tenía demasiado de Merlín en ella como para pertenecer a aquel lugar de verdad?

Ella no tenía sus poderes. Los suyos eran una gota comparados con aquel torrente. Ella había sido firmemente plantada en la corriente del tiempo, mientras que Merlín existía en algún lugar por fuera. Por mucho que fuera la única figura de su pasado, seguía siendo un enigma.

Quizás ese era otro de los motivos por los que se sentía tan cómoda con Arturo: ambos tenían padres complicados. Pero el de ella, de lejos, era el mejor.

Cuando llegaron al pasaje subterráneo, Mordred desmontó.

—¿Qué haremos con los caballos? —preguntó Ginebra.

—Saben a dónde ir. —Acarició el cuello de su yegua blanca—. Ella siempre lo sabe.

Le susurró algo al caballo y luego le tendió una mano a Ginebra. Ella la aceptó. Una chispa. Un momento que sintió como una llama purificadora, quemando todo lo impuro y dejando solo la verdad. Dio un grito ahogado al avanzar demasiado rápido por su sorpresa. Mordred la sujetó. Su corazón latía veloz, al mismo ritmo que el de ella, que se quedó pegada a él. Respiró una vez, dos veces, demasiadas veces.

Luego, retrocedió, tropezó con su caballo y se movió a tientas para evitar pisarle los cascos o ser pisada.

Mordred calmó al caballo, susurrándole. Entonces, ambos caballos se alejaron.

—Realmente estáis cansada —dijo—. Casi os caéis.

—Sí. Cansada. —Lo siguió en silencio a través del túnel, sintiendo aún la energía en su mano. ¿Había sido su percepción? ¿O había sido... Mordred?

¿Y por qué la mano de Arturo nunca la había hecho sentir así?

En muchos sentidos, fue un alivio despedirse de Mordred y encerrarse en su habitación. Se apoyó contra la puerta, tratando de calmar su corazón. Tenía trabajo que hacer. Nada más importaba.

Se tomó un breve momento para imaginar otro día como ese: una feria, disfrutando del paseo sin buscar amenazas; una visita a las herrerías a por joyas en lugar de armas; un momento robado detrás de una carpa con...

¿Con quién?

Tonterías y egoísmo. Desconocía cuándo se cumpliría la amenaza. No podía permitirse ser complaciente o soñadora. El peligro para Arturo podía estar cerca, o a años de distancia. Se prepararía para todo, comenzando por el castillo y siguiendo hacia el exterior, trazando círculo tras círculo de protección alrededor de su rey.

Arturo había sido la vocación de su vida para Merlín desde antes de existir. Ginebra veía su tiempo allí de la misma manera. Duraría tanto como Arturo lo necesitara.

Sacó los hilos de hierro de la bolsa que llevaba y entró en la habitación de Arturo. El herrero había hecho bien su trabajo. El hilo de hierro era delgado y maleable. Se entretuvo con la fácil tarea de dar forma a los nudos básicos. Había recibido un número exacto de las puertas del castillo de Arturo. Las ventanas no se abrían y las hojas de vidrio estaban sujetas con metal, por lo que no era esencial protegerlas. Era una suerte, porque no tenía suficiente sangre para eso.

Una vez que se formaron todos los nudos, se arrodilló en el suelo y dispuso los hechizos de metal en un círculo a su alrededor. Tenía a Arturo en mente, al castillo, a todo lo que era Camelot. Era la esperanza de la humanidad, la promesa de un futuro libre de caos, en el que los seres humanos podrían crecer y aprender y vivir como debían. Ella creía en Arturo. Ella creía en Camelot.

Sacó la daga que Arturo le había regalado y se cortó el labio inferior.

Inclinándose sobre el primer nudo de hierro, presionó contra él su labio sangrante y susurró lo que le estaba pidiendo al hierro. El nudo de hierro se calentó, y luego la sangre desapareció, aceptada y absorbida. Ella se movió al siguiente nudo, y al siguiente, y al siguiente. Cuando el último nudo de hierro brilló y se selló, estaba mareada y aturdida. Sacó su pañuelo y se frotó el labio. El hierro había pedido más sangre de la que había previsto.

La puerta se abrió. Ginebra se levantó para saludar a Arturo, luego se tambaleó y se cayó al suelo.

Él corrió a su lado.

—¿Qué ha pasado?

Sus párpados eran pesados, su cabeza, ligera.

—Es solo la magia. Se necesita más que aliento y cabello para sellar un castillo.

—Tu labio está sangrando.

Ella tocó la sangre con su lengua. Sabía a hierro. Se estremeció, asqueada. Por eso tenía que usar la sangre. Era el único pedacito de magia que el hierro aceptaría. Y era una prueba de que, a diferencia de Merlín, ella era humana.

—Se curará. Los nudos están listos. Pero no puedo colocarlos todavía. No estaría bien que la reina deambulara por el castillo, sangrando y desmayándose.

Arturo se echó a reír, aunque su risa era tensa.

—No, eso no estaría nada bien. —La levantó y la depositó en mitad de su cama—. ¿Puedo terminarlo yo?

—Debo ser yo. El hierro no escucharía a nadie más.

—Bueno, dile al hierro que soy su rey y que debe obedecerme.

Ginebra se hundió en el colchón de plumas y se cubrió la frente con el brazo.

—El hierro no responde a ningún rey. Solo le gusta la sangre.

Arturo se sentó a su lado en la cama, apoyando la espalda contra la pared de roca detrás de ella.

—He construido todo mi reino sobre la mordedura del hierro y el derrame de sangre.

Ginebra se puso de costado y lo miró. Los ojos de él estaban cerrados. Quería acercarse, descansar su mano en su brazo, pero él parecía muy separado de ella.

—Has construido tu reino sobre la justicia, sobre la paz. El precio ha sido alto, pero he visto Camelot. He visto a tu gente, y he visto lo que temen. —Recordó el bosque, la casa, el niño, todos devorados. Conocía las historias de la gran guerra con la Reina Oscura y su bosque de sangre.

Arrancar a Excalibur de la piedra había sido solo el comienzo para Arturo. Él era el puente entre el hombre y la magia, entre tiranos, como Uther, y el caos, como la Reina Oscura de las hadas. Merlín tenía razón. El mundo necesitaba a Arturo. Él era la mejor oportunidad que tenía la humanidad.

Arturo presionó su pulgar tan suavemente como un murmullo contra su labio inferior. Luego lo levantó.

—No más sangre.

—La sangre se detiene. La paz y la protección perduran. —Cerró los ojos. Pero aunque estaba débil, no podía dormir. Dolía demasiado. Su sangre estaba tan helada que quemaba, y se abría paso por su cuerpo clavando aguijones de dolor—. Cuéntame una historia. Cuéntame cómo derrotaste a la Reina Oscura. He escuchado la versión de Merlín, y ya sabes lo confusas que son sus historias. Empiezan por el medio y se van enredando más y más desde ahí.

Arturo suspiró y se recostó; quedó tendido a su lado con las manos detrás de la cabeza. Su peso hundió el colchón y ella rodó más cerca. Ninguno de los dos se movió.

—Primero vinieron los lobos —dijo.

Primero vinieron los lobos.

Dientes y mandíbulas cubiertos de la sangre pegajosa de las gargantas que ya habían desgarrado. Pero los hombres podían luchar contra los lobos, y lo hicieron. Los lobos se perdieron de nuevo en la oscuridad, repelidos.

Luego vinieron los insectos, arrastrándose, mordiendo, pululando. Un hombre no puede luchar contra mil avispas con una espada. Merlín convocó a los pájaros, bandadas de estorninos y parvadas de cuervos, tan densas que su aleteo era como un huracán y la envergadura de sus alas ocultaba el sol. Los pájaros se comieron a los insectos.

Entonces la Reina Oscura despertó a los árboles. Un bosque en el que no había habido ninguno. Espíritus antiguos pero lo suficientemente frágiles como para temer a los hombres, odiar a los hombres. Los árboles separaron a los soldados. Daban voces de dolor, de terror, y los lobos los encontraron.

Merlín convocó al fuego, que azotó los árboles con una fuerza terrible. Los árboles sintieron morir a sus hermanos y hermanas. Temblaron y se estremecieron. ¿Qué podía hacer el amor de una Reina Oscura contra el fuego de un mago loco? Mejor vivir cien años antes que probar el hacha del hombre, o que arder en un instante. Y así, cuando Merlín invitó a los árboles a dormirse, hundieron sus espíritus en lo más profundo del suelo, lejos de donde la Reina Oscura pudiera convocarlos.

Merlín sofocó el fuego. Los hombres salían trastabillando de entre los árboles. Los lobos se quedaron en las sombras. La Reina Oscura emergió, rodeada por sus caballeros. Llevaban armaduras de piedra, de raíces, de cráneos y huesos. Serpientes, que mostraban sus colmillos, les envolvían los brazos. Los murciélagos colgaban de sus espaldas, batiendo sus alas, listos para volar a la batalla.

Merlín le dijo que se detuviera. Ella se echó a reír; su risa sonaba como el llanto de los bebés, los gritos de las mujeres, los jadeos agonizantes de los hombres. ¿Qué harás, viejo, contra el agua?

Los hombres temblaron. Cayeron de rodillas en su desesperación. Estaban a orillas de un gran lago. Las aves no podían luchar contra el agua. El fuego no podía hacerla retroceder. Las espadas no podían detener un diluvio igual que no podían crecer si se plantaban en el suelo.

La Reina Oscura levantó su mano, llamando a su destrucción.

El agua se mantuvo fría y quieta. Inmóvil.

La Reina Oscura gritó de rabia, exigiendo, rogando. Pero aun así, el agua no se unió a ella. Bosque y agua, siempre aliados, siempre compañeros, ahora divididos.

Arturo ralentizó su relato. Fluía pausado, las imágenes que pintaba para Ginebra se volvieron de pronto menos narrativas y más... personales.

—La Dama del Lago —susurró— se puso de mi lado, al igual que Merlín. Pero el resto dependía de mí. —Entonces, volvió a poner la historia en su lugar, como acomodando una manta alrededor de Ginebra, mientras le contaba el resto.

Los temibles caballeros feéricos salieron a la carga. Arturo, solo, se enfrentó a ellos. Excalibur los atravesó, los deshizo. El Caballero Verde, antiguo dios del bosque y enemigo imbatible, se convirtió en hojas y ramas muertas. Los murciélagos se soltaron del Caballero Negro, aleteando ciegamente y dejando caer su vasallaje para que se estrellara como un cristal contra el suelo. Las serpientes huyeron; los cráneos y los huesos del Caballero Muerto volvieron a ser cosas sin vida una vez más. Donde había habido un peligro viviente, de pesadilla, ahora no había más que despojos de épocas pasadas.

La Reina Oscura estaba sola.

Merlín no quería matarla, no quería verla acabada. Le pidió que se retirara, como lo habían hecho los árboles, que se recluyera en lo profundo de la tierra y dejara que el caos durmiera.

Un gran ciervo salió como una flecha entre los árboles, sus ojos enrojecidos por la locura. Bajó la cabeza y cargó contra la Reina Oscura. La empaló, levantándola en el aire. Sus brazos estaban extendidos, su rostro beatífico. Luego el ciervo se dio la vuelta y desapareció entre los árboles, enterrando en el bosque a la Reina Oscura para siempre.

CAPÍTULO NUEVE

—No —dijo Ginebra. La historia coincidía con lo que Merlín le había contado por partes. Él narraba de la misma manera en la que el halcón gruñón reparte comida: un poco aquí, un poco allá, dejándola caer sobre las cabezas cuando menos se la espera. Ginebra se esforzaba por seguirlo, pues el relato la fascinaba—. La Reina Oscura no está muerta. Viste a los caballeros. No los asesinaron, los *deshicieron*. Ella no fue deshecha.

Arturo se puso de costado para quedar cara a cara.

—La seguí. —Suspiró. Si la primera historia era un horror teñido de sangre, esa parte era un paisaje más allá del horror. La fatiga de tareas indescriptibles—. Atravesando bosques y llanuras, por fin, llegamos a un prado. Le disparé al ciervo. Su cuerpo cayó. Y entonces... la destruimos. —Cerró los ojos—. La Reina Oscura está muerta. Todavía hay rastros de su magia, el caos que muerde mis fronteras, como el pueblo que has visto. Eso solía pasar con regularidad. Ahora, es tan raro que la gente ha olvidado su terror a los árboles. Pronto caminarán y cazarán por los bosques, temiendo solo a las cosas que deben temer.

Ginebra se sintió extrañamente desanimada. Debería haberla aterrorizado pensar que podía enfrentarse a la Reina Oscura, pero al menos tendría un objetivo, un oponente.

—¿A qué debería temerle la gente? ¿A otros hombres, como Sir Maleagant? —Quería que le contara lo que decía la carta. Si no podía definir la amenaza que afrontaba, quería conocer todas las demás.

Arturo suspiró.

—Sí. A otros hombres. No necesitamos una Reina Oscura cuando tenemos tanta oscuridad dentro de nosotros mismos. Pero vamos a vencer al caos y la oscuridad. Me alegra que estés aquí. He estado peleando esta batalla durante mucho tiempo. Cuando perdí a Merlín, me quedé solo.

—Lamento que hayas tenido que desterrarlo.

—Fue lo mejor. La magia y Camelot no pueden existir en el mismo espacio. La magia, incluso la buena, prospera con el sacrificio y el caos, con el dolor. —Extendió la mano y tocó el labio de Ginebra una vez más—. Me apena que la magia deba irse. He visto maravillas y milagros. Me ha dado regalos inigualables. La Dama del Lago... —Su voz se volvió distante, y Ginebra sintió el aguijón de los celos. Porque por fin veía cómo era Arturo cuando echaba de menos algo. Y sabía que él nunca la echaría de menos de esa manera.

Ella no necesitaba que la echara de menos, ni tampoco lo quería. Estaba simplemente cansada. Eso era todo.

Arturo carraspeó, de vuelta a su lado, en lugar de estar muy lejos en un recuerdo de magia y maravilla bajo las aguas de un lago.

—Ella me pasó el testigo. Es la hora del hombre. Y haré lo que sea necesario, no importa lo difícil que sea, para construir el reino que se merece mi gente. Siempre elegiré lo mejor para Camelot, cueste lo que cueste. Nada se antepone a la paz y el orden, ni siquiera yo mismo. —Sonrió con cariño—. Tú lo entiendes. Gracias por servir a mi gente.

Ella solo había ido por él, Arturo era su gente.

Arturo era Camelot.

Después de unas pocas horas de descanso intermitente, estaba lista para completar su tarea. En medio de la noche, el castillo dormía a su alrededor mientras Arturo la llevaba de puerta en puerta.

Donde había guardias, él bromeaba con ellos sobre darle un paseo de medianoche a Ginebra por la casa.

Cuando colocó el último sello en la parte inferior de la última puerta, al ras del suelo donde nadie lo notaría, la tarea estuvo acabada. Ginebra estaba *acabada*.

Afortunadamente, habían terminado volviendo a la puerta exterior más cercana a sus habitaciones. Ginebra apenas podía mantenerse de pie. Ya no estaba conectada con el hierro de la misma forma que en sus hechizos menores con su cabello o su aliento. Había pagado el precio por adelantado, y era alto.

Arturo abrió la puerta y la llevó a su cama, dejándola en la oscuridad con un susurro de agradecimiento y un suave toque de sus labios sobre su frente.

El día estaba avanzado cuando por fin abandonó los sofocantes confines del sueño y se sentó, con los ojos nublados y aturdida.

—Buenos días —le dijo a Brangien, que cosía junto a la cama y dejó su bordado para correr al lado de Ginebra. Le puso la mano en la frente y luego le hizo beber una copa de vino con agua. Ginebra se rio, pero se la bebió toda, de buena gana. Tenía la garganta reseca y el estómago acalambrado del hambre.

—¡He dormido mucho! El día casi ha terminado.

—Habéis dormido dos días enteros, mi señora.

—¿Qué? —Ginebra levantó una mano que temblaba débilmente. Eso explicaba su hambre. Se había sentido tan fuerte al lado de Arturo, tan inspirada, que tal vez había ido demasiado lejos. Merlín no habría siquiera transpirado para lograr algo similar. Era injusto. Sus trucos eran infantiles en comparación con los elementos que él dominaba.

Pero podían pasar desapercibidos en Camelot. El poder de Merlín nunca lo había logrado.

Brangien acomodó unas almohadas detrás de la espalda de Ginebra, ayudándola a sentarse. Se preocupaba demasiado, pero ella la dejó hacer. Mientras comía el plato que Brangien le había traído, le preguntó qué se había perdido de la feria.

—Muchísimo cotilleo, todo sobre vos, así que supongo que no os habéis perdido nada.

Ginebra dejó caer su pan.

—¿Cotilleo? ¿Qué decían? —¿Alguien la habría visto a solas con Mordred? ¡*Sabía* que no debería haber aceptado aquello!

—Solo hablaban de vuestra pureza. Están terriblemente impresionados de que seáis tan virtuosa y delicada, y de que una noche entreteniendo al rey en su habitación requiera dos días de descanso. —Brangien levantó una ceja con ironía.

—¿Eso dicen? ¿La cama de Arturo es realmente tema de tanta habladuría?

—Todos están muy interesados en la joven que finalmente ha encontrado un lugar en ella. Muchas lo han intentado a lo largo de los años. Eso es puro cotilleo malicioso, claro, pero he escuchado de más de una fuente que Dindrane, la hermana de Sir Percival, una vez le pagó a un sirviente para que la metiera a escondidas en la habitación de Arturo, donde lo esperó... sola... en su cama... vestida como había venido al mundo.

—¡No!

—¡Sí! —Los ojos de Brangien brillaban divertidos—. Pero nuestro rey es tan virtuoso como fuerte y amable. No les pide a los demás lo que no haría él mismo. Así, para desposarse con una virgen, él mismo debía ser virgen.

Ginebra sabía muy poco de los hombres. Merlín apenas contaba como uno.

No sabía qué hacer con esa información sobre Arturo. Cambió de tema.

—Yo podría amar a Dindrane. ¿Te parece extraño? ¡Qué valiente ha de ser, qué audaz, para intentar un ataque tan directo!

Brangien se echó a reír y le entregó a Ginebra otra copa de vino con agua.

—Sois una dama sorprendente. Pero ella no tiene nada y por lo tanto, no tiene nada que perder. Tened cuidado con lo que le decís o hacéis en su presencia. La evitaremos siempre que sea posible.

—Gracias, Brangien. Sin ti, estaría perdida.

Ella fingió ignorar el cumplido, pero Ginebra se dio cuenta de que la ponía contenta. Dejó que Brangien cepillara y trenzara su cabello, mientras conversaba y le contaba todo lo demás. Arturo había ido a visitarla dos veces para ver cómo estaba, pero había partido esa mañana a atender sus asuntos.

Sin embargo, cuando Ginebra usó el orinal en privado, tuvo un disgusto terrible. La magia debía de haberla quebrado. Gritó asustada; necesitaba a Merlín, necesitaba a alguien.

Brangien se apresuró a entrar.

—¿Qué sucede?

—Sangre —dijo Ginebra, mirando su ropa interior con horror.

—Bueno, no es para tanto. No es el momento adecuado para concebir, de todos modos.

—¿Qué quieres decir? —Ginebra no pudo evitar que las lágrimas descendieran por su rostro. Ella misma se había destruido. Se desangraría hasta morir. No quedaría nadie para proteger a Arturo. Nadie sabría dónde había sido enterrada la verdadera Ginebra. Y ella misma moriría como una desconocida, sin amor y sin nombre.

La expresión de Brangien pasó del asombro a la lástima.

—¡Oh, mi señora! ¿No habíais…? ¿Esta es vuestra primera vez?

—¿Mi primera vez de qué? No lo entiendo. Me estoy muriendo, Brangien. Por favor, dile a Arturo…

Brangien la llevó a la cama. Recogió la ropa interior manchada de sangre y la puso con la ropa sucia. Luego, se encargó ella misma de traer ropa nueva, junto con varios paños de tela estrechos.

—Vuestro convento tiene mucho que explicar —se quejó—. Imaginaos, enviar a una niña a casarse que aún no ha comenzado sus ciclos, y que no entiende su propio cuerpo. —Brangien colocó un paño en la ropa interior y luego la deslizó por las temblorosas piernas de Ginebra—. Esto es normal. Saludable, incluso. Ocurrirá todos los meses hasta que la semilla de Arturo arraigue en vuestro vientre.

—¿Qué?

Brangien se echó a reír.

—No es del todo justo, ¿verdad? Pero es la naturaleza del cuerpo de las mujeres. Podéis tener algo de dolor, agotamiento incluso. Eso podría explicar los últimos días. Pero pasará en menos de una semana, y entonces estaréis espléndida como una mañana de verano. Hasta la próxima luna.

—¿Esto te pasa a ti también?

—Sí.

—Es horrible. ¿Quién ha diseñado este sistema?

Brangien se echó a reír.

—Creo que ha sido Dios, así que bienvenida seáis si se lo queréis reprochar. Mientras tanto, calentaré algunas toallas para que las pongáis sobre vuestro vientre. Os harán sentir mejor.

Ginebra estaba aún más dispuesta que antes a dejar que Brangien la cuidara. Se sentía frágil y extraña, desconcertada ante ese raro comportamiento de su propio cuerpo. También se sentía traicionada por no haber sabido que eso sucedería.

—¿Puedes...? —preguntó con voz quebrada. Sabía que los hombres y las mujeres tenían bebés. Todas las cosas se reproducían. Pero nunca había considerado las características específicas de cómo era en los seres humanos. Y Merlín nunca se lo había contado. Esa era una lección que no habría olvidado—. ¿Puedes explicarme la parte de las semillas? —preguntó.

Brangien dispuso las toallas calientes a su alrededor.

—Esas monjas me van a escuchar si alguna vez las volvemos a ver.

Un par de horas más tarde, Ginebra se sentía mucho mejor físicamente, aunque un poco inestable emocionalmente.

—Me gustaría hablar con Arturo. ¿Cuándo volverá?

—Nadie me lo ha dicho.

—Mmm. —Ginebra deseaba saberlo, pero dudaba de que alguien se lo dijera. Ella no era importante para el funcionamiento del castillo o los asuntos de los caballeros—. ¡Oh! —Recordó otra tarea por hacer, ahora que el castillo estaba seguro—. ¿Cuándo habrá otro torneo de aspirantes?

—¡Los han aumentado a dos por semana! Creo que el rey está intentando que el caballero Parches pase a la final. Un torneo está desarrollándose ahora mismo.

—¡No! —Ginebra perdería su oportunidad de intentar robar algo perteneciente al caballero Parches.

—No estáis en condiciones de ir a la arena, de todos modos. Necesitáis descansar.

—He descansado dos días seguidos.

—Y descansaréis hasta que yo decida que estáis lo suficientemente bien como para dejar de hacerlo.

Ginebra no quiso esperar hasta la próxima semana para espiar al caballero Parches. Y si no podía conseguir algo de él, tenía otra idea.

—En realidad, estoy bastante cansada. Debería dormir más. ¿Podrías, por favor, asegurarte de que no me molesten hasta mañana? Creo que una noche de sueño profundo me pondrá bien.

Brangien asintió. Retiró el plato vacío de Ginebra y volvió a llenar la copa, que dejó en una mesa junto a la cama. Luego, después de dejar más paños por si Ginebra los necesitaba, se fue sigilosamente a la sala de estar.

Ginebra se levantó con las piernas temblorosas. Puso paños en su ropa interior, con una sensación tan rara como su cuerpo, que se había convertido en un extraño. Sacó el vestido y la capa de Brangien, y otra vez tiró de un hilo y con él hizo un nudo para confundir.

Tendría que caminar despacio, lo que significaba que debía partir en ese instante para llegar a su destino a tiempo.

Mientras salía por la puerta, se sobresaltó. El hilo que había anudado reventó y crepitó. El hechizo se volvía en su contra, azotándola y dejándola dolorida y sin aliento.

¿Cómo había podido ser tan estúpida? ¡Ella misma había establecido las barreras mágicas! El hechizo de hierro había hecho su trabajo, desmantelando su nudo de confusión tan pronto como había atravesado el umbral. Al menos, tenía pruebas de que su trabajo no había sido en vano. Cualquier conjuro que intentara pasar por esas puertas sería desbaratado, incluidos los suyos.

Riéndose, dolorida, esperaba que la capucha fuera lo bastante amplia como para esconder su rostro. No le quedaba suficiente fuerza para rehacer el nudo. Bajó los escalones, caminando tan cautelosamente como una anciana. Recorrió Camelot a paso lento pero intranquilo, a través del laberinto de edificios hasta el límite de la ciudad.

Se detuvo en los cimientos en ruinas de un edificio desmoronado, próximo al lugar en el que antes había perdido de vista al caballero Parches. Una araña trepó por ella y la ahuyentó con un soplido, pidiéndole que siguiera su alegre camino. Desde el lugar en el que estaba escondida, podría ver al caballero cuando se quitara la máscara. Y sabía, *sabía*, que él no sería lo que parecía. Arturo estaba equivocado. Tal vez las criaturas feéricas habían descubierto cómo crear un caballero inmune al poder mordaz del hierro. Fuera cual fuera el secreto, Ginebra lo descubriría.

No le importaba esperar inmóvil mientras el sol descendía y comenzaba a ocultarse en el horizonte. La quietud le convenía a su estado físico actual, aunque echaba de menos las compresas tibias de Brangien.

Por fin, oyó los pasos suaves y seguros del caballero Parches. Se detuvo justo a su lado. Con girar apenas hacia la izquierda, la vería en las sombras. Su paciencia fue doblemente recompensada. La mujer del mantón llegó corriendo, sin aliento.

—Casi no te encuentro. Aquí tienes. Para las muchachas. Diles, diles que pronto llegará nuestro momento. —Le entregó otro bulto. El caballero lo metió en su bolsa. La mujer regresó a la ciudad.

Tan pronto como ella se fue, el caballero se quitó la máscara, sacudiendo sus salvajes rizos negros. La desilusión fue trepando por Ginebra, más amenazadora que la araña.

El caballero Parches tenía labios gruesos y ojos expresivos, pómulos altos, y una barbilla con hoyuelos. Su rostro bronceado era lampiño, lo que sugería que era mucho más joven de lo que indicaba su habilidad.

Pero su rostro no ofrecía prueba de que fuera un hada. Era completamente humano. Descendió por el precipicio, con la misma habilidad que antes.

Ginebra se encogió con frío y tristeza. Había estado segura de que el caballero Parches no era lo que parecía, de que regresaría triunfante, habiendo descubierto una amenaza mágica antes de que se acercara lo suficiente como para hacer daño a Arturo. Quería que el caballero fuera peligroso. Quería que fuera un problema que solo ella podía resolver, para demostrarle a Arturo lo que valía.

Y a ella misma. Se dirigió hacia la calle principal que la llevaría al castillo. Estaba tan absorta en su desgracia que no vio a la mujer hasta que se chocaron.

—¡Cuidado! —exclamó la mujer, alejando a Ginebra.

—Tú —susurró Ginebra. Era la mujer del mantón. De cerca, no era tan vieja como su modo de caminar le había sugerido. Tendría unos treinta años, con un rostro curtido por la pena. Antes de que pudiera pensarlo mejor, Ginebra tropezó una vez más, fingiendo perder el equilibrio mientras se aferraba a la mujer.

—¡Vete a casa! No deberías andar sola, tan bebida. No es seguro. —La mujer la examinó frunciendo el ceño—. ¿Necesitas ayuda?

—No, no —dijo Ginebra, negando con la cabeza y enderezándose. La mujer suspiró y luego se alejó.

Ginebra sonrió. En su mano, tenía una piedra que le había robado del bolso.

El caballero Parches no había sido lo que ella esperaba. Pero la piedra cantaba con notas agudas y claras, maravillosas: notas mágicas. El caballero no era un hada, y tampoco la mujer. Pero estaban involucrados con la magia.

Ginebra se apresuró a regresar a los límites de Camelot, y allí se quedó observando el lugar por el que había desaparecido el caballero. El alivio y el triunfo le hincharon el pecho. Al fin comprendía por qué la habían enviado: ella era apropiada para eso, no Merlín.

La amenaza mágica para Arturo no venía de las hadas, o de criaturas poderosas como Merlín. Venía de seres humanos ordinarios, que querían traer de nuevo la magia, destruir Camelot desde dentro. Ellos podían moverse por la ciudad con libertad, sin ser descubiertos o despertar sospechas.

Hasta ese momento. ¿Quién mejor para cazarlos que los de su propia especie?

Metiendo la piedra tocada por la magia en su túnica, levantó una común del suelo y la arrojó al precipicio.

«¡Iré a por ti!», susurró.

La piedra gira en el aire, cae, cae, hasta que toca el agua. Rueda, lentamente, empujada por las corrientes hasta que finalmente abandona el lago y alcanza el río.

Entonces, se detiene.

Se mantiene en su lugar, no se hunde. El río se agita, burbujea y espuma. Los botes se sueltan de sus amarras, arrastrados hacia el remolino que se ha formado donde está la piedra.

Entonces el agua suelta la piedra, dejándola caer al lecho del río. Todo se vuelve inmóvil. Silencio.

Excepto la figura de una dama que se mueve rápida y fatal por el río, a través de un arroyo, debajo de la tierra. Fluye, fluye, fluye. La dama lo acabará. Merlín pagará por lo que se ha llevado del agua.

CAPÍTULO DIEZ

Ella le rogó otro día de descanso a Brangien. En realidad, lo último que quería era estar en la cama, pero si admitía que se encontraba bien, tendría que hacer de reina. Tan pronto como Brangien se fue al mercado, Ginebra salió a la calle. Revisó sigilosamente todas las puertas.

Extraño. Cada una tenía una pequeña colección de arañas y polillas muertas a sus pies. Cuando trató de recogerlas, se deshicieron en polvo negro entre sus dedos.

Pero no podía ver nada más. Preocupada, trepó para descifrar ese misterio y aclarar su mente. Su cuerpo todavía estaba débil por la magia del hierro, pero se sentía bien al usarlo. Subió y subió por la parte exterior del castillo, hasta el extremo superior de las traicioneras escaleras.

El viento la acarició con dedos codiciosos, tratando de quitarle la capucha de la cara. Encontró refugio en una hornacina resguardada por un muro bajo. Era bueno que no hubiera ido cuando aún estaba débil por la pérdida de sangre. A pesar de estar recuperada, se tambaleaba y se sentía mareada. El mundo se desplegaba debajo de ella. Desde esa altura, el lago era casi tolerable, una superficie que resplandecía más allá de la ciudad. Alrededor, los campos brillaban dorados y verdes. Siempre que no mirara el lago, era el paisaje más hermoso que había visto.

Se apoyó contra la pared posterior de la hornacina y cerró los ojos. Camelot era una maravilla. Y había gente en ella que quería destruirla. Jugueteaba con la piedra que había ocultado fuera del castillo para que sus propias protecciones no deshicieran su magia antes de descubrir qué era.

Conocía un nudo para ver. Por lo general, se utilizaba para encontrar un objeto o una persona. Podía usarlo para descubrir el propósito de la piedra. Se le ocurrió una idea mejor. Si estaba allí arriba, podría contemplar la ciudad y encontrar reductos de magia concentrada. Eso podía llevarla a la mujer. Disminuiría su visión durante horas, pero...

—Hola.

Ginebra se sobresaltó y abrió los ojos. Mordred estaba de pie frente a ella. Tenía el sol detrás, formando un halo alrededor de su cabeza que hacía imposible ver sus rasgos. ¡Al menos todavía no había empezado los nudos! Hubiera sido descubierta.

—Lo siento —dijo—. Nunca me había encontrado con nadie aquí antes. Puedo irme.

—No. —Ginebra se apartó para permitirle entrar—. Yo soy la intrusa. Quería un lugar tranquilo para pensar. —Había sido bueno que la interrumpiera. Hacer magia al aire libre era una idea *terrible*. Podía tener paciencia, debía tenerla.

—Habéis encontrado el lugar más tranquilo de toda la ciudad. —Se sentó junto a ella, apoyando su mano contra la hornacina. Había estado tan entretenida con la altura y la vista que no había notado la hornacina. Tenía mil imágenes talladas. El tiempo las había difuminado y desgastado, pero Ginebra podía ver indicios de personas, de soles, de lunas, de dragones y árboles y bestias. Había una rara elegancia en ellas, casi como si hubieran brotado de la roca por sí mismas. Alguna vez había habido marcas de cincel, y podían verse.

»He intentado leerlo muchas veces —dijo Mordred, pasando sus dedos por encima de las imágenes—. Trataba de descifrar por qué habían hecho Camelot. Pero el pasado guarda bien sus secretos, y, por mucho que lo intente, no puedo sacárselos.

Ginebra tocó la hornacina.

Por un breve momento pudo percibir, no la sensación de la montaña o de las rocas, sino la de las manos que habían tallado Camelot amorosamente, para extraerla de la piedra. Propósito, determinación, promesa, fluyeron a través de ella, haciéndola flotar.

Y luego desaparecieron, se desdibujaron igual que las imágenes talladas. Se quedó desanimada y triste. Fuese quien fuese el creador de Camelot, lo había hecho por una razón, mucho antes de que Uther Pendragón se apoderara de ella. Mucho antes de que Arturo se la quitara.

Cualquiera que hubiera sido el propósito de construir Camelot, se había perdido en el tiempo.

Mordred se sentó en el suelo de la hornacina, estiró las piernas y apoyó la espalda contra la pared posterior. Era una postura tan relajada y casual que Ginebra se sintió fuera de lugar. Mordred sacó un paquete envuelto en tela que contenía pan, queso y nueces.

—Podéis quedaros todo el tiempo que queráis —dijo—. Solo dispongo de un rato antes de tener que ir a la corte.

—¿Por qué estás aquí? —preguntó Ginebra.

Mordred la miró.

—Os lo he dicho. Es el mejor lugar de toda la ciudad.

—No, quería decir que por qué estás en la ciudad. Pensaba que Arturo y sus hombres estaban fuera, haciendo… —Se interrumpió. No sabía lo que hacían y le molestaba. Estaba inconsciente cuando él se había ido, pero ¿no debería haber encontrado una manera de informarle?

¿Debería haberlo hecho?

Sí. Si él estaba por ahí, era vulnerable al ataque mágico. Era su trabajo protegerlo, y ella no podía hacer eso si la dejaba atrás, sin conocer su ubicación. Tenía que crear algunas protecciones que pudiera llevarse con él.

—Cuando mi tío, el rey, debe ir muy lejos, me quedo a cargo de la ciudad. Nada debe detenerse porque se haya ido.

—Él confía en ti. —Ginebra se sentó junto a Mordred, tratando de colocar sus faldas y piernas en la posición menos incómoda. La ropa de las mujeres no estaba hecha para sentarse en el suelo.

—Sí, él confía en mí. —Mordred parecía descontento con eso.

—Pero... —lo alentó Ginebra.

Se echó hacia atrás, entrecerrando los ojos por el sol.

—Pero no me gusta quedarme en la ciudad. Preferiría estar en la naturaleza, al lado de mi tío, el rey. Sé que es un honor, una tremenda responsabilidad. Pero todavía lo siento como si me dejara atrás.

Ginebra lo entendió. Se acercó y tomó un poco del pan de Mordred, deshaciéndolo en migajas mientras contemplaba el paisaje.

—Ni siquiera a mí me ha dicho a dónde iba.

—¿Queréis saberlo? —Mordred le alcanzó algo de queso sin que se lo pidiera. ¿Qué respondería una verdadera reina?

—No sé cuál se supone que es mi papel aquí. Me ayudaría si supiera lo que se espera de mí. —Tenía un objetivo, una meta. Mientras tanto, todavía debía ser reina, y era complicado.

—Deberíais hablar con vuestro marido sobre eso.

—¡Mi esposo rara vez está aquí! —Cerró los labios tras la inesperada fuerza de su exclamación.

Mordred se rio.

—Tal vez si os vistierais como un caballero, os prestaría más atención. Arturo tiene una sola cosa en su mente. Es lo que hace de él un gran rey. Y, sospecho, un marido complejo. Si no sois un problema que necesita ser resuelto o una batalla que necesita ser peleada, será difícil mantener su atención.

Ginebra no quería estar triste. Debía hacer todo lo posible para no ser una distracción. No era la esposa de Arturo, no de verdad. Pero estaba triste, no obstante. No era fácil que fuera su centro cuando ella no era el de él.

Reemplazó su tristeza con determinación. Si Arturo no la llevaba, encontraría una manera de enviar protección con él. Y siempre estaría lista para defender Camelot, para defender a Arturo. Había sido la vocación de Merlín, y ahora era la de ella.

—Vamos. —Mordred se puso de pie y se sacudió las migas de las piernas—. Tengo que presidir los juicios de hoy. Puede ser interesante para vos ver cómo se maneja la ciudad. Y mientras descendemos, os puedo decir dónde está vuestro esposo. No creo que sea un secreto.

Ginebra también se puso de pie. Necesitaba saber más sobre Camelot. Y eso le daría tiempo para planear su ataque contra el caballero Parches y la misteriosa mujer.

—Gracias.

Mordred se detuvo. El viento pasaba sus invisibles dedos por su cabello negro. Ella tuvo el brevísimo impulso de arreglarlo. Él sacó su brazo para que ella saliera de la hornacina primero.

—Lamento que vuestro esposo no sea lo que esperabais que fuera.

Ginebra estaba a su lado, con la mano en la pared. No quedaba ningún propósito para llenarla. Había desaparecido.

—Él es exactamente lo que yo esperaba que fuera. Me preocupa ser yo la que no está a la altura de las expectativas. —Apresuró el paso, seguida por el andar más tranquilo de Mordred.

Mordred le explicó que Arturo estaba lejos defendiendo una frontera conflictiva. Había varios señores y reyes cuyas tierras lindaban con Camelot. A menudo, era necesario que fuera a resolver disputas, con la razón, el oro o la espada. Mordred no podía decirle qué solución requeriría esta.

—Al menos no es Maleagant —dijo Mordred mientras acompañaba a Ginebra a un edificio cercano al castillo. Los techos eran bajos, lo que podía dar la sensación de encierro, pero estaban tallados con flores y pájaros y las imágenes más encantadoras, por lo que sentía su altura como un regalo. Obviamente, era uno de los edificios originales de Camelot, no una ampliación. A ella le gustaban más, por alguna razón, las construcciones antiguas.

—¿Quién es Maleagant? —preguntó.

—Una espina en el flanco de Camelot. Ah, Conrad, gracias. ¿Qué hay en la agenda para hoy? —Mordred leyó un pergamino escrito con esmero que le entregó un joven regordete, de rostro amable. Había gradas que cubrían las paredes, y estaban repletas de gente. Algunos llevaban la ropa elegante de los mercaderes; una pareja, la vestimenta refinada de los nobles. Pero la mayoría vestía las prendas rústicas y prácticas de los granjeros y los campesinos.

Más adelante, había una jaula hecha de hierro. En ella estaba de pie una mujer, dándole la espalda a la audiencia, con lo hombros encorvados y la cabeza baja. Ginebra no entendía qué estaba haciendo allí.

Mordred hizo un gesto para que Ginebra se sentara en una de las tres sillas con cojines, sobre una plataforma separada de la audiencia. Ella se arrepintió de haber ido. Estaba expuesta, y no se sentía preparada para ello. Se dejó la capucha puesta, consciente de que su peinado no le hacía justicia a la habilidad de Brangien.

Se sentó tan quieta y majestuosa como pudo, con las manos descansando, delicadas, sobre su regazo. Los primeros asuntos estaban relacionados con los negocios: un hombre que pedía un espacio para vender caballos en la próxima feria; una mujer que quería comprar una tienda en la Calle del Mercado. Cuando la mujer se equivocó al decir Calle del Mercado, Ginebra sonrió, recordando lo que Brangien le había dicho sobre lo difícil que era deshacerse de los viejos nombres. Luego, se presentaron varios campesinos y sus señores. Los campesinos habían cumplido con los términos de su servicio y se les había concedido parcelas propias. Ginebra podía ver su orgullo. Y sus amos no parecían enfadados. Varios de ellos se abrazaron después, o se dieron la mano con cordialidad. Todo parecía próspero, esperanzador.

Entonces Mordred se volvió hacia la mujer de la jaula.

—¿Cuáles son los cargos presentados contra Rhoslyn, hija de Richard?

La mujer levantó la cabeza. Ginebra contuvo un grito ahogado. Era la mujer de antes, la que le llevaba objetos mágicos al caballero Parches.

Conrad se inclinó, sacando otro pliego de papel. Carraspeó y luego leyó.

—Brujería y magia, mi señor.

—¿Qué pruebas tenemos?

La mujer, Rhoslyn, se enderezó. Su voz era alta y clara salvo porque temblaba, revelando sus nervios.

—No he querido hacer daño ni maldad. Mi sobrina estaba enferma. Sabía que podía ayudarla. Yo...

—Se sabe que su familia practica magia negra —dijo Conrad—. Su hermana fue desterrada hace tres meses. Se ha encontrado a Rhoslyn con los elementos necesarios para preparar hechizos.

Rhoslyn negó con la cabeza enojada.

—¡Las herramientas de un oficio, así como el carnicero o el herrero tiene las suyas!

Ginebra se estremeció, deseando tener alguna forma de exigir que le mostraran los elementos con los que habían encontrado a Rhoslyn. De haber podido examinarlos, hubiera podido decir lo que Rhoslyn planeaba hacer. Pero no podía pedir tal cosa sin admitir que entendería lo que le mostraran. Y Arturo no estaba allí para conseguirle las pruebas.

La voz de Mordred era suave.

—Rhoslyn. Conoces las leyes. Si permitimos que la magia entre en Camelot, permitimos que entre el caos. Si permitimos el caos, todo lo que hemos construido corre peligro de deshacerse. ¿Lo entiendes?

Rhoslyn apretó los dientes, su cara estaba pálida. Pero entonces algo dentro de ella cedió, y se ablandó, asintiendo.

—¿No niegas los cargos?

—No, mi señor.

—Muy bien. Porque has sido directa y sincera, tu castigo es el destierro.

Ginebra tenía la boca inmóvil, una sola línea dura, mientras miraba por encima de la multitud. Hubo murmullos y susurros. Al principio, pensó que la gente estaba molesta por la severidad de la sentencia. Entonces se dio cuenta de que estaban molestos por la indulgencia de Mordred. Escuchó un abucheo siseante: *Ahogadla.*

Mordred, al parecer, los escuchó también.

—El castigo debe cumplirse de inmediato. Conrad, asegúrate de que la escolten hasta los límites de Camelot. Rhoslyn, nunca volverás a ser bienvenida en este reino. Dios se apiade de ti. Vete.

—¿Y mi sobrina?

—Ella quedará bajo la tutela del castillo. Te lo prometo.

Rhoslyn asintió. Conrad y dos hombres con librea la sacaron de la jaula y se apresuraron a salir por una puerta trasera. Ginebra se quedó inmóvil como una piedra.

Si el imperio de la ley establecía que *cualquier* magia, sin importar su intención, fuera motivo de destierro o de muerte, Ginebra no quería imaginarse lo que sucedería si sospechaban que la reina era una bruja. Tendría que ser mucho, mucho más cuidadosa. Pero no en ese momento: tenía una conspiración que desbaratar.

Se puso de pie y caminó tan hierática como pudo al salir de la corte, anhelando que nadie se preguntara por qué había elegido ese instante para irse.

No tuvo tiempo para regresar al castillo y ponerse la ropa de Brangien. Se apresuró por una calle lateral, caminando por la parte más residencial, y menos rica, de la ciudad. Colgada de una cuerda para tender la ropa, había una capa con capucha ordinaria, de tela marrón gruesa. Sintiendo algo de culpa, la robó. No podía dejar la suya en su lugar, y dudaba de que el propietario pudiera comprar otra a corto plazo.

Sin embargo, lo hacía por Arturo. Se envolvió en la capa, atando a toda prisa nudos de sombra y confusión. No podía arriesgarse a ser reconocida. Con eso hecho, regresó a la calle principal. Su velocidad había funcionado. Justo delante de ella, en los muelles, vio que subían a esa mujer, Rhoslyn, en una balsa, entre varios pasajeros que pagaban. Ginebra respiró hondo y subió a bordo.

Y de inmediato se arrepintió. La balsa se hundió y se sacudió. Antes de que pudiera dar marcha atrás, ya se habían alejado de la orilla.

«Por Arturo», susurró para sí misma, cerrando los ojos y abrazándose para vencer el pánico. Estaba allí para proteger a Arturo. Así era cómo podía hacerlo.

La balsa estaba tan llena que Ginebra iba en medio de otros, entre empujones y codazos. Era extrañamente reconfortante. No tenía nada a lo que aferrarse, pero estaban tan apretados que no podía caerse. Y había cuerpos vivos, que desprendían un olor fuerte, que respiraban, entre ella y el agua.

Rhoslyn y sus guardias estaban en el otro extremo. Ginebra quería estudiarla de cerca, pero era todo lo que podía hacer para seguir respirando a pesar del temor existencial que la invadía con cada crujido de la balsa.

Después de una eternidad, llegaron al otro lado del lago. Bajó en medio del tumulto. En algún momento, realmente no sabía cuándo, se había colgado del brazo de un hombre mayor. Él no dejaba de mirarla, con los ojos entrecerrados y confundidos en su esfuerzo por descubrir quién era ella. Le dolía la cabeza mientras sus nudos luchaban por repeler el intento del viejo de ver más allá de la magia.

Soltó su brazo y caminó en la dirección opuesta. Tan pronto como estuvo fuera de su vista, el viejo se dio la vuelta, con una expresión de leve desconcierto en su rostro.

Los soldados subieron a Rhoslyn, pálida y temblorosa, en un carro tirado por un solo caballo. Ginebra sintió alivio; no habría podido mantenerse cerca si hubieran cabalgado. Robar un caballo del establo de Arturo era una opción arriesgada. Y ella no podía exigir uno como reina. No se le permitiría salir sola. El ardid que la mantenía cerca de Arturo también complicaba y agravaba las cosas.

Los soldados siguieron andando por un camino despejado. Ginebra iba a una distancia prudencial, cruzándose con algún viajero ocasional hacia Camelot, cuyos ojos se desviaban de ella. Se sentía algo mareada, su visión era un poco borrosa, pero no abandonaría su misión.

Después de dos horas, los soldados dejaron la carretera principal y marcharon por un camino menos transitado, a través de los campos, hacia un bosque próximo. Arturo no había talado todos los bosques en el reino de Camelot. Algunos todavía eran necesarios para la caza y la madera. Pero ese era el principio del fin de su tierra. Los pies de Ginebra estaban doloridos; su garganta, reseca. Si hubiera sabido que seguir a una bruja sería parte de su día, se habría preparado de otra manera.

Por fin los soldados se detuvieron. Levantaron a Rhoslyn para sacarla del carro y la depositaron en el suelo del bosque sin ninguna ceremonia.

—Buena suerte —dijo uno de los soldados. El resto compartió una risa cómplice. A Ginebra le pareció extraño que ninguno le diera una última advertencia a la bruja para que se mantuviera fuera de Camelot, o instrucciones, o algo por el estilo. Ginebra estaba acurrucada detrás de un árbol viejo y nudoso cuando los soldados pasaron.

Su actitud relajada tuvo mucho más sentido cuando, tan pronto como se fueron, seis hombres a caballo se materializaron desde los árboles.

—Hola, bruja —dijo uno de los hombres, con una mueca que le descubría los dientes.

El corazón de Ginebra se detuvo. Cada uno de los hombres sostenía un grueso garrote de madera. ¿Era esa la justicia de Arturo, entonces?

—No podéis hacer esto —dijo Rhoslyn, con una voz pequeña y asustada—. He sido desterrada, no condenada a muerte.

—Ah, pero esto no es Camelot, ¿verdad? —El líder miró alrededor de los árboles, sosteniendo sus brazos abiertos en cruz—. No veo a ningún rey aquí. Eso significa que ya no estás bajo su protección. Y no somos tan amables con las brujas como el benevolente rey.

Ginebra estaba inmóvil en las sombras. La violencia se calentaba a fuego lento, lista para hervir. Había ido para cazar a Rhoslyn y descubrir qué tipo de amenaza era para Arturo. ¿Se quedaría escondida mientras golpeaban a la mujer hasta matarla?

El líder levantó su garrote. Ginebra salió al camino. No sabía qué debía hacer, pero eso no estaba bien.

Una flecha silbó en el aire, dando con perfecta precisión en el centro de la mano del líder y clavándola en el garrote. Gritó de dolor y sorpresa. Dos flechas más encontraron sus blancos, una en una pierna y la otra directamente en un pecho. Ese hombre se desplomó de su caballo. Varias flechas más volaron por el aire, cuando el líder gritó y los supervivientes dieron la vuelta sus caballos y galoparon a refugiarse entre los árboles.

Indefensa no, entonces. O al menos no sin defensa. Ginebra se escondió otra vez, abrazada al árbol, cuando un hombre sobre un caballo marrón llegó hasta allí y desmontó.

Rhoslyn soltó un sollozo y le echó los brazos al cuello. Él la subió a su caballo, dejando ver un rostro familiar.

El caballero Parches.

Así como los hombres habían estado esperando para emboscar a Rhoslyn, el caballero Parches había estado esperando para salvarla. Él y Rhoslyn trabajaban juntos. Ginebra había tenido razón. Esperó hasta que desaparecieron, y abandonó su escondite en el árbol.

Aun si hubiera podido seguirles el rastro, no habría podido decir cuánto tiempo le llevaría. Iban a caballo; ella, no. Y ya no podía mantenerse alejada de Camelot. Ya se había retrasado demasiado.

Sus nudos no la hacían pasar desapercibida para los insectos, y los ahuyentaba, cansada. La capa era demasiado pesada para el intenso calor del verano. Estaba sudada, agotada y más decidida que nunca. Regresaría y se enfrentaría a esa amenaza tan pronto como pudiera.

Sería un largo camino de vuelta a Camelot. No llegaría antes del anochecer, lo que haría todo mucho más difícil de explicar. Particularmente a Brangien, que no ignoraría el hecho de que su reina no había pasado la noche en el castillo. ¿Alertaría Brangien a los guardias? Ginebra barajó posibles excusas y soluciones.

Su otra línea de pensamiento se refería a qué hacer con Rhoslyn y el caballero. ¿Qué estaban tramando?

Las leyes y reglas de Arturo eran mejores para el reino, pero eso no significaba que fueran mejores para todos. Rhoslyn podía estar enojada y ser lo suficientemente poderosa como para representar una amenaza, sobre todo en complicidad con el caballero Parches. Ginebra hizo sonar sus nudillos, imaginando los nudos que ataría para afrontar esa amenaza.

Al quebrarse una ramita a su derecha, se sobresaltó. Sacó la daga que Arturo le había comprado y la levantó contra…

La yegua del hombre que había muerto. Dio un paso vacilante hacia ella. Cerrando los ojos y soltando un suspiro de gratitud y alivio, Ginebra enfundó su cuchillo y montó la yegua.

«Buena chica», dijo, y galopó de regreso a Camelot.

CAPÍTULO ONCE

Arturo todavía estaba lejos cuando Ginebra entró sigilosamente en el castillo, justo antes del toque de queda. Si Brangien había notado su ausencia, nada dijo mientras preparaba a su reina para dormir.

Los preparativos de Brangien fueron en vano. Ginebra permaneció despierta toda la noche, planeando, pensando. ¿Cuál sería su mejor estrategia de ataque? ¿Enfrentarse al caballero Parches directamente o intentar encontrar otro aliado de Rhoslyn dentro de la ciudad? ¿Alertar a Arturo para que él y sus hombres pudieran atraparla?

Los susurros de *Ahogadla*, el insensible abandono de los soldados, sabiendo lo que le esperaba a la mujer, cuyo único castigo se suponía que era el destierro, obsesionaban a Ginebra.

Pero esa era la amenaza. Eso era lo que estaba en juego. Arturo tomaba decisiones difíciles todos los días como rey; ella haría lo mismo. Además, esa era su lucha, su deber, no el de los soldados. Así que se ocuparía de eso ella misma en lugar de enviar hombres armados contra algo que no podrían afrontar. Se levantó a la mañana siguiente, ansiosa por empezar.

Fue un error. Brangien notó su vigor y le sacó partido.

—Es hora de comenzar vuestras visitas.

—¿Mis qué?

—Vuestras visitas. A las otras damas.

Ginebra se desplomó.

—¿Debemos hacerlas?

—Es una de las obligaciones de la reina.

Una vez más, Ginebra maldijo la idea de Merlín y Arturo de hacerla pasar por la reina. ¡Debería haber ido allí como una criada! Ese asunto de ser reina exigía demasiado y la alejaba de su deber de proteger a Arturo.

Cuando estuvieron fuera de las puertas del castillo, mirando las mansiones, Ginebra sintió tanto miedo como en la balsa. No estaba lista.

—No quiero hacer esto —susurró.

Brangien se encogió de hombros.

—Podrían ser cubos. Sir Bors no tiene esposa, así que somos afortunadas, pues nunca tendremos que visitarlo. Recomendaría visitar a la esposa de Sir Percival y a la de Sir Caradoc el mismo día. Por supuesto, se ofenderán sin importar en qué orden lo hagamos, pero al menos las visitas serán lo bastante cercanas como para que podamos mantener la ilusión de neutralidad. Entonces...

—¿Podemos empezar con Dindrane?

—¿Dindrane? —Brangien miró horrorizada a Ginebra—. Dindrane es la hermana soltera de Sir Percival. Podemos incluirla en nuestra visita a Blanchefleur. Tendréis que comer con ella en algún momento, pero el próximo mes, o al mes siguiente. Dindrane no importa en absoluto.

—Exactamente. Nadie se ofenderá si la visitamos primero. Las damas estarán demasiado sorprendidas y atónitas. Y será una buena práctica, en esto de las visitas, comenzar con alguien que «no importa en absoluto».

El ceño fruncido de Brangien se aflojó mientras lo consideraba. Al final, asintió.

—Podría ser una brillante maniobra de apertura. O la peor decisión que habéis tomado hasta ahora como reina.

—Gracias por tu voto de confianza.

Brangien sonrió con malicia.

—Solo quiero estar a cubierto ante cualquier resultado, de modo que suceda lo que suceda, pueda decir que os lo advertí.

—¿Qué haría sin ti? —Ginebra le dio el brazo a Brangien y se dirigieron calle abajo a la mansión de Sir Percival. Brangien llamó a la puerta principal, pero una criada le informó de que Dindrane recibía en su propia habitación. Les prometió que le haría saber a Dindrane que estaban allí, y luego las condujo por fuera de la casa hasta un pasaje tan estrecho que solo recibía luz unas pocas horas al día.

Entraron por una puerta lateral. La habitación era pequeña y oscura. La mayor parte de la luz entraba por una puerta abierta al resto de la casa. Al parecer, la habitación vecina era el dormitorio de su cuñada, lo que significaba que las únicas opciones de Dindrane para entrar y salir eran ir fuera o pasar por la habitación de Blanchefleur.

La mansión era lo suficientemente grande como para darle a Dindrane sus propios aposentos. Incluso Ginebra, ignorante en las artes sutiles que se practicaban allí, entendió el poder que Blanchefleur ejercía. Usaba su estatus social como un hechizo para mantener a Dindrane en su lugar.

Dindrane irrumpió desde la puerta que daba al exterior. Tenía la cara encendida y las manos enrojecidas y sucias. Parecía que había estado limpiando. Pero mantuvo la cabeza en alto y saludó a Ginebra con una cortés reverencia, que se duplicó para disimular la patada con la que cerró la puerta de la habitación de Blanchefleur.

—Disculpas, mi reina. No os esperaba. Por lo general, cuando recibo visitas, envían mensajes antes para asegurarse de que estoy disponible. Tenéis suerte. Mi agenda está bastante completa.

—Gracias por hacer tiempo para recibirnos. —Ginebra se sentó en una de las dos sillas desgastadas que Dindrane le señaló. Brangien se quedó de pie contra la pared cuando Dindrane ocupó la otra silla. La ropa de Dindrane era refinada; hubiera hablado muy mal de Sir Percival que no lo fuera. Pero su cabello no se adornaba con joyas, y algo en la forma en que se tensaban sus mangas hacía evidente que habían sido cosidas para otro cuerpo.

Sus ojos eran inteligentes y penetrantes, de un color marrón cálido y agradable, y su cabello castaño brillaba, bien cuidado.

—Me temo que no tengo ningún refrigerio para ofreceros. Acabo de terminar con otra visita.

Ginebra le permitió la mentira.

—Ya hemos comido. Pero es amable por tu parte preocuparte por nosotras. No tuve oportunidad de hablar contigo en la celebración de la boda y quería conocerte

—Mmm. —Dindrane forzó una sonrisa. El silencio era tan cerrado y sofocante como la habitación. Finalmente, se acercó, inclinándose hacia Ginebra—. Vuestro peinado es precioso. ¿Es ese el estilo en el sur? Ciertamente no es el de aquí. Pero os queda bien. Nunca sería tan valiente como para llevar mi cabello así. —La sonrisa de Dindrane se mantuvo firme. Ginebra estaba convencida de que la estaba insultando. Era una *delicia*. Todos los demás eran muy cuidadosos con ella, pero Dindrane estaba preparada para presentar batalla—. ¿Siempre ha sido tan pálida? —preguntó Dindrane, inclinando su cabeza hacia un lado—. Hace que vuestras pecas destaquen. Pero la única solución es pasar más tiempo al sol, lo que causaría más pecas.

Ginebra se echó a reír. No pudo evitarlo. No deseaba tener un enemigo, y no necesitaba sentirse insultada. Sospechaba que Dindrane podía precisar una amiga, incluso más que ella misma. Al menos ella tenía a Arturo. ¿Cómo sería deberles todo a un hermano y a una cuñada que claramente la odiaban? Si Ginebra estaba incómoda y se esforzaba, Dindrane también.

—Me gustas mucho, Dindrane. Espero que me dejes visitarte a menudo. Y me encantaría que me visitaras también.

Dindrane se aflojó, desarmada.

—¿De verdad?

—No he tenido otra compañía que la de las monjas durante años. Me gustaría mucho considerarte una amiga. O una hermana, incluso.

La sonrisa de Dindrane era tímida pero genuina.

—Siempre he querido una hermana.

—Tienes una hermana —murmuró Brangien, con los ojos fijos en su bordado.

—Mi hermano tiene una esposa. Esa mujer no es mi hermana.

Ginebra extendió su mano y tomó la de Dindrane. Ella no le provocó una sensación fuerte. Era tranquilizador. Si hubiera sido una amenaza, Ginebra lo habría sentido.

Percibía a Dindrane como lo que parecía: cansada y terca y con una mínima esperanza.

—Permíteme ser tu hermana, entonces. ¿Nos acompanarias hoy a la capilla? Necesito a alguien para que se siente a mi lado, ya que el rey está lejos.

Dindrane fingió considerarlo como si no fuera un honor tremendo que no se podía pasar por alto. Ginebra sabía que quien se sentara a su lado sería centro de los comentarios y las miradas. Ginebra había querido sentarse junto a Mordred, pero esa era una opción mejor. Causaría algún cotilleo, pero ningún daño. Finalmente, Dindrane aceptó.

—Estaré encantada de ayudaros. —Sonrió como si le estuviera haciendo un favor a Ginebra—. Vuestra doncella puede ayudarme a vestirme antes de que nos vayamos.

La expresión de Brangien indicó que eso no era una opción. Ginebra se puso de pie.

—Oh, lo siento mucho, pero tenemos que recoger...

—Hilo nuevo —interrumpió Brangien, guardando su costura—. Nos encontraremos frente a la mansión cuando esté lista.

Fue un alivio escapar de la estrecha habitación de Dindrane. Caminaron una buena distancia en silencio. Ginebra se preguntó si realmente estaban yendo a por el hilo para completar la farsa. Finalmente, Brangien habló.

—¿Dindrane? ¿De veras? ¿Elegís a Dindrane?

—Es inofensiva.

—Lo que no habría sido inofensivo hubiera sido obligarme a vestirla.

Ginebra se echó a reír, tirando a Brangien para que se detuvieran en un glorioso cono de luz solar.

—Te prometo que nunca tendrás que ayudarla.

—Ya la ayudais lo suficiente por las dos. —Pero Brangien se ablandó, levantando su rostro hacia la luz y cerrando los ojos—. Sois como el rey.

—¿En qué sentido?

—Ve algo valioso en todos. Hacéis buena pareja.

El calor en Ginebra no provenía solo del sol. Ella quería ser como Arturo. Pero el calor estaba atravesado por una inquietante preocupación. Rhoslyn todavía estaba ahí afuera. Incluso en ese momento, podía tener agentes dentro de la ciudad. Ginebra no estaba allí para ser una buena pareja de Arturo. Estaba allí para salvarlo.

Pero primero, la iglesia. Ser reina era absurdo. Lo último que debía preocuparla era presentarse para apoyar una religión que ni entendía ni le importaba. Pero era la religión de Arturo, y por lo tanto tenía que ser la suya. Se frotó inconscientemente las muñecas, dibujando las marcas de las ataduras que habían maniatado a Rhoslyn. Debía mantener las apariencias. Tenía que estar por encima de toda sospecha.

Regresaron a la mansión de Sir Percival justo cuando Dindrane salía a su encuentro.

Arturo había edificado la iglesia en el centro de Camelot. Era la única estructura nueva que había construido en sus tres años como rey. Caminaron hasta allí juntas, Brangien a un lado de Ginebra y Dindrane, al otro.

—Ya sabéis —dijo la mayor de las tres—, que estuvo enamorado de mí por un tiempo. El rey. ¡Qué avances hizo! Pero pensé que lo mejor para el reino era que encontrara una esposa joven, una que pudiera darle muchos hijos.

—Eres tan noble como amable. —Ginebra sonrió, agradecida por esa distracción de sus preocupaciones, mucho más reales—. Me siento agradecida de que no lo conquistaras cuando tuviste la oportunidad.

Dindrane resopló con desdén.

—No es realmente mi tipo. Tiene un pelo horrible. Deberíais hacer que se lo deje crecer. —Se sentó al lado de Ginebra en el banco más cercano al altar, lo que no pasó desapercibido a los allí reunidos. Dindrane resplandecía de placer ante las murmuraciones.

Ginebra no había asistido nunca antes a un servicio de la iglesia cristiana. Merlín no hallaba ningún uso para los desperdicios de los romanos. Pero Arturo la había adoptado, y Ginebra pudo ver por qué. Todos estaban reunidos en el mismo gran edificio de madera, bajo un techo elevado. Era sencillo pero elegante, pulcro. Todos se sentaban al mismo nivel. Escuchaban las mismas oraciones, realizaban los mismos gestos. Era algo igualitario. Y le daba a la gente algo en común, algo que los unificaba.

Una vez que se terminó el servicio —¡qué alivio!, ya que Ginebra tuvo que fingir que entendía latín, y ciertamente no lo entendía—, se sentó a comer acompañada por la esposa de otro caballero. Y luego llamó a otra, y a otra más. Reservó a Blanchefleur para el final y se aseguró de que Dindrane también fuera invitada. Blanchefleur echaba humo de rabia.

Al final del día, a Ginebra le dolían tanto la cabeza como los pies. Las obligaciones de una reina eran casi tan agotadoras como la magia. Las mujeres eran verdaderamente el género más fuerte. ¡Todos los juegos sutiles que debían jugar, la forma en que aprovechaban el poder de quienes las rodeaban! Tenía mucho que aprender allí.

Pero no había tiempo. Tenía un deber mucho mayor. Cuando por fin terminó el día, comenzó su verdadero trabajo.

CAPÍTULO DOCE

Durante las monótonas conversaciones del día, Ginebra había imaginado nudos, en una variedad infinita de combinaciones y posibilidades. Había sido un ejercicio útil, pues la había hecho darse cuenta de que un simple nudo de la vista para ver hechizos no funcionaría. Los nudos para ver podían funcionar con un objetivo específico, pero pedirles a sus ojos que vieran algo desconocido sería exigirle demasiado a un sentido tan delicado. Podía cegarse a sí misma.

Los nudos podían realzar y orientar lo que ya existía; podían parar las cosas. Pero no podían hacer que sus sentidos hicieran algo nuevo. La magia de los nudos era vulgar. Consistía en *atar* la magia a una tarea, no en descubrir cosas nuevas. Pero seguramente podría encontrar un camino. Sus dedos se movían, atando nudos imaginarios.

Y entonces, encontró la solución. No necesitaba sus ojos para ver mejor. Ellos percibían solo lo que el mundo les presentaba. Sus *manos* eran las que podían captar información que no era evidente. Sus manos sentían cosas que sus ojos nunca hubieran podido sentir. Si podía mejorar esa facultad, ampliarla, entonces tendría lo que necesitaba.

Se envolvió en una bata y salió corriendo, subiendo y subiendo por el castillo hasta la hornacina. Era de madrugada. Si la descubrían, no podrían ver lo que había estado haciendo. Y ella podría justificarse aduciendo que le era difícil dormir mientras Arturo estaba lejos. Una vez que estuvo a resguardo del viento y de cualquier ojo que pudiera espiarla, se puso a trabajar.

Usaba pelo, no hilo, ya que necesitaba tanto de ella misma como podía permitirse. Dio varias vueltas al hilo alrededor de sus dedos, atando una versión modificada de un nudo para extender la vista. Sentía un hormigueo por la aceleración de su pulso. La sangre quedaba atrapada allí, se agolpaba, palpitaba. Tropezó y se sostuvo contra la pared exterior de la hornacina. El resto de su cuerpo era liviano y distante; todo su ser parecía habitar solo en sus dedos.

Entonces extendió sus manos y *sintió*.

Comenzó por la ciudad. Había diminutos puntos cálidos, dispersos por todas partes, y notó la ubicación de cada uno. Dejó que sus manos flotaran sobre Camelot. Había unos pocos lunares de oscuridad, pero se desvanecieron como humo bajo sus manos antes de que pudiera determinar qué eran.

Respiró hondo. Quería evitar lo siguiente, pero no se apartaría de su deber. Desvió sus manos hacia el lago. Y sintió…

Nada.

Se estremeció; un escalofrío la recorrió entera. Había allí una ausencia absoluta de magia. Ese era el lago en el que habitaba la Dama. Ese era el lago que le había entregado Excalibur a Arturo. ¿Y ahora? Un vacío silencioso.

Temblando, debilitada ya por lo que la magia le exigía, se apresuró a dejar atrás el lago, estirando sus manos hacia fuera, hacia los campos, hacia las regiones que rodeaban Camelot. No estaban inertes como el lago, pero estaban dormidas. Nada chispeaba o bullía, hasta que llegó al lugar en el que había perdido a Rhoslyn y al caballero. Crepitaba como una fogata, calentándole las manos.

Se desplomó. Los mechones de pelo alrededor de sus dedos se rompieron. La sangre volvió a su flujo normal. Se preguntó cuándo volvería a sentir sus manos, y sospechó que esos horribles pinchazos y punzadas continuarían por algún tiempo.

Había encontrado algunas pistas, pero era la ausencia que había descubierto lo que la inquietaba más que nada. Un lago de ese tamaño, con esa historia, debía de tener *algo* de magia. Mientras descendía tambaleándose por las escaleras, con sus manos al mismo tiempo palpitantes y agónicamente entumecidas, trató de entender lo que podía significar.

Se le ocurrió una oscura posibilidad. Si podía ponerse toda ella dentro de sus manos para hacerlas más poderosas que nunca, ¿por qué la magia negra del mundo no podía hacer lo mismo?

¿Qué pasaría si alguien estuviera succionando toda la magia del lago, toda la magia de la tierra? ¿Y qué pasaría cuando acumulara la suficiente?

Debía llegar a Rhoslyn. Debía detenerla.

Por primera vez en su vida, Ginebra anhelaba tener una espada.

Se había preparado para pelear contra la magia, no contra personas. Pero esa era la razón por la que estaba allí. Fuera como fuera, se enfrentaría a Rhoslyn y al caballero, y saldría victoriosa.

Se deslizó por la oscuridad de la durmiente Camelot. El viento del lago canturreaba y silbaba por las calles. Se estremeció al recordar el frío vacío. Pero ese no era su misterio. En su mente, los puntos cálidos de la magia ardían como la imagen del sol en la retina. Pasando de un cono de oscuridad a otro, sintiéndose más como la noche que como una persona, Ginebra encontró el primer lugar. Había sido el más reconocible para ella, después de todo: el borde del precipicio en el que el caballero Parches la había eludido dos veces.

Sus manos estaban aún entumecidas y torpes, pero tenía sus ojos. Buscó y buscó algo extraño, algo fuera de lugar.

Después de varios minutos de frustrada búsqueda entre los escombros de cimientos en ruinas, se dio cuenta de su error. La magia estaba escondida en algo que *no* estaba fuera de lugar. O casi. Se agachó y recogió una piedra perfectamente lisa y redondeada, como la que se le había caído a Rhoslyn. Esta vez, vio lo que había pasado por alto antes. Alguien había anudado la magia a la piedra misma. Contenía algo: un hechizo, un recuerdo, una maldición. No podía definirlo, pero ahora sabía lo que estaba buscando.

Trabajó de prisa en mitad de la noche. Siete piedras en siete puntos separados de la ciudad; siete áncoras de magia. No podía llevarlas al castillo, pues rompería su magia antes de que descubriera qué era.

Casi había llegado el amanecer. Si se iba en ese momento, podría llegar a Rhoslyn en cuestión de horas, pero no podría explicar su ausencia o sus acciones. Significaría derrotar la amenaza, pero destruir su papel de reina y no podría volver fácilmente a él.

La oscuridad la envolvió, le ordenó que siguiera moviéndose.

Si hacía aquello por Arturo, cumpliría su propósito, pero perdería su lugar a su lado. Cerró los ojos. Se prepararía durante el día y partiría por la noche. Todo iría bien hasta entonces. Hundida por el peso del amanecer que se avecinaba, escondió las rocas mágicas y volvió deprisa a su habitación.

Le había ganado al sol. Tan pronto como cayera la noche, saldría de caza. Se metió en la cama, planeando su ataque.

Brangien abrió la puerta tan pronto como Ginebra cerró sus cansados ojos.

—¡Traigo noticias muy felices, mi reina!

Ginebra se incorporó, sintiendo cómo sus manos estaban por momentos congeladas, por momentos ardiendo, como pinchadas por alfileres, y de alguna manera todavía entumecidas. Sus ojos apenas podían soportar la tenue luz de su habitación después de haberse adaptado tan perfectamente a la oscuridad.

—¿Sí? —preguntó, forzando una sonrisa.

—¡El rey ha mandado a por vos! Debemos preparar el equipaje y salir inmediatamente.

—¡Oh, no! —dijo Ginebra, suspirando. Brangien se detuvo, con varias capas en ambos brazos. Levantó una ceja, sorprendida y alarmada. Ginebra se estremeció, e intentó disimular.

»No sé qué ponerme.

Brangien se echó a reír y volvió a recoger ropa.

—No debéis preocuparos. Ese es mi trabajo.

Ginebra se tiró de espaldas otra vez en su cama, tapándose el rostro con un brazo para ocultar su expresión. Tenía trabajo que hacer, y no había manera de hacerle saber a Arturo que la necesitaban allí. Podía fingir estar enferma, pero tal vez Arturo la llamaba por alguna razón. Tal vez necesitaba su ayuda, más exactamente. ¿Por qué otra cosa mandaría a por ella?

Mientras estuviera al lado de Arturo, podría asegurarse de que él estaba a salvo. Pero era un fastidio. Tendrían que encontrar mejores maneras de comunicarse para que Arturo la ayudara en sus esfuerzos en lugar de interrumpirlos.

Arturo. La idea de volver a verlo, aunque solo habían pasado unos días, que no obstante parecían una eternidad, revivió su corazón, pero no sus manos. Muy bien. Sería reina ese día, y su vengadora protectora tan pronto como regresara.

El viento arremolinaba el cabello de Ginebra, liberándolo de su trenza con una insensible falta de consideración por todo el tiempo que Brangien había pasado tratando de someterlo. No podía organizar su ataque contra Rhoslyn y el caballero Parches, pero al menos estaba fuera de la ciudad, con el viento, la naturaleza y un caballo. Lo sentía casi como la libertad.

—¡So! ¡So! —gritó un guardia. Para su desaliento, el caballo de Ginebra obedeció: bajó su velocidad de galope a trote, y luego, a paso tranquilo. Brangien se había quedado muy atrás. No se sentía cómoda cabalgando, y le llevaría un rato ponerse a la par. Ginebra hubiera deseado que al guardia le pasara lo mismo.

El guardia cabalgaba a su lado, con una expresión de espanto.

—¿Habéis perdido el control de vuestro caballo, mi señora?

—Sí —interrumpió Mordred, acercando su caballo al de ella—. Esa yegua, a menudo, arranca a galopar. Cabalgaré junto a la reina para asegurarme de que no vuelva a suceder.

El guardia asintió, satisfecho, y se puso a una respetuosa distancia de Ginebra otra vez. Mordred se inclinó peligrosamente y puso una mano en el cuello de la yegua de Ginebra.

—Vuestro caballo es el más obediente y bien entrenado de nuestro establo.

La sonrisa de Ginebra, al igual que su cabello al viento, no pudo ser retenida.

—Lo siento. Pero montar es… —Respiró hondo.

—La libertad —dijo Mordred.

—Sí. —No se había dado cuenta de lo restrictivo que era ser la reina. Era un peso que se hacía imperceptible hasta que uno intentaba quitárselo de encima. Pero volver a cargarlo lo hacía casi insoportable. No debería haber merodeado toda la noche sola. La oscuridad proveía una seductora libertad, y debía mantenerse concentrada.

O debería haber seguido las sombras para ir directamente al lugar en el que Rhoslyn se escondía. Ya habría terminado con eso.

—Sois una persona diferente cuando estáis al aire libre —dijo Mordred.

Ginebra se estiró, intentando domesticar su cabello de nuevo, moviendo sus manos a tientas. Todavía le dolían, entumecidas y torpes. No podía sentir nada con ellas.

—¿Qué quieres decir?

—Dejáis de fingir.

Ella se quedó helada.

—Ah, ahí está de nuevo. Estáis tratando de decidir qué expresión poner para desviar la atención o la conversación. —Mordred se tocó el costado de su nariz—. Es más fácil para vos cuando estáis detrás de los muros, atrapada por la piedra y las expectativas. Pero aquí, en la naturaleza, se os hace más difícil

Ginebra necesitaba una excusa, alguna razón por la que se comportaba así.

—Miráis el mundo con la maravilla de un niño —dijo Mordred, ocupando el espacio vacío entre ellos. No se parecía en nada a Arturo. El rey Arturo estaba tallado del mismo material que Camelot: majestuoso e imponente. Pero Mordred pertenecía a ese entorno, como ella.

Sacudió la cabeza, corrigiéndose: ella no pertenecía a ese entorno.

Necesitaba elegir sus palabras con cuidado. ¿Cómo explicar que el mundo era una maravilla de una manera que no fuera sospechosa? Le encantaba la forma en que olía, la forma en que la hacía sentir: el movimiento del caballo debajo de ella; la comida simple que comían cuando paraban; ver un lugar nuevo; ¡ver cualquier lugar! Por supuesto que no podía ocultar cómo se sentía.

—He pasado mucho tiempo en un convento. Todo parece nuevo fuera de esas paredes.

—Excepto que habéis cambiado esas paredes por otras diferentes.

—¡Camelot es increíble!

Mordred se echó a reír, levantando las manos en señal de disculpa.

—Lo es. Pero es un lugar domesticado, estructurado. A veces necesitamos un descanso de eso.

Ella había planeado un descanso mucho más peligroso, pero él tenía razón: le encantaba el aire libre. No dejaría que las tareas que se avecinaban se llevaran la alegría del viaje y la expectativa del reencuentro con Arturo al final. La calidez de la sonrisa de Mordred la traspasó como el sol atraviesa las nubes, y admitió que no era solo la sinceridad que compartían lo que echaba de menos.

Mordred se mantuvo cerca. Su comitiva estaba dispersa; la llanura abierta no ofrecía amenazas, pero él siempre montaba a su lado. A Ginebra le había sorprendido que viniera con ellos. Aburrida de la lenta cabalgata, decidió mencionarlo.

—Pensé que eras el que se quedaba para cuidar de Camelot en ausencia de Arturo. ¿Por qué has venido con nosotros?

Mordred escudriñó el horizonte.

—Vuestro esposo no confiaría en nadie más que en su familia para que viajara con vos a su encuentro. Y quiere reunirse con sus mejores caballeros. Camelot se puede defender de los enemigos durante meses con los hombres que allí han quedado. Estará segura.

—¿Cuál es el motivo de la reunión?

—Algo con los pictos. Arturo ha estado moviéndose por las fronteras del norte. Tendrá que hacerse el bueno y asegurarles que no se está expandiendo, sino simplemente vigilando.

—¿Por qué me necesita, entonces? —Eso sonaba a cuestiones políticas y militares, no a amenazas mágicas. Quería ayudar a Arturo cuando lo necesitara, pero si ella no era esencial, estaba perdiendo el tiempo y arriesgando la seguridad de Arturo. Casi podía sentir a Rhoslyn alejándose cada vez más, con más y más tiempo para planear sus maldades con el caballero Parches.

—¿Qué mejor manera de mostrar intenciones pacíficas que traer a su nueva esposa? Demuestra que confía en ellos y trata el asunto como un encuentro agradable entre aliados.

—¿Así que soy un adorno? —Su corazón se hundió, y apretó los dientes.

—Sois una pieza vital en un juego complicado.

—Mmm.

—No parecéis contenta con esa respuesta.

—Estoy feliz de ayudar al rey en todo lo que pueda —dijo, pero su ceño permanecía fruncido. Tal vez había más que eso, algo mágico en juego, y Arturo la estaba llevando bajo premisas falsas.

—Bien —dijo Mordred—. Me temo que vuestro desobediente caballo está a punto de volver a galopar y tendré que seguirlo. Puede que pase un tiempo antes de que podamos hacer que el caballo disminuya la velocidad.

La yegua de Ginebra marchaba tranquilamente. Los ojos verde musgo de Mordred brillaban expectantes. Ella chasqueó la lengua y espoleó a su caballo, que salió al galope. El viento la saludó una vez más.

Después de una reprimenda de Brangien, que aparentemente también se sentía más libre fuera de la ciudad y no tuvo reparos en gritarle a la reina por arriesgar su vida al cabalgar demasiado rápido, Ginebra se vio obligada a mantener el paso de su caballo a una velocidad razonable.

Para subrayar aún más lo dicho, Brangien puso su caballo a unos cinco metros delante de Ginebra y allí lo mantuvo. Mordred prestó cada vez más atención a los alrededores.

Sin embargo, el campo no ofrecía amenazas. En el largo día de travesía, pasaron campo tras campo. Alguna pequeña ciudad o aldea interrumpía de vez en cuando el manto verde y dorado. No había mucha gente en esos pueblos; estaban en los campos, trabajando. Pero se veían algunos niños, que jugaban alegres o miraban la procesión montada con enorme curiosidad. No era común ver caballos por allí.

A medida que la tarde se desperezaba cálida y contenta como un gato, pasaron por otro pequeño pueblo. Una mujer y su hijo les vendieron pan fresco. A Ginebra le recordó lo que Brangien había dicho sobre el niño pequeño en el pueblo conquistado por el bosque. Cuando las casas de adobe, revestidas con cal, se perdieron en la distancia, se volvió hacia Mordred.

—¿Crecen los bosques por aquí? ¿Debéis luchar contra ellos a menudo?

—No. —Mordred miró detrás de ella. En el horizonte lejano había una mancha oscura, como única evidencia de la foresta. Su magia de los nudos a mano no había llegado tan al norte; Ginebra la había dirigido en su totalidad a Rhoslyn—. La magia prospera con la sangre y la maravilla y el caos. Camelot está tan bien ordenada, tan estructurada, que la magia no encuentra cabida. Arturo la estranguló, la mató de hambre y la desmembró. No permite ninguna de sus semillas dentro de su reino.

Salvo ella, claro. Pero lo que dijo Mordred le despertó curiosidad. Tal vez Arturo le había hecho algo al lago, y por eso estaba tan muerto. Tendría que preguntárselo.

—Y es por eso que desterró a Merlín, a pesar de que él siempre había colaborado.

Mordred se acarició la mandíbula, donde una barba incipiente empezaba a asomar a través de su pálida piel.

—No todos estuvimos de acuerdo en que fuera necesario. Pero es cierto: el mismo Merlín es el caos en la forma de un mortal.

Ginebra refunfuñó, pero trató de disimularlo tosiendo. *Caos* era una excelente manera de describir a Merlín. ¿Era de extrañar que sus recuerdos fueran una mezcla confusa de imágenes y lecciones, con espacios vacíos entre ellas?

Cerró los ojos ante un repentino destello de incomodidad, ante la sospecha de que había más en esos recuerdos perdidos de lo que se permitía ver.

Sin embargo, ahora debía concentrarse. No estaba allí por ella, sino por Arturo y por Camelot. Merlín era un riesgo con el que asociarse, por cierto. Pero seguramente, Camelot podría entender la necesidad de conservar ciertas armas. La mayor parte de la ciudad era de piedra; de todos modos, los habitantes tenían barriles de agua por todas partes en caso de incendio. No querían incendios ni los provocaban, pero estaban preparados para combatirlos de la única manera en que podían. La magia era la misma. Mantener a alguien capaz de reconocerla y combatirla no era igual que invitar a la magia a arraigar en la ciudad.

¿Qué era?

—¿Qué sucede si alguien ataca usando magia? —preguntó, en el tono más casual e inocente posible—. ¿Quién os defenderá sin Merlín?

—Mantener a Merlín en la ciudad era demasiado arriesgado. La magia llama a la magia. —La miró y luego apartó la vista rápidamente—. Además, la gente no confiaba en el mago.

—¿Por qué no? Siempre había luchado por Arturo.

—A su manera, cuando y como quiso. No estaba obligado por ninguna ley, ni siquiera por las de Arturo. Además, estaba el asunto del nacimiento de Arturo.

Quería que Mordred siguiera hablando, pero debía tener cuidado de no mostrar demasiado. ¿Cuánto habría sabido la verdadera Ginebra?

—He oído los rumores. Ese Uther Pendragón usó un hechicero para engañar a Igraine y acostarse con ella. —Ginebra se estremeció. Era una magia violenta, terrible. Solo podía engendrar el mal. ¿Cómo había nacido Arturo de ella?—. Puedo entender que no quisieran otro mago en Camelot.

—¿Otro mago? ¿Qué queréis decir?

Ginebra volvió su rostro hacia él.

—¿Qué quieres decir?

—Fue Merlín.

—No. —Ginebra negó con la cabeza. Ese dato no encajaba, no podía encajar. Su pecho se contrajo, como si una faja lo apretara. No, había sido un brujo que practicaba magia negra.

La sonrisa de Mordred era tan suave y azul como el crepúsculo a su alrededor.

—Sí. Merlín. Esa es la naturaleza de la magia. Cuando manipulas el mundo según tu voluntad, cuando haces que la naturaleza gire en torno a tu centro, ¿dónde acaba ese poder? ¿Quién puede ordenarte que te detengas?

Si Ginebra no hubiera estado sobre un caballo, se habría detenido en seco, atónita. Agradecía, en sus circunstancias, que el manto de la noche le permitiera ocultar el horror que la poseía. Merlín, Merlín había hecho eso. Era la más violenta de las acciones posibles: apoderarse de la voluntad de alguien. Ella nunca habría hecho un nudo para eso, nunca habría participado en semejante trampa, tan perversa. Pero Merlín, su protector, su maestro, su padre, lo había hecho.

—¿Cómo pudo hacerlo? —susurró ella.

—Merlín vio que el mundo necesitaba un nuevo tipo de rey, y lo produjo. —Mordred suspiró, acariciando el cuello de su caballo—. No estoy de acuerdo con lo que hizo. La que fue violada por un hombre que ella creía su marido era mi abuela. Pero sin eso, Arturo no estaría aquí. —Extendió los brazos hacia la ondulante y apacible campiña—. No podemos negar el resultado final. Merlín vio lo que Camelot necesitaba y creó los medios para dárselo. Fue el arquitecto de su propio destierro, de alguna manera. El mago es un enigma, pero Camelot es un éxito.

—¿Y todo lo perdido y sufrido para llegar aquí? —preguntó Ginebra, desconsolada y afligida por ella misma, por Igraine, por Arturo, por Mordred, por todas las vidas ensombrecidas por la elección de Merlín.

—Tal es el precio del progreso. —Mordred la miró. Por lo visto, algo de su emoción era evidente aun en esa oscuridad casi total. Su voz se volvió suave—. Lo siento. No debería hablar de tales cosas con una dama. Ha sido poco delicado de mi parte.

—No, me alegro. Prefiero saber la verdad. No me gusta estar detrás de los muros, ni en el castillo ni en la vida de Arturo. —Ni en su propia vida.

Merlín había hecho eso. Él había hecho eso, y no se lo había dicho.

¿Qué más le había ocultado? ¿Cómo podía confiar en él? Y si no podía confiar en el mago que la había elegido para proteger a Arturo, ¿cómo podía confiar en ella misma?

Era completamente de noche cuando llegaron al campamento de Arturo. Él estaba esperándolos en la entrada. La ansiedad de Ginebra por verlo se había vuelto tensa y amarga a la luz de las revelaciones de Mordred. Tenían mucho de lo que conversar, demasiado. Arturo la ayudó a bajar de su caballo, luego la sorprendió dándole un abrazo breve pero intenso.

—Gracias por venir —le susurró al oído.

—Por supuesto. —Podía sentir el calor de sus mejillas por su proximidad—. Necesitamos hablar. A solas.

Él la abrazó y la acompañó al campamento.

—Lamento traerte aquí. Será desagradable. Y peligroso.

Ginebra le apretó el brazo.

—Estoy aquí para protegerte, suceda lo que suceda. —Algo de su ansiedad se aflojó con las palabras de Arturo. Era irracional sentirse aliviada por ponerse en peligro, pero al menos no la habían arrancado de su misión contra Rhoslyn y el caballero Parches por nada.

El campamento era más grande de lo que había imaginado. Arturo no solo tenía a todos sus caballeros, sino que tenía, además, a cien guerreros con él.

—¿Esperas una contienda? —preguntó.

—¿Qué? —Arturo abrió la entrada de su tienda de campaña, haciéndola pasar a un espacio oscuro y cerrado. El suelo estaba cubierto de pieles. Aunque era verano, las noches todavía eran frías.

—¡Cuántos hombres!

—Oh, no. No ha habido contienda. Gildas y Geoffrey, dos señores, tenían un pleito que estaba llegando a mis fronteras. He debido recordarles que mantuvieran sus peleas en sus tierras. —Hizo una pausa, y sonrió con cansancio—. No quieren que yo me convierta en uno de sus problemas. Aparecer en su puerta con tantos hombres ha sido un buen recordatorio. La mayoría de los hombres se quedará aquí para la reunión con el rey picto. Me llevaré solo a mis mejores caballeros, lo suficiente como para parecer poderoso sin desafiar abiertamente al rey Nechtan. Gildas y Geoffrey también vendrán para demostrar que todo aquí es estable y que no hay espacio para que los pictos intervengan. Y he tenido que traerte como muestra de confianza y amistad. Intenté pensar otra manera, pero tu ausencia habría sido un insulto.

—Suena complicado.

Arturo se dejó caer sobre las pieles y se cubrió los ojos con el antebrazo.

—Es complicado. ¿Por qué la gente se aburre de la paz? ¿Por qué una frontera es vista como un reto y no como una barrera?

—Pero tú peleas incluso batallas que no son las tuyas.

Bajó el brazo y la miró.

—¿Qué quieres decir?

Ella se sentó a su lado, acomodando su falda debajo de sus piernas.

—Has luchado contra un bosque que no amenazaba ninguna de tus tierras.

Él sonrió tímidamente, atrapado.

—Tal vez yo mismo me aburro de la paz, a veces.

—Eso no es todo. —Ella le dio un golpecito en el costado—. Consideras que todos los hombres son tu responsabilidad. No puedes negarle a nadie tu ayuda. —Él cerró los ojos. A pesar de que había estado luchando y trabajando sin parar, no parecía agotado. Parecía… en guardia, como si en cualquier momento pudiera saltar y asolar un bosque, luchar contra caballeros feéricos, o negociar la paz con los humanos.

Ella no sentía lo mismo. Estaba cansada y dolorida después de un largo día de cabalgata, además de desanimada y confundida por lo que Mordred le había revelado de Merlín. Todavía sentía un hormigueo en las manos, pero ahora también le dolían. Necesitaba descansar, sobre todo si tenía que recurrir a la fuerza que le quedaba para la magia del día siguiente. Sacudió las manos, lo que la ayudó a aplacar el cosquilleo y las punzadas.

—Necesitamos una manera mejor de comunicarnos. Estaba en mitad de algo en Camelot.

Arturo se sentó, alarmado.

—¿Qué?

—Hay una mujer: Rhoslyn. La he visto antes, hablando con el caballero Parches. La han descubierto practicando magia y la han desterrado.

Arturo asintió; parecía triste pero no sorprendido.

—Va contra la ley.

—La he seguido. Cuando tus soldados la dejaron en el límite sur de la ciudad, unos hombres estaban esperando para matarla.

Ahora sí parecía sorprendido, y enfadado.

—¿*Mis* hombres?

—No. No lo creo. Pero estoy bastante segura de que tus soldados lo sabían y abandonaron a Rhoslyn para que muriera.

Arturo se frotó la cara.

—No quiero que los desterrados sean asesinados, ni siquiera heridos. No pueden estar en Camelot, pero eso no significa que no puedan vivir libremente en otro lugar. Gracias por decírmelo. Me encargaré de que las cosas cambien.

—Ese no es el propósito de mi historia. Ella no fue asesinada. El caballero Parches la salvó.

—¿De veras? ¿Lo viste pelear?

—Apenas tuvo que pelear.

Los ojos de Arturo brillaron con intensidad.

—¡Ojalá lo hubiera visto!

—¡Arturo! Por favor, concéntrate. —Ginebra sacudió la cabeza ante su expresión avergonzada—. El caballero, obviamente, también sabía dónde la dejarían. Después de pelear contra los atacantes, ambos se internaron en el bosque, juntos.

Arturo frunció el ceño.

—No lo entiendo. ¿Dónde está el problema?

—¡Son tus enemigos! Los enemigos de Camelot. He encontrado restos de hechizos de ella en Camelot, y he sentido muchos más en el bosque que sirve de límite a la ciudad. Traman algo. Y creo que no podemos esperar a descubrir qué es.

Arturo cambió de posición, emitiendo un grave «mmmm».

—Ella ha sido desterrada. Si no está dentro de mis fronteras, no tengo potestad. ¿Quién soy yo para decirle que no puede hacer lo que quiere fuera de mis tierras?

—Esto es una *amenaza*.

—Entonces, cuando se encuentre dentro de los límites de Camelot, la afrontaremos.

—¿Por qué esperar, cuando sabemos dónde está y que trabaja con el caballero Parches?

Por fin, el agotamiento apareció en el rostro de Arturo. Los pliegues de su sonrisa desaparecieron, y sus párpados se entrecerraron.

—Porque me niego a ser un rey de la guerra. No seré como mi padre. Cruzaré mis fronteras para defender inocentes, pero nunca para atacar.

Ginebra agachó la cabeza. No podía discutirle esto, pero no estaba de acuerdo en concederles tiempo a sus enemigos para planear un ataque. Arturo era generoso y noble. Ella no podía permitirse serlo. Se encargaría de todo sola. Fortalecería a Camelot y, cuando tuviera la oportunidad, llevaría a cabo lo que Arturo no podía ni haría.

¿Así era cómo Merlín había tomado su decisión? Esa idea la estremeció.

—¿Te has hecho daño en las manos? —preguntó Arturo.

Ella miró hacia abajo. Había estado retorciéndolas inconscientemente, tratando de contrarrestar el feroz dolor.

—No. Bueno, sí. Pero por una buena causa. La magia siempre tiene un precio.

Arturo tomó su mano derecha entre las suyas. Sus manos eran grandes y callosas, pero sus dedos trabajaron con precisión cuando comenzó a masajear su palma en círculos. Ginebra sofocó un pequeño grito.

Arturo se quedó inmóvil.

—¿Te he hecho daño?

—No, me sienta bien. —Le sentaba más que bien.

Arturo tiró de su mano, atrayéndola a su lado. Ella se reclinó y él le quitó con sus masajes el entumecimiento y el dolor de ambas manos. Su piel en la de ella era magia.

Se preguntó cuál sería el precio.

—Es un gran alivio poder tocarte —dijo Arturo, sobresaltando a Ginebra que casi se había dormido sobre su hombro—. Debo tener mucho cuidado con las mujeres. Hay muchas reglas. Y la gente siempre está mirando.

—Sí, me he dado cuenta de eso. Y te he echado de menos. Cada día está lleno de mentiras sobre mí misma. Cuando estoy contigo, no tengo que mentir.

Los movimientos de Arturo se detuvieron; luego, se volvieron más suaves mientras masajeaba cada uno de sus delicados dedos.

—Guardar secretos es como una espina debajo de la piel. Puedes acostumbrarte, pero siempre está allí, infectándose.

Ella abrió la boca para preguntarle sobre Merlín, sobre lo que le había hecho a Igraine. Pero no quería traer tanta oscuridad y violencia a ese espacio frágil y seguro que compartían.

Además, era Merlín quien le había ocultado la verdad. Arturo no tenía la culpa.

Al disminuir el dolor de sus manos, Ginebra sintió la pesadez y la desgano de su cansancio. Deseaba acurrucarse ahí mismo.

—¿Dónde debería…? ¿Dónde debo dormir?

Arturo se enderezó, apartándola de su hombro.

—Lo siento. Te he entretenido demasiado tiempo. Podrías… —Hizo una pausa, y ella se acercó, deseando que la invitara a quedarse. Pero el rostro de Arturo se endureció. Carraspeó—. Esta noche hay una tienda de campaña dispuesta para ti y para Brangien.

Por un momento, había pensado que compartiría la tienda de Arturo, e incluso lo había deseado. Pero necesitaba descansar. Y también Arturo, por supuesto. El precio de la magia de sus masajes se revelaba: la dejaba con ganas de más, ansiando algo que no había sabido que necesitaba hasta que lo había tenido.

Arturo se levantó.

—Brangien puede ayudarte esta noche y mañana por la mañana, pero después no puede acompañarnos. No la pondré en peligro.

Ginebra sonrió porque no temía ponerla a ella en peligro; ella era una fortaleza, no una debilidad.

—Puedo arreglármelas bien por mi cuenta. No soy tan consentida como para no sobrevivir sin una doncella.

Arturo se rio.

—Puedes llegar a serlo. —La llevó a la tienda de campaña vecina a la suya. Brangien ya estaba dentro, ordenándolo todo. Ginebra entró y Arturo cerró la entrada.

Desafortunadamente, la tienda no era tan gruesa como para bloquear las risas y los silbidos, ni el grito de: «¿Cómo ha ido el encuentro con tu reina?».

—¡A dormir! —gritó Arturo en respuesta—. ¡Es una orden! —Pero no sonaba enfadado ni molesto, más bien divertido. No iba a contradecirlos si pensaban que tenía una relación normal con su esposa. Después de todo, la legalidad de su unión dependía de eso. Ginebra ahuyentó el peligroso pensamiento de que hubiera preferido quedarse en la tienda de Arturo, y no solo para reforzar su estratagema.

Ella era curiosa; eso era todo, y cada vez más.

Brangien se quejó.

—Son desagradables y estúpidos. Obviamente no ha pasado nada, porque Arturo no podría haber atado otra vez los lazos de vuestro vestido solo. Idiotas.

—¡Oh, eso me recuerda algo! —Ginebra se apresuró a disimular su vergüenza ante ambos, la suposición de los hombres y la perspicacia de Brangien—. ¿Me puedes enseñar cómo hacerlo con este vestido? No vendrás con nosotros mañana.

—¿Qué? ¿Por qué?

—Arturo tiene miedo de que sea peligroso.

Brangien se rio.

—No más peligroso que atravesar el país con esos tontos.

—No podría perdonarme si algo te pasara.

—Pero es mi trabajo serviros.

Ginebra se volvió, interrumpiendo la respuesta de Brangien y obligándola a mirarla.

—Pero tú también eres mi amiga. Si Arturo piensa que es demasiado peligroso para ti, confío en él. Él cuida a su gente. Estaré bien. Mejor que bien, porque sabré que estás a salvo.

Brangien bajó la cabeza. Un destello de emoción, que Ginebra no pudo distinguir, pasó por su rostro. Luego volvió a su tarea, desató las mangas de Ginebra y la ayudó a quitarse los vestidos.

—Muy bien. Pero si vuestras trenzas se deshacen porque cabalgáis demasiado rápido, no estaré allí para arreglarlas, y todos los pictos me culparán por vuestra apariencia. Arruinaréis mi reputación.

Ginebra se dio la vuelta, obediente, para que Brangien pudiera deshacer sus trenzas y peinar los nudos de su cabello, decididamente poco mágicos.

—Prometo que por ti me portaré bien.

—Y manteneos a salvo —susurró Brangien.

—Y me mantendré a salvo —coincidió Ginebra. ¡Ojalá pudiera cumplir su promesa!

No hay nada a qué aferrarse en Camelot: batir las alas, resbalarse de pier-
nas, pero los pequeños cuerpos no tienen nada que los sostenga, ninguna
fuente de luz que los atraiga.

La magia ha abandonado Camelot.

Ella tendrá que esperar a que regrese. Pero está hambrienta, y más que
hambrienta, aburrida. Una niña se ha apartado de sus padres. La Reina
Oscura le hace guiños con insectos, crea destellos con alas de mariposas.
Atrae a la niña hacia lo más profundo del bosque.

Devora.

Nunca saciada pero ya no hambrienta, sigue andando. Ella se propaga
ondulante por la tierra, empujando los límites de Camelot, tratando de encon-
trar un punto débil, un lugar que le dé cabida, le haga espacio, la alimente.

Un río la detiene. No es un río normal, eterno, caudaloso, indiferente.

Ese río es furibundo.

Olvida su hambre. Olvida su aburrimiento. Cien murciélagos aletean
hacia el cielo, una colonia de oscuridad contra el azul. Si alguien la viera,
parecería una sonrisa. Con dientes muy afilados.

CAPÍTULO TRECE

Arturo cabalgaba en la vanguardia y en la retaguardia, de extremo a extremo de la comitiva. Estaba en todas partes, excepto al lado de Ginebra. Ni siquiera Mordred le hablaba. Nadie lo hacía, no en señal de rechazo, sino como consecuencia de su nueva situación.

Ya no estaban en Camelot.

Ginebra no había esperado que el cambio fuera tan repentino y severo, pero pudo *sentir* cuando cruzaron la frontera. Los campos se desdibujaron, volviéndose irregulares y desordenados. Había algunas aldeas miserables pegadas a la frontera, pero no había niños jugando en ellas. Las personas que los veían pasar lo hacían con ojos desconfiados y las manos en las armas.

También bordearon grandes extensiones de bosque. Una parte de Ginebra anhelaba atravesarlas. Echaba de menos los fríos espacios verdes con más intensidad de la que suponía posible. Pero la firmeza con que los caballeros empuñaban sus espadas le recordaba que esos no eran los árboles de Merlín.

La comitiva se componía de veinticinco hombres fuertes: los mejores caballeros de Arturo, más cinco sirvientes con caballos de carga que transportaban los víveres.

Iban a reunirse en el límite con el territorio de los pictos. Ginebra escondió más su cabeza en la sombra de su capucha cuando pasaron por los restos quemados de un antiguo asentamiento. Cuanto antes se encontraran con los pictos, antes podrían irse.

Aunque la alegraba haber dejado a Brangien atrás, echaba de menos a su doncella y amiga. Habría sido reconfortante compartir aquello con alguien. Aunque estaba en el centro de la comitiva, rodeada constantemente de hombres, se sentía muy sola.

—No falta mucho —murmuró Mordred, una vez más a su lado. Ginebra no le prestó atención. Sus manos estaban ocupadas debajo de su chal. Por fin, había recuperado la sensibilidad en los dedos para trabajar con los pedazos de hilo que había robado de la costura de Brangien. Sus nudos eran todos para confusión, ceguera, engaño; si las cosas se ponían mal, podría lanzárselos a los enemigos y ganar algo de tiempo. Pero lo pagaba con su propia visión. Todo era borroso e indistinto.

No le molestaba que un velo le cubriera los ojos y ocultara la realidad del mundo que atravesaban. Su viaje desde el convento había sido interrumpido por un episodio de terror en el nuevo bosque, pero en ese trayecto subyacía una corriente de miedo desolador, que constantemente tiraba de ellos. ¿Cómo vivía la gente allí? ¿Cómo podían sobrevivir a esa permanente sensación de temor y alerta?

Arturo gritó algo y todos sus hombres se detuvieron al mismo tiempo. Mordred tomó las riendas del caballo de Ginebra. Los demás caballos resoplaban y golpeaban el suelo con sus cascos, impacientes.

—Una partida viene a nuestro encuentro —susurró Mordred.

—¿Qué debo hacer?

—Precisamente lo que estáis haciendo.

—¿Y qué es?

—Estar guapa.

Ginebra resopló como su caballo. La risa de Mordred era profunda y sonora.

—Nadie espera que habléis o entendáis la lengua de los pictos. Quedaos al lado de Arturo o de mí. Nunca vayáis a ningún lado sola, y nunca dejéis que uno de sus hombres o sirvientes os guíe a ninguna parte. No deberíamos tener problemas.

Ginebra se relajó y dejó que sus rasgos expresaran un agradable, tranquilo desinterés. Ellos pensaban que era una decoración. Eso era bueno, porque si tenía que actuar, nadie lo anticiparía.

Vio cómo Arturo saludaba a una mancha con forma de hombre que cabalgaba hacia ellos. Arturo le hizo un gesto. Mordred acicateó a sus caballos para que avanzaran y la llevó al lado de su esposo.

Arturo dijo algo en un lenguaje musical. Escuchó su nombre e inclinó la cabeza. El rey picto, Nechtan, era una mole borrosa e intimidante de barba y pieles cuando se inclinó hacia ella. Extendió una mano, y Ginebra la suya. El rey picto envolvió la mano de Ginebra, la tocó con su frente y luego la soltó.

La impresión que Ginebra obtuvo de ese contacto fue mucho más aguda que su visión. Él era como un halcón depredador, que sobrevolaba, vigilante, pero no era una amenaza inmediata.

Los llevaron al campamento. Arturo la bajó de su caballo y le dio el brazo. Ella se sintió agradecida. Él no sabía lo mal que veía en ese momento. La guio a una gran mesa colocada en medio del campo, sobre una alfombra espléndida. No sabía quién había traído todo hasta allí o quién sería el responsable de llevarlo de vuelta. La mesa brillaba con la luz de las velas al caer la tarde. Las hogueras ardían en manchurrones anaranjados a su alrededor.

Arturo le ofreció a Ginebra un asiento; luego, se sentó a su lado. Ella bajó su capucha. Sentía su sonrisa vacía y distante, pero no era fingida. No podía entender nada de lo que se hablaba a su alrededor. El rey Nechtan se sentó junto a Arturo, y Mordred, al otro lado de Ginebra. Por lo que podía distinguir, ella era la única mujer presente.

Se preguntó dónde estaría la reina picta. Si Ginebra estaba allí como muestra de confianza, ¿por qué los pictos no hacían lo mismo? Suponía que era porque Arturo tenía una posición tan sólida que podía permitirse ser generoso, mientras que los pictos debían mostrarse fuertes.

Trajeron la comida. Ginebra buscó su copa, muerta de sed.

—Ya lo han probado todo —susurró Mordred, ocultando el movimiento de su boca con la copa—. Nada está envenenado.

Ginebra se quedó helada, con la copa a mitad de camino de sus labios. Ni siquiera lo había considerado. Había tantos modos de hacerse daño entre los hombres, tantos métodos para acabar con el otro. No era extraño que los caballeros de Arturo no se preocuparan por las amenazas mágicas. Tenían un mundo lleno de otras amenazas que considerar.

Su apetito disminuyó considerablemente, pero comió lo suficiente como para no parecer descortés. Arturo y el rey Nechtan conversaban sin parar, en un tono amigable.

—Tenemos paz con los pictos —dijo Mordred, en voz tan baja que apenas podía oírlo—. Pero es frágil. Son guerreros de renombre.

—¿Por qué no han ido contra Arturo, entonces?

—Lo han hecho. Compramos la paz matando cinco mil pictos con nuestras espadas.

—Un precio elevado. —Ginebra nunca había visto a cinco mil personas juntas. Imaginar la enormidad de cinco mil muertos era más de lo que podía soportar, y la mareaba.

—Arturo está aquí para recordarles que somos amigos, porque no siempre lo hemos sido.

—¿Cómo me está yendo con mi parte?

—Sois excepcional en lo de sentaros y ser encantadora.

Ginebra quiso poner los ojos en blanco, pero no era un gesto propio de una reina. Arturo se acercó a ella, sonriendo, pero le habló a Mordred entre dientes.

—¿Dónde están Geoffrey y Gildas? Estuvieron de acuerdo en venir. Su presencia y sus disculpas y garantías de paz eran la razón de todo esto.

—Voy a averiguar lo que pueda. —Mordred se movió para ponerse de pie, pero se detuvo de pronto. La conversación en la mesa, un murmullo grave y constante, se interrumpió de golpe como si hubiera caído en una trampa.

Un hombre estaba de pie frente a ellos. Sacó una silla y se sentó, reclinándose.

—No, no os levantéis. —Hizo un gesto para que todos se sentaran. Todos los hombres alrededor de Ginebra estaban medio de pie, con las manos en las espadas— He venido para comer, no para pelear. Aunque se rumorea que la comida de los pictos no es tan buena como su pelea.

—Maleagant —dijo Arturo.

Un escalofrío recorrió la espalda de Ginebra. El mismo Sir Maleagant sobre el que Arturo había estado recibiendo mensajes.

—¡Qué suerte! Quería visitar al rey Nechtan y aquí está en mis propias fronteras, esperándome.

—Estas no son tus fronteras —dijo Arturo, su voz terriblemente tranquila.

Maleagant arrancó la pata de un ave asada.

—¿Esperas a Geoffrey y a Gildas? Me temo que no vendrán. Nuestras conversaciones por las tierras han terminado bien. Para mí. —Mordió un trozo de carne del hueso, luego extendió la mano, agarró la copa de Arturo y tomó un largo trago—. Estas son mis fronteras —dijo, apoyando la copa—. Y, rey Nechtan, eres muy bienvenido.

—Gracias por tu hospitalidad—dijo el rey Nechtan. Ginebra no sabía que hablaba su idioma. Arturo se comunicaba con él en picto. Maleagant no tenía esa cortesía—. Estoy muy… intrigado por este nuevo acontecimiento.

—Habrá tiempo para eso más tarde. ¡Esta noche deberíamos celebrar! ¡Nosotros, tres reyes felices, compartiendo fronteras y una comida! —Maleagant se volvió hacia Ginebra. No necesitaba verlo bien para estar nerviosa. Si la hoja en el bosque devorador tenía dientes, la mirada de Maleagant tenía tentáculos. Podía sentirlos deslizándose sobre ella.

»Arturo, has traído una mascota. No recordaba que te gustaran tan jóvenes. Preséntanos.

Arturo no respondió a la orden de Maleagant. Se volvió hacia el rey Nechtan y reinició la conversación en picto.

Ginebra sentía los ojos de Maleagant como un peso. Desde su posición, podía mirarla mientras comía, mientras bebía, mientras se reía e interrumpía la conversación de Arturo y el rey Nechtan. Las manos de Ginebra se retorcían debajo de la mesa, anhelando que uno de sus nudos de ceguera lo alcanzara, solo para obligarlo a dejar de mirarla. Se sobresaltó cuando otra mano encontró la suya debajo de la mesa.

Arturo apretó sus dedos. No se volvió hacia ella ni reaccionó ante Maleagant, pero se dio cuenta. Su constante calor y fuerza la recorrieron. En lugar de apartar la vista de Maleagant, miró fijamente su silueta, sin sonreír, sin parpadear. No desvió la cabeza, ni se sonrojó ni hizo nada de lo que se esperaría de una muchacha. No era una mascota. No era ni siquiera una reina. Era un arma secreta.

Maleagant se rio. Levantó su copa para brindar por ella.

—Mejor no llamar su atención —susurró Mordred, por encima de su hombro, fingiendo acercarse para escuchar algo que Arturo estaba diciendo.

—¿Y qué me recomiendas para evitarlo, siendo la única mujer en esta mesa? —Se volvió hacia Mordred con una sonrisa—. ¿Qué debo hacer en lugar de eso?

—Estáis cansada. Queréis retiraros a dormir.

Ella estaba cansada y eso hizo. Odiaba la idea de que Maleagant pensara que la había echado, pero confiaba en el consejo de Mordred.

—Rey Nechtan —dijo—, ha sido un honor cenar contigo. Pero me temo que el viaje hasta aquí ha sido agotador. Me gustaría retirarme a descansar.

Arturo se puso de pie. El rey Nechtan también lo hizo. Maleagant se reclinó aún más, estirando sus largas piernas.

—Puedo escoltarla si quieres, Arturo.

Arturo tomó la mano de Ginebra y la besó. Sintió su beso como un escudo.

—Sir Mordred, ¿acompañarías a mi reina a nuestra tienda? Todavía tengo mucho que discutir con el rey Nechtan.

Mordred hizo una reverencia. El rey Nechtan despidió a Ginebra con una inclinación de cabeza. Ella no había dado ni dos pasos cuando Sir Tristán se puso también a su lado. Sir Gawain y Sir Bors lo siguieron.

Tanta protección tuvo el efecto contrario al de hacerla sentir segura.

Quería una excusa para visitar a los caballos. Si hubiera podido llegar a los caballos de Maleagant, habría anudado la debilidad y la somnolencia en sus crines. Pero rodeada de caballeros, no podía hacer nada. Enfadada y nerviosa, la llevaron directa a una tienda de campaña.

Arturo no se unió a ella hasta la medianoche. La carpa era pequeña, y el suelo estaba cubierto de pieles. Allí había estado Ginebra sentada, sola. No se había desvestido por miedo a tener que correr o pelear en cualquier momento. Varias veces, había echado un vistazo fuera para encontrar a Mordred, a Sir Gawain, a Sir Bors y a Sir Tristán todavía custodiando la tienda.

—¿Se ha ido? —preguntó mientras Arturo se sentaba a su lado y se frotaba la cara, cansado.

—Sí. Hace una hora. He tenido que pasar un buen rato asegurándome de que el rey Nechtan se mantendría de mi lado si Maleagant nos agredía.

—¿Lo hará?

Arturo se recostó.

—No lo sé.

—¿Maleagant era uno de los caballeros de tu padre?

—Uno de los míos también.

—*¿Qué?*

Arturo cerró los ojos.

—Fue mi primer aliado, además de Merlín. Me ayudó a planear la campaña contra mi padre. No vi entonces que me estaba utilizando para destronar a Uther. Creía que era lo suficientemente joven e ingenuo como para ser un oponente más fácil. Y en cierto modo tenía razón. Lo desterré cuando debería haberlo matado. Me ha perseguido desde entonces.

—No puedes culparte por sus acciones.

—Puedo, y debo hacerlo. Si él amenaza a Camelot, es porque yo lo he permitido. ¡Esta noche lo hubiera estrangulado!

—¿Durante las conversaciones?

—No, cuando no dejaba de mirarte.

Ginebra sintió una oleada de sorpresa y placer. Sabía que Arturo se había dado cuenta. Pero ella estaba extrañamente encantada de que le molestara a nivel personal.

—¿Qué ha querido decir con eso de que soy más joven de lo que debería? Tengo solo dos años menos que tú.

Arturo hizo una mueca, sin abrir los ojos.

—Maleagant… conoce mi historia mejor de lo que me gustaría. Hay una razón por la que lo desterré en lugar de matarlo. —Hizo una pausa que se alargó tanto que Ginebra se preguntaba si se habría dormido—. Su nombre era Elaine. Era su hermana. Creí que me amaba. Me dijo que estaba embarazada, y yo estaba dispuesto a desposarla.

Ginebra apenas se atrevía a respirar. Los rumores de que Arturo era un rey virgen eran… rumores. Había amado y había sido amado antes. De alguna manera, eso le dolió tanto como enterarse del papel que había jugado Merlín en el nacimiento de Arturo. Pero Arturo no le había mentido. Ella había elegido, simplemente, creer el rumor porque quería que fuera verdad. Quería que fuera tan inexperto como ella en estas cuestiones, porque eso la hacía sentir que su inseguridad era menos humillante.

—Cuando descubrí los planes y las fechorías de Maleagant, lo desterré, y en mi furia, envié a Elaine al sur. Ella murió al dar a luz. El bebé, un varón, sobrevivió apenas unas horas. Y yo no estaba allí.

Ginebra se recostó sobre las pieles junto a él, y le tomó la mano.

—Lo siento.

—Aunque sabía que ella había sido parte de la trampa, que Maleagant había planeado asesinarme y usar a mi hijo para usurpar el trono, aun así, la amaba.

Ginebra se estremeció. El plan de Maleagant no era tan diferente del de Merlín. Al menos Elaine había participado voluntariamente, a diferencia de la madre de Arturo.

—Elaine me rogó que tuviera misericordia. Y como antepuse mis propios sentimientos al bien de Camelot, no maté a Maleagant. Mi gente sufrirá, algunos incluso pueden morir, porque actué como un hombre, no como un rey.

—Eras prácticamente un niño.

Él llevó las manos entrelazadas hasta su boca y acarició la de ella con sus labios. Eran suaves y fríos, y ella sintió la caricia recorrer todo su cuerpo.

—Eres generosa. Gracias por dejarme contártelo. Todos estos largos años, ha sido un secreto compartido solo por mí, Mordred y Maleagant.

Ella se acercó más a él. Conocer ese secreto la hizo sentirse importante, como si tuviera un lugar prominente en su vida. Pero también la hizo preocuparse aún más. Si Arturo no era un rey virgen, ¿su falso matrimonio lo alejaba de las cosas que quería? Ella se había preocupado de que a él le faltaran alianzas políticas. No había considerado que ambos carecían de… alianzas físicas.

—No me importa —dijo ella, con una voz tan suave y susurrante como la oscuridad que los envolvía en la tienda—. Si tú… buscas a otras mujeres, lo entiendo. No quiero que pienses que nuestro acuerdo te impide hacerlo.

Ahora Arturo se acercó más a ella; su cuerpo era firme, irradiaba calor.

—Nunca le daría a la gente una razón para hablar de nosotros o para despreciarte. Sé que no tenemos un matrimonio normal, pero me hace feliz tenerte a mi lado. ¿Y a ti?

—Sí. —No dudó. En ese momento, envuelta en su calor, era perfectamente feliz.

—Bien. Quiero... —Se interrumpió.

Ella se estiró para acercarse; la pausa después de *quiero* anunciaba una promesa desconocida. Por fin, volvió a hablar.

—Quiero llegar a conocerte, a la que eres de verdad. Ambos estamos aquí porque Merlín lo deseaba, pero ya es hora de que no medie entre nosotros. Estamos en esto juntos, Ginebra. Me gusta eso.

Al darse la vuelta, su sonrisa se apretó contra el hombro de Arturo. No sabía si ese gesto buscaba disimular el efecto completo que él tenía sobre ella, o si dejaba la impronta de su alegría como un beso en su hombro.

—A mí también me gusta.

—Entonces dime algo que nadie más sepa de ti.

Ella rio.

—Arturo, nadie sabe nada de mí. Solo tú.

Él también rio, avergonzado.

—Supongo que eso es cierto. Yo te he dado un secreto, y tú, todos los tuyos. Excepto... tu nombre.

Sintió que la poseía un frío vacío. Quería decírselo, dárselo. Pero cuando estaba a punto de pronunciarlo, desparecía. Se lo había dado a la llama, y lo había devorado. La pérdida la estremecía como algo nuevo.

—¿Qué tal si te cuento una historia sobre las estrellas? Las he bautizado a todas.

Arturo asintió, deslizando su brazo alrededor de ella y acariciando su cabello con un movimiento tan suave que ella se preguntó si era consciente de lo que hacía. Tejió la historia para él, anudándola a él, hasta que se quedó dormido.

Ese viaje había traído nuevas revelaciones y nuevas amenazas. Maleagant no era alguien contra quien pudiera pelear; tampoco el fantasma de Elaine ni el fracaso de Arturo. Su corazón lo compadecía por haber soportado el secreto solo todos esos años. Y de alguna manera, había asumido ese dolor y había forjado con él algo poderoso e intenso, algo que llevaba tan naturalmente como su corona.

Ginebra apoyó una mano sobre el corazón de Arturo, sintiendo latir el suyo propio como un pajarillo asustado. Quería darle su nombre. Quería dárselo *todo*.

Y eso la aterrorizaba.

CAPÍTULO CATORCE

Ginebra se despertó en medio de una discusión.

—¿Cómo has podido? —reclamaba Sir Tristán.

Ginebra se incorporó. Se frotó los ojos nublados para despejarlos, pero no funcionó. Si no llegaba a usar los nudos que había atado y que le habían costado eso, se pondría furiosa. Comprobó que su cabello todavía estaba más o menos en orden, luego se acercó con sigilo a la puerta de la tienda y escuchó.

—Maleagant sabe que estoy aquí —respondió Arturo—. Eso significa que Camelot es vulnerable. No quería que todos nuestros hombres se ausentaran más tiempo.

—¡Pero ahora no tenemos hombres para reforzar nuestras filas! Maleagant sabe que estás aquí, lo que significa que *eres* vulnerable.

—Mejor yo que Camelot.

—Si tú caes —dijo Mordred, con una voz más tranquila que la de Sir Tristán—, también lo hará Camelot.

—Camelot vivirá. Y nosotros también. Conozco a Maleagant. Nos esperará en los caminos o nos tenderá una trampa en una aldea. Cabalgaremos por los bosques.

Sir Bors sonaba como la grava que crujía bajo sus pies.

—Por supuesto que nos esperará en el camino, porque cabalgar por ese bosque es una locura.

—Prefiero correr ese riesgo.

Ginebra podía oír la sonrisa en la voz de Arturo. Sonaba como si disfrutara el desafío. Sin embargo, ella estaba del lado de Tristán: mejor proteger a Arturo que enviar a sus hombres de vuelta sin ellos.

Se armó de valor. Aunque solo eran ellos, serían suficientes.

Revisó cada uno de sus nudos para asegurarse de que todavía estaban apretados. No había tiempo para la debilidad que le provocaría montar unos nuevos. Tenía que estar lo más entera posible para el bosque.

Levantó la puerta de la tienda y salió a la brillante luz del sol.

—¿Qué sucede con la reina? —preguntó Sir Tristán, en un tono desafiante, mientras la usaba de excusa para no seguir el plan de Arturo.

—La reina —dijo Ginebra, poniéndose la capucha—, está lista para cabalgar al lado de su rey, adonde sea que la lleve. —Caminó hasta su caballo. Arturo la ayudó a montar.

—¿Estás lista? —susurró.

Confiada y asustada por igual, le sonrió.

—Estoy lista.

Se las ingenió para ser la última en llegar a los árboles. Una rama le rozó el brazo; ella dejó un solo nudo de confusión y ceguera allí. Cualquiera que los persiguiera no podría encontrar el rastro.

Una vez debajo de los árboles, todo cambió. Incluso el aire era diferente: más cálido, más cercano, como si los árboles respiraran y los envolviera en el vapor de sus exhalaciones. Tuvieron que aminorar el paso, ya que los caballos elegían con cuidado la huella a través de la maleza. No había un sendero marcado. Nadie era tan estúpido como para atravesar el bosque si no tenía que hacerlo.

Sin embargo, el aburrimiento y el calor agobiaban a Ginebra más que el miedo. Después de varias horas de lento progreso, se había quitado la capucha y ansiaba desatarse las mangas. Los caballeros que la rodeaban no se habían quitado su armadura de cuero chapada en metal, y todos sudaban en silenciosa agonía..

Mordred regresó después de haberse adelantado para explorar.

—Más de lo mismo: árboles y hojas e insectos. Si continuamos hacia el sur, deberíamos estar a salvo en las fronteras de Camelot en dos días. Esta noche, cuando acampemos, pondré trampas para...

Un aullido cortó el aire espeso.

—¡Todavía hay luz de día! —dijo Sir Bors mientras los caballos se empujaban, las orejas alertas, los ollares bien abiertos—. No pueden estar cazando.

Otro aullido respondió, y luego otro y otro.

—Están cazando —dijo Arturo, con expresión sombría—, y estamos rodeados.

El caballo de Ginebra pateó el suelo, sacudió la cabeza y empujó hacia un lado. Al mirar hacia abajo, vio una fina neblina que se levantaba desde la tierra, que tiraba de los cascos de su caballo y los envolvía amorosamente.

—¡El suelo! —gritó Ginebra.

—¡Yo también lo veo! —Mordred sacó su espada—. ¡Cabalga!

Le dio una palmada a la grupa del caballo de Ginebra, que salió disparado entre los árboles. Todos los caballeros hicieron lo mismo. Se aferró con fuerza a sus riendas y esquivó las ramas que se abalanzaban sobre ella como garras. Los árboles parecían inclinarse para acercarse unos a otros, mostrando una docena de senderos distintos para sus caballos, separándolos.

—¡Ginebra! —gritó Arturo. Ella tiró de las riendas, obligando a su caballo a obedecerla y a dirigirse hacia él.

Un destello gris saltó enfrente. El caballo retrocedió, levantando sus patas delanteras. Ginebra cayó con fuerza al suelo y rodó para evitar los cascos. Su caballo relinchó; luego desapareció entre los árboles con el lobo detrás, a pocos pasos de morderle los cuartos traseros.

Pero había más de un lobo. Miró fijamente los ojos amarillos y los dientes amenazantes del que merodeaba más cerca, sigiloso. Abrió sus fauces y saltó. Un hombre se interpuso, abrazando al lobo y rodando con él: Sir Tristán. El lobo mordió su antebrazo, traspasando el cuero. Los gritos de Sir Tristán eran tan furiosos como los gruñidos del lobo Se liberó empujándolo hacia un costado. Luego corrió hacia Ginebra, la levantó y la arrojó a los brazos de Arturo, que la esperaban.

Ella se aferró a él, sentada de un modo espantosamente precario sobre la montura. Arturo tenía una mano alrededor de su cintura, mientras con la otra empuñaba Excalibur. Estaba mareada. La cubrió un sudor frío, y tuvo la repentina necesidad de lanzarse de nuevo a los lobos en lugar de seguir montada.

Pero el aullido se había desvanecido. Arturo cabalgó a una velocidad peligrosa hasta que llegaron a un claro. Se detuvo y Ginebra se dejó caer, arrastrándose, tratando desesperadamente de no vomitar. Todo su cuerpo temblaba.

—Formad un círculo —ordenó Arturo—. Bors, Gawain, juntad leña para un fuego. Pronto oscurecerá y no podremos estar entre los árboles.

—Ginebra. —Mordred se agachó a su lado. Su mano se acercó a su espalda, pero no la tocó—. ¿Estáis bien?

—Sí —susurró ella. Era mentira. No podía dejar de temblar. Algo la había afectado más que el miedo. Tal vez había inhalado algo de la neblina—. ¿Sir Tristán está aquí?

—Aquí estoy. —Sir Tristán se sentó a su lado con cierta dificultad. Su brazo estaba envuelto en un trozo de tela. No sangraba demasiado.

—Gracias. —Ginebra se puso de lado y luego se sentó—. Me has salvado.

—Sois mi reina —dijo en respuesta. Luego su expresión se enterneció—. Y sois la amiga de Brangien.

Se quedó donde estaba, junto a Sir Tristán, con Mordred de pie, cerca, mientras los hombres organizaban un círculo defensivo y encendían el fuego. Cuando se hubo recuperado lo suficiente, se levantó y encontró a Arturo.

—Puedo ayudar —ofreció.

Arturo negó con la cabeza.

—No. Necesito que estés a salvo. Por favor.

La súplica en su voz la conmovió, pero *tenía* que ayudar.

—Yo ya tengo nudos hechos. Son para la ceguera y la confusión. Si los colocamos alrededor de la pradera, podrían frenar o disuadir a los lobos, o a otros depredadores. —Apenas podía imaginar cuántas otras cosas acechaban entre los árboles. Ciertamente, contaba a los hombres de Maleagant como depredadores.

—¿Debes ser tú quien los coloque? ¿Como los nudos de las puertas?

—No, cualquiera podría.

Se desabrochó el tahalí y puso a Excalibur, ahora envainada, suavemente en el suelo.

—Dámelos. Lo haré yo.

Metió la mano en la bolsa atada a su cintura y sacó los nudos.

—Déjalos a intervalos regulares. Rodea con ellos todo el campamento.

Arturo desapareció entre los árboles. Ella se reunió con Sir Tristán. A pesar de la escasa luz, no tenía buen color.

—Déjame ver tu herida —dijo.

Él extendió su brazo obediente. Ella le sacó la venda. La sangre goteaba, pero no a un ritmo preocupante.

Lo que resultaba preocupante, sin embargo, era el calor de la piel alrededor. Estaba ardiendo. Ginebra puso el dorso de su mano sobre su frente. Irradiaba calor. Pero había algo… distinto allí, algo que no era Sir Tristán, como el moho que crece en el pan.

—¿Por qué está tan caliente? —preguntó en voz alta y tensa.

Mordred la oyó y se arrodilló junto a Sir Tristán. Examinó la herida.

—Es demasiado pronto para una infección.

—¿Qué es una infección?

Él frunció el ceño.

—¿Nunca la habéis visto? Es el envenenamiento de la sangre. Algo que no debería estar ahí entra por la herida. Es... —Se calló. No la miraba a los ojos. Sir Tristán se echó hacia atrás, acostándose en el suelo—. Le traeré un poco de agua. —Mordred se alejó.

—Tengo frío —dijo Sir Tristán; sus dientes castañeteaban.

Ginebra se quitó la capa y lo cubrió. Él se estremecía y temblaba. Luego, fue peor: se quedó inmóvil.

—¡Arturo! —gritó ella. Sir Tristán no se movía. Después de un momento, Arturo se reunió con ellos. La expresión de su rostro confirmó sus peores temores.

—No hay nada que podamos hacer —dijo—. La infección se ha extendido demasiado rápido.

Ginebra negó con la cabeza. No podía aceptar eso, no lo haría. Sir Tristán había resultado herido por protegerla. Pero ¿cómo podría combatir el veneno en su sangre? No podía limpiarlo, no podía...

Una idea se apoderó de ella con la fuerza de las mandíbulas de un lobo. El resto de los caballeros estaban lo suficientemente lejos, y Sir Tristán no estaba en condiciones de escucharla o entenderla.

—Creo que puedo ayudarlo.

—¿Cómo?

—Con una limpieza. Solo lo he hecho en mí misma, y solo en el exterior de mi cuerpo. Pero si me concentro en su herida, podría quemar las partes que no son él, aquello que lo está matando.

Arturo miró a su caballero. Acarició la mejilla de Sir Tristán. Luego se puso de pie.

—No.

—¡Debo intentarlo! Puede que no funcione, pero...

—No se trata de eso. No puedes hacer magia aquí, en medio de mis hombres. Podrían descubrirte.

—Pero Sir Tristán...

—Sir Tristán conocía los riesgos de luchar a mi lado.

—¡Como yo!

—Ginebra. Por favor. Si lo que eres se conociera dentro del reino, en el mejor de los casos serías desterrada. ¿En el peor? Interrumpiría todo lo que he construido. La gente sospecharía que yo lo sabía, que lo he permitido. ¿Cómo podría justificar el hecho de haber desterrado o asesinado a otras personas por usar magia? Sir Tristán ha vivido con honor. Si muere, será de la misma manera, y siempre será recordado. No os perderé a los dos.

—Arturo, yo...

—*No.*

Su tono la intimidó. Era la primera vez que le hablaba no como Arturo, sino como un rey. El poder y el peso de su orden tenían una cualidad física que la dejó amedrentada.

—Debo mantenerte a salvo —susurró Arturo una vez más.

—¡Rey Arturo! —gritó uno de los caballeros—. ¡Lobo!

—¡Formad un círculo alrededor del claro! —Arturo se alejó, recogió su espada y la desenvainó. Ginebra se estremeció—. ¡Mirad hacia fuera! ¡No dejéis pasar nada!

Espirales de niebla flotaban alrededor del claro, enviando zarcillos como si buscaran debilidades. No había aullidos, ni ningún otro ruido, lo que, en cierto modo, era peor. Entonces Sir Gawain gritó, y se oyó un gruñido. Ginebra no podía hacer nada.

Pero... nadie la estaba mirando. Todos estaban ocupados en sobrevivir.

Fue de prisa hacia el fuego y tomó una ramita del borde, cuyo extremo brillaba encendido. De vuelta junto a Sir Tristán, se arrodilló y cerró los ojos. Necesitaba cambiar la forma en que fluía la magia, cambiar lo que quería que hiciera. Se arriesgó a que el fuego tomara el control y quemara a Sir Tristán de dentro hacia fuera. De una u otra forma, ella sería responsable de su muerte. No dejaría que ganara sin luchar.

Puso su dedo sobre la punta encendida de la rama y dejó que saltara hacia ella. Alimentó la brasa con su aliento. Luego, la sostuvo frente a la boca de Sir Tristán y dejó que probara su aliento. La acercó a la herida y la persuadió de ir de su dedo a la piel de él. Sir Tristán se estremeció, pero no se despertó.

—Quema todo lo que no es él —susurró, concentrándose en la brasa, para manipularla segun su voluntad. Una luz brillante bailó a lo largo de las marcas de los dientes del lobo, y luego desapareció.

Sir Tristán se retorcía. El sudor brotó de su piel, y luego se evaporó tan rápido como había aparecido. Ella mantuvo la mano en su brazo, en sintonía con la brasa que lo recorría. Era codiciosa, voraz. Le ordenó que solo se alimentara de lo que no era Sir Tristán. Había mucho allí. Podía sentir la infección, una oscuridad creciente tratando de atraparlo, amenazadora, iracunda y... consciente.

Avivó la brasa. Comió y comió, y justo cuando pensaba que no funcionaría lo suficientemente rápido como para salvar a Sir Tristán, se detuvo. No quedaba nada de lo que se le había mandado comer. Se volvió hacia el exterior, lista para devorar a sir Tristán.

La llamó y la brasa dudó. Estaba a punto de perder el control. El pánico creció, pero lo recibió con determinación e instintiva desesperación.

No lo perdería.

Algo por dentro, algo desconocido entre todos los nudos y hechizos, rodeó la brasa, haciéndola retroceder, persiguiéndola y desviándola lejos de Sir Tristán. Volvió otra vez a la mano de Ginebra, quemándola. Ella gritó de dolor, sofocando la llama con su capucha. Sus dedos tenían ampollas, pero el fuego se había apagado.

Levantó la vista para buscar un odre, pero se quedó helada como un ciervo delante de un cazador. Mordred la observaba. Estaba de perfil hacia el bosque, pero sus ojos, siempre pendientes de ella, lo habían visto todo.

Había sido descubierta.

Era el final.

Entonces Mordred miró otra vez hacia el bosque sin decir una palabra.

Temblando, con un dolor abrasador en su mano, recogió uno de los odres y ayudó a Sir Tristán a beber. Su piel había perdido el calor mortal de la infección. Sus párpados se abrieron de golpe.

—¿Mi reina? —preguntó él.

—Descansad. —Ella le acomodó la cabeza sobre su regazo. Le dio agua, poco a poco, demasiado asustada para mirar, no fuera que los lobos humanos le cayeran encima por su transgresión.

Lucharon contra la manada toda la noche. Cuando por fin la mañana hizo retroceder la oscuridad, los caballeros estaban cansados, pero ninguno ensangrentado.

—¡De qué forma se movían! —dijo Sir Bors—. Era como si estuvieran borrachos. En ningún momento han podido ver dónde estábamos. Dios nos ha protegido.

—Sí —dijo Arturo, con voz firme y clara—. Dios nos ha protegido.

Ginebra no dijo nada. Sus nudos habían hecho su trabajo. Lo había sentido a medida que se desgastaban; su visión finalmente había vuelto a la normalidad. Le dolían y le picaban los ojos, pero ese dolor no era nada comparado con el de su mano quemada.

Sir Tristán estaba revisando los caballos. Arturo lo abrazó en cuanto lo vio.

—¿Estás bien?

Sir Tristán flexionó su brazo, mirándolo.

—Está dolorido, pero la fiebre ha pasado.

Arturo le apretó el hombro.

—Nos has asustado.

Sir Tristán sonrió, con sus labios gruesos como una flor en primavera.

—Me esforzaré para nunca volver a asustar a mi rey.

—Veré que así sea —dijo Arturo, riendo. Pero cuando se dio la vuelta y se encontró con los ojos de Ginebra, su sonrisa desapareció y su rostro se ensombreció. Sabía lo que había hecho.

No le habló. Tampoco Mordred. Ahora que las cosas estaban más tranquilas, ella estaba de pie, nerviosa y lista para las acusaciones. Pero todos los caballeros estaban abocados, con una atención eficiente y práctica, a preparar a sus caballos.

—Ginebra necesita un caballo —dijo Mordred.

—Puede viajar conmigo, si mi rey lo acepta —dijo Sir Tristán—. No puedo manejar bien la espada a caballo con esta herida, pero puedo protegerla.

—Gracias. —Arturo inclinó la cabeza, dándole permiso. Ella quería hablar con él, pero no había privacidad, no era el momento oportuno.

Ginebra montó con Sir Tristán. Cabalgaron durante horas, a paso rápido pero cauteloso. No había rastro de los lobos, ni de que los persiguieran. La naturaleza del bosque también había cambiado. Los árboles se acercaban menos, el aire se despejaba. Todavía era un lugar salvaje e indomable, pero parecía menos amenazador.

A última hora de la tarde, se detuvieron a descansar. Un arroyo balbuceaba cerca, y los hombres fueron hasta allí con los caballos para llenar sus odres. Ginebra caminó en dirección opuesta. Mantuvo a todos a la vista, pero le dolía la cabeza por el esfuerzo de la noche anterior, combinado con la tensión y el miedo de ser descubierta. Deseaba que Arturo se uniera a ella para poder hablar sobre lo que había hecho, pero se quedó con sus hombres.

Sir Tristán caminaba entre ellos, saludable, vivo. Ella había hecho eso y no se arrepentía. No se habría arrepentido aunque la hubieran descubierto. Había hecho lo correcto.

Arturo le había dicho una vez que nunca pondría nada por encima de Camelot. Al recordar eso, se sintió culpable. Había puesto a Sir Tristán por encima de Camelot. Si la hubieran pillado, habría puesto en riesgo el gobierno de Arturo. Entendía por qué él se lo había prohibido. Pero no podía aceptar que Sir Tristán tuviera que morir para mantener a salvo su secreto. Habría mentido, habría dicho que la habían enviado para engañar a Arturo, que lo había embrujado y él nunca lo había sabido, que había hecho todo lo que tenía que hacer para protegerlo.

Descansó entre las raíces de un árbol enorme. Una mano sobre su corteza no le reveló ninguna mordida ni malicia, solo el sueño profundo y pacífico del suelo, el sol y el agua. Cerró los ojos, disfrutando de la sensación de estar al sol. Un fugaz y tonto deseo de tener hojas y raíces la invadió. ¡Qué tranquilo era ser un árbol! Los árboles solo debían crecer. Los árboles no tenían corazones para confundir y complicar las cosas. Los árboles no podían amar a los reyes y, a pesar de eso, desobedecerlos.

Una sombra bloqueó el sol de sus fantasías. Abrió los ojos y se encontró con Mordred de pie frente a ella.

Ginebra se puso de pie para afrontar su acusación. Mordred le hizo un gesto para que extendiera su mano quemada, la prueba de su prohibido uso de la magia. La había torturado toda la mañana, pero la había mantenido escondida debajo de su ropa. Extendió la prueba con una mirada desafiante.

—Tus ojos son verdes hoy —dijo Mordred. Aplastó varias hojas y luego las presionó suavemente contra su piel ampollada. De inmediato, el efecto fue refrescante. Ella dejó escapar un suave suspiro de alivio. Mordred envolvió una tira de tela alrededor de su mano para mantener las hojas en su lugar, pero nunca rozó su piel. Ella se sintió feliz. No quería más brasas en ese momento, y Mordred siempre parecía estar encendido—. No siempre son verdes, tus ojos. A veces son azules como el cielo. En Camelot, son grises como las piedras. Me gusta más el verde y el azul.

Ginebra no entendió lo que estaba diciendo. Nunca había pensado en sus propios ojos. Pero entendía que no la estaba acusando, o denunciando su culpabilidad. La estaba protegiendo.

—¿Cómo es que sabes hacer esto? —preguntó, queriendo hablar pero no sobre lo que había hecho. Levantó su mano aliviada.

—No todo en el bosque es destrucción. El bosque también es vida. —Sacó una delicada flor púrpura y amarilla de su chaleco de cuero— ¿Puedes sentirla?

—Puedo —dijo ella, vacilante.

—Algunas cosas solo crecen al aire libre. —Le tendió la flor con una sonrisa cómplice. No iba a decírselo a los otros caballeros. Iba a protegerla—. Mantenla fuera de los muros y nadie tiene que saberlo.

Tomó la flor.

—Gracias —susurró.

El alivio y la gratitud crecieron en ella. Mordred estaba de su lado.

Ginebra metió la flor debajo de su vestido, contra su corazón, donde permanecería escondida y a salvo.

Sus lobos casi la habían saboreado. ¡Habían estado tan cerca de saber lo que la reina-que-no-era-la-reina escondía!

Habían fallado.

Pero, también, lo habían conseguido.

La reina-que-no-era-la-reina le ha hablado al fuego, y el fuego ha escuchado.

Y eso vale la pena saberlo.

Roza el árbol que ha acunado a la reina-que-no-era-la-reina, siente el anhelo que hay ahí dejado. La reina-que-no-era-la-reina no es una criatura para vivir entre piedras y muros, reglas y leyes.

La reina-que-no-era-la-reina es el caos.

Y Arturo la ha traído a su corazón.

CAPÍTULO QUINCE

Por fin, dejaron atrás el bosque y llegaron sanos y salvos a las fronteras de Camelot. El resto de los hombres de Arturo los esperaban allí.

Arturo todavía no había hablado a solas con Ginebra. Se apoderaron de ella, por igual, el alivio y los nervios cuando la apartó del grupo. Se quedaron juntos al sol, fuera del alcance de los oídos de los demás. Pero una emoción que Ginebra no podía discernir ensombrecía el rostro de Arturo.

Incapaz de contenerse, ella habló primero.

—No puedes estar enfadado conmigo por salvarlo.

Arturo suspiró.

—Puedo, y lo estoy. Y no lo estoy. Me alegra que Sir Tristán esté vivo. Es muy valioso para mí. Pero no puedo arriesgarte.

Ella levantó sus brazos, exasperada.

—¡No soy una frágil princesa! ¡Estoy aquí para arriesgarme!

Arturo abrió la boca para responderle; luego, deliberadamente, juntó los labios y cerró los ojos. Estaba reteniendo algo, guardando algo. Ella podía ver la tensión en su rostro. Finalmente, abrió de nuevo los ojos.

—Tengo que volver a controlar las fronteras del norte. Hablaremos más cuando regrese. Por favor, no hagas nada en mi ausencia. —Como si hubiera podido leer sus pensamientos, él tomó sus manos—. Ginebra, por favor. La mujer desterrada esperará. Cuando vuelva, lo discutiremos y planearemos algo, juntos. Promételo.

Ella quería contradecirle, pero no había enojo ni imposición en el rostro de Arturo, sino una preocupación genuina que endurecía sus rasgos. Suspiró; la rebeldía la abandonó.

—Oh, está bien.

—Gracias —dijo él.

Luego, para su sorpresa, Arturo la atrajo hacia sí y rozó con los labios su mejilla. Su calor seguía flotando en el aire mientras lo veía alejarse una vez más.

El calor no perduró lo suficiente como para consolarla al encontrarse otra vez en el lago rumbo a Camelot. Brangien la abrazaba mientras ella se acurrucaba en el medio de la barca. Mordred también se había ido con Arturo, así que no había nadie que pudiera llevarla a través del túnel.

Sir Tristán se había quedado en Camelot para reponerse, y junto con Sir Bors estaba a cargo de gobernar la ciudad en ausencia de Arturo. Ginebra no tenía nada que hacer más que ser reina. Agotada, dejó que Brangien se ocupara de ella una vez de vuelta en el castillo. Explicó su quemadura como el resultado de cuidar de la fogata en el bosque. Pero gracias a la asistencia de Mordred, ya no le dolía.

Cuando por fin llegó la hora de acostarse, pensaba esperar hasta que Brangien se durmiera para ir a buscar las rocas bañadas en magia que había dejado escondidas fuera de la hornacina. Le servirían para entretenerla durante ese intolerable intervalo hasta el regreso de Arturo. Sin embargo, el sueño cayó pesado y grueso sobre ella, como una manta.

Los tres días siguientes fueron muy parecidos. No había Arturo, ni Mordred, ni ningún caballero Parches que perseguir, ni bruja Rhoslyn que dominar. Ginebra había hecho sus propias piedras mágicas y las había colocado como centinelas en todo Camelot, para que la alertaran sobre cualquier hechizo llevado a cabo dentro de la ciudad, no solo del castillo. Pero al igual que en el castillo, todos sus nudos estaban intactos. Nada había activado una alarma.

Por el momento, era simplemente una reina. Era una ocupación tediosa. Ahora que había hecho saber que estaba disponible, tenía compromisos todo el día. Hacía el esfuerzo de salir a caminar por las tardes con Brangien y un guardia, a visitar a los mercaderes, para ser vista por la ciudad. No quería ser una reina invisible, metida en el castillo. Arturo no gobernaba de esa manera. Y ella quería ser su pareja, su igual.

Su compañera.

Ya no podía negarlo: quería ser más que una protección para él.

Una pequeña parte de ella temía haber aceptado retrasar su misión para pasar más tiempo allí. Porque si estaba en lo cierto, y Rhoslyn era la razón por la que había sido enviada, ¿qué pasaría después? ¿Para qué serviría una vez que cumpliera su cometido?

La idea de volver a la choza en el bosque le provocaba el mismo vacío perturbador que sentía al no encontrar tantos de sus recuerdos.

Arturo todavía no había regresado. La preocupaba. Durante tres noches, había tenido la intención de permanecer despierta y practicar un poco de magia para localizarlo. Y cada noche, el sueño la vencía con brutal eficiencia. Cuando despertó la cuarta mañana, las cortinas del dosel estaban cerradas otra vez, aunque no por ella. Sabía que algo no iba bien. Se habría despertado si Brangien hubiera corrido las cortinas. Revisó todas las puertas, hasta volvió a poner nudos en las ventanas, pero no había pasado nada.

Esa noche, antes de meterse en la cama, se ató un nudo en el pelo y lo puso sobre sus ojos. Después de unos minutos, sintió que el peso de la magia la hundía, tratando de escapar de su propia guardia. ¡Alguien le había estado induciendo el sueño! Fingió que había funcionado, manteniendo su respiración regular y profunda, pero no apareció ningún enemigo. Estaba sola en su habitación. ¿Cuál era el ataque? ¿Cuál era el objetivo de hechizarla para que durmiera si Arturo se había ido? No estaba preparada para ser el blanco.

Y el ataque debía de haber venido desde dentro de su propia habitación. Cualquier hechizo se hubiera desbaratado al atravesar el umbral.

Su corazón se estremeció. *Brangien.*

Una conversación en voz baja se oía desde la sala de estar. Se sentó en la cama. Un trozo de tela cayó de donde lo habían colocado, sobre su pecho. Conocía ese hilo rojo: el bordado con el que Brangien siempre se entretenía. ¿Cómo no se había dado cuenta? Brangien sabía hacer nudos mágicos, y los había usado en Ginebra.

Seguramente su doncella no se arriesgaría a ser desterrada o ejecutada solo para pasar algunas noches con un amante. Brangien parecía demasiado inteligente, demasiado práctica para eso. La sala de estar siempre estaba vacía por la noche. Brangien podría haber metido a un hombre al amparo de la oscuridad.

Tenía que haber algo siniestro en juego. La sospecha ponía enferma a Ginebra. Brangien había sido su guía, su amiga. Y había estado ciega para ver la magia practicada en sus narices. ¿Y si Brangien hubiera atacado? ¿Y si hubiera hecho daño a Arturo?

Ginebra era una tonta por confiar en la gente. Si ella misma era una mentira, debía asumir lo mismo de los que la rodeaban.

La puerta de la sala de estar estaba entreabierta. Espió por la abertura. Brangien estaba allí con… Sir Tristán. Ginebra lo había arriesgado todo para salvarlo. ¿También él estaba contra ella y contra el rey?

Tenía a Brangien en sus brazos. Tal vez, realmente, era así de simple: una criada y un caballero en una relación que sería tema de habladurías. Sin embargo, Brangien no era socialmente inferior a Sir Tristán. Y Ginebra y Arturo lo habrían celebrado.

La forma en que sus hombros se movían revelaba que no la abrazaba con intenciones amorosas. La estaba consolando mientras lloraba. La bañera estaba llena, casi desbordando. Ginebra observó cómo Brangien se recomponía, todavía entre sollozos.

—Lo intentaré otra vez. Tienes razón. No podemos rendirnos.

Se inclinó sobre la bañera y sacó un rizo de pelo de su bolso. Lo sumergió, haciendo con él círculos en el agua. Brangien estaba prediciendo el futuro, buscando algo o alguien a través del agua.

—Lo estás haciendo mal —dijo Ginebra, entrando en la habitación. Empuñaba la daga que Arturo le había dado. Había un nudo asesino, que con un movimiento simple y brutal, podía atar en la piel con la punta de la hoja, mucho más efectivo que una puñalada, a la que Sir Tristán podía sobrevivir. Sentía náuseas, pero su resolución era firme. Lo haría, tenía que hacerlo.

Brangien gritó asustada y dejó caer el rizo al suelo. Sir Tristán se dio la vuelta, con la mano en el pomo de su espada. Entonces, abrió los ojos de par en par sorprendido, e hizo una reverencia.

—Mi reina. Lo siento. Estábamos…

—Estabais adivinando el futuro.

Brangien recogió el rizo y lo apretó contra su pecho.

—Por favor, mi señora, dejadme explicároslo.

—Explícame por qué estabas usando la magia para obligarme a dormir.

Brangien bajó la cabeza, avergonzada.

—Por favor, pido misericordia. El destierro, no la muerte. Si he hecho algo para ayudaros, algo para…

—Ha sido bien hecho. El nudo mágico, quiero decir. No he visto ese diseño antes, pero tiene sentido. Has combinado el sueño con… —Ginebra esperó. Ninguno de los dos se había movido hacia ella. La violencia que prometía la daga la volvía más pesada de lo que debería haber sido.

Avergonzada, Brangien completó los detalles.

—Peso. Mantiene acostado al que duerme para que nada perturbe su descanso. Lo usé una vez antes, cuando estabais cansada pero dormíais sobresaltada. Quería que mejorarais. Y funcionó tan bien, que pensé... pensé que podía usarlo para tener tiempo suficiente como para espiar el futuro sin ser atrapada.

Brangien levantó la barbilla, fuerte y desafiante.

—Sir Tristán no ha usado magia. No sabe cómo. Yo lo he embrujado.

—¡Brangien! —exclamó Sir Tristán, negando con la cabeza.

—¿Lo veis? Todavía está bajo mi control.

Ginebra había pensado usar la misma mentira si la descubrían y Arturo se veía involucrado.

—No si ha atravesado las puertas del castillo en los últimos días. Cualquier hechizo se hubiera roto.

—¿Habéis sido vos? —dijo Brangien casi sin aliento—. ¡He tenido que rehacer mi trabajo tantas veces! ¡Pensé que estaba perdiendo mis habilidades!

—No pareces sorprenderte de que conozca la magia.

Brangien negó con la cabeza, retorciendo nerviosa las manos que todavía retenían el rizo.

—He visto los nudos en vuestro pelo, y algunas otras cosas. Sé que es diferente en el sur. Pensé... Bueno, pensé que podríais entenderlo.

Brangien había quedado al descubierto, pero Ginebra también. Pudo ver a Sir Tristán despertar a la verdad. Su mano se deslizó hacia su brazo; la herida todavía estaba vendada, pero sanaba bien.

—Vos...

—No iba a perder a un hombre tan valioso. Pensé que eras un buen hombre. Todavía necesito que lo seas. Brangien, eres mi única amiga aquí. Nunca te he visto como una amenaza. —De haber sido así lo habría percibido, claro que sí. Lo habría sentido cuando Brangien la tocaba. Eso era una traición, pero quizás no tan peligrosa como Ginebra había temido—. Decidme con sinceridad: ¿sois una amenaza para Arturo?

—¡No! —exclamó Sir Tristán. Se dejó caer sobre una rodilla y negó con la cabeza; sus hermosos ojos marrones parecían angustiados ante la suposición—. Moriría por mi rey.

—Y por tu reina. —Ginebra no lo había olvidado, nunca lo olvidaría: Sir Tristán no había dudado en ponerse entre ella y el lobo. Esa no era la reacción de un hombre que estuviera conspirando contra ellos.

—Creo en todo lo que el rey Arturo está haciendo aquí —dijo Brangien—. Seguramente, en el tiempo que hemos compartido, habéis visto eso. Yo creo en Camelot. Nunca le haría daño al rey.

Ginebra notó la forma en que Brangien sostenía el rizo, acariciándolo inconscientemente. No era de Arturo, que llevaba el pelo siempre corto, ni de Ginebra. Era largo, sedoso, de un intenso color caoba a la luz de las velas.

—Dame tu mano —ordenó Ginebra. Brangien obedeció, alzando su mano temblorosa.

Normalmente, Ginebra solo tomaba lo que un toque mágico la obligaba a percibir. Pero esa vez lo usó activamente, escudriñando. Brangien estaba allí, entera: ingenio y astucia, habilidad, una fuente de tristeza tan profunda y pura que Ginebra gimió con apenas un roce. También ira y miedo, pero en ninguna parte encontró malicia o venganza. En ninguna parte sentía una amenaza. Solo anhelo.

Satisfecha, retiró la mano. La ausencia de Brangien fue un alivio. Soportar las emociones de otra persona era abrumador. Ginebra se sintió mareada y alienada.

Se sentó, agotada, en la silla. Brangien no era maléfica. Y ahora conocían mutuamente sus secretos. O, al menos, Brangien conocía *uno* de Ginebra.

—Muy bien. Dime para qué valía la pena arriesgar todo.

—Estoy intentando encontrar a Isolda. —Los ojos de Brangien se llenaron de lágrimas—. Ha pasado mucho tiempo. Al principio, llegaron unas pocas cartas que lograba enviar a escondidas. Pero no he oído nada de ella y tengo miedo, tengo tanto miedo… —Las lágrimas se derramaron. Ginebra quería consolarla, pero eso significaba acercarse a la bañera, algo que no estaba dispuesta a hacer.

El tremendo dolor, el abrumador anhelo.

—Sir Tristán no es quien ama a Isolda, ¿verdad? —preguntó Ginebra.

Sir Tristán negó apenas con la cabeza.

—Haría cualquier cosa para verla feliz, y también a Brangien, a las dos.

Isolda y *Brangien*. No era de extrañar que hubiera sido desterrada junto con Tristán.

Ginebra no envidiaba la tristeza en el rostro de Brangien. Pero ¿cómo debía de ser amar tanto para sufrir tanto? El dolor sobrecogedor parecía precioso, casi sagrado. Brangien lo llevaba siempre consigo, era una parte exclusiva de su alma. Y si el dolor era tan profundo, ¿cuánto más profundo debía de ser el amor que lo provocaba?

La envidia se agitó en Ginebra. Ella quería eso. Y quería que Brangien lo recuperara.

—¿Estás intentando ver a Isolda?

Brangien asintió, con algo de esperanza.

—Un cabello —dijo Ginebra. Había visto a Merlín hacer aquello. No podía recordar cuándo ni cómo, pero recordaba claramente haber observado a Merlín mirar en una tina de agua y hacer un círculo con un cabello, marcando el agua y guiándola hacia lo que quería ver—. Toma un cabello y haz un círculo en la superficie del agua con él. Luego busca a Isolda, aferrándote a su imagen en tu mente. Retira la mano y deberías tener lo que deseas. Espera. No. —A Ginebra le faltaba algo. ¿Qué le faltaba? La sangre alimentaba la magia del hierro. La combustión alimentaba el fuego mágico. ¿Qué alimentaría a la magia del agua? ¿Por qué no podía recordarlo?

Porque ella *odiaba* el agua. Concentrarse en eso se parecía a empujar la barrera entre el sueño y la vigilia.

Una cara en el agua, burbujas, y luego nada.

Ginebra se estremeció, doblándose en la silla para no ver la bañera.

—Lo recuerdo bien. No quieres hacer lo que se requiere para practicar la magia del agua.

—Sí quiero. Haré lo que sea.

—El agua quiere llenar, tomar la forma de lo que encuentre. Para poder hacer magia con agua se requiere un sacrificio por adelantado. Una vez que el agua tenga aliento como pago, hará lo que quieras. Pero tienes que ahogar a alguien.

Brangien sintió que el suelo se hundía bajo sus pies, derrotada.

—Entonces la he perdido para siempre.

—No. Tengo otra manera. Y de esta manera, Isolda también te verá. —Ginebra sonrió, pero su sonrisa se vio obligada a evitar el incómodo, terrible recuerdo de Merlín y el agua. ¿Cuándo había sucedido? ¿A quién había ahogado? ¿Y por qué?

¿Por qué no lo había pensado hasta ese momento?

Volvieron al dormitorio. Ginebra sabía que debía esperar e investigar eso más a fondo, pero necesitaba desesperadamente una distracción. Tomó el cabello de Isolda y lo anudó en el de Brangien, que estaba acostada en su catre. Ginebra revisó su trabajo. Sacrificaría sus propios sueños por una semana con ese hechizo, pero valía la pena. Sus sueños no le habían mostrado nada útil. Apenas los recordaba.

Colocó los nudos de sueño de Brangien en su pecho, y la mente de la muchacha quedó en blanco.

Ginebra se reclinó en la silla, satisfecha. Sir Tristán se movía incómodo cerca de la puerta. Él no debía estar allí. Si lo descubrían, ambos estarían en un tremendo aprieto.

Sin embargo, ahora no tenía uno, sino dos aliados más dentro de Camelot.

No sabía si le hablaría a Arturo de ellos. Había sido muy estricto con sus reglas en el bosque, y no estaba segura de que los dejara quedarse.

Era, entonces, su secreto. Le hizo un gesto a Sir Tristán para que se fuera.

—Cuidaré de ella. Ve y descansa, buen caballero.

Él se fue agradecido. Ginebra se sentó al lado de Brangien, esperando que la sonrisa que revoloteaba en la cara soñadora de la muchacha significara que su magia había funcionado. Un acto de bondad a través de la magia no era algo que hubiera podido ofrecer antes. No resolvía sus problemas, pero se sentía bien, y ella lo apreciaba.

«¿Quién eres realmente, Merlín?», susurró. Deseaba poder visitarlo, hablar con él, exigirle una respuesta por todo lo que había hecho.

Entonces se dio cuenta de que la respuesta estaba frente a ella. Maldijo su falta de previsión al privarse de soñar por una semana. Tal vez no lo había hecho a propósito. Sabía que se había apresurado para ser útil en lugar de pensar las cosas. No había querido enfrentarse a las preguntas difíciles ni arriesgarse a obtener respuestas.

No más. En siete noches, recuperaría sus propios sueños. Los guiaría hacia Merlín.

CAPÍTULO DIECISÉIS

Ginebra ya estaba despierta cuando Brangien se incorporó. Era la primera vez que conseguía estar levantada por la mañana antes que Brangien.

—¡Oh, no! —exclamó cubriéndose la boca. Los ojos de Brangien estaban llenos de lágrimas—. ¿Qué ha pasado?

Brangien negó con la cabeza, sonriendo.

—La he visto. Hemos estado juntas. Gracias. Mil gracias, mi reina. —Saltó de su catre y la abrazó. Ginebra se sorprendió por el gesto, pues aunque Brangien la vestía, nunca le había demostrado afecto de esa manera. Se relajó en el abrazo, disfrutándolo. Ahora, ella y Brangien estaban unidas por sus secretos. Sin prisa pero con certeza, Ginebra iba ganándose su lugar en Camelot. Brangien y Sir Tristán. Mordred y Arturo, por supuesto. Era bueno tener más amigos y aliados.

Pero también era peligroso. Cuantas más personas conocieran algunos de sus secretos, más probabilidades habría de que descubrieran muchos otros.

Brangien se separó; luego, comenzó con su trajín de la mañana, hablando alegremente sobre sus sueños con Isolda.

Ginebra se liberó de algunas de las preocupaciones y de los temores que guardaba en su pecho. Su acción no había hecho nada para proteger a Arturo, pero había hecho feliz a Brangien. Frente al torbellino de oscuridad de lo que ahora conocía sobre Merlín, era un consuelo saber que su propia magia podía usarse para la ternura, la bondad, el amor.

—¿Vendréis a la feria hoy? —preguntó Brangien, poniendo ante ella varios vestidos.

Ginebra rechazó la idea. Sin Arturo ni Mordred, tendría que cruzar el lago dos veces; no tenía ningún deseo de hacerlo, y no necesitaba ir a la feria.

—Me gustaría tomarme un día de descanso. Pero ve tú. Además, voy a dar un paseo con Dindrane esta tarde, y de esa manera te salvas de acompañarnos.

—Una amabilidad tras otra, mi reina. —Brangien se rio, con rubor en sus mejillas y brillo en sus ojos. Ginebra nunca la había visto tan feliz, y era un bálsamo para su alma. Sin duda, iba a ser una desilusión para Brangien cuando, en una semana, Ginebra tuviera que recuperar su capacidad para soñar, pero mientras tanto, su felicidad era contagiosa.

—Trae un poco de hilo. Quiero que me enseñes los nudos que conoces. —Brangien asintió.

—Mi madre me enseñó. ¿Dónde habéis aprendido vos?

—Mi… —Ginebra se contuvo. Podía contarle a Brangien una parte de la verdad, pero no toda—. Mi nodriza me enseñó. No es infrecuente en el sur. Pero debemos tener cuidado. —Ginebra quería derrotar a Rhoslyn, no acompañarla en el destierro.

—Por supuesto. Siempre. —Con una bonita reverencia, Brangien se retiró.

Ginebra pensaba tomarse la mañana con tranquilidad y quedarse en la cama, pero estaba impaciente y aburrida. Debería haber ido al mercado, después de todo. La hornacina estaba vacía, excepto por las piedras que había dejado allí y que guardaban silencio. No importaba cómo las tocara o las manipulara, no podía determinar su propósito. Lo mejor era, probablemente, llevárselas y dejarlas caer por la ladera de Camelot que daba al lago. Pero si lo hacía, siempre se preguntaría qué ocultaban.

Guardó una en su bolsa y la llevó con ella a su encuentro de esa tarde con Dindrane. Mientras caminaban por las calles de Camelot, acompañadas por un guardia en ausencia de Brangien, Ginebra jugaba distraídamente con la piedra. Dindrane cotilleaba entusiasmada, aunque comentó varias veces qué decepcionante era que la ciudad estuviera tan vacía, por estar la mayoría de la gente en la feria. A Dindrane le gustaba que la vieran con Ginebra. Le daba popularidad, y ella había acumulado muy poca antes de obtener el favor de la reina.

En cuanto a Ginebra, Dindrane le permitía relajarse. No tenía la presión de hablar o el riesgo de decir algo incorrecto. Dindrane dirigía la conversación de una manera tan experta como un jinete a su caballo.

Doblaron por una calle lateral y caminaron hacia una tienda que Dindrane quería visitar. En la mano de Ginebra, la piedra estaba tan cálida como el día.

Pero se volvió caliente.

Ginebra se detuvo, apretándola en su mano.

—¿Sucede algo? —preguntó Dindrane.

—No, nada.

Cuanto más avanzaban en esa dirección, más se calentaba la piedra. Pasaron por varias casas y tiendas. Luego, la piedra comenzó a enfriarse.

—He visto algo que me gustaría mirar una vez más —dijo Ginebra y giró de repente. Mientras volvía sobre sus pasos, con Dindrane protestando, la piedra se puso demasiado caliente como para sostenerla. Estaba parada frente a una casa que no tenía nada de especial.

—¿Quién vive aquí? —preguntó Ginebra.

—¿Cómo podría saberlo? —Dindrane miró con nostalgia en dirección a la tienda que había querido visitar.

El guardia habló, para sorpresa de Ginebra.

—Atrapamos a una bruja aquí no hace ni una semana.

—¿En serio? —Ginebra apretó la piedra. *Rhoslyn*. Esa era la casa de Rhoslyn, y la piedra la había llevado directamente a ella.

Las piedras eran guías, permitían que aquellos que sabían de magia se encontraran, pero en esa ocasión la habían conducido a una casa vacía. Afortunadamente, Ginebra ya sabía dónde estaba Rhoslyn, y sabía que ella había estado organizando a otros dentro de Camelot.

Rebosante de triunfo, dejó que Dindrane la arrastrara de vuelta a la tienda, luego a otra y a otra. Cuando llegaron a la calle principal que subía al castillo, Brangien acudía deprisa a encontrarse con ellas desde el embarcadero. Sir Tristán la seguía respetuosamente; le hizo un gesto al guardia de Ginebra, quien se retiró con una reverencia.

—¡Sir Bors está cazando un dragón! —dijo Brangien casi sin aliento, por la carrera—. ¡Un dragón! ¡A menos de cuatro horas de aquí!

Ginebra frunció el ceño.

—No ha habido un dragón en cien años.

—¡Sin embargo, Sir Bors está decidido a matarlo, si existe!

—Sir Bors es un hábil cazador —dijo Dindrane—. Mi hermano nunca podría hacer tal cosa.

—¿Qué prueba tiene Sir Bors de que la criatura existe? —preguntó Ginebra.

Cuando retomaron el camino al castillo, Brangien reacomodó los paquetes que cargaba.

—Rumores. Un leñador de confianza con un brazo quemado, que gritaba acerca de un demonio en el bosque. Alguna prueba de fuego. Si es un dragón, Sir Bors lo encontrará.

—No puedo esperar a contárselo a mi cuñada —dijo Dindrane, sonriendo maliciosamente—. ¡Un dragón! Y su esposo no será quien se enfrente a él. —Se despidió con prisa y se alejó.

Era una verdadera noticia, una noticia terrible. Los dragones habían sido las criaturas favoritas de la Reina Oscura. Durante siglos los había controlado, enviándolos a atacar granjas, a arruinar asentamientos. Los romanos los habían cazado con despiadada eficacia. El mismo Merlín descartaba que alguno aún viviera. Ginebra se lo había preguntado durante una de sus lecciones. Merlín se había ido por las ramas, diciendo que lo viejo deja lugar a lo nuevo, hablando de huesos enterrados en lo profundo de la tierra para producir las semillas de la nueva vida.

Pero si un dragón estaba al acecho, eso significaba que Arturo era vulnerable. Y también Camelot. Un dragón en vuelo podía asediar la ciudad de un modo en que los hombres no podían. Si el dragón tenía alguna relación con la magia negra, o estaba bajo el control de alguien como Rhoslyn, debía ser detenido.

—Debo irme —dijo Ginebra decidida.

—¿Ir a dónde? La feria ha terminado.

—Al dragón. —Si realmente había uno, no confiaba en que Sir Bors pudiera ocuparse de él, fuera o no un hábil cazador.

Brangien dejó de caminar, atónita.

—Mi señora, ese es un trabajo para caballeros, no para reinas.

Ginebra no le había revelado a Brangien su verdadera identidad. Una cosa era compartir un secreto sobre la magia, pero otra completamente distinta que le revelara quién era. Ginebra se puso la capucha.

—El rey Arturo es mi marido. Haré lo que sea necesario para protegerlo. Y nadie más que yo en este reino podría saber si el dragón está cumpliendo las órdenes de alguna fuerza oscura. Pero necesitaré a Sir Tristán para que me ayude. —Se volvió hacia el caballero.

Su rostro cetrino se había puesto pálido, pero asintió, con la mano en la empuñadura de su espada y la mandíbula apretada, decidido.

—Tendré que recoger mi capa y más armas.

Brangien se alisó las faldas, nerviosa.

—Creo que esto es una mala idea.

—Reúnete conmigo en las caballerizas, Sir Tristán.

—Pero ¡necesitaréis un bote! —exclamó Brangien.

—Tengo uno. —Ginebra salió de prisa hacia el castillo, dejándolos en la entrada. Se dirigió hacia el pasaje que conducía al depósito del túnel secreto. Se detuvo frente a la puerta. Por suerte, no estaba protegida por su magia, ya que no llevaba directamente al castillo. Sacó de su bolsa un hilo de hierro que le había sobrado, se pinchó el labio con él y luego formó un nudo que se desataría con el más mínimo tirón. Lo insertó en el ojo de la cerradura, y luego tiró, liberando la magia para abrir cerrojos.

La puerta se abrió. Aliviada y un poco mareada, entró corriendo y cerró la puerta detrás de ella. El barril era un gran problema, literalmente. Le llevó casi diez minutos moverlo lo suficiente como para poder pasar.

Se apresuró a atravesar el oscuro y resbaladizo túnel. Cuando salió al otro lado, corrió hacia el establo de los caballos. Para su sorpresa, allí no solo la esperaba Sir Tristán.

—¿Qué haces aquí? —le preguntó a Brangien, que sostenía las riendas de otros dos caballos.

—¡Ninguna doncella permitiría que su dama hiciera un viaje con un caballero sin acompañante!

—Pero ¿le permitiría a su dama buscar un dragón? —Ginebra montó su caballo, riendo.

—Bueno, no. Pero solo puedo ocuparme de una cosa a la vez. —Brangien le sacó la lengua a Ginebra.

Sir Tristán tomó la delantera, y cabalgaron tan rápido como pudieron. Si Sir Bors mataba al dragón antes de que Ginebra llegara, no podría determinar si estaba bajo el dominio de la magia negra. El problema del dragón estaría resuelto, pero no habría respuestas. Mientras cabalgaban, Ginebra le pidió a Brangien que le mostrara el método de anudado que usaba. Fue una buena distracción.

Se dirigían hacia el bosque en el que Ginebra había visto las chispas mágicas de Rhoslyn. ¿Qué ocurriría si ella hubiera descubierto cómo controlar al dragón? Arturo le había hecho prometer a Ginebra que no iría contra la bruja, pero no le había prometido no ir contra un dragón. Y si encontraba alguna relación entre los dos, rompería su promesa.

Los campos exuberantes y bien cuidados dieron paso a árboles ralos, y luego a una foresta vieja, densa y retorcida, que se aferraba a una montaña baja. La ubicación de Rhoslyn estaba más al sur, pero eso no significaba que ella y el caballero Parches no estuvieran involucrados.

Sir Tristán montó con una mano en el pomo de su espada y con la mirada atenta a los alrededores.

—Se supone que el dragón está en esta región. Pero podrían pasar horas, o incluso días, antes de que encontremos algo. Sir Bors es el rastreador.

No tenían tiempo para eso. Debían volver a Camelot antes del anochecer.

—Entonces tenemos que encontrar a Sir Bors. —Ginebra frunció el ceño. Se le ocurrió una idea—. Brangien, ¿tienes tela, aguja e hilo?

—Sí. —Brangien sonaba recelosa, pero le entregó lo que pedía. Ginebra se arrancó varias pestañas y luego las cosió en una tira de tela. ¡Qué astucia la de Brangien al anclar el nudo mágico! Hizo que todo fuera mucho más fácil de manejar. Hubiera sido una pesadilla tratar de anudar las pestañas solo con hilo.

Sostuvo la tela delante su ojo derecho, mirando a través de ella.

—¿Cómo puede ver algo a través de eso? —preguntó Sir Tristán.

—Silencio —reprendió Brangien.

El ojo de Ginebra perforó el nudo, atravesó la tela, el árbol, la piedra. Luchó contra una oleada de desorientación y mareo cuando su vista la abandonó, y encontró su objetivo: Sir Bors se detenía al lado de un arroyo, a llenar su odre de cuero.

—Está cerca del agua —dijo—. Un arroyo. Y... ¡Está de pie! ¡Humo! ¡Ve humo!

—Allí —señaló Sir Tristán—, donde el bosque es más denso. Ahí debe de estar el arroyo. —Estaba del otro lado de una ondulante colina. Cuando se acercaron, Ginebra levantó la vista y también vio el humo, aunque solo con su ojo izquierdo. El derecho debía mantenerse cerrado por los efectos cegadores de la magia.

—Esperad aquí —dijo.

—Mi reina —Sir Tristán sacó su espada, con los ojos fijos en el humo—, no puedo hacer tal cosa.

—Soy tu reina. Os ordeno a ambos que esperéis aquí. Estaré completamente a salvo. —Ginebra se giró, después de haber mentido con suficiente frialdad y confianza como para que le creyeran. Luego, espoleó su caballo en dirección al humo. Probablemente era la primera vez que una joven corría, con desenfrenado deseo, a encontrarse con un dragón.

No tuvo que buscar mucho tiempo. El ruido de la batalla entre el hombre y la bestia era terrible. Ginebra saltó de su caballo asustado, lo ató a un árbol y luego corrió hacia la cima de la pequeña colina.

Abajo, en el valle del arroyo, Sir Bors tenía al dragón acorralado contra una roca y una gruesa hilera de árboles. Tenía un tajo en un ala, por lo que el dragón no podía volar. Soplaba fuego, pero Sir Bors se agachaba detrás de un escudo atado a su brazo malo. El fuego era débil, apenas chispeaba cuando tocaba el escudo. El dragón inspiró. Sir Bors levantó su gran espada para atacar.

Ginebra decidió hacer algo tremendamente estúpido.

Arrojó un trozo de tela sobre la cabeza de Sir Bors, y lo hizo dormirse de inmediato. Cayó con fuerza al suelo, derribado por los nudos del sueño que Brangien había hecho mientras le mostraba a Ginebra cómo atarlos.

El dragón, preparado para un golpe mortal, se quedó inmóvil. Inclinó su cabeza.

Ginebra se deslizó por la ladera y corrió a ponerse entre el dragón y Sir Bors. El dragón balanceaba su enorme cabeza, siguiéndola. Era del color de las rocas cubiertas de musgo, con dos grandes cuernos curvos, y una especie de bigote que caía sobre su boca. Sus párpados también estaban caídos, lo que lo hacía parecer tan somnoliento y furioso como... Sir Bors. En realidad, pensándolo bien, el dragón se parecía a Sir Bors en forma de bestia. Tenía, incluso, una pierna que sostenía contra su cuerpo, recogida y marchita por una herida vieja y mal curada. Su cola estaba atrofiada, su ala derecha tenía un tajo, y varias lanzas sobresalían como puntas de un tejido lleno de bultos y cicatrices a lo largo de su espalda.

Ginebra tropezó, sin poder percibir la profundidad a causa de su ojo cerrado.

—Por favor. —Extendió las manos para demostrar que no tenía armas—. Tengo una pregunta. ¿Puedes entenderme?

Se decía que los dragones eran terriblemente inteligentes, capaces de entender el lenguaje humano. Pero ese era el mito; ella no conocía la realidad. Acercó su cabeza, tanto que podía ver en fino detalle las escamas, el leve toque nacarado. El dragón respiró hondo, oliéndola. Inclinó la cabeza hacia un lado. Una bocanada de aliento, como la de una estufa al abrirse, golpeó a Ginebra. Luego el dragón sacó su larga y elegante lengua púrpura... y le lamió la cara.

Había cometido un grave error. Iba a ser devorada.

Pero el dragón se sentó sobre sus ancas y bajó la cabeza para que permaneciera a la altura de los ojos de ella. Le dio un suave empujón. Ella extendió la mano para mantener el equilibrio y la puso sobre su cabeza, y entonces...

—¡Oh! —murmuró.

La libertad de la noche, del cielo. Ni arriba ni abajo ni tierra, solo vuelo. El viento es caricia e impulso, ayuda e impide. Hacer perezosos círculos en el aire por el puro gusto de hacerlos, rodeado de madre, hermana, hermano.

El intenso placer de sujetar una oveja entre las garras, su peso prometedor, la satisfacción de la sangre caliente y la carne desgarrada.

En la profunda, profunda madriguera, bajo la tierra, hibernar durante los fríos meses al calor de madre, hermano, hermana, acurrucados uno junto al otro.

Y entonces…

Flechas en el cielo. Lanzas. Puntas afiladas de dolor terrible, dientes que ningún animal tan pequeño como el hombre debería tener. Madre. Muerta.

Hermano.

Muerto.

Hermana.

Muerta.

Errante, solitario. Vuelo perdido por la amenaza de las flechas. Arrastrándose sobre su vientre, mira, busca, encuentra… nada. Nadie. Se acurruca, solo.

El cielo, perdido. La familia, perdida. La alegría y el poder de existir, perdidos.

A Ginebra le ardía la garganta. Las lágrimas bañaban su rostro.

—Lo siento —susurró. Buscaba la oscuridad, los efectos de la magia enfurecida, cualquier conexión con Rhoslyn, y solo había encontrado dolor y pérdida y un cansancio insoportable. Esa bestia no estaba bajo ningún hechizo.

Le dio un golpecito en la mano otra vez. Y en el vacío futuro del dragón, lo vio enroscado sobre sí mismo, desapareciendo lentamente. Entonces… se vio a sí misma, sola, desapareciendo lentamente.

¿Por qué el dragón le mostraba eso?

—¿Qué necesitas? —preguntó. Se había preparado para pelear, y en cambio, quería llorar y consolar a esa criatura. Pero ¿cómo podría consolarla de la implacable destrucción del tiempo?

El dragón miró a Sir Bors, todavía dormido. Ginebra sintió el miedo al dolor, a la cruel mordedura del hierro. El dragón, arrastrándose, persistía. Era cierto. Sir Bors nunca dejaría de perseguirlo, y ella no sabía si *debía* detenerlo. Por mucho que le doliera, el dragón seguía siendo una amenaza.

—¿Qué harías si pudiera evitar que él te cazara?

Las imágenes cambiaron. El dragón se quedaba en la naturaleza, tomando sol, rodando sobre las hojas otoñales, disfrutando de la nieve por un año más. Luego se metía en la tierra y se iba a dormir, y ya no volvía a salir.

—Quieres un año más para despedirte —dijo Ginebra.

El dragón bajó la cabeza una vez, asintiendo.

Los dragones habían sido terribles amenazas, pero... ese era el último de su especie, el único, y sabía que su tiempo se acababa y que no había manera de volver al mundo del pasado. Merlín tenía razón: lo viejo se enterraba para dar vida a lo nuevo. A pesar de que era lo mejor para los hombres, para Camelot, para Arturo, la apenaba el precio que debía pagar esa antigua criatura.

Podía otorgarle el regalo de un año para despedirse.

—Si te mantienes lejos de los hombres, puedo prometer que no te perseguirán. Creerán que estás muerto. Pero primero, debo saberlo: ¿has sido convocado por la oscuridad? ¿Se está moviendo algo? —Se habían encontrado con la oscuridad dos veces: el bosque que había devorado al pueblo, y la niebla y los lobos mientras huían de Maleagant. No parecían estar relacionados con Rhoslyn. Ginebra esperaba que fueran como brotes residuales de la magia, aferrados a la vida.

Los párpados del dragón se entrecerraron. En su garganta resonaba un silbido grave. *Órdenes. Intenso tironeo.*

Los árboles y los hombres gritan. El dragón le da la espalda, dejando a la Reina Oscura a su suerte.

El dragón había abandonado a la Reina Oscura durante la gran batalla. Eso era un alivio. Pero entonces...

Zarcillos. Algo pequeño, algo que busca. La oscuridad en busca de algo a qué aferrarse.

El dragón resopló, dejando claro que no tenía ningún interés en ser retenido. Era suficiente. Ginebra no creía que el dragón estuviera bajo la influencia de la magia negra. Pero algo lo había buscado, o tratado de convocarlo, algo lo suficientemente poderoso como para guiar la oscuridad, sin comandarla como había hecho la Reina Oscura. La roca de Rhoslyn pesaba en su bolsa. Debía ocuparse de la bruja.

Pero no en ese momento. Debía terminar un trabajo terrible, se arrodilló junto a Bors. Había una vieja magia que cruzaba todos los límites. Una cosa era influir sobre objetos o eventos, pero otra muy distinta era intervenir en las mentes y cambiar las cosas. Merlín se lo había hecho a las monjas en el convento para que no se dieran cuenta de que Ginebra era una extraña. Ella había sospechado, asumiendo cierta perversión, que él también la había usado en Igraine la desdichada noche en que Arturo había sido concebido.

Ella sabía cómo hacerlo. Al fin y al cabo, no era del todo humana. Sus manos, así como ya habían traído información, también podrían enviarla. Pero ella solo las había usado para ver, nunca para mostrar o imponer un cambio.

Era un acto violento: magia de dominación y fuerza. ¿Estaba justificado usarla para proteger a una criatura vulnerable? Le temblaban las manos cuando las llevó a la sien de Sir Bors y presionó.

«El truco para cambiar la memoria», había dicho Merlín, colocando cuidadosamente siete piedras blancas en fila, «es hacer que el recuerdo de reemplazo sea tan desagradable, tan visceralmente horrible, que nunca lo pinchen demasiado, que más bien huyan de él. Es la nata de la leche vieja. Si la toquetean, se romperá y la verdad se derramará, y la leche se volverá rancia. ¿A quién le gusta la leche rancia?». Él había levantado la vista entonces. «No deberías habérselo dicho. Nunca debiste habérselo dicho».

Sacudiéndose el recuerdo del terrible peso de la mirada de Merlín, todavía sin saber qué había querido decir con las últimas frases, se puso a trabajar. Dejó que sus manos se hundieran en los recuerdos de Sir Bors. No tenía que ir muy lejos, ni quería hacerlo. En la parte del dragón, le susurró la historia al caballero con la boca y la puso en su lugar con las manos.

—El dragón sopló fuego, pero te protegiste. Luego, cuando volvió a inhalar para acabar contigo para siempre, hundiste tu espada en lo más profundo de su vientre. Tu momento de triunfo se volvió amargo. Su vientre se abrió, derramando el equivalente de una semana de ovejas podridas y vísceras malolientes sobre ti. Te tropezaste, vomitando. Vomitaste con tanta fuerza que te cagaste encima. El dragón está muerto. Eso es todo lo que les dirás a los demás, y todo lo que recordarás.

Le acarició la frente, sintiendo que el recuerdo se asentaba. La mente de Bors era una cosa simple, firme. Era un hombre con dignidad, y nunca querría recordar los hechos vergonzosos que ella había creado.

Se recostó, agotada. Podía sentir que algo faltaba, que se olvidaba de algo: un recuerdo, perdido, mientras introducía el nuevo en Sir Bors. ¿Qué era? Nunca lo sabría.

Se sentía tan sucia como el recuerdo que había creado para Sir Bors. Era un buen hombre, y ella había violado su mente.

Algo cayó en su regazo. Se quedó mirando un diente grande y desgastado. Al igual que las escamas, tenía un brillo perlado, curiosamente encantador. Un regalo.

El dragón siguió dándole insistentes golpecitos. Ella le puso la mano en la cabeza una vez más. El dragón le clavó uno solo de sus tristes ojos dorados. Un último mensaje latió a través de ella:

Familiaridad.

El dragón la vio, y sintió que eran lo mismo. Ella sacudió la cabeza, confundida.

Un lago. El reflejo del dragón mientras volaba por encima, terrible y glorioso.

Soplando una última bocanada de aire abrasador, el dragón se alejó, libre para vivir un último año de solitaria decadencia.

Ginebra no sabía si realmente le había hecho un favor. Esperaba que sí. Al menos, ahora sería libre de elegir su propia muerte. ¿A todo lo viejo y mágico le sucedía lo mismo? ¿Encontraba agujeros para refugiarse, para desparecer lentamente, en paz? Rogó que su compasión no regresara para perseguirla. Un dragón viejo y maltrecho seguía siendo un dragón, y la oscuridad siempre los había amado.

Pero el dragón no estaba luchando o conspirando; apenas existía. Sintiéndose sola y cansada, no quería nada más que reunirse con Brangien y con Sir Tristán, decirles que había llegado demasiado tarde, que el dragón ya había muerto.

No. Solo quería alguien con quien hablar sobre *todo* lo que había hecho. Pero Arturo se había ido, y no estaba segura de que él quisiera escucharlo. No había ido a buscar a Rhoslyn, pero eso era igual de peligroso.

Se lo contaría a Arturo. Era la única persona con la que podía ser honesta, y no renunciaría a eso. Además, se trataba de otro motivo para perseguir a Rhoslyn y al caballero Parches. Algo pululaba por los lugares oscuros y ocultos que rodeaban Camelot.

Sin embargo, tenía una tarea más odiosa que completar. Bors no podía despertarse con la ropa limpia, pues estaría en contradicción con su recuerdo. Comenzó a desvestir al viejo y maltrecho caballero.

El dragón siente el tirón. La siente enviando sus zarcillos oscuros de nuevo, pidiendo ayuda.

Suspira; un leve silbido se escapa por el agujero de su diente faltante.

Ella tira más fuerte.

Tiene el regalo del invierno por delante. La magia no puede ofrecer nada más que muerte, y la muerte siempre lo acompaña. Ya se ha llevado a toda su especie y espera, ubicua, al último dragón. La pobre muchacha perdida debería haberse quedado con él. Podrían haberse acurrucado uno junto al otro, contra la noche, contra la oscuridad, contra el tiempo.

Los tirones mágicos.

El dragón vuelve a dormirse.

CAPÍTULO DIECISIETE

Ginebra estaba de pie en el adarve, con su capa roja flameando al viento, mientras Arturo y sus caballeros subían por la larga colina. Al verla allí, levantó una mano para saludarla y ella le devolvió el gesto.

Lo esperó en la habitación de él. Todavía faltaban varias horas para que volviera. Los suelos de piedra soportaban su ir y venir con una paciencia ancestral que a ella le era ajena. Cuando Arturo entró, ya se había despojado de su armadura. Llevaba solo una delgada túnica blanca. Puso a Excalibur contra la pared. Después se sentó de forma cansada al borde de su cama para quitarse las botas gastadas.

—Me alegro de estar en casa —dijo. Luego, retomó directamente la última conversación, sin evitar referirse a las preguntas y a la tensión entre ellos—. Siento cómo dejamos las cosas. He pensado en eso en cada momento libre. Me alegra que Sir Tristán esté vivo. Su pérdida habría sido difícil de soportar. Pero, por favor, créeme, cuando tomo esas decisiones, lo hago consciente de las consecuencias por un lado y por otro. He perdido hombres, buenos hombres, hombres de verdad, irremplazables. Nunca me tomo la pérdida de una vida a la ligera.

Ginebra se sintió atraída por la tristeza en la voz de Arturo. Le había preocupado que aún estuviera enfadado con ella. Pero veía la angustia que le provocaba tener que sopesar las vidas de aquellos a quienes amaba contra la responsabilidad de todo un reino. Ella se lo había hecho más difícil, lo había obligado a protegerla a costa de Sir Tristán. ¿Cómo podía él vivir con tales decisiones?

Sin embargo, *ella* le había hecho algo terrible a Sir Bors al cambiar sus recuerdos. No sabía si sería capaz de mirarlo a los ojos una vez más. Estar en el poder requería sacrificios, tanto físicos como emocionales. Y estar al lado de ese poder, también. Ella no quería entender por qué Merlín había hecho lo que había hecho, pero si sus acciones con Sir Bors eran un indicio, al final lo conseguiría.

Existía el bien y existía el mal, pero había mucha distancia entre los dos.

Ella se estremeció. Se paseaba, tironeando sus mangas. Anhelaba tener los brazos desnudos, sentarse a la titilante luz del sol, ver cómo sus rayos descendían hacia ella.

—Había un dragón.

Arturo se recostó en su cama, frotándose la cara. Sus piernas quedaron colgando hacia un lado, con los pies en el suelo.

—Lo he oído. Sir Bors lo mató.

—Bueno, él... —Se detuvo. Arturo parecía muy cansado. Su corazón se compadeció un poco, al ver el desgaste de los últimos días. Protegerlo de la magia era su trabajo. Él no debería tener que tomar esas decisiones, ni pagar el precio—. Sí. El dragón se ha ido. ¿Estás bien?

—Cansado. Pero has esperado mucho tiempo para hablar conmigo. Lamento dejarte sola tan a menudo. Dime qué necesitas ¿Qué puedo hacer por ti?

Su voz la traicionó. ¡Podía decir tantas cosas! Quería recostarse a su lado, para acariciar su frente cansada, para acurrucarse contra él, para contarle lo del dragón y lo sola que se sentía cuando pensaba en él.

Quería deslizar su dedo por su carnoso labio inferior, para comparar su sonrisa con la de ella. Y eso era peligroso, tan peligroso como lo que le había hecho a Sir Tristán en el bosque. Porque si ella se creía esa farsa, ¿cómo podría protegerlo?

Sus pensamientos la agobiaban. Se dejó caer en una silla, sin aliento. Había creado más problemas para Arturo de los que había resuelto. Si realmente quería servirlo, proteger Camelot, no podía hacerlo como su reina.

Arturo no podía ir contra una bruja fuera de sus fronteras. Tampoco la reina podía, pero la hija de Merlín, sí.

Era hora de seguir los zarcillos de la oscuridad y ver a dónde se dirigían. Arturo estaba a salvo en Camelot. Fuera cual fuera la amenaza, no estaba allí. Ella la detendría antes de que llegara.

Sería una tarea peligrosa y solitaria, y ahora que había llegado la hora, descubrió que no quería hacerla. Quería quedarse allí con Arturo, con Brangien, con Mordred y Dindrane y Sir Tristán. No quería volver a su vida en el bosque, donde solo la acompañaban los animales y el cada vez más desconocido Merlín. Pero una vez que se fuera, no habría vuelta atrás. Se había convertido en Ginebra para proteger a Arturo; renunciaría a ser Ginebra para hacer lo mismo.

Tal vez eso era lo que el dragón había intentado mostrarle. Era hora de estar sola. Arturo siempre tomaba decisiones difíciles; ella también podía tomarlas.

—Necesito que te deshagas de mí.

Arturo se sentó en la cama, alarmado.

—¿Ha pasado algo? ¿Alguien ha visto lo que has hecho por Sir Tristán?

Solo Mordred, y él no la traicionaría. La idea de no volver a verlo hizo que algo se contrajera dolorosamente en su pecho. Negó con la cabeza.

—No soy útil en Camelot. Mi trabajo desafía tus leyes. Lo has dicho tú mismo en el bosque. Sé dónde está la amenaza, quién es. Necesito detenerla, y no puedo hacerlo siendo reina.

Algo cambió en los cálidos ojos castaños de Arturo; el cansancio, la tristeza habían desaparecido y en su lugar había... dolor.

—¿Quieres irte?

224 • EL ENGAÑO DE LA PRINCESA

—¡No! No. —La idea de abandonar a Arturo hizo que las lágrimas ardieran en sus ojos. ¡Qué rápido se había acostumbrado a ser Ginebra!

Arturo cruzó la habitación hacia ella, se arrodilló frente a su silla y puso sus manos en las de ella.

—Eres muy útil para mí.

—Mis poderes son un lastre aquí, y sabes que es verdad.

Él apretó sus manos. Ella contuvo la respiración, a la espera de lo que él diría.

—Merlín te ha enviado. Esa es razón suficiente para que te quedes.

—Pero…

De pronto, la atrajo hacia él y la abrazó. La barbilla de Ginebra se apoyaba en su hombro, sus mejillas se tocaban.

—Ginebra, por favor. Te quiero en Camelot. No te vayas. Prométeme que no te irás.

Ella cerró los ojos. El calor de su mejilla, la ligera aspereza de su piel, la hacían sentirse real. Acababa de aprender a ser Ginebra. Le preocupaba que sola en el bosque, cazando, se transformara en algo nuevo, más oscuro. Quizás así había sido cómo Merlín había justificado el hecho de tener que hacer daño a otros; cuando vives apartado de los demás, es fácil olvidar que las otras personas son reales. Él había hecho cosas terribles para dar vida a Arturo, para protegerlo. ¿Qué estaría dispuesta a hacer ella?

—¿Qué pasa si la oscuridad viene aquí? —preguntó.

—Lo hará. Siempre lo hace. Vendrá mañana, o en un año, o en cincuenta años. —Él la soltó, con cierto sigilo en sus ojos normalmente claros y directos. Sonrió—. Y solo sabrás que está aquí si también estás aquí. Así que no puedes irte. Como rey, lo prohíbo. —Su tono había cambiado de serio a burlón.

Una parte de ella se desilusionó. Le hubiera gustado que él dijera algo más. La esperanza acechaba, difusa y hambrienta. Deseaba que él quisiera que se quedara porque… la quería. Quería quedarse por él, no por el rey Arturo, sino por *su* Arturo. Era por ese motivo que debía irse.

Era por ese motivo que no lo haría.

—Me quedaré todo el tiempo que quieras —dijo Ginebra—. Pero debes dejarme espiar a Rhoslyn y al caballero Parches.

No esperaba que su rostro expresara tanto alivio al asentir.

—Haremos planes. Pero no esta noche. Iremos a cazar mañana, y me acompañarás. —Se interrumpió y luego sonrió esperanzado. Con esa túnica, en la penumbra, sin su corona, sin espada ni armadura, era tan *joven*. A Ginebra se le estrujó el corazón cuando él continuó—. Si quieres venir. Yo quiero que vengas.

Si solo hubiera podido ser ella misma cuando estaba con él, tal vez hubiera sido verdad que él solo podía ser él mismo cuando estaba con ella. Sospechaba que Arturo necesitaba desesperadamente ser un muchacho de dieciocho años, en lugar de la esperanza de todo Camelot. Ese era un tipo de protección diferente que podía ofrecerle. Ciertamente no era lo que Merlín había tenido en mente. Pero ¡cuánto lo deseaba! Porque si Arturo tenía dieciocho años, ella solo tenía dieciséis. No era un dragón viejo y cansado, a punto de desaparecer, o un viejo brujo retorcido que se contentaba con retirarse a su choza en el bosque y murmuraba profecías inescrutables.

Quería vivir, y quería vivir allí. Se inclinó hacia delante, pestañeando.

—¿Será *terriblemente* peligroso?

—¡Muy peligroso! Tendrás que hablar con la esposa de Sir Percival.

—¡Sálvame! —Ella se llevó una mano a la frente y fingió desmayarse. Él rio, sujetándola con un abrazo. La apretó contra su pecho, y ella sintió y escuchó cómo se aceleraban los latidos de su corazón. El suyo latía al mismo ritmo. Él se puso de pie, lentamente, levantándola.

—Ginebra —dijo, con una voz tan suave como la noche a su alrededor. Ella quería tocar su mano, sentirlo, sentir si lo que chisporroteaba en su interior, como un pedernal al encenderse una antorcha, también estaba dentro de él.

Se tambalearon un poco al incorporarse, y ella chocó con Excalibur, que estaba apoyada contra la pared. Sus dedos rozaron la empuñadura y...

Oh

Oh

No

Oscuridad y vacío y nada

Nada, tanta nada que giró en ella, cayó en ella.

Pero caer es algo, caer tiene un destino, lo que cae se detiene, y eso nunca se detendría, nunca podría parar...

Sus dedos dejaron la espada. Salió corriendo de la habitación, entró en la suya, y vomitó en el lavabo. Una y otra vez, su cuerpo se contraía en espasmos, hasta que por fin su cabeza dejó de dar vueltas y su corazón dejó de temblar. Se pasó las manos por el cuerpo. Estaba ahí. Estaba ahí. Era real.

—¿Qué le pasa? —preguntó Arturo en tono preocupado.

—No lo sé —respondió Brangien. Ginebra ni siquiera se había dado cuenta de que Brangien estaba allí, sujetándole el cabello—. Tal vez algo que ha comido.

Ginebra, débil, se acurrucó en el suelo. No había sido magia. Habría reconocido un ataque mágico. Eso había sido... lo contrario a la magia. Si la magia era caos y vida, eso era un vacío.

Y lo había sentido cuando había tocado a Excalibur.

¿Qué era la espada?

Ginebra había imaginado que cabalgaría junto a Arturo, con su capa al viento. En cambio, cabalgaba al lado de las damas. Ni siquiera trotaban. Sus caballos avanzaban al mismo ritmo que la conversación. Ginebra mantuvo a Brangien a su lado. Todavía no se sentía del todo ella misma después del roce con Excalibur de la noche anterior. Cuando habían salido por la mañana, apenas había podido mirar a Arturo sabiendo que llevaba la espada.

Recordaba cómo se había sentido sobre su caballo, en el bosque, cuando él la había empuñado, cómo arrojarse a los lobos le había parecido, por un instante, preferible. En ese momento, había creído que era efecto del pánico. Pero ahora sabía que había sido la espada.

Afortunadamente, los hombres, y la espada con ellos, podían galopar. Superaron a las mujeres con rapidez, adelantándose para establecer el campamento para aquel día. Alrededor de las mujeres había varios soldados, y detrás, los carros con los víveres. Otros carros y algunos sirvientes habían sido enviados la noche anterior para que no llegaran a un lugar vacío.

Durante unos pocos y silenciosos minutos, deseó no haberle prometido a Arturo que se quedaría. Deseaba cabalgar sola, lejos, para hacer lo que debía hacerse. Anhelaba vagar descalza entre los árboles. Doseles, cojines y compañía no eran algo que necesitara o quisiera.

Y tal vez Arturo podría encontrarse con ella allí, en el abrazo secreto del bosque. Tal vez, si no hubieran sido el rey y la falsa reina, las cosas no habrían sido tan complicadas...

Pero él se iría, no podía retenerlo. Ella no podía retener a nadie. Se abrazó a sí misma, para palpar su realidad, sus costillas y su pecho y su corazón. No quería estar sola. Quería ser *real*, y verse reflejada en los ojos de aquellos a quienes amaba la hacía sentirse más real que cualquier otra cosa.

—¿Mi señora? —preguntó Brangien.

Ginebra se enderezó.

—¿Sí?

—He preguntado si os sentís mejor.

—¿Nuestra reina estaba enferma? —Dindrane se espabiló y acercó su caballo para no perderse nada de la conversación. Iba vestida de escarlata y azul. Como Ginebra había vestido esos colores en la boda, la mayoría de las mujeres habían comenzado a usarlos con mayor frecuencia. Ginebra iba de verde y marrón. Su capucha era amarilla y protegía su rostro del sol. Brangien, a su lado, vestía toda de color marrón.

Dindrane contaba con los dedos.

—Os desposasteis la noche de la fiesta, que fue hace menos de tres semanas, así que... —Dindrane se inclinó para ver a Ginebra más allá de Brangien—. ¿Ella ya ha tenido su sangrado?

—¡*Ella* piensa que sus sangrados no te incumben! —dijo Ginebra, inclinándose hacia adelante para evitar los ojos de Dindrane.

Dindrane se limitó a reírse, con una risa chillona y alegre.

—Mi dulce reina, vuestros sangrados son de la incumbencia de todo Camelot. La gente hace apuestas sobre lo pronto que proporcionaréis un heredero. La mayoría piensa que dentro de un año, pero algunos se preocupan porque sois demasiado delicada.

Ginebra se encorvó bajo el peso de un reino sobre sus hombros. Una reina debía proporcionar un heredero. Arturo había dicho que no le importaban las alianzas, que no necesitaba una reina para eso. Pero ¿y garantizar el futuro de Camelot? Un reino sin herederos era un reino sin estabilidad. Él tenía que saberlo, tenía que verlo. Era joven, sí, pero muchos niños morían en la infancia, y él mismo era un rey guerrero. Nada era seguro.

Sin embargo, había elegido casarse con ella. La noche anterior había pensado, esperado... Trató de imaginarse a sí misma como una madre. En cambio, recordó el destino de Elaine, de Igraine y de su propia madre. Nunca la había conocido. Merlín nunca había hablado de ella. ¿Quién había sido? ¿Qué le había sucedido? ¿No había ya suficiente peligro en el mundo sin los riesgos de ser simplemente una mujer?

—Lo siento —dijo Dindrane en voz baja—. No lo he pensado. Estoy tan acostumbrada a escuchar hablar constantemente de vientres que me extralimito. —Su propia mano se deslizó hacia su cintura. Sus hombros se enderezaron y levantó su barbilla; era la imagen de la fuerza femenina—. Detendré a cualquiera que escuche haciendo especulaciones sobre vos. Será fácil. Les diré que Blanchefleur duerme desnuda y eso desviará de vos todo pensamiento en un instante.

Ginebra soltó una carcajada.

—Eres una amiga temible.

—Sí, lo soy. —Dindrane, alegre, habló sin parar el resto de las horas de su viaje. Ginebra le estaba agradecida; no tenía nada que quisiera decir sobre ningún tema.

Cuando llegaron al campamento, encontraron a los hombres probando lanzas, tensando las cuerdas de arcos largos, y en el caso de un par de los caballeros más jóvenes, luchando. Arturo la ayudó a desmontar y se sentó cerca. Ella apreciaba su tranquila fortaleza, ya que todavía le faltaba su propia fuerza.

Estaban en un prado rodeado de nudosos árboles verdes y grises. Muy al norte del territorio del dragón, lo que era un alivio. Pero a unas pocas horas de viaje de donde vivía Merlín. Ginebra podía sentirlo.

Giró en esa dirección, deseando seguir adelante, y reclamarle a Merlín por qué había hecho cosas terribles y seguía viviendo tranquilo consigo mismo. Todavía no había intentado visitarlo en sueños, y temía la confrontación. El Merlín que recordaba se estaba desdibujando, convirtiéndose en algo oscuro y desconocido. ¿Qué sería peor: verlo y que se le revelara como un monstruo, o verlo y que pareciera el mismo anciano amable y desconcertante que le había enseñado todo? ¿Cómo podía conciliar eso?

—¡Sir Bors! —llamó Dindrane, sentándose en un cojín a la sombra de los baldaquines—. ¡Cuéntenos lo del dragón! ¡Díganos cómo lo ha derrotado!

Tan pronto como Dindrane mencionó al dragón, Sir Bors palideció y retrocedió. Carraspeó.

—Ha tratado de matarme, pero, en cambio, lo he matado yo.

Ginebra no quería que continuara, ni que otros lo presionaran para dar más detalles.

—Tres hurras para Sir Bors, ¡el asesino del dragón! —exclamó. Todos a su alrededor dieron tres ¡hurras! y él pareció relajarse, asintiendo y haciendo caso omiso de los elogios.

—Debo encargarme de los preparativos. ¿Estarás bien? —le preguntó Arturo al oído.

—Por supuesto.

Tomó su mano y la besó. Ella se estremeció de emoción. Podía haberlo hecho para aparentar —eran observados—, pero parecía un gesto alegre, sincero.

Él se reunió con sus hombres y participó en varias luchas. Realmente adoraba a sus caballeros. Sir Tristán, en particular, parecía un favorito: le recordaba a Arturo una y otra vez cuánto era capaz de sacrificar por su reino.

Mordred entró en la sombra del baldaquín, encontró un almohadón cerca de Ginebra y se tumbó de costado junto a ella.

—¿Me has echado de menos? —Su voz se deslizaba por debajo de las otras conversaciones, para que nadie más escuchara.

—¿Has estado ausente? —preguntó Ginebra.

Mordred se llevó las manos al corazón, fingiendo que lo atravesaba una flecha. Cayó de espaldas y cerró los ojos.

—¿Dormirás una siesta en lugar de cazar? —preguntó Brangien, molesta.

—Sí. —Mordred se movió hasta sentirse cómodo. Ginebra lo envidiaba. Ninguna mujer podía descansar en el suelo sin que la censuraran y juzgaran mal.

Ginebra se paró, poniéndose la capucha.

—¿Qué hacen las damas durante la caza? —Quería estar cerca de Arturo. Debía estar siempre a su lado, en lo posible, especialmente fuera de Camelot.

Dindrane extendió un plato de fruta y queso.

—Hacemos esto. —Se rio mientras el rostro de Ginebra se ensombrecía—. ¿Querías merodear entre los árboles y cazar junto a los hombres?

—No, no precisamente eso, pero... ¿No habríamos estado más cómodas en Camelot? —Cada vez que salía de la ciudad era complicado. Hasta que pudiera superar su maldito miedo al agua, Arturo tendría que inventar alguna excusa para no viajar en la barcaza como los demás. Era humillante e inconveniente. Y ella estaría preocupada todo el tiempo que él pasara en el bosque, aunque, dentro de los límites de Camelot, estuviera bajo control... Ella debía estar con él.

Los sirvientes alrededor de los caballeros y el rey cargaban aljabas y lanzas de repuesto. Entonces, uno de los heraldos sopló una nota brillante en su instrumento, y los hombres cabalgaron hacia los árboles. Arturo la saludó con la mano, pero estaba rodeado de sus hombres, sus amigos, sus protectores, que no ocultaban lo que eran.

—Pareces molesta. —Mordred abrió un ojo y miró a Ginebra. Era el único de los caballeros que se había quedado. Había, también, una docena de sirvientes y varios guardias armados.

Dindrane miró a Mordred, evaluándolo.

—Pareces soltero.

Mordred se rio.

—Mi corazón siempre quiere lo que no puede tener. —No miraba a Dindrane cuando lo dijo.

Miraba a Ginebra.

Ella se levantó de golpe. No podía estar sentada con esos aleteos de energía nerviosa que la recorrían. Necesitaba y deseaba, y no conocía la fuente ni la solución a ningún deseo.

Habían hecho retroceder los límites de los bosques. Ese bosque estaba a una hora de Camelot. Los hombres tenían contratos para recoger leña y traerla a la ciudad. También compraban permisos para cazar allí. Los bosques, antes salvajes, ahora eran regulados y gravados, usados para el deporte. Eso la hizo sentir orgullosa de Arturo, pero también inexplicablemente triste.

—Brangien —dijo—, ¿me acompañarías a dar paseo? Quiero recoger flores. —Uno de los beneficios de que Brangien supiera lo de la magia era que Ginebra no tenía que diseñar una estrategia elaborada para ocultarse de su mirada mientras reunía lo que necesitaba. Brangien podría ayudar. Y Ginebra quería sentir ese bosque, asegurarse de que estaban a salvo de las amenazas que Arturo y sus caballeros no podían percibir.

Caminaron alrededor del límite del bosque. Todavía veían los baldaquines. Ginebra miró hacia atrás, pero no distinguía si alguien las observaba desde la sombra. Recogió algunas flores para mantener las apariencias mientras se alejaban tranquilamente.

—Aquí —dijo Brangien—, podemos desviarnos e internarnos en el bosque. Nadie nos verá.

Ginebra entró en la fresca sombra de los árboles. Dejó escapar un largo suspiro de alivio. Entonces recordó el viaje desde el convento.

—Pero no te gusta el bosque.

—No me gustan los bosques que surgen de la noche a la mañana y devoran pueblos —corrigió Brangien, inclinándose para inspeccionar una piedra blanca y lisa. La puso en su bolsa—. Este es uno de los bosques dormidos, comandado por Merlín. Solo son árboles. —Ella siguió avanzando, confiada. Ginebra la seguía, vigilante, con el oído atento.

»¿Es…? ¿Te importa si yo consigo lo que necesitas? —preguntó Brangien, vacilante.

—Por favor. Cuéntame qué recoges y por qué razón. —Ginebra quería más conocimientos que no vinieran de Merlín. Todo lo que le había enseñado parecía estar contaminado.

—Esas son buenas para dormir. Un sueño más suave que el de mis nudos. —Brangien metió algunas flores de color violeta pálido en su bolsa. Divisó más adentro un roble blanco y se encaminó hacia él. Ginebra la siguió, mirando fijamente la forma en que la luz del sol centelleaba a través de las hojas. Le recordó cuando veía el sol desde una gran profundidad, el frío…

Se estremeció y corrió al lado de Brangien. La ayudó a arrancar varios trozos de corteza. Brangien también quería un cierto tipo de escarabajo.

—No estoy familiarizada con ninguna de estas cosas —dijo Ginebra. Tenía la intención de reunir piedras nuevas que pudiera colocar alrededor de Camelot para absorber cosas. Entonces podría obtener información. Pero no estaba segura de que hubiera necesidad. Ya tenía los hechizos que servían de centinelas. Además, en Camelot no sucedía nada que Arturo no supiera. Incluso los árboles estaban gravados y contabilizados.

Sin embargo, no sabía nada de Brangien, o de Rhoslyn. Y no sabía nada sobre el caballero Parches, más allá de sus habilidades para el combate.

De todos modos, nada había atacado directamente a Arturo. ¿Cuánto tiempo esperaría? ¿Cuánto tiempo podría mantenerse sin bajar la guardia, sin llegar a ser más reina que bruja?

—Os enseñaré —dijo Brangien—. Solía especializarme en pócimas: para dormir, para enamorar, para confundir. Mi madre era una bruja. Mi padre la amó por eso, ya que no tenía los prejuicios de Camelot o el cristianismo. ¿Vuestra madre practicaba alguna magia?

¿Cómo era que nunca le había preguntado a Merlín sobre su madre? En el bosque, la vida era simplemente lo que era. Nunca se le había ocurrido preguntar. Pero ¿con quién había estado mientras Merlín ayudaba a Arturo durante todos esos años? ¿Por qué no podía recordarlo?

Una terrible epifanía se apoderó de ella. Al anular los recuerdos de Sir Bors y reemplazarlos, había sentido que algunos de sus propios recuerdos se esfumaban.

¿Había olvidado tanto porque no era la primera vez que hacía esa magia? ¿A quién más le había hecho daño?

Otra posibilidad la estremeció. Merlín había metido el conocimiento de la magia de nudos directamente en su mente. Tal vez, había sacado, sin darse cuenta, otras cosas. Él solo buscaba resultados, sin preocuparse por las cosas que pudieran perderse por el camino.

O, tal vez, había sacado esas cosas a propósito. Tal vez, lo que estaba aprendiendo sobre Merlín ya lo había sabido antes: había cosas que le habían sido arrebatadas para que confiara en él. Así haría lo que él le pidiera.

—¿Ginebra?

—No recuerdo nada de mi madre.

Brangien abandonó el tema. Fue de tesoro en tesoro, arrancándolos de lo más profundo del bosque. Sin embargo, se movían lateralmente, lejos de donde habían entrado los hombres. A ninguna le gustaba particularmente la idea de una lanza en su espalda.

Ginebra se detuvo debajo de un alto roble y puso su mano sobre su tronco.

—Brangien —dijo, mirando hacia la copa del árbol—. Ven, siente esto.

Brangien se acercó y apoyó su mano en el tronco.

—¿Sentir qué?

—¿No puedes sentirlo?

Brangien negó con la cabeza. Ginebra había pensado que tal vez Brangien, también, tenía el poder de percibir al tacto. Pero estaba sola.

Y no estaba sola, porque el árbol estaba allí. Merlín había sumido a los árboles en un sueño profundo, más allá de donde la Reina Oscura podía convocarlos. Ginebra podía sentir su sueño, enviando su percepción directamente hacia las raíces, la tierra.

Pero no era un descanso tranquilo. Temblaba bajo su mano, soñando. El sueño tenía fuego, dientes. Y bajo las raíces, oscuridad. Ginebra apartó su mano, sacudiéndola para liberarla de la sensación.

—¿Qué es? —preguntó Brangien.

—Algo, algo que está intentando despertar a los árboles.

—¿Estáis segura? —Brangien retrocedió, mirando hacia arriba con miedo.

—No. No estoy segura. —Ginebra se frotó los ojos—. Pero algo hace que los árboles tengan pesadillas. Y lo he sentido en otra parte.

—En el otro bosque, con los lobos. Nunca debería haber descuidado a Rhoslyn. Aquello parecía mucho más grande que las piedras en Camelot. Había subestimado terriblemente a la mujer.

—Deberíamos volver. —Brangien ya caminaba de vuelta por donde habían ido.

Un estruendo desde las profundidades del bosque las sobresaltó. Ginebra se giró, esperando ver a los caballeros. Abrió la boca para advertirles de que ella y Brangien estaban allí.

Pero no se trataba de un caballero.

Un jabalí de enorme estatura, con colmillos puntiagudos, ojos rojos, sin furia pero aterradoramente fijos, cargaba directamente contra ella.

CAPÍTULO DIECIOCHO

—¡Corre! —gritó Ginebra. Brangien corrió, sujetándose las faldas. Ginebra la siguió. Se desvió hacia la derecha, para evitar un tronco caído. El jabalí hizo lo mismo.

Continuó abriéndose hacia la derecha, todavía corriendo tan rápido como podía. Ya no iba en la misma dirección que Brangien. El jabalí la seguía.

Si Ginebra hubiera perseguido a Brangien, el jabalí también lo hubiera hecho. Pero al cambiar el rumbo, Brangien se salvaría.

Ginebra se separó una buena distancia de Brangien y del campamento, arrastrando a la bestia tras ella. Corrió con todas sus fuerzas, con la potencia propia de una muchacha del bosque. Se le cayó la capucha mientras saltaba sobre las raíces. Su capa se enganchó en una rama y la soltó de un tirón, con el cabello al viento, mientras se movía a una velocidad de la que nunca pensó ser capaz.

El jabalí no se detuvo, ni hizo su avance más lento. La respiración de Ginebra era tan fuerte e intensa en sus oídos que apenas podía escuchar a la bestia atravesando el bosque detrás de ella. Zigzagueó entre los árboles, buscando un escape, cualquier escape. Ningún árbol tenía ramas lo suficientemente bajas como para que ella las agarrara. El jabalí estaba demasiado cerca para que se tomara el tiempo de trepar a un árbol. Solo podía correr, pero pronto no podría correr mucho más.

Había movimiento delante. Se le estrujó el corazón del miedo ante la posibilidad de ver otro jabalí. Pero no. Era...

«¡Pato!», gritó una voz. Ginebra se tiró al suelo. Una lanza voló sobre ella, haciendo un ruido desagradable al dar en el blanco. Pero ella todavía podía oír a la bestia detrás. Siguió avanzando, hasta casi chocar con el hombre. Atónita al reconocer la cara del caballero Parches, se apresuró a pasar junto a él. Él se agachó, con una espada en la mano. Ella no podía seguir corriendo. Se dio la vuelta y observó con horror cómo el jabalí, con una lanza clavada en su pecho, marchaba decidido hacia ella.

El caballero Parches se inclinó hacia un lado, tratando de distraer al jabalí. El animal ni siquiera lo miró, con sus ojos fijos en Ginebra.

El caballero Parches corrió hacia el jabalí, que, por fin, reaccionó y volvió su cabeza y grandes colmillos hacia el caballero. Este saltó para evitar la embestida, y rodó una vez por el suelo antes de ponerse de pie y hundir su espada en el cuello del jabalí. El animal dejó escapar un grito horrible, luego cargó contra el caballero Parches, levantándolo por el aire con sus colmillos.

Su atención volvió de inmediato a Ginebra. Ya no corría; daba pasos decididos y lentos hacia ella. No se movía como una bestia, sino como un cazador.

Como una persona.

—¿Quién eres? —preguntó Ginebra.

El jabalí levantó la cabeza y la giró un poco para fijar uno de sus ojos rojos en ella. Y luego se detuvo, cuando la espada del caballero atravesó su cuello, y cortó la conexión entre la cabeza y el cuerpo. Se apagó el destello rojo, y el jabalí cayó, temblando. Luego, se quedó inmóvil.

El caballero Parches arrancó su espada de la criatura de un tirón.

Ginebra tambaleó retrocediendo, tropezó con una raíz y cayó sentada al suelo. Se quedó allí, mirando a la criatura muerta, sin querer tocarla, sin necesitar tocarla. Se arrastró hasta el jabalí, apoyando una mano en su ahora quieto flanco.

Bayas. Hongos. Luz del sol. Compañeros. Eludir con recelo y cautela a los depredadores. Pero entonces, allí, algo más viejo, algo más oscuro.

Algo extraño.

Lo sintió enroscándose debajo de lo que había sido el jabalí, penetrando en él, envenenándolo, controlándolo. Era lo mismo que casi había matado a Sir Tristán. Y luego se giró, concentrándose, hacia...

Apartó de inmediato su mano, retrocediendo a los tumbos. Lo que se había apoderado del jabalí todavía estaba allí. La había visto. La conocía.

El caballero Parches limpió su espada en el flanco del jabalí y la envainó. Hizo una mueca, apretándose el costado. El jabalí lo había golpeado con fuerza y no llevaba armadura. Ginebra no podía entender del todo al caballero. Era diferente sin su armadura, él...

—Eres una mujer —exclamó Ginebra. *Ese* era el secreto. No era un hada, sino una mujer.

—Y estoy sangrando —dijo el caballero Parches. Al levantar sus manos del costado, las palmas estaban teñidas de sangre. Ginebra corrió hacia el caballero y levantó su túnica. El caballero gimió de dolor.

Un leve cosquilleo en el brazo de Ginebra, y luego, una picadura. Bajó la mirada y vio una araña negra, elegante y siniestra, con sus colmillos hundidos en su brazo. La ahuyentó, pero le dejó dos diminutos puntos rojos rodeados de blanco. El blanco se extendió, y se volvió púrpura ante su mirada.

—Oh —dijo, y luego la oscuridad lo invadió todo.

—Debería haberse despertado ya.

—Sigue adelante. Ahí, no demasiado. Ailith, te toca a ti. Si empiezas a sentirte mareada, para.

—¿Qué ha hecho esto?

—Nunca he probado tanta oscuridad. Y eso que besé a tu hermano una vez.

—Chicas, necesitamos concentrarnos.

—¿Puedo ayudar?

—No. Ahorra tu fuerza.

Las voces latían como si se oyeran desde una gran distancia. Todo dolía, pero el dolor se aliviaba, convirtiéndose de una tempestad de rayos y relámpagos en una simple tormenta. Ginebra sintió las puntas de los dedos quitándole el cabello de la frente. Y sintió algo más, suave pero insistente, en su brazo.

—Araña —gimió.

—No, querida. La araña se ha ido. Te estamos cuidando.

Sus párpados pesaban, pero pudo abrirlos. La habitación estaba oscura y su visión era borrosa. Alguien estaba sentado a su lado, en el catre donde yacía. Y la otra era…

—¿Estáis chupándome el brazo? —Ginebra intentó sentarse, alterada, pero no pudo moverse.

—Te estaba infectando. Muy desagradable y rápido. Pero ya casi lo hemos sacado todo.

—Tú… te envenenarás. —La araña y el dolor y la oscuridad. El jabalí había fallado, pero algo mucho más pequeño había tenido éxito. Ginebra recordó el veneno del ataque del lobo, lo rápido que había desatado su ira en Tristán. Esas mujeres no sabían lo que hacían. Las asesinarían.

—Las mujeres son más fuertes cuando comparten el dolor unas con otras. Cada una de nosotras carga un poco. Nadie muere, y todas nos curamos juntas.

—Gracias —susurró Ginebra, cerrando los ojos.

—Descansa, y déjanos ayudarte.

—Y da gracias porque nunca tengas que besar al hermano de Gunild —dijo otra voz. Ginebra se volvió a dormir entre risas sonoras y unos muy pacientes «shhh».

Cuando se despertó de nuevo, solo le dolía el brazo. La agonía provenía de dos puntitos, pero para su alivio, eran *solo* dolor. No había oscuridad, nada en ella que fuera otra.

Se sentó, gimiendo. Estaba en una choza, un espacio pequeño y sombrío con un techo bajo. Pero los suelos de tierra apisonada estaban cubiertos de paja fresca y el catre donde yacía parecía limpio. Sentado contra la pared estaba el caballero Parches, sujetando una tela empapada de sangre sobre su costado, con los ojos cerrados.

Ginebra cruzó la habitación hacia la otra mujer.

—¿Me has traído aquí?

El caballero asintió.

—Gracias por salvarme otra vez, entonces —dijo ella, arrodillándose—. ¿Puedo? —Cuando el caballero asintió, Ginebra retiró suavemente la tela. La herida era profunda y todavía sangraba.

Ginebra miró al caballero. Sus ojos eran de un color avellana cálido y vivo, grandes y suaves.

—Me has ayudado, y yo puedo ayudarte. Pero primero, dime por qué estabas allí, en el bosque.

El caballero sonrió.

—Quería ver al rey.

—¿Para hacerle daño?

Los ojos del caballero se abrieron de par en par.

—Quería ver la caza. ¿Por qué le haría daño?

—Te he visto con Rhoslyn.

La luz inundó la habitación cuando una mujer entró, escoltada por el sol.

—¿Cómo sabes mi nombre?

Ginebra se paró tan bruscamente que casi se cayó.

—¡Tú!

—¿Nos conocemos? —Rhoslyn puso el tapete que cubría el umbral de nuevo en su lugar. Ginebra parpadeaba para acomodar sus ojos a la oscuridad.

—Estuve en tu juicio.

—Oh. Eso. —Rhoslyn tomó el lugar de Ginebra al lado del caballero, mirando la herida con preocupación, frunciendo el ceño.

Ginebra examinó la habitación en busca de una amenaza. No había nada.

—Tú has hecho todo esto: el jabalí, el caballero esperándome.

—Niña, ni siquiera puedo controlar a mis propias hijas. Controlar un jabalí está fuera de mis posibilidades.

—Pero ¡has sido desterrada de Camelot por practicar magia! Y ahora buscas venganza.

Rhoslyn suspiró, volviendo a atender la herida del caballero.

—Esto no tiene buen aspecto. He mandado a por mi hermana, pero tardará unas horas. Quédate quieta. —Se puso de pie, limpiándose las manos en las faldas y mirando a Ginebra con aprecio—. No tengo sed de venganza, y no tendría energía para saciarla aun si la tuviera. Necesito toda mi fuerza para mantener viva a mi familia, por no mencionar a la ocasional mujer noble perdida que se ha infectado con magia negra.

Ginebra se erizó, agradecida de que por lo menos Rhoslyn no pareciera saber quién era ella, salvo que era de la nobleza.

—¿Cómo sé que no has sido tú?

—¿Por qué te habría salvado si hubiera sido mi veneno?

Era un buen argumento.

—Pero seguramente odias Camelot y a todos los que viven allí.

—Me parece —dijo Rhoslyn, sentándose con un bufido de cansancio— que es un trabajo del hombre odiar y querer destruir lo que no puede poseer. Me entristeció dejar Camelot, sí. Pero tiene sus reglas, y yo no las seguí. Al final, ya no encajábamos. ¿Me gustaría estar protegida por muros y soldados y la ley? Sí, pero no tanto como para estar dispuesta a renunciar al poder que mi madre aprendió de su madre, que lo aprendió de su madre. Camelot me pedía más de lo que yo estaba dispuesta a dar. Me he quedado más de lo debido. No albergo ninguna mala intención. Ninguna de nosotras la tiene. —Hizo una pausa—. A excepción, tal vez, de Ailith, que habla tan a menudo de los defectos del hermano soldado de Gunild que sospecho que todavía está enamorada de él.

—¿Qué hay de tu caballero? —Ginebra hizo un gesto hacia la mujer, cuyo rostro empalidecía cada vez más.

El caballero respondió, con una voz tensada por el esfuerzo.

—No tienen a nadie que las proteja. Y es una buena práctica para mí.

Rhoslyn asintió.

—No vive aquí. Ni siquiera sabemos su nombre. Pero protege a los que lo necesitan aquí en el bosque.

—¿La curarás como a mí?

Rhoslyn negó con la cabeza, dejando escapar un largo suspiro.

—No te hemos curado. Hemos sacado el veneno porque era mágico, y podíamos atraerlo y atarlo. Cuando se trata de cuerpos rotos, estamos más limitadas. Mi hermana tiene cierta experiencia, en su mayoría bebés recién nacidos, pero, tal vez, pueda ayudar. Iré a ver si Gunild ya ha vuelto con noticias. —Rhoslyn dio unas palmaditas con su mano áspera y cálida sobre la de Ginebra. Luego se levantó y salió de la choza. Ginebra la siguió y asomó la cabeza. Nadie la vigilaba. Podía escaparse.

Pero no sentía ninguna amenaza del bosque. Si Rhoslyn la hubiera querido muerta, ya lo estaría. Y no habían hecho demandas, no le habían pedido nada. No había habido malicia en el contacto con Rhoslyn. Seguramente, si Rhoslyn hubiera poseído y controlado la misma oscuridad que Ginebra había sentido en el jabalí, se habría revelado cuando la había tocado.

Se sentó junto al caballero una vez más.

—¿Podemos confiar en Rhoslyn?

El caballero asintió.

—Si mientes y ellas conspiran contra el rey, te mataré.

El caballero abrió los ojos.

—Si hubiera participado en un complot contra el rey, me gustaría morir. Te lo juro por mi espada: soy fiel a Camelot. Soy fiel al rey Arturo.

Ginebra sintió que la verdad la atravesaba.

—Muy bien. Me has salvado. Te devolveré el favor a cambio de tu silencio.

El caballero parecía desconcertado, pero asintió.

Ginebra permitió que la llama rodeara su mano. Cerró los ojos, dándole a la llama su aliento y convocándola. El caballero gimió, pero no gritó. Ginebra dejó que la llama le rodeara la mano. No tenía tiempo de temer que la quemara otra vez.

—Confía en mí —susurró. Luego puso su mano sobre la herida del caballero y soltó el fuego.

El caballero gritó de sorpresa, pero ella no se movió. Retiró las llamas purificadoras antes de que pudieran convertirse en devoradoras. Era más fácil que con Sir Tristán, porque no había tenido que entrar en la sangre, solo en la herida. El caballero sudaba, sus rizos oscuros se pegaban a su frente. Ella miró asombrada: la herida era más pequeña. La sangre de su costado se había ido, reabsorbida.

—Un paso más. —Ginebra se subió una manga, sacó su cuchillo. Las mujeres no se lo habían quitado, ni el cuchillo ni ninguna otra cosa. Luego, con cierta aprensión, cortó un trozo de su propia piel como si pelara una manzana. Usó la sangre que manaba de la herida para dibujar un nudo en la piel, ordenándole que se uniera a otra. Luego, lo colocó sobre la herida del caballero. La piel se estiró, pegándose a su nuevo cuerpo, encontrando los bordes abiertos y estirándolos.

Donde había habido un agujero abierto, ahora había un parche de piel, lisa, varios tonos más clara que la del caballero.

—¿Qué eres? —susurró el caballero.

Ginebra sonrió irónicamente.

—¿Y tú, qué eres?

—Soy un caballero.

—Yo soy... —¿La hija de Merlín? ¿Una bruja del bosque? Si el caballero iba a Camelot a menudo, descubriría la verdad de todos modos—. Soy Ginebra, la reina.

El caballero agachó la cabeza, con el rostro ensombrecido.

—Entonces mis esperanzas se han acabado.

—¿Por qué?

—Porque la verdad de mi cuerpo me impedirá ser un aspirante. —El caballero se cubrió la herida cerrada con su túnica ensangrentada—. He sabido, siempre he sabido, que soy un caballero. Y con el rey Arturo, tuve una oportunidad. Si pudiera llegar al torneo, si pudiera derrotarlos a todos, si pudiera luchar contra el rey más grande del mundo, él vería mi valor. Él me haría caballero. Y entonces sería demasiado tarde para que me lo prohibieran.

Ginebra se sentó sobre sus piernas. El caballero la había salvado del jabalí y luego la había llevado a las únicas mujeres que podían salvarla de la picadura de la araña. Le debía mucho más que un pequeño parche de piel.

—¿Qué tiene que ver que sea reina con todo eso?

El caballero le reprochó.

—Se lo contarás.

—¿Por qué debería contárselo? Te he visto luchar. Hoy has luchado por mi vida. Si te ganas un lugar en la corte de Arturo, entonces es tuyo. Me tienes de tu lado, siempre que también guardes mi secreto. —Hizo un gesto hacia la herida ya desaparecida del caballero—. No se lo cuentes a Rhoslyn, tampoco. Nadie puede saberlo.

La expresión del rostro terso del caballero era ahora de asombro y esperanza.

—¿Me dejarás continuar?

—Te arrastraría a la ciudad y te obligaría a hacerlo.

El caballero inclinó la cabeza, cerrando los ojos. Una sonrisa se abrió en sus labios. Se le formaban hoyuelos en las mejillas, que hacían juego con el hoyuelo permanente de su barbilla.

—Gracias. Hoy nos hemos salvado mutuamente, creo. —Ella se levantó y le tendió la mano—. Ven. Te llevaré de regreso a tu campamento, sana y salva.

Extendida estaba la prueba final de la honestidad del caballero que Ginebra necesitaba. Ella tomó la mano ofrecida. Era callosa y áspera como la de Arturo, pero más pequeña. Parecía coincidir mucho mejor con la de ella. La sensación que tuvo del caballero fue menos un latido o una chispa, y más... estabilidad, justicia, pertenencia. El nudo ansioso y apretado dentro de ella, que había crecido desde que había llegado a Camelot, parecía aflojarse.

Dejó escapar un largo suspiro de alivio. No había malicia, ni mentiras.

Sabía que debía regresar al campamento, que Brangien estaría frenética.

Pero había sido tanta la oscuridad en el jabalí, en los árboles, en la araña. Y ahora sabía que sus sospechas sobre Rhoslyn eran infundadas. La intuición de Ginebra se había equivocado.

No podía perder más tiempo. No era suficiente para proteger a Arturo de lo que fuera que se acercaba, si ni siquiera había sido capaz de resistir el veneno de la araña. Ya no confiaba en Merlín, pero lo necesitaba. Arturo lo necesitaba. Tal vez su papel de protectora de Arturo siempre había tenido la intención de ser un camino de regreso a Camelot para Merlín.

Apretó la mano del caballero.

—¿Me ayudarás en una misión para traer a un mago y salvar el reino?

Los ojos del caballero brillaban. Se rio. Su voz era grave, dulcificada por la alegría.

—No podrías hacerme un favor más grande que preguntarme eso. Déjame ir a buscar mi armadura y mi caballo. Te defenderé cueste lo que cueste. —Hizo una pausa, bajando los ojos—. Siempre, mi reina. Te defenderé para siempre.

Ginebra sintió una oleada de placer, un calor que la inundó. ¿Era así cómo hacía sentir a Arturo todo el tiempo la lealtad de los hombres valientes?

Salió de la choza detrás del caballero. Rhoslyn parecía sorprendida pero complacida por la rápida recuperación del caballero. El pequeño pueblo estaba en orden. Varios niños jugaban con palos y se reían. En todas partes, Ginebra vio evidencia de magia benigna: manojos de hierbas, nudos en las puertas, piedras marcando límites. ¡Gracias a Dios que no había enviado a los hombres de Arturo contra Rhoslyn! La idea de que los caballeros entraran cabalgando y aterrorizando lo que Rhoslyn había construido era para Ginebra nauseabunda.

—Debemos irnos —dijo Ginebra, sin ofrecer ninguna explicación—. Tienes mi gratitud, y tu ayuda no será olvidada. —Encontraría la manera de ayudar a esas mujeres como pudiera en el futuro. Pero al volver a mirar su campamento limpio y feliz, se preguntó si necesitarían alguna ayuda.

Rhoslyn se inclinó sobre una olla burbujeante en el fogón.

—Mantener nuestra ubicación en secreto es suficiente pago. Y por favor, evita las arañas de ahora en adelante.

Ginebra tenía el firme propósito de hacerlo. Tenía dos pequeñísimos agujeros en el brazo como recordatorio para no bajar la guardia. El caballero silbó y un caballo de pelaje castaño se acercó a ellas. La armadura de la mujer caballero estaba atada sobre el lomo, y la sacó para ponérsela. Ginebra acercó su mano a la yegua, pero se detuvo. Los ojos del animal eran cicatrices blancas

—¿Tu yegua está ciega? —preguntó, sorprendida.

El caballero asintió.

—Los ladrones lo hacen para que los caballos no puedan regresar a casa. La encontré errando por ahí, perdida y sola. —El caballero estiró la mano y acarició a la yegua. El animal resopló, y le dio golpecitos con su hocico—. En eso nos parecemos. Es la mejor yegua que he conocido. No te preocupes.

Ginebra acarició el cuello de la yegua, que se estremeció una vez, luego bajó la cabeza y pateó el suelo con su casco delantero.

—Le gustas. Está lista para partir. —El caballero ayudó a Ginebra a montar y luego se subió detrás. Saludaron al campamento. Algunas mujeres les devolvieron el saludo, pero la mayoría las ignoró, como si una dama y un caballero que necesitaban una ayuda mágica no fuera algo que valiera la pena su interés.

Ginebra señaló la dirección que los llevaría a Merlín, y el caballero guio a la yegua. Era temprano por la tarde. Si lo hacían bien, podrían llegar al anochecer.

Y así se alejó de Camelot, de Arturo y de los demás, sabiendo que la creerían perdida o muerta, pero segura de que llegar a Merlín era más importante. Le dolía su orgullo, pero era un pequeño sacrificio para mantener a Arturo a salvo. Había querido ser la gran protectora, y en cambio, su papel era ahora de mensajera. Pues bien, que así fuera.

Sin embargo, estaba contenta de no estar sola.

—¿Cómo te llamas? —le preguntó al caballero.

El caballero guio hábilmente a su yegua ciega para evitar un obstáculo, con las piernas presionadas contra las de Ginebra.

—Lancelot, mi reina.

La Reina Oscura espera que la bestia traiga su presa.

Y luego, la presa supera a su bestia.

Pero a menudo los ataques más sutiles son los más efectivos. Dos incisivos minúsculos en lugar de dos grandes colmillos. Siente que su veneno penetra, se extiende. Se apresura hacia ella, en la necesidad de estar lo suficientemente cerca como para entender aquello de lo que se está apoderando, y luego...

Desaparece. Todo desaparece.

Se detiene; la tierra se agita de furia. Alguien ha tomado su veneno y lo ha esparcido en una capa tan delgada que no puede sentir sus bordes. Pero ella lo ha probado. Esta reina-que-no-es-la-reina es algo diferente, algo nuevo. Alguien ha cambiado las reglas, y ella sabe quién es el único capaz de eso.

Merlín.

Se ríe y se ríe; los árboles a su alrededor tiemblan; las cosas oscuras se arrastran en sus madrigueras y se abren paso hacia arriba, atraídas por los temblores de su rabia y diversión. Porque Merlín sabe lo que viene, y con lo tonto que es, sucederá de todos modos.

Pero hay trabajo por hacer ahora. No confiará en las bestias, sino en el hombre. Hay muy poca diferencia entre los dos, después de todo.

CAPÍTULO DIECINUEVE

Reconocía los árboles a medida que se acercaban. Los árboles también la reconocían y sus hojas temblaban. El hogar estaba cerca, el hogar era...

Un latido profundo dentro de ella la tironeaba desde el norte, como si hubiera olvidado algo.

Lancelot guiaba a la yegua, un animal tan diestro como le había prometido que era, a través del atardecer. No salía humo de la choza. Ginebra desmontó. Lancelot lo hizo después y ató a la yegua a un árbol.

—¿Merlín? —llamó Ginebra. La choza estaba fría, pero no solo fría, abandonada. Parecía que nadie la había habitado en años. Buscó la escoba que sabía que estaba junto a la puerta, pero solo había un trozo de madera podrida. La puerta se abrió, revelando un interior en ruinas. ¿Cómo había barrido suelos que ya no existían? ¿Cómo había dormido sobre un petate que no estaba allí?

»Algo va muy mal. —Ginebra retrocedió. Su estómago dio un vuelco, sintió náuseas. ¿Qué había pasado?

Un pájaro voló a un árbol cercano. Ginebra arrancó varias hebras de su cabello, anudándolas y enroscándolas. Arrojó el nudo hacia el pájaro. El nudo dio giros en el aire, luego se aferró a él. El pájaro trinó una vez en protesta, luego se quedó en silencio.

—Llévame hasta Merlín —ordenó Ginebra. Sentía palpitaciones, un dolor desproporcionado en el lugar de su cabeza de donde había arrancado los cabellos. Pero doblegar la libre voluntad de otra criatura era un acto violento, y la violencia siempre dejaba dolor a su paso.

El pájaro, obediente, dio un salto en el aire y voló de árbol en árbol. Ginebra se apresuró a seguirlo, con Lancelot detrás. Pero había algo en su camino. Empujaba el aire que se espesaba a su alrededor, impidiéndole avanzar.

—¿Qué es esto? —preguntó Lancelot.

Ginebra no se desalentaría. Sacó su daga de hierro y talló en el aire un nudo para deshacer la niebla. Cedió con un *paf* silencioso que hizo que le dolieran los oídos. Por fin, ella y Lancelot llegaron a una cueva. La entrada bostezó ante ellos. Todo era negro, negro con miedo, negro con…

Ginebra había estado en esa cueva, estaba segura, pero no podía recordar cuándo o por qué. Estaba tan concentrada en la negrura de la cueva que no vio al anciano barbudo y arrugado que estaba de pie en la entrada misma.

El viejo agitaba los brazos frenéticamente.

—¡No puedes estar aquí! Tú no estás aquí. Nunca has estado aquí.

Ginebra sacudió la cabeza, apartando los ojos de la negrura.

—¡Merlín! Magia negra. Lo he sentido. Había un jabalí, y…

—No puedes estar aquí —repitió Merlín, todavía agitando sus flacos brazos hacia ella.

—¡No me digas lo que debo hacer! ¡Eres un mentiroso! —Respiró hondo, obligándose a calmarse. Ahora no era el momento para reproches personales—. Me has enviado a Camelot para proteger a Arturo, pero no puedo protegerlo contra lo que he sentido. Era…

Merlín tembló, y luego sus hombros se encorvaron. Parecía… muy viejo, mucho más viejo de lo que ella recordaba.

—Por favor —dijo, pero no hablaba con ella—. Por favor, Lancelot, si amas a tu reina, escondeos. ¡Ahora!

Lancelot abrazó la cintura de la muchacha y la arrastró lejos de la cueva. Ella trastabillaba, queriendo protestar, pero infectada por el miedo de Merlín. Se agacharon detrás de un montículo de rocas y peñascos. Lancelot se puso detrás de Ginebra, protegiéndola. Un matorral les tapaba la vista, pero Ginebra todavía podía ver la entrada de la cueva a través de un hueco entre las hojas.

—¿Lo conoces? —susurró Ginebra.

—Nunca antes lo he visto. No sé cómo sabía mi nombre. —Lancelot sonaba tan alterada como Ginebra.

Un hilito de agua pasó por delante de ellas. Ginebra observó con horror cómo crecía hasta convertirse en un arroyo, y luego en un río angosto y caudaloso. Se acurrucó más entre las rocas, levantando los pies para que ni una gota la tocara. Lancelot trepó, mirando por encima de su escondite. Ginebra hizo lo mismo. No quería quedarse sola cerca del agua.

El río se detuvo en el aire frente a Merlín. Esperó pacientemente mientras el río se alimentaba, crecía y crecía, hasta que tomó la forma de una mujer. El cabello le caía por la espalda, hacia el río que seguía detrás; los bordes de su vestido se hundían en un lago a sus pies. Ella tembló con un resplandor y se transformó; su forma cambiaba constantemente: ahora era una mujer terrible y alta, ahora era una niña, ahora no era ni una ni otra. Levantó una mano y señaló a Merlín.

—La Dama del Lago —susurró Lancelot, asombrada.

—*Deberías haber mantenido tus barreras en su lugar, traidor. Me has dejado entrar.*

Ginebra se tapó la boca con las manos, horrorizada. Era la barrera que ella había deshecho. Ella había dejado entrar a esa cosa.

—*Me has robado* —murmuró el agua. Era un sonido suave, pero lo llenaba todo, los rodeaba. Ese murmullo de arroyo se convirtió en estridente cascada—. *Me has robado.*

Merlín asintió, con una expresión solemne y triste. Tiró de su barba y varios pelos se desprendieron. Los dejó caer a un lado, distraído.

252 • EL ENGAÑO DE LA PRINCESA

—Sí. He sido yo.

—*¿Por qué has robado algo tan precioso? ¿Qué has hecho?*

—Lo siento, Nynaeve, mi amor, mi señora.

—*Te voy a deshacer.*

—Si ese es tu deber...

—Lo haré...

El agua tembló, deformándose y reformándose cien veces, de modo que a Ginebra le dolían los ojos como si hubiera estado mirando el resplandor del sol sobre la superficie de un lago.

El agua preguntaba «¿Por qué?», y en sus palabras Ginebra sentía el dolor de lo eterno, el dolor del infinito paso de los días, el dolor del cambio.

—Porque ya era hora.

—*Recuperaré lo que era mío. El niño no puede quedarse con todo. Él no se lo merece.*

La Dama del Lago le había dado Excalibur a Arturo, después de que la espada cayera en sus profundidades. ¿Quería ahora que se la devolviera? ¿Le habían mentido a Ginebra también sobre eso? Tal vez la Dama del Lago nunca les había dado la espada. Tal vez Merlín se la había apropiado, de la misma forma en que se apropiaba de tantas otras cosas.

—Tienes razón —dijo Merlín—. Él no se merece esto. Pero algún día, tal vez, sí. Y eso no lo decides tú. La decisión ya ha sido tomada.

El agua rugía detrás de la Dama, empujándola más y más arriba hasta elevarla por encima de Merlín.

—*No puedo darle fin a lo que debería ser eterno. Yo no soy como tú. Pero no puedo permitir que continúes. Me has traicionado. Nos has traicionado.*

—Lo sé. —Merlín miró una vez hacia las rocas que las ocultaban e hizo tamborilear sus dedos tontamente. A Ginebra se le hizo un nudo en la garganta. Aquello era su culpa. Luego, Merlín retrocedió lentamente hacia la cueva—. Estoy cansado —dijo—. Y no soy inocente. Eso es verdad. Hasta pronto, mi amor, mi Nynaeve.

El agua rugía más allá de la Dama, a los lados de la cueva. Un daño de mil años se cumplió en segundos: el agua erosionaba, devoraba, esculpía.

La entrada de la cueva colapsó y quedó sellada. El agua arrastró barro, se coló entre las rocas, hasta que finalmente retrocedió, dejando pura piedra sólida donde alguna vez había habido una cueva. Ginebra se mordió el pulgar para no gritar de horror. Lancelot estaba quieta y silenciosa a su lado.

El agua no volvió a adoptar la forma de la mujer. Fluyó de regreso por donde había venido, con un ruido como de llanto.

Ginebra golpeaba las rocas, pero no podía mover ni una pequeña piedra. La cueva estaba sellada. Lancelot miraba, asombrada, la roca sólida.

Ginebra se dio la vuelta y se deslizó hacia abajo, con la espalda contra la pared rocosa que la separaba de Merlín. Unas hebras de plata resplandecieron en la luz crepuscular, atrapando los últimos rayos del sol. Eran los pelos de la barba de Merlín, atrapados entre las rocas. Los envolvió alrededor de sus dedos con tanta fuerza que le hicieron daño.

—¿Qué quería ella? —preguntó Lancelot.

Ginebra bajó la cabeza. La Dama quería lo que había sido robado, lo que le habían dado a Arturo. Ginebra solo podía pensar en una cosa.

—A Excalibur.

—Pero ¡creía que ella se la había dado al rey Arturo!

—Tal vez hemos sido engañados. —Merlín nunca le había contado la historia completa, la verdadera historia. Y lo que había sentido cuando había tocado a Excalibur le aseguraba que era mucho más que una espada. Quizás hasta podía amenazar a la Dama del Lago—. ¿Cómo ha podido Merlín dejar que esto sucediera? —Ginebra daba puñetazos contra la roca. Ella misma había deshecho la barrera. Pero si Merlín hubiera sido honesto con ella alguna vez, ¡no lo habría hecho! Se puso de pie, decidida.

»Llévame con Arturo. —Él tenía la espada. Ginebra tenía magia. Entre los dos, rescatarían a Merlín. Y entonces conseguiría respuestas.

Era la hora más oscura de la noche cuando llegaron al coto de caza. Pero la oscuridad no era un problema para un caballo ciego, y Lancelot cabalgaba tranquila. Ginebra anhelaba tener alas, para llegar más rápido.

Oyeron voces que gritaban su nombre con desesperación, mucho antes de ver a alguien. Lancelot se puso rígida detrás de ella.

—Yo debería…

—Ponte la máscara. Quédate conmigo. Deben saber quién me ha salvado.

Lancelot hizo lo que le ordenó. Tan pronto como estuvieron cerca, Ginebra gritó.

—¡Estoy aquí! ¡Aquí!

Esta vez, el estruendo entre los árboles no era una bestia, sino un ser amado. Arturo corrió hacia ellas. Bajó a Ginebra del caballo y la apretó contra su pecho.

—Hemos encontrado tu capucha, tu capa, el jabalí. Había otros rastros, más huellas de jabalí. Pensamos… Pensé que te había perdido, que habías muerto.

Ginebra se aferró a él con la misma fuerza. Algo dentro de ella se rompió y cicatrizó al mismo tiempo, mientras sentía en la intensidad de su abrazo lo mucho que le importaba. Se permitió un momento para disfrutarlo. Luego, habló.

—Arturo, es Merlín. Ha sido atacado. Está atrapado. Tenemos que ir a ayudarlo.

Arturo suspiró, pero no fue un sonoro suspiro de sorpresa, sino un largo y lento suspiro de renuencia y resignación. Varios cuerpos más se movían ruidosamente entre los árboles, rodeándolos: Sir Bors, Sir Tristán. Mordred, pálido y demacrado a la luz de las antorchas mientras buscaba su rostro.

No podían hablar de Merlín en ese momento.

—Buen señor —dijo Arturo, mirando a Lancelot, que todavía estaba montado en su caballo—. ¿Cómo habéis encontrado a nuestra reina?

—Lancelot ha matado al jabalí, y me ha salvado. —Ginebra dejó de abrazar a Arturo, pero él no—. Había más bestias. Lancelot no tenía más lanzas. Huimos de ellas hasta que encontramos el caballo de Lancelot y pudimos cabalgar lo suficientemente rápido como para escapar de ellos. Nos internamos demasiado en el bosque. Justo ahora hemos encontrado la salida.

—Camelot te debe nuestro más profundo agradecimiento, Lancelot. —La mano de Arturo estaba en la cabeza de Ginebra y acariciaba su cabello.

—Ha sido un honor, mi señor rey. —Lancelot desmontó y se dejó caer sobre una rodilla, inclinando la cabeza. Fingía un tono más grave y suave, de modo que si Ginebra no hubiera sabido que era una mujer, habría asumido que Lancelot era un hombre joven.

—Eres el caballero Parches, ¿no es así?

—Me llaman así, sí.

—Entonces creo que es hora de que tengas tu torneo. Te lo has ganado.

Los caballeros que rodeaban a Arturo aplaudieron, dándole a Lancelot palmadas en la espalda. Ginebra le sonrió, complacida por la bien merecida fortuna de Lancelot. Pero no podía estar feliz, no de verdad. ¡Había tanto por hacer!

—Arturo —susurró—. Necesitamos...

—Lo sé —respondió él—. Necesitamos hablar.

—Pero Merlín...

—No va a ir a ninguna parte. —Arturo la soltó, finalmente, guiándola con una mano en su espalda fuera del bosque. Una gran hoguera ardía en el prado. Brangien corrió hacia ellos, casi tropezando en su prisa. Se arrodilló a los pies de Ginebra.

—Mi señora, lo siento mucho. Pensé que estabais detrás de mí. Nunca hubiera corrido si…

Ginebra la levantó y la atrajo hacia ella en un abrazo.

—Lo sé. Lo sé, querida Brangien. Pero verte a salvo es todo lo que necesito. No podría haber vivido si hubieras resultado herida.

—No podía decir que el jabalí la buscaba solo a ella, que si Brangien hubiera muerto, habría sido culpa de Ginebra.

Brangien asintió, con su rostro bañado en lágrimas. Las enjugó y comenzó a ocuparse de Ginebra.

—Aquí tenéis —dijo, quitándose su capa y envolviendo con ella a Ginebra—. ¡Vuestra manga! ¡Os han herido! —Solo quedaba la cicatriz de la herida de donde se había sacado un poco de piel para Lancelot—. ¡Y vuestras muñecas! —Brangien sacó un trozo de tela de su bolso, y vendó rápidamente el brazo de Ginebra hasta su mano. ¡Como si las muñecas expuestas hubieran significado algo en comparación con los problemas a los que se enfrentaban! Pero Brangien solo podía solucionar los problemas que tenía a la vista, y Ginebra lo apreciaba.

Arturo la llevó directamente a una tienda de campaña, dejando claro que nadie más era bienvenido. Cerró la tienda una vez dentro. Ginebra se paseaba por el estrecho espacio.

—Con mi magia y Excalibur, confío en que encontraremos la manera de liberar a Merlín. La Dama del Lago quiere que le devuelvan la espada. Tal vez tengamos que pelear contra ella.

Arturo suspiró.

—Por favor, siéntate.

—¡No estoy cansada! Necesitamos movernos rápido. He sentido algo oscuro en el jabalí. Pensaba que era de Rhoslyn, pero estaba equivocada. ¿Y si fuera la Dama del Lago? El lago en Camelot está muerto. No tiene magia. Ella debe de haberse quedado con toda su magia para tener más poder. Necesitamos a Merlín. No soy buena rival para ese tipo de magia. No puedo protegerte de esto.

—Por favor, escucha —dijo Arturo, con voz firme pero suplicante, mientras la llevaba de la mano a sentarse en un cojín. Se arrodilló delante de ella—. No podemos ir a salvar a Merlín.

—¡Podemos! Sé que podemos. —No estaba tan segura de sí misma, pero tenía a Arturo y él tenía la espada. Podían hacerlo. *Tenían* que hacerlo. Necesitaban a Merlín.

—Él no quiere que lo hagamos.

Ginebra negó con la cabeza. Se miró las manos, donde los pelos de la barba de Merlín todavía estaban enrollados alrededor de dos de sus dedos.

—¿Cómo puedes saber eso?

—Me lo ha dicho. —Arturo metió la mano en su túnica y sacó unos papeles gastados. Los desdobló para revelar una escritura a mano en forma de araña que recorría páginas enteras, a veces yendo de izquierda a derecha, a veces de arriba abajo, a veces escribiendo sobre sí misma—. Sabía que sucedería.

Ginebra se puso de pie, furiosa. Merlín veía el tiempo fuera de orden. ¿Sabía que aquello iba a llegar?

—Si él sabía que iba a pasar, ¿por qué no me lo ha dicho? ¡He roto su barrera yo misma, tan tonta soy! ¿Por qué no ha corrido, ni se ha escondido?

La expresión de Arturo era de frustración y resignación a la vez.

—Desconozco sus razones, pero sé que las tenía. Confío en Merlín. Si él dice que hay que hacer algo, entonces hay que hacerlo. Lo entenderemos algún día. —Miró la carta y frunció el ceño—. Quizás.

—¡No! Me niego a aceptar esto. Ha visto venir una amenaza hacia ti. Me ha enviado a Camelot por eso. ¡No puedo afrontarla sola!

Arturo dobló la carta y la guardó. Se pasó una mano por la cara como si pudiera limpiar físicamente el arrepentimiento y la culpa de su expresión.

—Ginebra, te he mentido. Te he dejado creer algo que no es verdad. Y lo siento mucho.

Ginebra retrocedió un paso, repentinamente asustada. ¿Qué más sabía Arturo?

—La Dama del Lago no puede alcanzarme, te lo juro. Merlín no te ha enviado a Camelot porque algo me amenazaba a mí. Te ha enviado a Camelot porque sabía lo que iba a por él. No necesitaba que me mantuvieras a salvo. Me ha pedido que te mantuviera a ti a salvo.

Ella se sentó, aturdida, rota. Todo ese tiempo le habían hecho creer que tenía un propósito, una misión, que estaba luchando en nombre de Merlín, trabajando para Camelot, que se había convertido en Ginebra por necesidad, para proteger a Arturo, no a sí misma.

No tenía sentido.

No. Tenía todo el sentido. Cada ataque mágico que habían afrontado se había centrado en ella, no en Arturo. No lo había visto porque nunca se lo hubiera imaginado.

Escuchó otra vez las palabras exactas de Merlín: «Tu temor es infundado», le había dicho cuando le preocupaba no poder proteger a Arturo. Él la había dejado ir, sabiendo lo que pensaba, engañándola sin mentirle, seguro de que se habría negado a irse si hubiera sabido que la amenaza venidera era para Merlín, no para Arturo.

La verdad la dejó vacía. No era ni reina ni hechicera, ni protectora ni guerrera.

Era una carga.

CAPÍTULO VEINTE

Ginebra vivió los días siguientes como en un sueño. Arturo quería hablar, pero ella no podía, todavía no. Él tuvo que irse a la frontera, lo que, por una vez, fue un alivio.

Dejó que Brangien le cepillara y trenzara el pelo. Visitó y fue visitada. Se apoyaba más y más en la compañía de Dindrane, así evitaba el problema de tener que conversar. Dindrane y Brangien formaron una alianza tácita; la protegían y la aconsejaban cuando debía actuar de determinada manera. Eran, en cierto modo, sus propios caballeros, librando sus pequeñas batallas, defendiéndola del cotilleo y las críticas.

Todos asumieron que su cambio se debía al trauma del ataque del jabalí. La compadecían y le hablaban con voz suave, caminaban con ella con cuidado. Pero Lancelot la había rescatado doblemente. La noticia de las hazañas del caballero Parches recorrió la ciudad, haciendo destacar su parte en la historia. El nombre de Lancelot estaba en todas las bocas. El día del torneo llegaría pronto, y Camelot bullía y burbujeaba de anticipación.

Una tarde, se escuchó un ligero golpe en la puerta de Ginebra. Brangien la abrió, se inclinó y cedió el paso. Arturo estaba de pie en el marco.

—Ginebra, ¿me acompañarías a dar un paseo?

Ella asintió en silencio; le dio el brazo y dejó que la llevara fuera del castillo a uno de los adarves que rodeaban los muchos niveles.

El viento les hacía caricias juguetonas. Era casi pleno verano. Ella había querido practicar algún hechizo protector en el solsticio, pero, de todos modos, no tenía importancia.

Arturo se detuvo. Se sentó sobre el muro del adarve con las piernas colgando, mientras contemplaba su ciudad. El lago lo rodeaba todo, infranqueable, vigilante, a la espera.

—Regresé anoche. Envié un mensaje. Esperaba que vinieras a mi habitación para que pudiéramos hablar.

—No quiero hacerte perder el tiempo, mi señor.

Él se estremeció.

—No soy tu señor. Por favor, no me llames así.

Ginebra se sentó a su lado. Pero mantuvo sus piernas debajo, alejándose del borde.

—No tengo nada que ofrecerte. Sería egoísta por mi parte exigir tu atención.

—Eso no es egoísta.

—Lo es. —Negó con la cabeza. Había estado pensando en eso, casi exclusivamente—. ¿Por qué te has casado conmigo? Si todo lo que Merlín pidió fue que estuviera a salvo en Camelot, ¿por qué no presentarme como una prima lejana? O, mejor, ¿una criada? Si no me necesitabas para protegerte, ¿por qué me has hecho reina?

Arturo se volvió hacia ella, dándole la espalda a Camelot.

—Hablas de egoísmo. Ese fue el motivo de mi decisión. Merlín te quería a mi lado, y aproveché la oportunidad. He sido acosado desde el día en que me coronaron, asediado no solo por ejércitos, sino por la política. No mentía cuando dije que cualquier alianza matrimonial hubiera hecho mi vida más difícil. Si desposara a una elegida entre los pictos, mis vecinos del sur se sentirían amenazados. Si me casara con alguien de Camelot, mis caballeros se sentirían insultados si no lo hiciera con su hermana o hija o prima. Y después de Elaine... —Su voz se quebró; luego continuó con firmeza—. Después de eso, ¿cómo podía confiar en que alguien me amara por otra cosa que no fuera mi poder? La idea de añadir otra complicación a mi vida, otra persona con la que tratar, una extraña en mi hogar que me tratara como a un rey, era tan agotadora que no podía concebirla. Desde que me apoderé de Excalibur, dejé de ser Arturo y me convertí en rey. Quiero a mis hombres, pero son mis hombres. Incluso mi familia es complicada: Sir Héctor y Sir Kay, Mordred. No quería una esposa así. Merlín ha sido lo único constante en mi vida, y tú eres parte de él. Pensaba que si te traía aquí y cumplías el papel de reina para que nadie más lo codiciara, tendría paz. Más que eso... Tendría una amiga. —Bajó la cabeza y se miró las manos—. Ha sido injusto para ti. Y odio el engaño. Y odio que no te veas a ti misma, de verdad, como mi reina. Por favor... Por favor no te vayas. No me dejes.

Finalmente, levantó la vista; su rostro era tan familiar para ella como Camelot. Y se dio cuenta de que amaba Camelot, y también a Arturo. No quería irse, y sería incapaz de hacerle daño. Le dio la mano.

Él apretó sus dedos, acariciando su pulgar. Su esperanza era casi palpable. Ginebra sonrió, limpiándose la cara. No había querido dejar escapar las lágrimas.

—Me gusta estar aquí.

El rostro de Arturo se relajó. Sus rasgos fuertes soportaban bien la tensión, pero cuando esta desaparecía, revelaban al niño que había sido no mucho tiempo atrás. Sus hombros se aflojaron, se hicieron más fluidas las elegantes líneas de su túnica, demasiado amplia para una postura poco común en un rey. Algo en ella también se relajó. Arturo todavía la quería a su lado, la necesitaba, no de la forma en que le habían hecho creer, pero si la reclamaba en su futuro, sería su sostén.

Sin embargo, le había roto el corazón. Se había convertido en alguien nuevo para él, pero esa farsa también era mentira. ¿Cómo podía explicarle lo confundida que había estado sin hacerle daño, que ser su amiga, o incluso su esposa, no era suficiente para hacerla sentir real?

No podía decírselo. Tal vez, algún día, después de convertirse en la que sería en el futuro. Hasta entonces, se quedaría porque era fácil, porque era seguro, y porque quería sentirse necesitada. Arturo necesitaba una amiga. Ella sería esa amiga.

¿Cuántas veces se había preguntado cómo habría sido la vida si simplemente hubiera sido su reina, o solo una muchacha? Ahora lo había conseguido, y no sabía qué hacer con ello. Pero lo intentaría.

—¿Quieres saber un secreto? —preguntó.

—Sí.

Ginebra sonrió maliciosamente.

—Sir Bors no ha matado al dragón.

—¿Qué?

Ginebra le contó a Arturo la historia, eludiendo la parte de lo mal que se había sentido al expulsar recuerdos verdaderos para reemplazarlos por otros falsos. Tampoco le contó cómo había querido limpiarse a sí misma cuando llenó de piedras las ropas de Sir Bors y las tiró al arroyo. Tampoco le dijo que había comprendido al dragón, y que el peso y la melancolía que había percibido en él aún se aferraban a ella.

En cambio, hizo que el dragón hablara. Su narración era divertida y ella era la heroína. Parecía un cuento infantil, en el que no había cabida para la infinita tristeza ante el final de las grandes cosas. En su lugar, un caballero, un dragón y una doncella inteligente.

Arturo se recostó, riendo. La luz de la puesta del sol le doraba el rostro. Ella quería acariciar su perfil, para descansar los dedos en su garganta y sentir su risa vibrando allí.

Entendió por qué todos amaban a Arturo, por qué lo miraban, por qué siempre querían más de él. ¿Cómo hubieran podido no hacerlo?

¿Cómo podía ella no hacerlo?

Caminaron durante horas. Le contó la verdad sobre el ataque del jabalí, que Lancelot la había salvado, que la aldea de Rhoslyn había eliminado el veneno, y luego, su infortunada visita junto a

Lancelot a Merlín. No le contó el secreto de Lancelot. Había prometido no hacerlo. Aunque sospechaba que Arturo permitiría de todas formas que Lancelot compitiera en el torneo, no podía arriesgarse a robarle esa oportunidad. Además, no era su secreto para revelarlo.

—¿Por qué crees que el jabalí y la araña me buscaban? ¿Crees que ha sido la Dama del Lago? Los lobos en el bosque también me atacaron a mí antes que a cualquier otro.

Arturo frunció el ceño.

—No parece su magia, pero podría ser. O podrían ser solo restos de magia que persisten y estamos aniquilando. No podían venir a por mí, así que te eligieron a ti. Para estar seguros, debemos mantenerte fuera de los bosques.

Otra pérdida. Ginebra cambió de tema en lugar de insistir en el anterior.

—¿Cómo va el asunto de las fronteras?

—Maleagant está haciendo incursiones por el noreste. Me temo que está haciendo tratos con los pictos, negociando derechos que no tiene.

—¿Por qué no detenerlo?

—Si voy contra él y él ha hecho tratados con los pictos, están obligados a acudir en su ayuda. Tal como están las cosas, es una molestia, no una amenaza. Pero eso puede cambiar en cualquier momento.

Arturo se detuvo para pasar sus dedos con ternura por la imagen de un lobo tallado en la piedra. El exterior del castillo estaba cubierto de tales detalles: lobos, árboles, dragones, ciervos, peces y flores. Quien había esculpido el castillo en la montaña no se había contentado con eso. Había pasado la misma cantidad de tiempo adornándolo para volverlo maravilloso. Ginebra quería subir a la hornacina, pero ese era el lugar secreto de Mordred, y se resistía a llevar a Arturo hasta allí. Sentía que sería traicionar a Mordred.

Arturo dejó caer su mano de la pared, mirándola fijamente mientras apretaba un puño.

—Debería haber sabido que nunca podría confiar en un hombre que había luchado del lado de Uther Pendragón. Solo el más brutal, el más cruel, podía ser fiel a esa alianza. Maleagant nos veía como señores de la tierra, no como sus administradores. Si la gente era nuestra, todo lo que tenían, todo lo que ellos eran, también era nuestro. Había un asentamiento en los confines de Camelot, pequeño, poco importante. Se llevó… —Arturo se interrumpió, frotándose la cara. Ginebra se dio cuenta de que se trataba de un recuerdo que no quería ser convocado. Esperaba que él le diera la espalda, como siempre hacía con ese tipo de recuerdos. En cambio, abrió los ojos y levantó la barbilla—. Se llevó a dos de las hijas. Agnes y Alba. Y cuando terminó, las abandonó. —Sacudió la cabeza—. Yo lo habría ejecutado, pero de acuerdo con mis propias leyes, necesitaba pruebas. Y Maleagant era tan temido que nadie ofrecería ninguna. Eran las palabras de dos campesinas contra la de un caballero del rey. Elaine pidió clemencia por su hermano, y yo la escuché. La envié lejos, y a él lo dejé ir. Se llevó con él a los más leales. No esperaba que encontrara un reino tan rápido. Pero el miedo y la violencia son armas poderosas; la gente está tan acostumbrada a ellas que responde al instante. Camelot es todavía un ensayo. Pasarán años, décadas, antes de que pueda darle forma a lo que espero que sea. ¿Quemar aldeas, matar a sus señores y declarar un nuevo rey? Eso lleva muy poco tiempo.

Ginebra se estremeció al recordar la forma en que Maleagant la había observado. No podía traer a su mente una imagen clara de él debido a lo poco que había podido ver esa noche. Ahora se sentía agradecida por ello.

Los problemas de Arturo eran realmente muy grandes. No había ningún nudo que pudiera solucionarlos.

—¿Qué puedo hacer? —preguntó.

Él la tomó del brazo y la condujo a través de una puerta de regreso al interior del castillo.

—Los problemas en mis fronteras son míos. Haces lo suficiente solo con estar aquí.

—Sin embargo, quiero ayudar. Lo necesito.

—Ya estás ayudando. Si pudieras... —Hizo una pausa. Estaban en la puerta de su habitación. Él miró la puerta, la pared, cualquier cosa menos a ella—. Si pudieras ser mi reina, eso sería suficiente. Antes no era una verdadera opción para ti. Te estoy dando esa opción ahora. ¿Podrías seguir siendo mi reina?

El corazón de Ginebra se aceleró. Era una pregunta mucho más íntima de lo que habían sido sus votos matrimoniales. Entonces sabían que ella no era su reina, no de verdad. ¿Qué le estaba preguntando ahora?

—Lo haré —dijo, sintiéndose tan inocente y esperanzada como un capullo en la primavera.

Una sonrisa iluminó el rostro de Arturo.

—Yo...

—Tío, mi rey —dijo Mordred, de pie respetuosamente a unos metros de distancia—. El enviado picto está aquí. Y los organizadores del torneo tienen algunas preguntas.

Arturo se volvió hacia Mordred. Hacía más frío cuando dirigía sus ojos a otra parte.

—Muy bien. En realidad, Ginebra debería estar involucrada en la organización. ¿La llevarás contigo a ver a los organizadores, Mordred? Confío en que ella se ocupará de esto en mi nombre. Es una excelente tarea para la reina. —Sonrió y luego se alejó.

Esa no era precisamente la tarea que ella había pensado que le pedía.

Decidida a hacer un esfuerzo, buscó a Brangien. Se reunieron con los organizadores para hablar sobre los asientos, los colores de las banderas, cuántos estarían en la fiesta y dónde colocarlos, si debía proveerse comida y vino a los espectadores plebeyos, y cientos de otras decisiones demasiado pequeñas para un rey, pero adecuadas para una reina.

Mordred se apoyaba en la puerta y bostezaba exageradamente cada vez que lo miraba. Después de varias horas, con solo una fracción de los detalles decididos y una reunión programada para la mañana siguiente, Ginebra quedó libre. Mordred la acompañó al comedor. Ella tenía la esperanza de encontrarse con Arturo, pero él no estaba allí. A menos que fuera un banquete programado, la asistencia a las comidas era impredecible. Los caballeros casados comían con sus familias. Los solteros solían encontrarse en las comidas, pero no siempre.

Ginebra y Brangien se sentaron junto al asiento de Arturo. Ginebra esperaba que Arturo llegara en cualquier momento, pero cuando terminó de comer, su asiento todavía estaba vacío. Se dio cuenta de que había asumido que su nuevo y tenue acuerdo significaría pasar más tiempo juntos. Pero, aunque las cosas hubieran cambiado para ella, Arturo debía ser rey en todo momento del día. Suspiró, jugando con el pespunte de su vestido rosa pálido.

—¿Estas dos damas tan bellas tienen planes para la noche? —Mordred hacía girar su cuchillo sobre la mesa—. ¿Quizás una discusión animada sobre qué color usará nuestra reina para deslumbrar a todos en el torneo?

Ginebra hizo una mueca. No pudo evitarlo. La idea de pasar más tiempo en la organización del torneo era un trago amargo. Quería ayudar a Arturo, pero ¿había cambiado ser su protectora mágica por eso?

Mordred se rio.

—Muy bien. Venid conmigo. Vamos a ver una obra.

—¿Una obra? —repitió Brangien, intrigada.

—¿Disfrutas viendo a los hombres que pretenden guerrear en la arena, pero no a los actores que pretenden estar enamorados? Tenemos, por cierto, bastante guerra ya en la realidad. ¿Para qué jugar a ella en nuestro tiempo libre? Venid. Celebremos las maravillas de la humanidad.

Ginebra miró a Brangien, que frunció la nariz, y luego aceptó encogiéndose de hombros.

—En realidad no quiero hablar más sobre el torneo esta noche.

Mordred aplaudió y se frotó las manos con entusiasmo.

—¡Excelente! No conoces lo más espléndido de la humanidad hasta que no has visto al bello Godric comparar los encantos de su amante con la variedad y la calidad de los vientos que él libera de su... bueno. No quiero arruinar la expectativa.

Espantada e intrigada al mismo tiempo, Ginebra no pudo decir que no.

Caminaban de vuelta, mientras el crepúsculo se retrasaba y las campanas los conminaban a apresurarse a volver a casa.

Ginebra se enjugó una lágrima; le dolía el estómago de tanta risa.

—Eso ha sido lo peor que he visto en mi vida —dijo.

—Realmente lo ha sido. —Mordred bailoteaba, caminando hacia atrás para estar de frente—. Realmente. He vivido diecinueve años y podría vivir cien más y no ver nada peor. ¿No estás contenta?

—Lo estoy.

Brangien refunfuñó, pero se había reído más que los otros dos cuando el bello Godric había confundido a su caballo con su prometida y le había hecho románticas promesas. El teatro estaba en la parte más baja de la ciudad. No era tan bonito como la arena, pero había estado igualmente repleto. Si los torneos hacían que el corazón se acelerara y la sangre hirviera, el teatro hacía que el corazón bailara y las lágrimas fluyeran.

—Gracias —dijo Ginebra—. Creo que eso era precisamente lo que necesitábamos.

Mordred hizo una reverencia, extendiendo el brazo.

—Soy el sirviente más humilde y devoto de la reina.

Brangien se burló.

—Eres tan humilde como encantadora era la poesía de Godric.

Mordred se tambaleó.

—Me ofendes, bella Brangien. Ahora apresúrate, o seremos apresados por la guardia y obligados a pasar la noche en una celda para evitar que cometamos alguna travesura. —Levantó una ceja, indicando que no se oponía a ningún tipo de travesura; luego les dio la espalda y continuó caminando alegremente hacia el castillo.

—Parece que te has ablandado con Mordred —dijo Ginebra, mirando sus ágiles movimientos. Era delgado, y casi delicado, una caña comparada con el roble que era Arturo. Pero era encantador, y se movía con sorprendente gracia. Ella recordó cómo había manejado su espada, como si bailara. Y la chispa que había sentido cuando su mano había tocado la de ella.

Había tenido mucho cuidado de no tocar su mano desde entonces.

Brangien asintió.

—Cuando salí corriendo de los árboles, segura de que el jabalí todavía estaba detrás de nosotras y estábamos a punto de morir, él fue el primero en socorrerme. Grité que todavía estabas en el bosque y no dudó. De inmediato, corrió a internarse allí. Ni siquiera tenía su espada. Qué pensaba hacer si se encontraba con el jabalí, no lo sé. Pero su buena voluntad era elocuente. Tal vez lo he juzgado mal. —Hizo una pausa—. Un poco mal. Y he dicho *tal vez*.

Ginebra también lo había juzgado mal. Lo había creído su enemigo. Pero, en realidad, amaba a Arturo tanto o más que nadie. Sospechaba que la vigilaba tan de cerca porque él era la única otra persona que conocía la historia de Arturo con Elaine. No quería que Arturo volviera a sufrir. Ella y él coincidían en eso.

Además, había entendido por qué había curado a Sir Tristán. Sabía que no podía haber magia entre los muros de la ciudad, pero no era tan estricto como para denunciar sus prácticas en el bosque.

Cuando entraron en el castillo, Ginebra se sintió en casa. Algo que podía convertirse en felicidad se había arraigado en su pecho. Eso era vivir de verdad. No como había soñado, o creía que debía vivir, sino de un modo al que se acostumbraría con el tiempo. Mordred les dio las buenas noches, y Ginebra regresó a sus habitaciones con Brangien.

Juntas, anudaron cabellos para que Brangien visitara a Isolda en sus sueños. Brangien consideraba un sacrificio que Ginebra renunciara a sus propios sueños noche tras noche, pero Ginebra no quería soñar. No había nada que deseara ver. Y si Brangien e Isolda solo podían estar juntas mientras dormían, Ginebra lo haría posible. Al menos su magia podía lograr esto.

Ginebra se acurrucó en su propia cama. Jugaba con los pelos de Merlín, todavía enrollados en su dedo debajo de un anillo de plata. Podía visitarlo como Brangien visitaba a Isolda. Pero todavía estaba muy enfadada porque la había engañado, y había elegido dejarse atrapar. ¿Cómo podía un mago tan sabio ser tan tonto?

Cerró los ojos, agradecida de no ver nada.

CAPÍTULO VEINTIUNO

Aunque Camelot había estado bullendo de expectativa durante dos semanas enteras, el torneo parecía no llegar nunca. Lancelot permaneció fuera de la ciudad, para proteger su identidad, sospechaba Ginebra, aunque, con su armadura y su voz grave, no fuera evidente que era una mujer. Eso habría decepcionado a los que querían tener a Lancelot en sus casas y mansiones para los banquetes, o deseaban ver entrenar al caballero Parches.

Por fin llegó la noche previa al torneo, y nadie era más feliz que Ginebra, no solo porque esperaba que su amiga saliera vencedora, o por el entusiasmo de presenciar los combates. No, principalmente era porque eso significaba que nunca más tendría que reorganizar los asientos veintidós veces para acomodar a todas las damas y sus caballeros, primos y amigos, teniendo en cuenta quién tenía un pleito con quién, quién odiaba a quién, quién se sentiría terriblemente ofendido de no tener los primeros lugares, y a quiénes debían recordarles que no tenían derecho a sentarse más cerca del rey y la reina. Hubiera preferido pelear una guerra a esa batalla por los asientos.

Pero todo estaba ya tan organizado como podía estarlo.

Ginebra solo quería dormir hasta que fuera hora de irse. Pero con Brangien perdida en sus sueños con Isolda, Ginebra estaba insomne. Se paseaba. No podía evitar mirar a la cara de Brangien, celosa no del sueño, sino de la compañía que Brangien tenía allí. Ginebra estaba inquieta, como si hubiera estado atrapada debajo de una capa de hielo durante todo el invierno y pudiera sentir la llegada del deshielo primaveral.

Quería salir.

Quería sentirse libre.

Quería.

Cruzó el pasaje secreto, llamó a la puerta de Arturo y entró en su habitación, pero él no estaba. Regresó a su dormitorio, decepcionada. No sabía qué habría hecho si él hubiera estado allí, pero odiaba que se le negara la sorpresa de descubrirlo.

Escuchó un golpe inesperado en su puerta; la abrió con entusiasmo. No había nadie. Desconcertada, cerró la puerta. Entonces volvió a oír el golpe.

Venía de su ventana.

Estaba en medio de una pared, en lo alto del castillo, inaccesible desde fuera. Corrió hacia la ventana con una vela y, por el cristal, vio una cara que la miraba fijamente. Apenas pudo contener un grito, dejando caer la vela.

—¡Lo siento! —gritó una voz, silenciada por el cristal.

—¿Lancelot? —Ginebra no podía creerlo. Se envolvió en su capa, se escabulló por la puerta más cercana y se asomó por el adarve. Lancelot todavía se aferraba a la pared del castillo con las yemas de sus dedos y sus botas.

»¿Qué haces? —exclamó Ginebra en un susurro.

Con más agilidad de la que tendría Ginebra para atravesar un camino plano, Lancelot subió, cubrió de un salto los últimos metros y aterrizó tan ligera como un gato.

—No podía dormir —dijo Lancelot, algo avergonzada—. Lo siento. Ha sido atrevido por mi parte.

Ginebra se echó a reír.

—No, no ha sido atrevido, ha sido una locura. ¿Cómo lo has hecho?

Lancelot se encogió de hombros. Los dedos de sus pies pellizcaban el suelo, y miraba abochornada hacia abajo.

—Estoy nerviosa, por mañana.

—Yo también. —Tras tomar una curva, Ginebra la condujo a una parte más protegida del adarve; luego se sentó y la cubrió con su capa. Se sintió avergonzada de pronto, en parte, porque estaba en camisón, y en parte, porque la última vez que había estado con Lancelot, había sido en un episodio lleno de peligros mortales y de intensa angustia. En esa noche estival, transformada por lo que sabía de sí misma, no estaba segura de qué decir—. ¿Cómo has estado?

—No me he encontrado con un solo jabalí embrujado, ni con una araña endemoniada, ni con un vengativo espíritu del agua. El bosque es bastante aburrido sin ti.

Ginebra se echó a reír, reclinándose. Lancelot copió su postura.

Cuando Lancelot volvió a hablar, la alegría había abandonado su voz.

—Estoy aterrada.

—¿De qué?

—De mañana. Si fracaso, entonces será el fin. Mi sueño habrá muerto. No tendré nada sobre lo que construir mi futuro. Y si lo logro… dejaré atrás todo lo que he conocido para ir hacia todo lo que he deseado. Siento que me aferro a un precipicio en la oscuridad, que estoy a punto de caer, y no sé si sobreviviré a la caída.

Ginebra lo entendió mejor de lo que Lancelot podía suponer, salvo que en su caso había caminado con confianza en una dirección para encontrarse saltando hacia un inesperado precipicio. En cierto modo, sentía como si todavía estuviera cayendo. ¿Dónde aterrizaría?

—¿Por qué deseas esto tanto? —preguntó Ginebra.

Lancelot miró hacia Camelot, que dormía a sus pies.

—Crecí durante el reinado de Uther Pendragón. Mi padre murió, obligado a servir en su ejército. A mi madre, no estoy segura de lo que le pasó. Probablemente sea una ventaja que no lo sepa. Me quedé huérfana, sola, sin familia, sin futuro. Por eso, juré que me convertiría en el guerrero que necesitaba ser para matar a Uther Pendragón. Entrené sin pausa. Robé comida, ropa, trabajé en los campos cuando era niña; hice todo lo que tenía que hacer para sobrevivir. Y luego el rey Arturo mató a Pendragón antes de que yo pudiera hacerlo. Al principio estaba enfadada, pero vi luego lo que trajo el rey Arturo con él, y me di cuenta de que mi plan era tan pequeño y egoísta como yo misma. Quería matar a Pendragón para sentirme mejor. El rey Arturo lo había matado para mejorar el mundo entero. Y entonces decidí que, en lugar de convertirme en el guerrero que mataría a un tirano, me convertiría en el caballero que defendería a un rey. Yo creo en el rey Arturo. Creo en su historia. Y no quiero nada tanto como ser parte de ella.

Ginebra asintió. También entendía eso. Arturo estaba construyendo algo nuevo, bueno, algo verdaderamente noble, y atraía a los que no podían encontrarlo en ninguna otra parte. La mayoría de sus caballeros habían acudido por esa razón: no habían podido encontrar en sus propias tierras la justicia y la equidad que anhelaban defender.

Arturo era como una llama en la noche, un hierro candente. Incluso aquellos como Rhoslyn, que no tenían cabida en su reino, no envidiaban su luz.

Lancelot estaba dispuesta a dedicar toda su vida a Arturo, al igual que muchos otros. Ginebra envidiaba la certeza de Lancelot, su determinación de convertirse en lo que sabía que debía ser. Lancelot *había nacido* para ser un caballero.

Ginebra no había nacido para ser una reina. ¿Aterrizaría sana y salva, cumpliendo ese papel? ¿La mataría la caída? ¿O continuaría cayendo, eternamente?

—Gracias —dijo Lancelot—. Por todo. Espero que la próxima vez que nos encontremos en el castillo, ya pertenezca a esta ciudad.

—Ya perteneces. —En un impulso, Ginebra se inclinó y besó la mejilla de Lancelot—. Para que tengas suerte —dijo, con una sonrisa.

Lancelot puso una mano donde los labios de Ginebra se habían posado. Sonriendo, se puso de pie, hizo una reverencia y descendió por el lateral del castillo. Ginebra se quedó fuera mucho rato, observando y esperando, aunque no sabía a qué.

Por la mañana, envió a Brangien a la arena para atender cualquier necesidad de último momento. Estar sin ella también significaba que podía cruzar el lago por el túnel secreto con Arturo.

Cuando escuchó el suave golpe en su puerta, corrió hacia ella, feliz de que fuera él. Apenas había visto a Arturo desde la conversación en la que le había preguntado si sería su reina. Sus días comenzaban antes de que saliera el sol y terminaban mucho después, si es que dormía en el castillo. Pero al menos ese día ella estaría a su lado todo el tiempo. Y quería estar con él cuando viera lo duro que había trabajado, lo bien que había sido organizado el torneo. Era una prueba para ambos de que ella podía hacer algo más que hechizos menores, que podía ser algo así como una verdadera reina.

Abrió la puerta, radiante…

El rostro de Mordred ya tenía una expresión de disculpa. Ginebra intentó no mostrar su decepción, pero no pudo evitar que sus ojos buscaran a Arturo.

—Él no está aquí. —Mordred miró al suelo, con sus gruesas y oscuras pestañas cubriendo sus ojos—. En una de las aldeas ha habido un problema que debía atender antes del torneo. Me ha pedido que te acompañe.

—Lamento que tengas que hacerlo.

—No me molesta en absoluto.

Ginebra no sabía cómo responder al desafío en la expresión de Mordred. Sintió un cosquilleo en el estómago y se puso la capucha; sus dedos temblorosos la traicionaban.

Quería una relación, tan solo una, que fuera simple. Le envidiaba a Brangien la suya con Isolda. A veces se preguntaba qué hacían en sus sueños. A veces se preguntaba qué podía hacer ella en sus sueños, si sus acciones no importaban. Y no sabía a quién quería tener en sus sueños con ella, mientras un fuego ardía bajo y profundo en su interior. A veces era Arturo. Y a veces...

Se refugió dentro de su capucha para evitar mirar a Mordred.

Vestía de un azul oscuro, pero, como un guiño al caballero Parches, le había pedido a Brangien que adornara su vestido con distintos retazos de tela azul. El resultado era un vestido alegre, brillante, más parecido en sus tonos al agua de lo que hubiera querido, pero hizo todo lo que pudo para ignorarlo. Su capucha era de un verde intenso y sus bordes le rodeaban los hombros, sin estar sujeta a la capa, porque el día era muy agradable. Su cabello sobresalía por debajo, largo y peinado en delicadas trenzas.

—La reina tiene un aspecto espléndido —dijo Mordred. Le ofreció su brazo. Ella lo aceptó, con cautela y suavidad.

—El sobrino del rey también tiene un aspecto bastante elegante.

—Se mordió la lengua por dejar escapar esas palabras.

Sintió la tensión en el brazo de Mordred; luego se relajó. No intentó ver su expresión, pero sus pasos eran ligeros, hasta felices.

—No es fácil —dijo Mordred mientras caminaban por el túnel—. Lo entiendo.

—¿Qué no es fácil?

—Amar al rey Arturo.

A Ginebra no le gustaba hablar de eso. Comenzó a caminar más rápido, como alejándose del tema.

—Soy su esposa. Es fácil.

—Estamos solos. No es necesario fingir. He visto la forma en que lo miras, esperando llamar su atención. Conozco esa sensación. Arturo... —Hizo una pausa. Ginebra se preguntó cuánto tiempo había conocido Mordred a Arturo. ¿Cómo sería estar al servicio de un tío más joven que tú, sabiendo que él ha llegado a existir gracias a la violencia ejercida sobre tu abuela, sabiendo que tu propia madre ha intentado matarlo? Mordred *había elegido* a Arturo, para creer en él y en su causa. Lo mismo había hecho Ginebra—. Él es como el sol. Cuando brilla sobre ti, todo es luminoso y cálido. Todo es posible. Pero el problema de conocer el calor del sol es lo intensamente que se nota su ausencia cuando brilla en otros lugares. Y un rey siempre debe brillar en otros lugares.

Ginebra no respondió. Pero Mordred tenía razón. Quería más de Arturo de lo que tenía, de lo que podría tener.

—Mereces vivir en el sol, Ginebra —susurró Mordred, sosteniendo la cortina de enredaderas para que Ginebra pasara junto a él al salir del túnel a la luz del día. A pesar del calor y el brillo del sol, ella sintió un escalofrío. En parte anhelaba volver al túnel con Mordred, confiarle todas las cosas salvajes y secretas de su corazón. Semejante honestidad haría daño a Arturo. Sospechaba, incluso sabía, que no haría daño a Mordred. Él entendería.

Se apresuró, en cambio, a llegar a los caballos. Había tanto alboroto y actividad en el establo que nadie se dio cuenta de que la reina llegaba con un solo caballero. Una vez montada en un caballo, estaba rodeada por todos los que competirían ese día y muchos otros más: Sir Tristán, Sir Bors, Sir Percival, Sir Gawain y Sir George, con quienes nunca había hablado, y varios que no estaban en el círculo íntimo de Arturo. Por otro lado, se cuidó de evitar a Sir Héctor y a Sir Kay. Mordred movió sutilmente su caballo para ocultarla de ellos.

—Gracias —susurró ella.

Él le guiñó un ojo y ella desvió rápidamente la mirada.

Los caballeros estaban muy preparados, y su energía era contagiosa. Lancelot lucharía contra cinco de ellos antes de enfrentarse a Arturo. Se jactaban y hacían alardes, con un entusiasmo que crecía a medida que se acercaban al lugar del torneo. Ese era, sin duda, el día de Lancelot, pero también era el día de su actuación frente a todo Camelot.

Y mucho más que Camelot. Los visitantes habían estado llegando durante días, y acampaban alrededor de la arena. La noticia del torneo había corrido por todas partes, y la arena hervía de actividad. Se habían instalado puestos ambulantes en todos los espacios disponibles, que vendían comida, bebida, coloridas tiras de telas que representaban a los caballeros favoritos —Ginebra había visto muchas bandas hechas de retazos, atadas a las armas— y cualquier otra cosa por la que una persona emprendedora pudiera pedir dinero a cambio.

Los caballeros cabalgaron en medio de la multitud que gritaba y animaba con tanta fuerza que Ginebra se habría tapado los oídos si no hubiera sido grosero hacerlo. Se habían colocado filas de bancos hechos con troncos alrededor de todo el campo de combate. Las banderas ondeaban en los mástiles. Malabaristas y juglares daban vueltas por el borde de la arena, entreteniendo a la muchedumbre, mientras esperaban a que comenzaran las peleas. Más allá, había carpas en caso de que alguna de las damas quisiera retirarse, o los caballeros necesitaran rezar, cambiarse de ropa o algún otro preparativo. En una posición privilegiada por su vista a la arena, había una tarima elevada, cerrada como una caja por ondulantes paredes de tela verde y amarilla. Sobre ella, había una gran silla de madera con respaldo alto, una más pequeña al lado, y varias filas de bancos para las damas y los caballeros que no participarían del torneo.

La silla de Arturo estaba vacía. Ginebra cabalgó hasta la tarima y desmontó. Los criados se llevaron a los caballos. Por un lado, era asombrosa la cantidad de cosas por las que tenía que preocuparse: su ropa, sus muñecas, sus tobillos, su cabello, con quién hablaba y por cuánto tiempo, etcétera. Por otro, pocas cosas había por las que no tenía que hacerlo: elegir qué ponerse, pagar por su ropa, cuidar sus cosas, preparar su propia comida. Ni siquiera había tocado una moneda desde su llegada a Camelot.

Entró a la sombra del palco real. Se detuvo a saludar antes de sentarse. La multitud gritó en agradecimiento. Luego se sentó y esperó.

A Arturo.

Todavía no era muy buena en eso. La idea de todo el tiempo que tendría en su futuro para practicar la espera hizo que el brillante día se oscureciera.

Brangien llegó a su lado con una copa de vino especiado. Las especias eran tan caras que rara vez las usaban. Pero los torneos eran aún más especiales que las bodas, por lo visto. Ginebra tomó un sorbo, mirando ociosamente a los artistas mientras hacían sus rondas. Dindrane se unió a ellas; estaba muy agitada.

—¿Sucede algo? —preguntó Ginebra.

—Sí. No. No estoy segura. El tiempo lo dirá. —Dindrane se llevó las manos a la boca, haciendo un mohín. Luego alisó su hermoso cabello castaño y puso delicadamente sus manos sobre su regazo—. Le he dado mi pañuelo a Sir Bors. No estoy segura de que sepa qué hacer con él. Pero si lo usa hoy, creo, espero, que tal vez me corteje pronto.

Ginebra quiso reírse ante la imagen de la astuta e inquieta Dindrane con ese hombre toro. Pero tenía buen corazón. Arturo confiaba en él. Y era mayor. Había tenido una esposa hacía muchos años, y había muerto en el parto. Todavía tenía un hijo, y no necesitaba un heredero. Dindrane *sería* un buen partido para él.

Ginebra sonrió y pasó el brazo por encima de Brangien para acariciar la rodilla de Dindrane.

—Espero que lo use. Y si no lo hace, es un tonto.

—Oh, no tengo ninguna duda de que es un tonto. Pero espero sinceramente que sea *mi* tonto.

Por fin Ginebra tenía permiso para reírse. Se acomodó en su silla, buscando algo entre el público. Entonces, se dio cuenta: buscaba a alguien. ¿Dónde estaba Arturo?

De pronto, una ola de conmoción se apoderó de la multitud y se extendió por toda la arena. La gente se amontonaba, gritaba, empujaba para ver mejor. Un niño sentado sobre los hombros de su padre fue movido a otros hombros. Arturo emergió de la muchedumbre.

Ni entrada a caballo ni llegada inmediata al estrado para él. Galopó por el campo, fingiendo ser un caballo, con el niño en sus hombros, que gritaba de alegría por ese juego del rey. Luego, les devolvió el niño a sus padres y saludó levantando los brazos.

Si Ginebra había pensado que los gritos de bienvenida a los caballeros habían sido demasiado fuertes, aquello era ensordecedor. Arturo corrió por toda la arena, pasando delante de todos para que tuvieran la oportunidad de verlo, de estar cerca de él. La multitud extendía las manos y Arturo hacía lo mismo con las suyas, tocándolos al pasar.

Subió de un salto al estrado. Ginebra le sonrió, pero no la miró hasta después de darse la vuelta para quedar de cara al público.

—¡Camelot! —La muchedumbre explotó con un rugido que fue decreciendo hacia un murmullo—. ¡Mi pueblo! ¡Amigos de cerca y de lejos! Hoy es un día maravilloso. ¿No es así? —Otro tremendo rugido. Arturo levantó las manos y el público hizo silencio—. Hoy mostramos el corazón de Camelot. Hoy vemos todo aquello por lo que trabajamos. Hoy reconocemos el valor, y damos fe de nuestra valentía. ¡Y recompensamos la fortaleza y la bondad! Hoy, el valiente guerrero que ha salvado a mi reina... —La multitud volvió a rugir de aprobación, y Arturo los dejó gritar un rato. Ginebra levantó la mano, agradeciéndoselo a la gente, aunque su único papel en esa historia había sido estar en peligro y ser salvada. Cuando se aplacaron los gritos, Arturo continuó—. Él ha salvado a mi reina de una bestia furiosa. Pero ya lo conocéis. Habéis visto muchas veces al caballero Parches. ¡Hoy os presento a Lancelot!

En el momento indicado, Lancelot cabalgó hasta el centro de la arena. Ginebra estaba encantada de ver que montaba su propio caballo, su leal e inteligente yegua ciega, que tan bien las había cuidado. Lancelot se volvió hacia el estrado e inclinó la cabeza. Ginebra sintió un estremecimiento nervioso.

La multitud estaba desatada, desesperada por ver finalmente al caballero Parches enfrentarse a verdaderos adversarios. Hasta ese momento, Lancelot solo se había enfrentado a otros aspirantes. Ese día, se enfrentaba a los caballeros de Arturo. No había mejores adversarios. En realidad, se enfrentaba a algo más que a los caballeros. Todo lo que un aspirante debía hacer en el torneo era derrotar en combate, al menos, a tres caballeros. En ninguna parte estaba escrito que el aspirante debía ser un hombre.

Arturo se sentó. Se volvió hacia Ginebra, radiante, con una excitación contagiosa.

—Tengo algo para ti —dijo. Metió la mano en una bolsa que estaba a su lado y sacó una cadena de plata, con delicados dijes verdes.

Brangien se mordió el labio de alegría.

—No podéis usar joyas en vuestro cabello —susurró—, pero podéis usarlas en la cabeza.

—Para la reina —dijo Arturo, en un tono acariciante—. Para mi reina. —Trató de sujetar la cadena alrededor de su cabeza con torpeza. Brangien resopló y se puso de pie, tomando su lugar. Ginebra sintió el frío toque de la plata contra su frente, el peso sutil de las piedras verdes. No era una corona o un anillo, pero era un recordatorio de quién era ella, de quién había elegido Arturo que fuera.

»Lo mandé hacer el mismo día que tus hilos de hierro —agregó.

Mientras ella, como bruja, había mandado hacer piezas para protegerlo, él había ordenado que la hicieran una reina.

—Preciosa —dijo, y no sabía si se refería a la joya o a ella.

—Gracias. —Levantó un dedo para acariciar las piedras sin vida. Hubiera querido atar la magia a la joya. Pero esa, ahora, la ataba a Arturo, lo cual era una especie de magia. Eso deseaba.

La multitud rugió, desviando la atención de Arturo y Ginebra. Sir Tristán, el más reciente de los caballeros de Arturo, fue el primero que caminó hacia la arena. Un año atrás, había estado allí como aspirante. Solo había superado a cuatro de los cinco caballeros, por lo que nunca se había enfrentado a Arturo. Ninguno de los caballeros elegidos a partir de los combates lo había hecho.

—¿Quién derrotó a Sir Tristán cuando fue su torneo? —preguntó Ginebra.

—Mordred —dijo Brangien, ansiosa al ver que Sir Tristán miraba las armas exhibidas contra el muro. Iba a pie, lo que significaba que había elegido el combate sin caballos.

—¿Mordred? —preguntó Ginebra.

—Me ofendes —murmuró una voz sobre su hombro. Ella se giró para encontrarlo con una sonrisa en su rostro y los ojos entrecerrados. No estaba siguiendo los preparativos de la pelea. Su actitud era tranquila, desinteresada—. Siempre soy la última barrera entre cualquiera y el rey. Y se llega a él a través de mí.

—Es por eso que le he pedido a Mordred que no compitiera hoy —dijo Arturo, que solo los escuchaba a medias—. Quiero luchar contra Lancelot.

La conversación se terminó con el rugido de la multitud. Sir Tristán dejó que Lancelot eligiera primero entre las espadas embotadas. Las reglas eran simples: el primer combatiente en dar lo que sería un golpe mortal era el ganador.

Pero simple no significaba inofensivo. Dindrane, nerviosa, enumeró todas las lesiones ocurridas durante un torneo: costillas rotas eran las más comunes; conmociones; brazos quebrados. Durante el primer torneo, en el que varios aspirantes habían intentado obtener el título de caballero, un desafortunado combatiente nunca se había despertado después de un golpe brutal en la cabeza.

Los torneos no eran un juego. Decidían el destino de un posible caballero. Y los caballeros decidían el destino de Camelot.

Sir Tristán y Lancelot se movían en círculo. Sir Tristán llevaba su propia armadura de cuero, revestida con placas de metal, y un yelmo que dejaba ver su cara. Lancelot, para deleite de la multitud, luchaba con la máscara puesta.

—¿Crees que es feo? —Dindrane especuló, mientras los combatientes se medían en la arena. Sir Tristán hizo una finta, pero el ataque fue fácilmente neutralizado por Lancelot.

El corazón de Ginebra se aceleró mientras observaba, expectante. Le gustaba Sir Tristán, pero quería que perdiera.

—Lancelot no es feo en absoluto.

—¿Y cómo lo sabéis?

Ginebra se quedó muda. Se suponía que no había visto la cara de Lancelot. ¡Como si cualquiera anduviera por el bosque, solo, con su armadura y su máscara, por si acaso tuviera la oportunidad de salvar a la reina de un jabalí!

El primer choque verdadero de las espadas la salvó de responder. Fue como si un hechizo se hubiera roto. El combate comenzó en serio. Intercambiaban terribles golpes con tanta fuerza que Ginebra se estremecía con solo imaginar cuánto dolerían. Cada ataque de Sir Tristán fue repelido. Lancelot usaba el espacio mejor que Tristán, bailando a su alrededor. Sir Tristán era rápido y fuerte, pero Lancelot era más rápida. Lancelot se echó hacia atrás, esquivó una terrible estocada y cayó de rodillas. Con un solo movimiento, puso su espada hacia arriba, dejando su punta apenas por debajo de la barbilla de Sir Tristán. Si hubiera tenido la punta afilada, le habría atravesado la cabeza. Incluso una espada falsa lo hubiera herido con ese movimiento.

Sir Tristán retrocedió y dejó caer su espada. Hizo una reverencia. Lancelot se puso de pie, devolviendo la inclinación. Luego se quedó completamente inmóvil, esperando el siguiente reto.

—Eso ha sido arriesgado —dijo Mordred. Apoyaba su rostro entre la silla de Ginebra y la de Arturo.

—¿Por qué?

—Si Sir Tristán hubiera sido más rápido, Lancelot habría estado de rodillas e incapaz de esquivarlo de nuevo. Lancelot lo ha arriesgado todo, apostando a tener un espacio que no estaba garantizado.

—Pero ha funcionado.

Arturo aplaudía enloquecido.

—Sí, Lancelot es inteligente, pero más que eso, es valiente. No se guarda nada. Pero también ha mostrado una tremenda moderación.

La mayoría de los caballeros habrían atacado de verdad por una cuestión de orgullo. Estoy muy contento de que no haya herido a Sir Tristán.

Brangien estaba despatarrada en su silla, exhausta por la tensión de ver pelear a Sir Tristán. Ginebra dio una palmada a la pierna de su amiga.

—Está bien. Ha peleado muy bien.

Brangien asintió, secándose la frente con un pañuelo.

—El caballero Parches es especial. Sir Tristán hubiera podido vencer a cualquiera de los otros caballeros.

—A *casi* cualquiera de los otros caballeros —corrigió Mordred. Ginebra se dio la vuelta. Se examinaba las uñas.

Brangien puso los ojos en blanco, ignorándolo.

—¿Qué arma elegirías? —preguntó Ginebra—. ¿Tal vez un ciervo vicioso?

Los ojos de Mordred se iluminaron de alegría.

—Oh, Lancelot no es tan temible como el Caballero Verde. Para él, bastaría con conejos.

—Sir George es el siguiente —dijo Arturo, sin prestarles atención. Movía impaciente su pierna. Ginebra sospechaba que, de haber podido, hubiera saltado del estrado y tomado el lugar de aquel caballero.

Sir George montaba un imponente semental negro, lo que anunciaba una pelea a caballo. Levantó su lanza y su escudo hacia la multitud. Aplaudieron. Lancelot trajo su yegua. La multitud se reía nerviosa, y se oían protestas aquí y allá. Nadie quería que el torneo terminara tan pronto.

—¿Su yegua está ciega? —Arturo estaba horrorizado—. ¡Le habría dado uno de los míos! —Se reclinó en su silla—. No puedo creer que Sir George vaya a ganar por tener un caballo mejor. —Arturo bebió un trago largo de su cerveza, refunfuñando, mientras veía a Sir George trotar por la arena. Lancelot estaba inmóvil y erguido sobre su yegua. Aceptó el escudo y la lanza que le entregaron.

—La próxima vez pondremos reglas sobre caballos y armas. Debería haberlo previsto. —Con un suspiro, Arturo se inclinó hacia delante de nuevo, resignado.

Sir George dio un grito y galopó directamente hacia Lancelot. Levantó su lanza en el aire y, sin una orden perceptible de su jinete, la yegua de Lancelot se desplazó graciosamente hacia un costado. Sir George pasó a su lado al galope. Tiró de las riendas, obligando a su caballo a detenerse, pero era demasiado tarde. La yegua de Lancelot se había dado la vuelta mientras esquivaba el ataque, dejando a su jinete en una posición perfecta. La lanza de Lancelot voló por el aire y golpeó de lleno el centro de la espalda de Sir George antes de que cayera al suelo.

El eco de la maldición de Sir George recorrió la arena.

La multitud estalló de nuevo. Todos se pusieron de pie. La mayoría de la gente no estaba sentada sino de pie sobre los bancos. Arturo mismo había abandonado su asiento, y aplaudía y silbaba.

—¿Has visto eso? —preguntó; le brillaban los ojos.

Ginebra se echó a reír, asintiendo, pero Arturo se dio la vuelta, pues la pregunta era para Mordred.

—¡En una yegua ciega!

—Ha soltado su lanza. Si hubiera fallado, se habría quedado desarmado.

—¡Lo sé! —exclamó Arturo en un tono de elogio en respuesta a las críticas de Mordred. Agarró la mano de Ginebra y la besó; luego levantó la suya en el aire, incapaz de contenerse. No se sentó de nuevo, sino que se quedó inclinado sobre la viga que servía de baranda al estrado.

Sir Gawain también eligió combatir a caballo, pero con espadas. Ginebra estaba maravillada, como el resto, por el magnífico control que Lancelot tenía de su yegua, como si fueran una sola criatura. El animal no se asustaba ni reaccionaba porque no pudiera ver, sino que seguía el movimiento de las riendas de Lancelot con perfecta precisión. Ese combate duró más tiempo, con un intercambio de golpes constante, pero terminó de la misma manera: Lancelot venció.

Lancelot era la *vencedora*. Lo había logrado. A Ginebra se le saltaban lágrimas de los ojos mientras aplaudía con tanta fuerza que sus manos, particularmente la que se estaba curando de la quemadura, ardían.

—¡Tres! —gritó Arturo—. ¡Tres! —Indicó el número con sus dedos levantados y la multitud rugió. Lancelot acababa de asegurarse un lugar entre los caballeros de Arturo. En lugar de levantar los brazos y celebrarlo, Lancelot inclinó la cabeza. Luego acercó su caballo al estrado del rey y puso un puño contra su pecho, inclinándose aún más.

Pero no había terminado todavía. Ningún caballero se retiraría sin ir lo más lejos posible. Era una cuestión de orgullo. Sir Percival fue deprisa hacia la arena. Él, también, había elegido espadas. A pesar de que era su primera pelea mientras Lancelot ya había tenido tres, el combate terminó casi antes de comenzar.

Dindrane resopló.

—Oh, Blanchefleur estará muy avergonzada. —Lo dijo en voz bien alta para que su cuñada, sentada detrás, la escuchara.

Era el cuarto. Faltaba uno. Sir Bors se dirigió a la arena, pero sabiamente renunció a combatir a caballo. Dindrane aulló, apretando el brazo de Brangien.

—¡Mira! ¡Mira! ¡En su manga!

Un pañuelo blanco se agitaba allí como una bandera. Los amigos de Ginebra le habían dado muchas razones para ser feliz ese día. Lancelot sería un caballero, y Dindrane tenía un pretendiente que, aunque un poco ridículo, le proporcionaría una vida feliz y cómoda.

Dindrane, con lágrimas en los ojos, se volvió hacia Ginebra.

—Gracias —dijo, en voz tan baja que era difícil escucharla por encima de los vítores.

—¿Por qué me lo agradeces? Es Sir Bors quien reconoce un premio cuando lo ve.

Dindrane negó con la cabeza.

—Nadie en el castillo me prestaba atención hasta que lo hicistéis vos. Vuestra bondad ha... —Se interrumpió, secándose las lágrimas—. Bueno, tenéis razón. Sir Bors simplemente ha tenido el buen tino de agarrarme antes de que otro lo hiciera.

Ginebra sonrió y se inclinó por encima de Brangien para abrazar a Dindrane. Brangien también se rio y la abrazó.

Dindrane gritó el nombre de Sir Bors, pero sus gritos se perdieron entre las voces que coreaban el nombre de *Lancelot*. Sir Bors se paseó frente a las armas. No había vivido tanto tiempo por casualidad. Con un solo brazo sano, estaba en desventaja en cualquier combate que requiriera un escudo, y había visto lo rápido que era Lancelot con una espada. Mucho más viejo, no podía igualar la velocidad de Lancelot.

Pero su fuerza podía derrotar a casi cualquier persona. Eligió un mangual endemoniadamente pesado, y lo probó balanceándolo en el aire. La multitud hizo silencio. Podían ver la estrategia de Sir Bors en juego. Solo los más fuertes podían manejar esa arma con destreza. Y nadie había visto a Lancelot usarla antes en la arena.

—Maldita sea —murmuró Arturo.

Ginebra también lo lamentaba. Había deseado que Lancelot fuera la mejor de los cinco caballeros. Entonces, ni uno solo de ellos podría discutir su ordenamiento.

Lancelot recogió el otro mangual. Mientras Sir Bors lo manejaba como un juguete de niño, Lancelot dejó ver lo pesado que era al recogerlo. Era un arma de fuerza contundente, hecha para romper cosas: escudos, armadura.

Cuerpos.

También era difícil imaginar que aun el golpe de un mangual sin puntas afiladas no provocara un daño grave a quien lo recibiera. Ginebra se frotó la herida que cicatrizaba debajo de su manga. Ella quería que Lancelot ganara todos los combates, y, por primera vez, temía que fuera imposible.

Sir Bors hacía girar su mangual por el aire tan rápido que silbaba. Se movía en círculos alrededor de Lancelot, con una velocidad cada vez mayor. Lancelot estaba quieto, manteniendo la bola de su mangual sobre el suelo.

Sir Bors apuntó a las costillas de Lancelot, que retrocedió de un salto y la bola chirrió sobre su armadura. La velocidad y la fuerza del golpe hicieron que Sir Bors pasara de largo. Sin perder impulso, giró sobre sus pies, con la vista en la pesada bola de hierro para asestar otro golpe. Lancelot estaba preparada. Se agachó y, en lugar de levantar su mangual, lo mantuvo pegado al suelo. Rápida como un rayo, envolvió la cadena alrededor de la pierna de Sir Bors.

Sir Bors, por su propio ímpetu, cayó de cara al suelo. Lancelot se subió a su espalda, presionando su rodilla contra ella para que no pudiera levantarse. Luego arrastró su mangual y lo depositó con cuidado junto a su cabeza.

—¡Eso ha sido trampa! —gritó Dindrane.

Sir Bors temblaba. La multitud guardó silencio. ¿Estaba herido? Lancelot se puso de pie, quitando la presión de su rodilla. Sir Bors rodó de espaldas y la razón del temblor quedó al descubierto: se reía.

Tremendos bramidos llenaban el aire. Extendió su mano sana y Lancelot la tomó, ayudándolo a ponerse de pie. Él agitó un dedo amonestador frente al joven combatiente, luego agarró su mano y la levantó en el aire.

El público enloqueció. Lancelot lo había logrado, había vencido a los cinco caballeros.

Arturo aplaudió y vitoreó más que ningún otro. Se puso de pie y saltó a la arena. Era su turno.

Y Ginebra ahora no sabía a cuál de los dos alentar.

CAPÍTULO VEINTIDÓS

Ginebra no quería mirar, pero tampoco podía apartar la vista. Arturo caminó directamente hacia Lancelot, la agarró del hombro y se acercó. Nadie podía oír lo que decía. Ginebra sintió una punzada de celos tan contundente como las de las espadas del torneo. No porque ella supiera que Lancelot era una mujer, sino porque si Lancelot se convertía en caballero, conocería a Arturo de una manera que ella nunca podría. Además, seguramente, lo vería más.

Y tal vez un *poco* porque Lancelot era una mujer. ¿Qué pensaría Arturo cuando se enterase?

Se dio cuenta de que también le gustaba ser la única que conocía a Lancelot. Perdería eso. La cercanía, la intimidad de su conversación de medianoche en el adarve, desaparecerían. Todos conocerían a Lancelot como ella, y Arturo la conocería incluso mejor.

Arturo se separó de Lancelot y desenvainó Excalibur. La multitud aullaba. Ginebra sintió náuseas. Las contuvo, con una sensación de frío y calor al mismo tiempo.

—¿Mi señora? —preguntó Brangien.

Ginebra se puso de pie; luego cayó al suelo. Brangien se arrodilló a su lado. La cabeza de Ginebra daba vueltas y todo su cuerpo temblaba.

—¿Qué le pasa? —preguntó Mordred, acercándose a Brangien.

—¿El vino, tal vez? ¿Las especias?

—¿Necesita aire? —preguntó Dindrane.

Mordred le acarició la mejilla con sus suaves dedos. Su chispa la alcanzó y se aferró a ella desesperadamente, como si fuera una soga que le tiraban para salvarla. Se sentía increíblemente lejos, atrapada en algún lugar profundo de su interior.

—Ginebra —susurró Mordred—. Ginebra, ¿dónde estás?

Y luego, tan rápido como había llegado, pasó.

Ella se estremeció, cerrando los ojos, luego abriéndolos con gran esfuerzo.

—No sé qué me ha pasado.

—Os habéis desmayado —dijo Dindrane con seguridad—. Demasiada excitación. Es por eso que las damas no pelean.

Mordred la tomó del brazo y la ayudó a volver a su asiento. Brangien le dio un pañuelo. Ginebra se lo pasó por la cara, deseando estar de nuevo en el castillo, sola. Pero estaba allí, y era la reina. El peso de la cadena sobre su frente se lo recordó. Miró hacia el público, preocupada, pero nadie tenía los ojos en el estrado, no con Arturo y Lancelot en el campo.

Arturo había vuelto a enfundar a Excalibur, y la había dejado con las otras armas. ¡Esa maldita espada! Conversaba alegremente con Lancelot, señalando varias armas como si estuvieran eligiendo fruta de un plato.

Mordred seguía agachado al lado de Ginebra.

—¿Estás segura de que estás bien?

—Sí, gracias. Demasiada excitación.

—Mmm. —Mordred miró hacia la arena—. Supongo que sí. Al menos no han elegido luchar en botes, ¿verdad? —Ella le sonrió con malicia. Frunció el ceño, arrojándole el pañuelo. Él lo aferró en el aire, lo guardó en su chaleco, y luego volvió a su asiento.

Ginebra trató de ahuyentar los sentimientos de temor y vacío que persistían en ella. Se sentía como si no hubiera comido en días. Brangien, siempre atenta, le alcanzó un tazón de bayas y nueces. Ginebra los masticó nerviosa.

Arturo eligió espadas largas. No era una elección sorprendente. Él era bueno con todas las armas, pero Excalibur era una espada larga. Le lanzó una a Lancelot y luego se dirigió con confianza al centro de la arena. El público esperaba en silencio. En todos los torneos, nadie había logrado llegar a Arturo. Lancelot era la primera. Y aunque muchos de los hombres de Camelot podían ser alistados para la guerra, la mayoría de los observadores nunca habían visto a Arturo pelear.

Él no blandía la espada para exhibirse. Como los de Lancelot, sus movimientos eran tranquilos, medidos, contenidos.

Por eso, fue una sorpresa cuando dio un salto hacia adelante, increíblemente rápido, con su espada como un rayo. Lancelot paró el golpe y sus hojas trinaron. Pero Arturo continuó avanzando, con el antebrazo extendido, tratando de desequilibrar a su adversario. Lancelot dio un giro completo, esquivándolo en zigzag y volviendo al ataque. Arturo recibió el golpe; luego fue su turno una, dos, tres veces. Lancelot movía su espada como si espantara desesperadamente insectos en el aire, y solo conseguía redirigir cada golpe para evitar los de Arturo, que no le daba pausa ni respiro. Lancelot apenas había podido parar y eludir sus ataques.

—¡Bien! —gritaba Arturo mientras Lancelot esquivaba otro golpe. Se reía, y jadeaba. Lancelot descargó su espada y Arturo levantó la suya para detenerla. Mantuvo el golpe y obligó a Lancelot a seguir empujando. Pero Arturo era más grande, sus hombros más anchos, sus brazos más poderosos. Empujó más fuerte y Lancelot se tambaleó hacia atrás, perdiendo el equilibrio por primera vez en todas las peleas. Cayó al suelo. El público soltó una exclamación. Pero se levantó, dando una cabriola hacia atrás en el aire. Aterrizó con sus rodillas en el suelo y se puso de pie de un salto. En ningún momento soltó su espada.

Arturo rio de nuevo, encantado, y luego fue al ataque. Se hizo evidente que se había estado conteniendo. Su espada resplandecía al sol con un brillo enceguecedor. Lancelot se agachaba y esquivaba, paraba y desviaba los golpes, pero recibió uno particularmente brutal en su espalda. Arturo blandió su espada, deteniéndola apenas por debajo de su cuello.

Lancelot, a su vez, presionaba la punta de su espada contra el vientre de Arturo.

No se movían.

No se escuchaba un solo sonido.

Y luego Arturo arrojó su espada a un lado, gritando de alegría. Le dio la mano a Lancelot para ayudarla a ponerse de pie, y levantó su mano.

—¡Sir Lancelot! —exclamó—. ¡Caballero de Camelot! —Abrazó a Lancelot, dándole palmadas en la espalda.

Después del torneo, vino la celebración. Y si Ginebra pensó que el torneo había sido violento y ruidoso, no tenía ni idea de cómo era una celebración con miles de personas ebrias y eufóricas.

Se aferró a Brangien. Hasta el espacio que rodeaba el estrado pululaba de gente que celebraba en el crepúsculo. El ruido constante retumbaba en su cabeza. Todo olía a cerveza y a vino. Sus náuseas no habían desaparecido, y tampoco sus nervios. Quería felicitar a Arturo, brindar con Lancelot, pero no había visto a ninguno de ellos durante horas. Dindrane y Sir Bors estaban de pie escandalosamente juntos, en un rincón oscuro, susurrándose cosas. Sir Tristán había ido a ver a Brangien y a Ginebra, pero Sir Gawain se lo había llevado para seguir bebiendo.

Quienquiera que fuera el proveedor de las bebidas, saldría del torneo como el principal ganador.

—¿Podemos ir a la tienda? —dijo Ginebra, en voz muy alta. Brangien asintió. Avanzaron a empujones entre la muchedumbre. Estaba demasiado oscuro o la gente estaba demasiado borracha como para darse cuenta de que debían cederle el paso. La tienda de campaña, al menos, estaba separada del tumulto. Ginebra se sentó agradecida sobre un almohadón. Alejada del ruido, ya se sentía mejor.

—Iré a buscar algo para comer y beber. Pero ¡nada de vino especiado! —Brangien dejó allí a Ginebra con una lámpara.

Ginebra se recostó sobre el cojín. Hubiera debido estar feliz. Lancelot había ganado. Nadie podía negar su destreza. Sería un caballero. Ginebra podía *sentirlo*. Si alguien hubiera descubierto que Lancelot era una mujer, Ginebra estaba segura de que habría oído hablar de ello. Era mejor llevar a Lancelot de vuelta al castillo, lejos de las multitudes, y arreglarlo todo allí. Estaba segura de que Arturo se pondría del lado de Lancelot. No había razón para rechazarla. Suspiró. Había sido un buen día de trabajo. Había ayudado a más de un amigo. Había organizado un torneo del que se hablaría durante años. ¿Por qué no estaba más feliz? Era reina, como Arturo había sugerido, como Merlín había querido.

Pero no era suficiente.

Antes, había estado segura de su propósito, de su lugar. Ahora, sentía que todo su ser dependía de Arturo. Sabía que Camelot siempre estaría primero, debía estar primero.

Pero ¿qué pasaba cuando *ella* necesitaba a alguien? Daba golpecitos con sus dedos sobre los dijes de la joya que Arturo le había dado.

Oyó el susurro de la puerta de la tienda al abrirse.

—Gracias —dijo.

Se incorporó, sorprendida, al ver a Mordred arrodillado junto a ella.

—¡Creía que eras Brangien!

—No mucha gente nos confunde. Soy mucho más atractivo que ella. ¿Todavía te sientes mal? —Levantó la mano para tocar su frente. Ella la apartó de un manotazo.

—Brangien volverá con algo de comer.

—¿Sí? ¿O ha sido interceptada por Dindrane para que le aconsejara cómo de pronto una dama puede casarse con un caballero? —Mordred se recostó, apoyándose en sus codos.

—¿Arturo sabe que estás aquí?

—¿Sabe él que *tú* estás aquí? —Mordred tenía la confirmación que necesitaba en la expresión de ella. Su rostro se puso serio. Se sentó, acercándose.

»Ginebra —dijo, mientras la luz tenue de la lámpara titilaba en sus ojos oscuros como el bosque—. Mi tío es un buen hombre, pero no es un buen marido. Y nunca lo será.

—No es así —murmuró Ginebra.

Mordred arqueó una ceja.

—¿Y cómo es?

—Como… una sociedad. Pero no es la clase de sociedad que pensé que sería, y estoy intentando descubrir cómo quiero que sea.

Mordred estiró su mano y pasó los dedos por un mechón del pelo de Ginebra que había escapado de su trenza. Lo acomodó detrás de su oreja, dejando allí sus dedos. Ella se estremeció.

—¿Tienes frío? —Se inclinó para acercarse más, con sus ojos fijos en los de ella, esos ojos que siempre vigilaban, que siempre veían. Mordred siempre le prestaba atención. Cada vez que estaba en una habitación, ella era el centro para él. Ella lo sabía, tanto como sabía que nunca sería el centro de nada para Arturo.

Mordred hizo desaparecer la distancia entre ellos, rozando con sus labios los de ella. La misma chispa que ella había sentido en su mano estaba allí, más intensa. Se quedó sin aliento. Él la atrajo hacia sí, presionando su boca contra la de ella. Sus manos estaban en la parte baja de su espalda; las de ella, en el cabello de él. Podía saborear lo mucho que la deseaba, lo oscuro y ardiente de su deseo.

Nunca había sabido lo que era ser deseada. Era más dulce que las ciruelas, más intoxicante que el vino.

Acarició su brazo, deslizando su mano hasta la de ella, para llevarla de su cabello a otro lugar. Pero sus dedos apretaron la herida. El dolor arrancó a Ginebra de esa bruma hambrienta a la que se había entregado.

Retrocedió, tapándose la boca con su mano libre. Negó con la cabeza.

—Mordred —susurró—, no podemos.

La luz que ardía en sus ojos se apagó lentamente, como la de las brasas al extinguirse. Bajó la cabeza.

—Por favor, perdóname. *Nunca* haría daño a Arturo. Nunca le quitaría algo que ama. Pero, Ginebra... —Mordred levantó los ojos, con una expresión dolorida y suplicante en el rostro—. Él no te quiere. Yo, sí.

Ella no respondió. No podía, inmovilizada por su propio conflicto interior. ¿Había traicionado a Arturo? No era su esposa, no de verdad. Y Mordred tenía razón: Arturo no la amaba. Nunca le había pedido nada más que amistad. Ella era una compañera para él, pero nunca una prioridad.

Para Camelot, era la reina. En su corazón, era una niña que había perdido el rumbo. Era Ginebra, y ni siquiera era Ginebra. No tenía un propósito. Y deseaba desesperadamente ser querida.

Todo ese tiempo había pensado en lo que le negaba a Arturo por ser su esposa. Esa noche, como una espada en su corazón, sintió lo que se le estaba negando a *ella*.

Mordred interpretó su silencio como una petición de que se fuera. Se levantó.

—Perdóname —susurró de nuevo. Luego, salió de la tienda.

Ginebra se abrazó las piernas, apoyando su mentón sobre las rodillas. ¿Cómo se habían vuelto tan complicadas las cosas? La lucha contra la mismísima Reina Oscura parecía más simple que tratar de ser una reina que no era una reina para un rey que no la necesitaba.

¿Cuánto había sacrificado Arturo a lo largo de su vida, cuánto de lo que quería hacer y ser para mantener Camelot a salvo? ¿Haría ella lo mismo? ¿Viviría para siempre junto a él, esperando que la necesitara?

No. No era suficiente. Saldría, encontraría a Arturo y lo besaría. Seguramente, sentiría lo mismo que con Mordred. Todo parecía nuevo y diferente, todo había cambiado. Usaría un beso para cambiarlo todo con Arturo.

Pero ¿y si lo besaba y nada cambiaba? Entonces ¿qué? Ese espacio tácito entre ellos era seguro. Si lo hacía desaparecer, nunca podrían volver.

Lancelot era lo suficientemente valiente como para saltar al precipicio, sin saber qué la esperaba abajo. Ginebra también lo sería.

Oyó unos pasos fuera de la tienda. Levantó la vista, enjugando sus lágrimas de prisa. No sabía a quién esperaba ver. ¿Brangien? ¿Lancelot? ¿Arturo? ¿Mordred?

El hombre que atravesó la entrada vestía una capa negra, una capucha negra y llevaba un gran saco de arpillera. Nunca lo había visto antes.

—Buenas noches, pequeña reina —dijo.

No tuvo tiempo de gritar antes de que todo se volviera negro.

Los hombres son unos tontos hambrientos.

Si no pueden comerlo, vestirlo o usarlo, lo matan de todos modos. Se propagan como hongos por el corazón del mundo. Levanta una roca, y allí, un hombre.

Pero eso no está del todo bien. Al menos los hongos crecen y alimentan otras vidas. Los hombres solo devoran. En todas partes, lo cambian todo según su imagen, sus necesidades. Talan los bosques para sus casas. Los campos se ven obligados a soportar sus frutos, sus granos, sus decisiones. Un hongo solo mata. Los hombres transforman. *Los hombres le exigen orden a la naturaleza. Los hombres derriten rocas y hacen metal, hierro mordaz para perforar y matar. ¿Qué puede hacer ella contra tal veneno?*

La han hecho retroceder demasiado, durante demasiado tiempo. Merlín, el gran defensor de los hombres, está encerrado. El caos aflora en espirales desde Camelot. Donde hay caos, hay grietas. Y donde hay grietas, pueden crecer cosas secretas.

Ella ha estado esperando que todas las semillas que plantó broten y crezcan, se enreden, ahoguen lo que el rey usurpador ha tratado de dominar. Necesita a la reina-que-no-es-la-reina y su corazón de caos.

Pero otro se la ha llevado.

CAPÍTULO VEINTITRÉS

Ginebra se despertó con el ruido de una corriente de agua. Eso era peor que su terrible dolor de cabeza.

—Buenos días, mi señora —dijo un hombre.

Ginebra se sentó, y enseguida se arrepintió al ver que todo daba vueltas.

—No soy tu señora —dijo.

—Pero eres la señora de Arturo, lo que satisface mucho más mis necesidades.

Se llevó una mano a la cabeza y parpadeó hasta que la habitación se volvió nítida. Era una choza húmeda. Unos pocos agujeros cerca del techo filtraban cuchillas de luz solar que apenas herían la penumbra del pequeño edificio. Las paredes eran piedras apiladas, mal unidas. El suelo era de tierra, salpicado con pedruscos que habían caído de las paredes. No podía ver el agua, pero podía oírla por todas partes.

El hombre estaba de pie sobre ella, con las manos juntas detrás de la espalda. Era más bajo que Arturo, pero más ancho. Emanaba un vigor sólido, la fuerza brutal del jabalí. Su cabello, que sujetaba hacia atrás en una trenza, era entrecano, con hebras grises como el hierro. Sus ojos no eran ni crueles ni amables. No transmitían ninguna emoción, no expresaban nada. De alguna manera, eso los hacía más escalofriantes. Se preguntó si se movían cuando él se reía. Sospechó que no.

Maleagant, en persona. Ella lo prefería borroso. Le había gustado más con Arturo a su lado.

Ginebra escondió sus piernas debajo de sí. Su ropa estaba intacta, aunque en algún lugar se habían perdido su capucha y las joyas que Arturo le había regalado. Un movimiento llamó su atención, y cuando miró hacia atrás, vio a otros dos hombres de pie junto a una pesada puerta de madera. La puerta era la única parte de la estructura que parecía nueva.

Su voz sonó tan opaca como las rocas.

—Sir Maleagant.

—Ni gritos ni súplicas. ¡Muy bien! Me gustan las damas del sur. Siempre eres tan educada, como los perros, entrenada desde tu nacimiento para servir a tu propósito, para obedecer a tu amo. —Se agachó para quedar cara a cara con ella—. Yo soy tu amo ahora. —Le dio una bofetada. El impacto hizo girar su cabeza, reavivando el dolor del golpe que la había dejado inconsciente en la tienda de campaña.

Estaba acostumbrada al dolor, gracias a las exigencias de la magia. Eso dolía, pero no era insoportable.

Él esperó hasta que ella lo volvió a mirar.

—Tengo algunas preguntas para ti. Responde con la verdad.

—Responderé con la verdad o no responderé —dijo Ginebra.

—Eso está bien. —Él le dio otra bofetada. Esta vez ella cayó al suelo. Para recuperar el aliento, se quedó donde estaba. Luego, se levantó. Estaba muy contenta de estar en el verdadero lugar de Ginebra, recibiendo ese castigo. Al menos la pobre y difunta Ginebra se salvaba de eso.

No era lógico, pero le daba algo a lo que aferrarse. La hacía sentir más fuerte de lo que era.

—No me has hecho ninguna pregunta todavía —dijo.

—Creo que es mejor castigar a los perros antes de que desobedezcan, para prevenir. Aquí está tu pregunta. —Él se acercó, estudiando su rostro. Luego pasó sus dedos por una de sus trenzas ahora deshecha—. ¿Arturo te quiere?

Ginebra no podía pensar en una pregunta que quisiera responder menos. Había sido la misma pregunta a la que había estado a punto de encontrarle respuesta, antes de que se la llevaran. Ahora nunca lo sabría.

—Se preocupa por mí.

Él levantó la mano y ella se preparó. Luego, asintió.

—Te creo. ¿Arturo sacrificaría Camelot para que regresaras a salvo?

Esa no era una pregunta difícil. Arturo sacrificaría cualquier cosa para mantener a su gente a salvo, incluida ella. Sabía que era lo correcto, que él era el rey por eso. Y se sintió, al mismo tiempo, triunfante y desesperada, al entender que no podían usarla contra Arturo. Por un brevísimo momento, se permitió desear que él la amara tanto como para renunciar a todo por salvarla. Luego, dejó ir ese deseo. Una vez había pensado que moriría por él. Hubiera preferido no tener que demostrárselo a sí misma tan pronto.

—Sé que no lo haría —dijo ella.

Maleagant se frotó la mandíbula.

—Eso es una lástima. Esperaba que una cosa bonita y frágil como tú incitara su necesidad ciega de protegerlo todo. Me temo que mi querida Elaine lo ha arruinado. —Hizo una pausa, inclinó la cabeza hacia un lado y no miró su rostro, sino su torso.

»¿Estás embarazada?

Sus dedos se apretaron en puños. Era una bendición haber sido la esposa de Arturo solo de nombre, entonces.

—No.

Él suspiró.

—Da lo mismo. No soy un hombre paciente. No me sobra el tiempo. ¿Ves cómo no te he golpeado, aunque tus respuestas no eran las que esperaba? Has dicho la verdad. Eso es bueno.

Maleagant se sentó frente a ella, recostado en un brazo y entrecerrando los ojos, pensativo.

—Podría venderte a los pictos. No están tan familiarizados con la *nobleza* de Arturo como yo. Creerían que pueden cambiarte por algún beneficio. —Sus dedos tamborileaban sobre su rodilla—. O podría ofrecerles tu muerte a los pictos, a cambio de una alianza. No estaban contentos de que Arturo no quisiera a ninguna de sus hijas. Sin ti, él estaría disponible para casarse otra vez. Tu padre está demasiado al sur para causarme problemas si te mato.

Ella había ido a Camelot para proteger a Arturo. No solo no lo había hecho, sino que ahora la usarían contra él. Sentía el río que corría en algún lugar, fuera de la choza, rodeándola, murmurando que no se suponía que ella fuera eso, que nunca debería haber sido eso, que debería haber dejado que el agua la venciera mucho tiempo atrás.

No quería morir. Si ese era un juego en el que había que mover las piezas constantemente, tenía que convencerlo de que sus movimientos eran los mejores.

—Eso es verdad. Y mi padre tiene otra hija además de hijos, así que no es una pérdida terrible. Tampoco creo que corras el riesgo de que Arturo comience una guerra por mi muerte. El precio sería demasiado alto para que lo haga por venganza. Pero entregarme a los pictos es una mejor opción —continuó—. Engaña a los pictos para que piensen que pueden negociar conmigo y obtener tu dinero o tu tierra de esa manera. Aunque te arriesgas a que se enfaden a largo plazo; te habrás ganado a Arturo y a los pictos de enemigos.

Si la enviaban con los pictos, tendría que viajar. Cualquier cosa podía pasar entonces. No había perdido sus poderes, pero no podía arriesgarse a practicar magia allí. Aún no. Si revelaba lo que podía hacer y se escapaba, o era devuelta a Camelot, se correría la voz. Arturo mismo sufriría las consecuencias por ser un rey cristiano casado con una bruja, lo cual le serviría a Maleagant mucho más que su muerte.

Se limpió de su mejilla la tierra del suelo y se alisó las faldas.

—Creo que tengo más valor viva que muerta, pero supongo que cualquier persona pensaría lo mismo.

—¿Estás segura de que Arturo no te quiere? Eres una reina muy especial. Estaba equivocado sobre cómo crían en el sur.

Ella lo miró fijamente y no apartó la mirada. Se suponía que era una reina, la compañera elegida por Arturo, el rey más grande del mundo. Podía ser fuerte.

—Pide por mí un rescate que no sea Camelot: tierras, caballos, plata. Puedes conseguir eso de Arturo

—Tu problema es pensar que seré feliz con algo que no sea Camelot.

Ginebra cerró los ojos, luego asintió. Magia, entonces. Trató de llamar al fuego. Solo lo había convocado para limpiar, no sabía si podía usarlo para otra cosa, ni siquiera sabía si quería hacerlo. ¿Podría usarlo como un arma? ¿Podría cambiar el hechizo para proteger a los que amaba por otro que devorara?

Merlín lo habría hecho.

La idea la estremeció. Suponía cruzar un límite, que una vez traspasado, no permitiría volver atrás. Era mucho peor que la memoria mágica. Pero su dilema era innecesario. Rodeada de agua, llena de miedo, no tenía la fuerza para producir ni siquiera una chispa. No tenía nada para alimentar el fuego. Era inútil.

—Una última pregunta. ¿Me escuchas?

Ginebra abrió los ojos.

—Uno de mis hombres ha estado en el embarcadero de Camelot durante semanas. Me ha informado de algo muy interesante. En varias ocasiones, la reina no ha subido a un bote y, sin embargo, ha llegado a la orilla del lago. Y muchas veces la reina no ha bajado en el embarcadero, el único en Camelot, ¡y sin embargo ha llegado al castillo! ¿Eres mágica?

Ginebra no pudo evitar reírse.

Afortunadamente, él entendió su reacción como una respuesta negativa.

—Eso significa que hay otro camino hacia el castillo. Dime cuál es y dejaré que te quedes en Camelot como su reina. —Hizo una pausa y su sonrisa inexpresiva le tendió el ofrecimiento junto con su mano—. Con un nuevo rey.

Se imaginó a Maleagant arrastrándose por el túnel, entrando en el castillo sin que nadie lo supiera, derrotando a Camelot desde su propio corazón. Ninguna de sus tontas protecciones en las puertas podría mantener a raya su maldad. Protegían a Arturo de la magia, pero Maleagant era el más humano de los hombres. Contra un hombre tan maligno e indomable se necesitaba una magia más oscura y más poderosa que cualquiera que ella pudiera practicar.

Podía contentarse con saber que él nunca vencería a Arturo. Tendría que conformarse con eso, pues temía que la vida no le daría mucho más. Así era, entonces, cómo protegía a Arturo: no con la magia o sus poderes, sino con silencio

—Nunca te lo diré —dijo ella.

—Así que hay una manera. —Él sonrió, y por fin sus ojos también lo hicieron. Las líneas que se formaron alrededor de ellos contaban una historia de violencia, de crueldad, y prometían lo mismo para el futuro. Se puso de pie, y la levantó de un brazo tan bruscamente que ella gritó de dolor. Los hombres que custodiaban la puerta la abrieron y Maleagant la sacó de un empujón. Ella se tambaleó sobre las rocas, mirando hacia el río que corría abajo, caudaloso, ávido.

Desesperada, intentó volver a la choza, pero Maleagant estaba detrás. Sujetó sus dos brazos y la levantó frente a él. Ella estaba suspendida, indefensa, sobre el río.

—¿Sabes qué más me ha dicho mi hombre en el embarcadero? La joven y bella reina de Camelot le tiene *terror* al agua. Todos lo han comentado. Deberías ocultar mejor tus puntos débiles. —Él la sacudió y ella gritó, mirando hacia abajo.

El agua, oscura y eterna, sobre su cabeza. La luz, muy arriba, pero ella no podía llegar a ella, no podía…

Y hacía frío…

Y había una voz que la llamaba.

La llamaba…

No a Ginebra. ¿A quién?

Maleagant la sacudió de nuevo. Ella se aferraba a sus manos, tratando de subir a sus muñecas.

Mordred era una chispa.

Arturo era un poder estable, cálido.

Maleagant era *frío*.

Dejó de resistirse y cerró los ojos. Siempre había sabido que el agua sería su muerte. ¿Había sabido lo que le esperaba a Merlín? ¿Era, también, lo que le esperaba a ella? Se preguntó si el mismo Merlín había puesto el terror al agua en ella, así como lo había hecho con el nudo mágico, para mantenerla alejada del alcance de la Dama, para mantenerla a salvo.

Había fracasado.

Intentó pensar en Arturo, en Brangien, que la lloraría, pero que siempre tendría a Isolda. Se perdería el ordenamiento de Lancelot como caballero. Y echaría de menos a Mordred. ¿Habría regresado para descubrir que ella había desaparecido? Recordó la chispa, el fuego de sus labios sobre los de ella. Era oscuro y salvaje, inestable, hambriento. Lo guardó, hundiéndolo en lo profundo de su interior, donde Maleagant no pudiera tocarlo. También trató de recordar la fuerza de Arturo, para defenderse con ella contra sí misma, como si fuera un escudo.

—Un islote —gritó Maleagant, con la boca contra su oreja—, circundado por un río caudaloso. Ninguna prisión podría retenerte mejor. —La dejó ahí, suspendida por una eternidad de segundos, y luego por fin la depositó en tierra. Con otro empujón, la metió en la choza. Ella aterrizó con fuerza sobre el suelo, y se arrastró hacia dentro, tan lejos del río como fuera posible.

—La próxima vez, te llevo a nadar. Piensa en eso, y decide si el rey que no te ama lo suficiente como para salvarte vale la pena. —Maleagant se giró hacia sus hombres—. Nadie la toca —dijo—. Todavía no. —Luego, se fue.

Ella se acurrucó, temblando. Encontraría una manera, tendría que hacerlo. Nadie vendría a por ella.

Uno de sus dedos palpitaba, hinchado por lo fuerte que latía su corazón, hinchado alrededor de los tres pelos de la barba de Merlín. Los desenrolló, los metió en su propio cabello, anudando sus sueños a los de él. Por fin estaba lo suficientemente desesperada como para buscarlo.

«Por favor», susurró, cerrando los ojos y tratando de encontrar el sueño, su única esperanza de ayuda.

Ella camina hacia atrás en el tiempo.

Recorre su estancia en Camelot. Ve a las personas que han llegado a significar tanto para ella. Lentamente, los libera para que sean desconocidos en su futuro: Dindrane, Lancelot, los caballeros. Arturo, un pilar brillante, deslumbrante, es el último en esfumarse. Otra vez, él es simplemente un nombre, una leyenda, una esperanza. Ella camina de vuelta a través del bosque que se ha comido la aldea, de regreso a su primer encuentro con los caballeros, con Brangien, con Mordred. Las monjas y el convento pasan en un abrir y cerrar de ojos, apenas merecedores de una mención.

Camina más allá de sus días como Ginebra y encuentra...

Arturo no se ha desvanecido. En realidad, no. Si ella está en su propio pasado, ¿cómo sigue Arturo tan luminoso como un faro? ¿Por qué siente tanta esperanza, tanta tristeza?

¿Dónde está?

Ha dejado atrás a Ginebra para encontrar a Merlín, y en lugar de eso, además del sueño de Arturo, encuentra...

Nada.

Está de pie, suspendida en un campo negro, bajo un cielo sin estrellas. Todo a su alrededor resplandece y se mueve con suavidad y lentitud. Su cabello flota en el aire, azulado en medio de la negrura.

—¿Qué haces aquí? —pregunta Merlín.

Ella se gira hacia su voz. Él lucha por acercarse, moviendo los brazos en un extraño balanceo, su barba al viento, detrás de él, como un río plateado.

—No deberías estar aquí —dice.

Ella lo sabe. Ahora que está ahí, no le gusta. Ha ido por una razón. Esperaba la choza, las lecciones. Había planeado interrumpir una de sus lecciones, para hablar con él de sus recuerdos, pero no puede encontrarlos. Una vez que salió del convento, eso fue todo lo que quedó.

—Necesito tu ayuda —dice. Su voz se expande en capas, infinita, dulce y fría.

—¡Debes regresar! Ella no me mira porque cree que estoy atrapado, dormido. Pero si te siente aquí, estás en un terrible peligro.

—Creo que ya estoy en un terrible peligro. —Levanta su mano. Sus brazos están desnudos, pálidos y brillantes. Algo falta. Su herida. La piel. Lancelot. El torneo. Arturo. Manosea los hilos de su futuro, y los aferra—. Me han secuestrado. ¡Merlín, me han secuestrado! —Se ríe, encantada de recordar, finalmente—. Necesito ayuda.

—No puedo ayudarte con cuestiones humanas. Lo sabes.

Ella niega con la cabeza.

—No sé nada. Me has mentido. Arturo no me necesitaba.

—Él te necesita, más de lo que ninguno de los dos sabe. Él es el puente; debes protegerlo de las aguas más negras. Sé la reina. Lucha como una reina, no como una bruja. Y recuerda, pase lo que pase, que has elegido eso.

Ella baja los brazos y el futuro vuelve a ocultarse.

—Estoy en un lugar terrible. No quiero volver a él. Me quedaré aquí. —Empuja a Ginebra lejos de sí misma—. Es demasiado difícil, Merlín. Merlín. —Inclina la cabeza, tratando de encontrar más verdad ahí, en la oscuridad—. ¿Por qué no recuerdo a mi madre? ¿Por qué no pude encontrar el camino hacia mi pasado?

El mundo tiembla. La oscuridad que los rodea se ondula, luego se arremolina. Ha dejado todo el miedo en su futuro. No tiene miedo. Se siente… infinita.

Pero Merlín tiene miedo.

—¡Vete, criatura tonta! No me busques otra vez, ¡o ella te encontrará! —Apoya la mano en su frente y la empuja, haciéndola dar vueltas y más vueltas en el aire, mientras el campo negro se pierde a los lejos, y entonces…

CAPÍTULO VEINTICUATRO

Ginebra jadeaba. Sobre ella se estrellaban oleadas de mareo, como si todavía estuviera dando vueltas en ese lugar negro, empujada por Merlín. En cambio, estaba sobre un suelo de tierra, en una habitación de piedra, húmeda y poco iluminada.

Se tocó el cabello, aterrorizada. Los pelos de la barba de Merlín se disolvieron como la luz de las estrellas en la mañana, esfumándose ante sus ojos. Él le había quitado hasta eso. Estaba sola.

Un guardia escupió ruidosamente detrás de ella. No estaba sola.

Se puso de pie, limpiándose el vestido. Quedó de frente a dos guardias. Estaban sentados en el suelo, jugando con varias piedras redondas y planas y algunos palos pequeños. Interrumpieron el juego, se dieron la vuelta y la miraron con ojos entrecerrados. Vestían túnicas de cuero tan ajustadas a su cuerpo como su maldad. Estaban envueltos en perversidad, armados de odio y sospecha.

—Si me ayudáis, el rey Arturo os recompensará.

—Tal como lo veo yo —dijo uno de ellos, limpiándose la nariz con el brazo—, el rey Arturo probablemente no será rey mucho más tiempo, ¿verdad? Y aunque lo fuera, confío más en la espada de Sir Maleagant que en la bondad de tu rey.

—Dale a Sir Maleagant lo que quiere —dijo el otro guardia, encogiéndose de hombros, impasible—. No será fácil para ti, hagas lo que hagas. Pero a él le gustan jóvenes. Si haces lo que él quiere, podría ser amable contigo. Durante un rato.

—Durante un rato —repitió Ginebra, como en un eco—. ¿Cómo puedes servir a un hombre así?

—Me gustabas más cuando estabas dormida. —El primer guardia reanudó el juego, recogiendo las piedras y los palos—. Nunca he visto a nadie dormir tanto.

—Una verdadera holgazana —dijo el segundo guardia—. Has estado durmiendo casi un día entero. ¿Es eso lo que hacen las señoras finas?

El primer guardia lanzó una carcajada.

—No reconocerías a una señora fina aunque te mordiera el trasero.

—Les he *pagado* a señoras finas para que me muerdan el trasero.

Ambos se rieron. Volvieron a jugar, ignorando de inmediato a Ginebra.

Había pensado que Sir Héctor y Sir Kay eran desagradables. Se arrepentía, al ver lo que realmente eran los hombres desagradables cuando tenían total libertad para ser tan miserables como sus más bajos instintos. Después, se sentó quieta y tranquila contra la pared más alejada a ellos, juzgando que era mejor no llamar su atención de nuevo.

¿Cómo había podido dormir durante un día? No había ganado nada con eso, y le había costado un tiempo precioso. No sabía cuándo regresaría Maleagant. Y tampoco sabía qué haría cuando lo hiciera. El abandono de Merlín la apuñaló de nuevo. Ni siquiera en sueños hablaría con ella, la ayudaría. Ginebra cerró los ojos, intentando recordar el lugar negro.

Merlín había temido que la encontraran. ¿Quién? Todo ese tiempo en Camelot había temido un ataque. La única amenaza era la que había ido a por Merlín, de la que él la había alejado.

La Dama del Lago.

El temor de Ginebra al agua, su resistencia a siquiera tocarla, si sus manos podían sentir la verdad, tal vez la estaban salvando de lo que encontraría allí: una fuerza elemental de edad y poder inconmensurables, decidida a acabar con ella para castigar a Merlín. Ginebra había sido usada contra Merlín de la misma manera que estaba siendo usada contra Arturo.

No lo toleraría. Merlín la había dejado, pero no le daría a Maleagant lo que quería. Le quitaría esa opción por completo. En la próxima oportunidad que se presentara, se arrojaría al río, dejaría que la Dama se la llevara, que la deshiciera. Era lo menos que se merecía Merlín. Si él podía ver el pasado y el futuro, había visto eso y no la había ayudado.

Y de esa manera ella nunca podría hacerle daño a Arturo.

—¿Por qué sonríes? —dijo el primer guardia—. Das miedo. Deja de hacerlo.

—¿Puedo dar un paseo por la isla?

—Sí, por supuesto. ¡He preparado la comida para un picnic! ¿Le gustaría a su señoría un poco de música para acompañarla en su paseo? —El segundo guardia se quitó el sombrero e hizo una reverencia. No se alejaron de la puerta.

—Necesito aliviarme.

El guardia empujó de una patada un cuenco de madera destartalado y rajado hacia ella. Se deslizó por el suelo.

—Ahí tienes, reina.

Ese ardid había fallado. Y lo peor era que realmente tenía que aliviarse.

—No podéis esperar que lo haga con vosotros aquí.

Él habló con una voz aguda, imitándola.

—Entonces, no lo hagas.

Recogió el cuenco y se retiró al rincón más alejado de la habitación. Estaba en sombras. Los hombres se reían por lo bajo. Pero el segundo guardia le dio la espalda.

—Vamos, Ranulfo —dijo—. Deja que la pobre reina perdida orine.

El primer guardia, Ranulfo, se encogió de hombros.

—Hablando de eso, necesito ir a regar el río antes de que Sir Maleagant regrese y tenga que permanecer en posición de firme mientras tortura a su nueva mascota. —Salió por la puerta y la cerró detrás de él.

Nunca había orinado tan rápido en su vida. Se puso en cuclillas sobre el tazón, recogiendo y sujetando sus faldas. Cuando terminó, se levantó y volvió a ajustarse la ropa interior de espaldas a la puerta.

En el exterior se escuchó un grito, y un gran chapoteo.

—¡Qué…! —dijo el segundo guardia, poniéndose de pie.

Ginebra levantó el cuenco, cruzó corriendo la habitación, y arrojó su contenido a la cara del guardia. Asqueado, gritaba y escupía. Ella abrió la puerta, lista para saltar al río…

Y saltó a los brazos de un caballero.

Más allá de la orilla de la isla, la corriente se llevaba el cuerpo de Ranulfo, boca abajo. Ella apenas podía vislumbrarlo cuando Lancelot la alzó y la puso a salvo contra la pared de la casa. El segundo guardia salió a gritos por la puerta, entrecerrando los ojos y medio ciego. Lancelot lo agarró por la cintura, y aprovechando el impulso que traía, lo arrojó desde las rocas al río.

El guardia se desesperaba por mantener la cabeza fuera del agua. Lancelot levantó una roca grande y la lanzó con una puntería experta. Se estrelló contra la cabeza del guardia y sus ojos se pusieron en blanco. Se hundió bajo la corriente y desapareció.

—¿Cuándo regresará Maleagant? —preguntó Lancelot.

Ginebra sacudió la cabeza, pegando su espalda contra la pared de piedra tanto como podía. Había estado a punto de saltar al río hacia su muerte. Pero ya no quería hacerlo, para nada.

—Pronto, creo.

—Vamos. —Lancelot caminó por el borde de la choza, alejándose de ella.

—¡No puedo nadar! —gritaba Ginebra.

—Te ayudaré.

—¡No, no lo entiendes! —Ginebra pasó corriendo frente a la puerta para alcanzar a Lancelot. Siguió al caballero y descubrió que Maleagant la había engañado, al menos en parte, porque el otro lado del canal era más ancho, pero brillante y tranquilo a la luz de la tarde. Parecía fácil de cruzar.

Sin embargo, seguía siendo un río.

—Llegaba hasta mis muslos —dijo Lancelot—. Estarás bien. Date prisa.

Ella se metió en el agua y Ginebra gritó.

—¡No! Tengo... tengo que decirte la verdad, Lancelot. —Ginebra bajó la cabeza, mirando las rocas que la separaban del agua.

—¿Ese Merlín es tu padre?

Ginebra levantó la vista, sorprendida. Sonaba mal, viniendo de la boca de Lancelot, tal como antes lo había hecho de la boca de Arturo.

—¿Arturo te lo ha dicho?

Lancelot negó con la cabeza.

—No me ha llevado mucho tiempo atar cabos. Después de todo, ¿cómo sabría una princesa de las tierras del sur dónde vivía Merlín en el bosque? ¿Por qué estaría tan desesperada por salvarlo? Todos saben lo que Merlín era para Arturo. Por supuesto, Arturo elegiría a la hija de su primer protector como esposa. —Lancelot sonrió, pero su sonrisa era amarga. Sus ojos color avellana se entrecerraron y endurecieron—. También entiendo el engaño. A veces tenemos que escondernos de lo que otros ven para ser lo que sabemos que somos.

Había una razón por la que la mano de Lancelot en la suya había resultado tan agradable ese día en el bosque. La había sentido verdadera. Lancelot la entendía.

—No puedo tocar el agua —dijo Ginebra—. Si lo hago, me temo que la Dama del Lago también me encontrará y me llevará como lo ha hecho con Merlín.

—Entonces, ¿por qué ibas a tirarte?

—Maleagant me habría usado contra Arturo. No estoy segura de poder guardar los secretos de Arturo para siempre frente a un hombre así. —Ginebra se estremeció.

Lancelot caminó en el agua hasta ella. Se dio vuelta y le ofreció su espalda.

—Súbete.

—¿Qué?

—A mi espalda. Atérrate bien. Abraza mi cintura con tus piernas. Vamos a cruzar este río.

Ginebra se subió siguiendo las instrucciones. Cruzó los brazos por delante de las clavículas del caballero. Lancelot acomodó sus piernas, levantándola un poco. Las faldas de Ginebra estaban recogidas hasta su cintura, mostrando sus blancos tobillos prohibidos a la luz del sol.

Lancelot comprobó que los muslos de Ginebra estuvieran en su lugar a ambos lados, y luego entró en el río.

Ginebra cerró los ojos, pero, ahora que sabía lo que era el miedo, que era real y no una simple tontería, lo encontraba más llevadero. La vergüenza de su terror al agua había sido casi tan grande como el miedo, y sin vergüenza, el miedo podía afrontarse.

Lancelot avanzaba con mucha cautela, apoyando con firmeza cada pie antes de levantar el otro. Parecía que el cruce iba a durar toda una vida. A medida que el agua llegaba más arriba de las piernas de Lancelot, Ginebra temía que hubiera juzgado mal la profundidad.

—Me estás ahogando, mi señora —dijo Lancelot, con voz tensa.

Ginebra aflojó el abrazo, que se había deslizado hacia la garganta de Lancelot.

—¡Lo siento!

—Ya casi hemos llegado. Cierra los ojos. Eso lo hará más fácil.

De nuevo, Ginebra hizo lo que se le indicó.

Lancelot hablaba con suavidad, cuidándola incluso con su voz grave y sonora.

—¿Cómo has burlado al guardia para salir? ¿Has usado magia?

—No quieres saberlo. —Ginebra soltó un profundo suspiro, apoyando su cara en el hombro de Lancelot.

—Bueno, ahora quiero saberlo más de lo que nunca he querido saber algo.

—Te ahorraré los detalles —dijo Ginebra, aspirando profundamente el olor a cuero de la armadura de retazos de Lancelot. Le impedía sentir el olor del río, lo que la ayudaba a combatir el miedo—. Pero he usado una bacinilla llena.

Lancelot se rio, sujetando con sus manos los muslos de Ginebra.

—¡No!

—Se merecía algo peor. Ojalá hubiera sido la cara de Maleagant la que hubiera recibido el contenido.

—Estoy orgullosa de ti. Un verdadero guerrero puede hacer un arma de cualquier cosa. Tendré que recordar ese truco.

—Dudo que un bacín con orina sea una de las armas a elegir en el próximo torneo.

Lancelot soltó una carcajada. El agua ya no salpicaba. Avanzó varios pasos más; luego, inclinó la cabeza para que chocara con la de Ginebra.

—Mi señora, tu noble corcel te ha traído sana y salva a tierra. —Se agachó y Ginebra pisó el suelo benditamente seco—. Y ahora, a correr.

Ginebra y su caballero corrieron por una ancha y rocosa llanura. Los arbustos salpicaban el paisaje, pero ofrecían poco refugio.

—Mi yegua está allí, donde comienza el bosque. No quería correr el riesgo de cabalgar más cerca. Me ha llevado años cruzar esta llanura, saltando de roca en roca. No tendría que haberme molestado. No han salido a vigilar. Maleagant no temía ser descubierto.

—¿Cómo ha sabido Arturo dónde buscarme? —Ginebra gimió al sentir una punzada en su costado. No había comido desde el torneo. Y no sabía cuánto tiempo había pasado, pues había estado inconsciente. Pero se mantenía a la par de Lancelot. Podría estar cansada cuando estuvieran a salvo.

—Brangien, tu doncella, te ha encontrado. No tengo claros los detalles. Algo con la costura y unos cabellos tuyos en sus peines.

¡Querida Brangien! El corazón de Ginebra se llenó de gratitud. Brangien se había arriesgado a ser desterrada para encontrar a Ginebra. Maleagant no había tenido en cuenta la fuerza y la astucia de las mujeres.

—Y Arturo ha enviado a su mejor caballero.

Lancelot señaló.

—Podemos hablar cuando estemos sobre mi caballo, alejándonos de aquí.

Llegaron a los árboles sin señal de que los persiguieran. Lancelot emitió un silbido agudo. Su yegua se acercó, contenta. Lancelot levantó a Ginebra y la montó delante.

—¿Cuán lejos estamos de Camelot? —preguntó Ginebra, con los brazos alrededor de la cintura de Lancelot.

—Alrededor de un día. Pero no vamos a volver a Camelot.

—¿A dónde vamos?

—Al norte, hacia las tierras de los pictos. Maleagant supone que nos apresuraremos a volver a Camelot. Tratará de interceptarnos. Espero que, yendo hacia el norte y descendiendo en diagonal, lo eludamos. Adoro a esta yegua con todo mi corazón, pero con la carga de dos jinetes durante tanto tiempo, no podría escapar de los que vengan a nuestra caza.

—¿Arturo se reunirá allí con nosotros?

Lancelot respiró hondo y exhaló lentamente.

—Arturo no me ha enviado. Brangien ha dicho que no enviaría a nadie, no hasta que supiera más. La mayoría de los movimientos contra Maleagant terminan en guerra, y el rey no entrará en guerra, a menos que sea absolutamente necesario. Nunca pensé que echaría de menos a su padre, pero… a veces la guerra no se puede evitar.

Ginebra se puso triste. Era lo que había imaginado, por supuesto. Pero saberlo, de verdad, le dolía. Una parte de ella todavía esperaba que Arturo lo arriesgara todo por ella, y esa esperanza, por lo visto, se había cumplido cuando apareció Lancelot.

—Arturo ha tomado la decisión correcta —dijo en voz baja—. Debe considerar primero la seguridad de su gente. No puedo inclinar la balanza. No debería. Pero ¿cómo has venido? No puedes desobedecer a Arturo. Ahora eres un caballero.

—No lo soy... —La voz de Lancelot se volvió inesperadamente áspera, como si hablara con algo alojado en su garganta.

—¿Qué?

—Te aconsejo no hablar tan fuerte.

Ginebra habló entre dientes en lugar de gritar.

—¿Qué quieres decir con que no eres un caballero? ¿Han retrasado la ceremonia debido a mi desaparición?

—Han descubierto que era mujer al mismo tiempo que tu desaparición. Me han echado sin decir una palabra.

—Pero Arturo debe...

—El rey Arturo tenía demasiado con lo que lidiar como para preocuparse por los problemas de una mujer.

—Por los problemas de dos mujeres—dijo Ginebra en voz baja y con tristeza—. Cuando regresemos, exigiré que tengas tu lugar entre sus caballeros. Te lo has ganado. Eres mejor que cualquiera de ellos.

—Eso no importa ahora. Tu seguridad es lo único que importa. —Lancelot hizo una pausa—. El rey Arturo se ha equivocado al no elegirte. —Su voz tenía la furia de su espada. El caballo reaccionó a su tono y galopó más rápido. Lancelot acarició el cuello de la yegua, le dio unas palmaditas y el animal aminoró el paso—. Mi reina, me has visto como lo que soy desde el principio. Lucharé por ti el resto de mi vida. Es el único honor que puedo pedir.

Los brazos de Ginebra se apretaron alrededor de la cintura de su caballero. Bajó la cabeza, pesada, y apoyó la mejilla contra la parte superior de la espalda de Lancelot.

—Gracias —susurró.

—Agradécemelo cuando estemos a salvo. —Lancelot cabalgaba con cautela; su cabeza se movía constantemente de lado a lado, en busca de amenazas.

Ginebra no quería distraerla, pero tenía más preguntas.

—¿Cómo has encontrado a Brangien?

—Ella ha ido a buscar a Mordred, y él me ha encontrado.

—¡Mordred! ¿Brangien ha ido a buscar a Mordred? —Mordred presidía las cortes. Una cosa era excusar la magia de Ginebra en el bosque, cuando creía que no la volvería a usar. Otra completamente distinta era perdonar la magia practicada en el corazón de Camelot—. Si se llega a saber, la enviarán al destierro.

—Estoy segura de que Mordred no dirá una palabra. Ha sido idea suya. Discutió con el rey, exigiendo que salieran a buscarte. Cuando el rey le dijo que esperarían, Mordred se retiró furioso. Brangien ya te había buscado y le había llevado la información. Ha sido Mordred quien ha reconocido el lugar que Brangien describía. Nos espera en un campamento. Pensamos que era mejor si solo uno de nosotros salía a explorar. Era más fácil de disimular. Y si hubiera sido necesario, podría haberme vestido con ropa de mujer y tratar de llegar a ti de esa manera, aunque me alegro de no haberlo hecho. Me siento disfrazada con la ropa de las mujeres. Es como ir vestida con una mentira.

El bosque se hizo más denso y Lancelot tuvo que concentrarse en guiar a su caballo. Ginebra vigilaba; cada pájaro que volaba o animal que se escabullía le hacían sentir con certeza que los perseguían.

Cuando el crepúsculo se volvió noche, Lancelot dirigió a la yegua hacia una cadena de colinas bajas, cubiertas de árboles.

Escucharon unos cascos al galope. Lancelot sacó su espada.

—¡Lancelot! —gritó Mordred. Frenó su caballo, que clavó los cascos. Traía de la rienda un segundo caballo detrás del primero—. Os están siguiendo. He contado a seis hombres. Sospecho que Maleagant está con ellos. Rápido, Ginebra. —Hizo una pausa, cerrando los ojos mientras el alivio le inundaba la cara—. Ginebra —repitió, con una voz tan suave como un rezo. Luego, volvió a la urgencia de mantenerlos a todos vivos. Tiró de las riendas del segundo caballo para acercarlo. Ginebra desmontó y se subió al nuevo corcel.

—¿Estás herida? —Mordred se acercó y buscó su rostro en la luz tenue del anochecer.

—Nada que no tenga cura. Lancelot ha llegado justo a tiempo. Y tú también. Gracias.

—¿Puede tu yegua cabalgar en la oscuridad? —preguntó Mordred al caballero.

Lancelot se echó a reír.

—Mi yegua siempre cabalga en la oscuridad.

—Entonces debemos movernos. No dejaré que ese monstruo vuelva a llevársela.

—No podemos sacarles ventaja —gritó Lancelot mientras galopaban. No iban tan rápido como podían sus caballos, pero más rápido de lo que era seguro a la débil luz de la luna.

—¡Lo sé! —Mordred sujetaba las riendas, enfurecido.

—Podríamos elegir un lugar para enfrentarnos a ellos antes de que él pudiera reunir más hombres. Si los sorprendemos, tendremos una oportunidad. —Lancelot sonaba tranquila, resignada. A Ginebra no le gustaba esa posibilidad. Ella sería inútil, incapaz de ayudar mientras observaba cómo dos personas a las que quería peleaban, y probablemente, morían, por ella.

Mordred negó con la cabeza.

—Maleagant tiene poderosos aliados, y sus soldados son leales. Si el sobrino de Arturo lo mata, eso significaría una guerra segura, como si el mismo Arturo lo hubiera hecho.

—Pero él nunca se detendrá. —Ginebra lo había visto. Lo había sentido. La guerra contra Maleagant era tan inevitable como la noche que se cernía sobre ellos—. Él quiere Camelot, y no se dará por vencido, aun si conseguimos regresar. Es una amenaza para el reino, y para Arturo.

Mordred aminoró el paso de su caballo. Ella siguió su ejemplo.

—Yo… tengo una idea. Pero es una muy mala idea.

Lancelot avanzaba dibujando círculos alrededor, atenta a cualquier amenaza.

—Estoy dispuesta a aceptar cualquier idea que no termine con nosotros muertos, Ginebra capturada otra vez, o Camelot conquistada.

Mordred continuó.

—Necesitamos matar a Maleagant. En eso podemos estar de acuerdo.

Ginebra asintió muy seria.

—¿Y si no lo matamos? ¿Y si su muerte nunca se le pudiera atribuir a Arturo?

Ginebra lo pensó. Tal vez podían cabalgar hasta entrar en el territorio de los pictos. ¿Y de alguna manera convencer a los pictos de que mataran a Maleagant? Improbable. E incluso si lograban matar a todo el grupo de Maleagant, no había ninguna razón para que la historia no se conociera.

—Si la gente sabe que Maleagant me ha secuestrado, la hoja o la flecha de cualquier asesino se atribuiría a Arturo.

—No usaremos espada ni flecha —dijo Mordred—. Usaremos un arma que el rey Arturo, vencedor de la Reina Oscura, que ha desterrado la magia, nunca usaría.

Ginebra sintió un escalofrío.

—¿Qué arma?

—Despertamos a los árboles.

Ginebra negó con la cabeza.

—¡No podemos! Merlín los puso a dormir por alguna razón

—Obviamente no despertaremos a *todos* los árboles. Hay una arboleda a pocos kilómetros de aquí, antigua, poderosa. Conozco el islote del canal que describió Brangien porque he luchado allí junto a Arturo. Si alguien sabe qué amenazas duermen en las raíces y la tierra, soy yo.

—Aunque fuera una salida inteligente, no podemos hacerlo.

—Podemos —dijo Mordred—. Sé lo que eres, Ginebra.

Ella intentó protestar, pero él levantó una mano.

—No tienes que darme explicaciones No todos estábamos de acuerdo con la necesidad de desterrar a Merlín. —Se inclinó hacia ella, acercándose tanto que sus piernas se rozaron cuando sus caballos evitaron chocar entre sí. Él emanaba pasión—. Atraemos a Maleagant hacia los árboles. Los despiertas. Lo matan. Y luego volvemos a dormirlos. Maleagant está muerto, Camelot está a salvo, Arturo está a salvo. Por favor. No sé cómo puedo salvar a todos de otra manera. No puedo perderos, ni a él ni a ti.

Merlín le había dicho que Arturo la necesitaba. Le había aconsejado que peleara como una reina. Pero eso significaba no poder luchar en absoluto en ese terrible mundo de los hombres. Mordred tenía razón. Esa era una tarea que solo ella podía hacer. Estaba aterrorizada, no solo por el tirano que los perseguía, sino por el bosque que los esperaba. Había muchas posibilidades de que todo saliera mal. El hierro era fino, contenido. Albergaba la magia sin expandirla. Sus nudos ataban lo que fuera que ataran, y cada nudo finalmente se deshacía, la magia se desvanecía. Pero los árboles... estaban vivos. Y tratar de controlar seres vivos nunca resultaba como se planeaba.

Tenía que intentarlo. Y Mordred, que siempre la había visto, creía en ella.

—A los árboles —dijo.

CAPÍTULO VEINTICINCO

Ginebra se arrodilló al pie de un roble altísimo. Se elevaba retorciéndose y contorsionándose, con profundas marcas que recorrían su tronco, de arriba abajo, como cicatrices. Puso las manos sobre ellas, y las retiró al sentir su dolor. *Eran* cicatrices. Ese árbol había peleado una batalla.

Lancelot esperaba sobre su caballo, en el centro del prado perfectamente circular al que Mordred los había llevado. Ginebra había oído hablar de círculos feéricos, rodeados por hongos o piedras. Pero ese estaba cercado por los árboles, como si algo se hubiera parado en el centro y los hubiera empujado hacia la circunferencia. O mejor dicho, alguien.

Merlín.

Ginebra anhelaba hablar con él, para preguntarle qué había hecho, cómo lo había hecho, cómo debía hacerlo ella, pero él se había negado a contarle la verdad.

La mano de Mordred se apoyó con delicadeza sobre su hombro.

—¿Puedes hacerlo?

—No tengo ni idea de lo que estoy haciendo, o de lo que debo hacer. Nunca he hecho este tipo de magia. Conozco algunos hechizos, Mordred: de limpieza, de nudos. Esto es mucho más grande.

—Tú eres mucho más grande. —Se arrodilló a su lado. Puso su mano sobre la de ella, y la chispa y la llama en su interior se reavivaron. Luego, llevó la mano de Ginebra al árbol. Con el calor de Mordred guiándola, penetró más allá de la corteza, más allá de la piel y la superficie del árbol, hasta su corazón, sus raíces, y latió hacia arriba, hacia las hojas. Cien años de sol y lluvia, tormenta y nieve, crecimiento e hibernación, la recorrieron. Sentía como si la luz del sol fortaleciera su propio pulso. Y en algún lugar, en lo profundo de su interior, podía sentir el espíritu del árbol en ella.

—Lo siento —susurró—. Pero no sé cómo despertarlo.

—Tal vez con algo que lo sacuda. ¿Fuego?

Había sido el fuego el que los había incitado a dormir, y ella no podía manejar el fuego como un arma al igual que Merlín. Era más probable que incendiara todo el bosque antes de despertar cualquier cosa, y morirían en medio de las llamas y el humo, si Maleagant no los alcanzaba primero.

—¡Puedo ver a los jinetes! —gritó Lancelot—. Llegarán en unos minutos. Si vas a hacer algo, hazlo pronto. Mordred, te sugiero que montes y estés listo para pelear.

—¡Hierro! —dijo Ginebra—. El hierro es una sacudida fría para todas las cosas mágicas.

Mordred negó con la cabeza.

—No hay tiempo para que llegue con mi espada al corazón de este árbol.

¿De qué más tenía hambre la magia? Algo que alimentaba la magia y también tenía hierro. Algo que iría a las raíces, alimentando a todo el árbol, despertándolo.

—Dame un cuchillo. —Extendió la mano.

—¿Para qué?

—¡Solo dámelo!

Mordred sacó la daga de su funda en su cinturón. Ginebra la sostuvo en su palma. Cerró los ojos. Si eso no funcionaba, nada lo haría. Tendría que ver morir a Mordred y a Lancelot, derrotado a Arturo.

Se hizo un tajo en la mano abierta. Mordred emitió un grito ahogado, pero ella no abrió los ojos ni lo miró. Apoyó la mano contra las raíces, dejando que la sangre se derramara allí, que penetrara en la tierra. *Despierta*. Y luego uno de los nudos más terribles que conocía, el que había usado en el pájaro para encontrar a Merlín.

Obedece.

Una brisa agitó el árbol y sus hojas temblaron. Pero nada se movía en el prado. No *había* brisa. El árbol se estremeció de nuevo. Ginebra todavía tenía su palma apoyada, dejando que la sangre descendiera libremente por él.

Las hojas temblaron y luego se detuvieron.

No había funcionado. Abrió los ojos, devastada.

Entonces, bajo su mano, sintió que el árbol se despertaba. Había sentido antes a los árboles, su sueño inquieto. Había sentido la hoja del bosque que había devorado la aldea, el filo de sus dientes. Eso no era nada comparado con lo que sentía en ese árbol.

Triunfo, y una alegría más aterradora que cualquier miedo que hubiera conocido.

Retrocedió tambaleándose y cayó al suelo. Se puso de pie.

—Esto ha sido un error. Debemos irnos. ¡Lancelot!

Su mano todavía sangraba, regando el prado. La raíz serpenteaba a sus pies, tirándola hacia el suelo. Gritó mientras la arrastraba por la tierra. Una rama se inclinó, y las hojas, cada una tan delgada como una hoja de afeitar, azotaban sus brazos. Le rajaron las mangas con cien cortes.

—¡Ginebra! —gritó Lancelot. El árbol levantó a Ginebra, sosteniéndola sobre el prado mientras su sangre caía en gotas y más gotas a la tierra, a las raíces de todos los otros árboles.

Y en el centro de la pradera, algo más se movía, retorciéndose bajo la tierra, despertándose.

—¡Comándalos! —gritó Mordred—. ¡Haz que obedezcan! Maleagant ya casi está aquí.

Ginebra no podía. Había cometido un error. En el sueño, Merlín le había dicho que peleara como una reina, era lo único que le había dicho, y ella había intentado pelear como un mago. Un árbol se balanceó, golpeando ferozmente con una de sus ramas a Lancelot, que se agachó para esquivarla y se cayó del caballo. Con un silbido agudo hizo que su yegua huyera del prado.

Mordred corrió hacia su caballo, pero los árboles llegaron primero. Las raíces envolvieron al animal y lo aplastaron. Se oyó un crujido, un sonido de algo que se rompía y se desgarraba. El caballo gritó una vez... Ginebra sintió el grito en todo su cuerpo... Luego, silencio.

Una raíz reptaba alrededor de la pierna de Mordred.

—¡Comándalos! —gritó.

—¡Detente! —ordenó Ginebra. Todavía sangraba, todavía estaba suspendida en el aire. Pero los árboles se detuvieron, esperaron, escucharon. Tenía a Maleagant en su mente. Añadió a la imagen cinco hombres más. Puso hierro en sus manos, fuego en sus ojos. Luego, apoyó la mano contra la rama del árbol que la sostenía. Alimentó a los árboles con la imagen de Maleagant, de sus hombres. Les dio fuego, hierro y muerte.

Los árboles se estremecieron. La cosa debajo de ella todavía se retorcía, como una bestia merodeando sin ser vista bajo el agua, creando olas en la superficie, pero aún no había aparecido.

La raíz alrededor del tobillo de Mordred volvió a hundirse en la tierra. Él corrió hasta estar debajo de Ginebra. Lancelot hizo lo mismo.

¡Soltadme!, les dijo a los árboles. Ellos retrocedieron; tenían hambre, tenían sed, y ella era algo *nuevo*. Ginebra no podía explicarse la emoción que sentían los árboles: reconocimiento, pero también placer. Eran árboles. Habían probado ya a los hombres, habían conocido la sangre en las batallas con Arturo. ¿Por qué sentían eso?

¡Deteneos!, exigió. Dejó que las chispas recorrieran sus brazos de arriba abajo. El árbol retrocedió y la dejó caer. Mordred la sostuvo, tambaleándose, pero evitando su caída.

La fría voz de Maleagant en medio de la noche los inmovilizó.

—¿Qué le has hecho? —preguntó. Chasqueó la lengua en desaprobación—. No me gusta que rompan mis cosas. —Acechaba en la oscuridad más profunda, al borde de la arboleda que le servía para ocultarse. Sus hombres los rodeaban. Ginebra podía escucharlos, pero ninguno había entrado todavía en el prado.

Mordred bajó a Ginebra y se puso frente a ella. Lancelot se movió para protegerlos a ambos.

—Corred —dijo, con la espada en alto.

Maleagant rio.

—¿Estos son tus adalides? Una mujer y una anguila. Tenías razón: el rey no te ama, ¿verdad? Yo le hubiera enviado protección hasta a uno de mis perros. —Hizo una pausa—. En realidad, mis perros son mejores que tus protectores. —Levantó una mano y cinco jinetes irrumpieron en el prado.

Sus caballos se asustaron. Tenían los ojos desorbitados, los ollares expandidos por el pánico. Tres de los hombres cayeron al suelo. El cuarto seguía montado, y fue su caballo el que rodó, aplastando al jinete antes de ponerse de pie con esfuerzo y salir al galope hacia el bosque, detrás de los otros caballos.

Lancelot, entre ellos, giraba para un lado y para otro, y mató a dos de los hombres antes de que pudieran ponerse de pie. Mordred no se separaba de Ginebra. Ella no quería apartar la vista de Lancelot, y tampoco de Maleagant. Sucedían demasiadas cosas a la vez.

Pero miraba hacia abajo.

Bajo sus pies, cientos de escarabajos de color negro azabache brotaban del suelo como chorros, escabulléndose y dispersándose. Unas polillas negras, desteñidas, salieron volando, dando vueltas a su alrededor, y desaparecieron en el aire nocturno.

—¡A mí! —dijo Maleagant.

Los dos hombres restantes —dos habían sido asesinados por Lancelot, uno por el caballo— retrocedieron hasta Maleagant. Tan pronto como los caballos habían enloquecido, Maleagant había desmontado. No había pisado el prado iluminado por la luna. Sus hombres estaban de pie frente a él, con las espadas en alto. Maleagant se quedó mirando los temblorosos árboles que los rodeaban.

—Estás en problemas, pequeña reina. No sabes lo que has despertado. Puedo sacarte de aquí sana y salva.

Ginebra levantó la vista de los horrores que se alzaban del suelo.

Maleagant extendió su mano.

—Camina hacia mí muy lentamente y agradece que hoy me siento caritativo.

La misma oscuridad que brotaba de la tierra parecía crecer dentro de ella, llenándola. Los árboles la habían probado, pero ella también los había probado. La antigua furia, tanto tiempo dormida, se había despertado. Los escarabajos se subían a ella, a sus brazos, a su cara. La cosa de debajo estaba casi afuera. Debería haber estado asustada.

Pero solo estaba enfadada.

—Yo no me siento caritativa. —Cerró los ojos y soltó los árboles.

El hombre a la derecha de Maleagant tropezó, cayendo contra un tronco. Las ramas crecieron en un instante, apretándolo más y más. En unos pocos segundos, el árbol lo envolvió, creciendo alrededor de él como si fuera una roca. Pero los hombres son más blandos que una roca, mucho más frágiles. No gritó demasiado.

El hombre a la izquierda de Maleagant tuvo el mismo final que el caballo de Mordred: fue derribado y abrazado por las raíces, comprimido y estrujado, destrozado. Los árboles no derrochaban nada; lo usarían todo de él.

Maleagant cortó una rama que intentaba alcanzarlo con su espada de hierro. Los árboles se estremecieron, se acercaron, y se doblaron sobre el prado. Maleagant corrió hacia Ginebra, pero no lo suficientemente rápido.

Las plantas rastreras reptaron por sus piernas. Las cortó, pero de cada tajo nacían tres plantas más. Se hicieron más densas, cubriendo su cuerpo, enroscándose en él. Lo envolvieron y lo apretaron, hasta que dejó caer su espada. Estaba sujeto al suelo, con fuerza.

Fijó sus ojos en Ginebra. La luna se había liberado de las nubes, bañándolos a todos en una pálida luz blanca.

—Eres peor que yo —dijo, apretando la mandíbula, tensando el cuello mientras se resistía al amoroso abrazo de las enredaderas—. Yo he buscado dominar a los hombres. Lo que tú has despertado los destruirá.

Ginebra no sentía nada. ¿Le había temido a algo tan frágil, tan efímero? Se imaginó las enredaderas entrando en su boca, deteniendo su lengua, tal como lo hicieron. Cubrieron todo menos su cara, que se inclinó hacia la luna, sus ojos fríos y muertos finalmente reflejaron una emoción: agonía.

Maleagant estaba muerto.

—Ginebra —dijo Lancelot. El miedo en su voz se clavó en ella. Se estremeció, consciente, de pronto, de los escarabajos, consciente de lo que había hecho y de lo poco que lo había sentido.

Se sacudió frenéticamente los escarabajos. Los árboles temblaban, crujían y gemían mientras se estiraban.

—Suficiente —dijo Ginebra—. Hemos terminado.

Pero ni los árboles ni la oscuridad habían terminado. Una mano surgió del suelo y aferró el tobillo de Ginebra. Lancelot cortó la mano. Se escurrió por el suelo como una araña y se internó en el bosque.

—¿Qué hemos hecho? —Ginebra se tapó la boca mientras observaba otra mano formarse donde la primera había sido cortada. Había algo allí abajo y estaba saliendo a la superficie.

Mordred se arrodilló junto a la mano.

—Ginebra, me complace presentarte a la Reina Oscura, mi abuela.

CAPÍTULO VEINTISÉIS

La mano se extendió y creció hasta convertirse en un brazo, un indicio de hombre, la primera curva de lo que sería una cabeza.

—No —dijo Ginebra, retrocediendo con horror.

Mordred soltó la mano, y se quedó de pie.

—Arturo destruyó su cuerpo, pero no antes de que ella enviara su alma a la profundidad de la tierra. Necesitaba ayuda para adquirir una nueva forma. Yo no podía hacerlo, ni mi madre tampoco. Esto es un milagro. Gracias.

—¡Me has engañado!

Él retrocedió como si se hubiera ofendido.

—¿Te he engañado? Soy la única persona que no te ha mentido. Soy la única persona que ha venido a por ti.

Lancelot aferró la empuñadura de su espada, y se puso delante de Ginebra.

—No —dijo ella—. Tú no eres el único.

—¿Cómo? —Ginebra no podía creerlo, no podía entenderlo—. No eres un hada. Tocas el hierro.

Mordred hacía elegantes malabares en el aire con su espada y el metal de su hoja cantaba.

—Mi madre es Morgana le Fay, la hermana de Arturo. Pero mi padre era el Caballero Verde. Soy de ambos mundos. El hierro muerde, pero no mata. Y yo estoy acostumbrado al dolor. —Levantó una ceja, irónico—. Ha sido un hechizo desagradable el que has hecho en las puertas del castillo. Siento como hormigas en el cuerpo cada vez que entro o salgo.

Ginebra apartó sus ojos de la monstruosidad que se movía en el suelo para encontrar la mirada de Mordred.

—No puedes dejar que se levante. Sabes lo que significaría.

—Un regreso a la naturaleza, a la magia salvaje en el corazón de estas tierras. ¿Sabes quién esculpió Camelot en la montaña? No fueron hombres. Los humanos vinieron y la conquistaron, porque eso es lo que hacen los humanos. —Sostuvo su espada y observó cómo reflejaba la luz de la luna—. No quiero que los seres humanos mueran, pero necesitan que se les recuerde su lugar en el mundo. Alguien tiene que evitar que se apoderen de todo lo que vale la pena tener, de todas las personas que vale la pena tener. —Extendió su mano hacia Ginebra—. Camelot no es tu lugar. Tu lugar es este, con la magia oscura y maravillosa que corre por debajo y a través de todo. Sabes que es verdad. Dime que no la has saboreado. Dime que no lo has sentido cuando nos tocamos.

Ginebra no podía decírselo, no si era honesta. Y la ausencia de la magia le había hecho daño. La sentía en todas partes: en el peso de la piedra de Camelot, en las expectativas de su gente, en la implacable erosión del tiempo. La había dejado transformarla en alguien a quien no conocía. Había dejado que los humanos la dominaran.

—¿Cuál es tu verdadero nombre? —preguntó Mordred—. No eres una princesa del sur.

Ella abrió la boca y...

No lo tenía. Lo había perdido. Ahora solo era Ginebra. Podía sentir que el futuro se aproximaba, cada vez más cerca, un futuro en el que la poca magia que ella anudaba al mundo a su alrededor dejaría de funcionar. Lo maravilloso dormiría tan profundamente que no podría ser convocado; estaría como Merlín, encerrado en una cueva. Él había dejado que sucediera. Había abandonado Camelot. Se la había dado a Arturo; les había entregado el mundo a los humanos.

Ginebra comprendía el enfado de Mordred. Ella también lo sentía. Todo lo maravilloso se estaba deshaciendo, y era terrible e incomprensible. Pero la maravilla también era terrible. El prado a su alrededor era suficiente prueba. ¿Acaso no había sido la muerte de Maleagant terrible y maravillosa en la misma proporción? ¿No era acaso la sensibilidad de los árboles hermosa y abominable? Árboles, magia, naturaleza, eran indiferentes a la justicia, opuestos. Los humanos demandaban justicia, venganza. Ellos habían expulsado la magia para dar paso a normas y leyes. En la naturaleza, solo la fuerza importaba, y ella la tenía.

Se había derramado sobre ella mientras veía morir a un hombre.

No podía entregarse a esa oscuridad, después de haber sentido y visto todo lo que había sentido y visto, y después de haber interpretado el papel de Ginebra. Gracias a Camelot, sabía lo que era tener una familia de amigos, amar a Arturo, creer en él desde el momento en que se habían conocido. Había una pérdida en lo que Arturo estaba haciendo, sí. Al fin entendió lo que le había mostrado el dragón: el parentesco que había visto en ella, la elección que tenía por delante.

Merlín ya había elegido retirarse del choque entre lo antiguo y lo nuevo, para permitir que su propia magia fuera clausurada.

Que la mataran, incluso.

Ginebra no estaba lista para morir, y tampoco estaba dispuesta a dejar que la oscuridad regresara sin luchar.

—Debemos evitar que se levante —dijo, volviéndose hacia Lancelot—. Quizá puedo conseguirlo. Pero solo si mantienes ocupado a Mordred.

La sonrisa de Lancelot era taciturna a la luz de la luna.

—Eso puedo hacerlo.

Mordred suspiró.

—¿Sabes por qué nunca pierdo? —Tomó impulso y dio una patada brutal a Lancelot en el estómago. Barrió el aire con su espada y

Lancelot apenas logró trabarla con la suya. Mordred presionó hasta alejarla de un empujón.

»Cada vez que toco el hierro, cada vez que respiro en la ordenada y aburrida Camelot, cada minuto que paso cerca de Arturo y Excalibur siento dolor. Mi vida es dolor. ¿Por qué te temería a ti? —Esquivó un golpe de Lancelot y le dio una patada en la rodilla.

Ginebra corrió hacia el lugar en el que emergía la Reina Oscura. Ya tenía dos manos, hombros, una columna vertebral. Tenía la cabeza caída hacia adelante, sin erguirse todavía. Se movía y se transformaba, pues no estaba hecha de piel sino de miles de cosas que se arrastraban, de tierra, de plantas. La estaban reconstruyendo. Ginebra extendió una mano temblorosa, y la apoyó sobre la espalda de la Reina Oscura

Todo se movió más rápido, la Reina Oscura se estremeció y apareció entera. Ginebra retiró de inmediato sus manos, todavía cubiertas de sangre.

Ella había sentido...

La vida: depredador y presa, nacimiento y muerte, placer y dolor. La Reina Oscura era todo eso. Era más que humana, pero menos también. Era feérica. Ella era *caos*. Derribaría todo lo que Arturo había construido. Haría retroceder siglos a la humanidad, les quitaría sus ciudades y campos, los convertiría en meros buscadores de alimento, en los cazadores y sus víctimas. Porque, entonces, tendría control sobre ellos. Ella venía a dominar la Tierra.

Y Ginebra no podía evitarlo. Ninguno de sus nudos podía atar el caos de la Reina Oscura. Incluso tocarla alimentaba su poder. Merlín le había advertido que peleara como una reina. No lo había hecho. Había despertado algo que no podía poner a dormir otra vez.

Se dio la vuelta para encontrar a Mordred de pie sobre Lancelot, que estaba en el suelo, inmóvil, sin su espada. Mordred tenía la suya levantada.

—¡Detente! —gritó Ginebra.

Mordred bajó su espada.

—No tengo nada contra Lancelot. Me cae bien. Ella desafía los límites de los hombres. Pero no puedo dejar que ataque a la Reina Oscura, que es muy vulnerable hasta que termine de formarse, para lo que no falta mucho. —Mordred se movió hacia un lado mientras Ginebra corría hacia Lancelot. Su caballero todavía respiraba, aunque una herida en su cabeza sangraba abundantemente.

—Lancelot —dijo Ginebra, sacudiéndola por el hombro. Lancelot gimió, pero no abrió los ojos ni se movió.

—Tenemos mucho de qué hablar. —Mordred envainó su espada—. Podría decir que la Reina Oscura te lo explicará, pero a ella no le gustan las explicaciones. Vamos, deberíamos sacar a Lancelot de la pradera. No creo que le vaya muy bien una vez que mi abuela se levante. Lancelot estará más segura entre los árboles. Si podemos encontrar su caballo, tal vez la lleve lo suficientemente lejos. Este no es un lugar para los humanos. La Reina Oscura no tendrá piedad...

—Entonces, ¡yo también moriré!

—¡Ginebra! —Mordred agarró a Lancelot por los brazos para arrastrarla por el prado—. Ahora estás siendo necia.

Ginebra corrió hacia el primer árbol, el más viejo. Apoyó su palma sobre él, alcanzando el nudo que le ordenaba obedecer. Podía sentir cómo el árbol lo percibía, pero también cómo lo ignoraba.

—¡No! —gritó. Presionó, más fuerte. Si podía controlar los árboles, ellos podrían contener a la Reina Oscura. Se hundió en la corteza, recordando cómo había cambiado los recuerdos de Sir Bors. Buscó sentir el corazón del árbol, su memoria. Tal vez podría...

El árbol la rechazó de un empujón. Cuando finalmente logró abrir los ojos, estaba boca arriba, mirando a Mordred.

—Tú no eres su reina. —Su voz era suave—. El bosque es de ella. Siempre lo ha sido.

Ginebra se arrastró de nuevo hasta el árbol. Apoyó su mano contra el tronco con un golpe. El árbol se estremeció, más molesto que otra cosa. Era como el pájaro que agujereaba su corteza: no era mortal, simplemente una plaga.

Luego, un escalofrío atravesó al árbol y se extendió por toda la arboleda. El miedo que Ginebra conocía, el miedo que había tenido toda la vida, se apoderó de ella; el temor a la muerte. Peor que la muerte. Miró desde las profundidades más negras, la luz brillando en la superficie del agua sobre ella. *Recuerda*, el árbol insistió. *Recuerda lo que es ser deshecho.*

Ginebra sintió un espasmo de náusea. Miró hacia arriba para ver a Excalibur perforar el árbol.

El frío la traspasó; era terrible y vacío. Se arrastró lejos, esperando que los árboles se volvieran a dormir. Pero otra cosa estaba sucediendo. El árbol se agrietó y se volvió gris. Se marchitó delante de sus ojos; se secó y murió. Las hojas cayeron, convirtiéndose en polvo antes de llegar al suelo del bosque.

Al igual que su sangre, el veneno de Excalibur se esparció. En todo el prado, los árboles que habían despertado se marchitaron.

Lo que les daba vida, energía, enfado y alegría y hambre se había ido. Arturo había sacado la espada. No brillaba a la luz de la luna. Hasta la luna había sido devorada, y no se reflejaba a lo largo del liso metal de la hoja. Arturo se dio la vuelta.

—¡Rápido, antes de que se forme! —dijo Ginebra—. Todavía es vulnera… —Ginebra sintió metal debajo de su barbilla, contra su garganta. Mordred la puso de pie, sosteniéndola contra su pecho. Tenía el brazo alrededor de su cintura, y el filo de la hoja contra su garganta. Estaba entre Arturo y la Reina Oscura.

—Mordred —dijo Arturo—. ¡Suéltala!

—No te pertenezco para que me des órdenes.

—No puedes querer esto. Sabes lo que traerá la Reina Oscura. Sabes lo destructiva que es la magia, lo alto que es su precio.

—¿Quién eres tú para decirle a la magia que no puede existir? ¡Tú, que existes gracias a la magia! Magia de la violencia, magia de la codicia. Los hombres han hecho peores cosas con la magia, cosas que las hadas ni se imaginarían. Has nacido por la magia, y eres rey por un mago insensato, porque la Dama del Lago te ha dado esa cosa horrible.

—Él es el puente —susurró Ginebra, recordando—. Es el puente entre la violencia que ha sido y la paz que podría ser.

—¡Muévete, Mordred! —Arturo intentó dar la vuelta, pero Mordred lo siguió, manteniéndose junto con Ginebra entre Arturo y la Reina Oscura. Ginebra podía escucharla detrás, podía escuchar lo que se arrastraba y se escabullía, lo que crecía.

Arturo se acercó. Ginebra se estremeció; todo su cuerpo se convulsionaba con el mismo temor existencial que había sentido en el árbol. Se apretó contra Mordred, necesitaba alejarse, estar lejos, estar lejos de esa cosa, de Excalibur.

—Si te acercas a ella, se desintegrará. Mira, apenas puede estar de pie. —Mordred dio un paso hacia Arturo y acercó a Ginebra a la espada. El mundo dio vueltas. La oscuridad se arremolinó, devorando su visión. *Estaba bajo el agua. Estaba atrapada. Estaba...*

Arturo retrocedió. Ginebra dejó escapar un suspiro tembloroso.

—Te dejaré elegir —dijo Mordred—. Soy más misericordioso que Merlín. Si quieres acabar con la Reina Oscura, puedes hacerlo. Pero tendrás que pasar por Ginebra para llegar a ella. Excalibur también la matará a ella. Es tu elección. Mátalas a los dos, o no mates a ninguna.

Ginebra sabía que era verdad. No sobreviviría si Excalibur podía alcanzarla. No era el hambre que irradiaba la hoja, sino su ausencia. Devoraría la magia y nunca se saciaría, nunca estaría llena. No comía para sobrevivir, sino para matar.

Pero la Reina Oscura estaría muerta de verdad. El caos que alimentaba se acabaría para siempre. A la gente de Camelot se le permitiría crecer y aprender y vivir y morir en sus propios términos, dependiendo unos de otros, no de la magia que no podían ni entender ni controlar. Miró los cálidos ojos de Arturo, el niño rey que cargaba con todo el peso de un reino.

Asintió.

—Hazlo.

Arturo le sostuvo la mirada. Luego, el rey desapareció, dejando solo a su amigo, su Arturo.

Él envainó la espada.

Es libre.

Durante mucho tiempo, ha tenido mil ojos, mil piernas y cuerpos. Y ahora está entera, es real. Pero no está segura. Puede sentir ese instrumento horrible, cómo la deshace y deshace su magia.

Su hermoso niño está cerca. Y también la reina-que-no-es-la-reina, su salvadora. Hay un misterio en su sangre, su dulce sangre. La Reina Oscura, la verdadera reina, es un remolino de felicidad. Tiene forma, tiene un misterio, tiene una meta. Antes, ha tratado de vencer a los hombres en batalla. Ahora, los destruirá desde su interior. Los pudrirá, los descompondrá, hará crecer nueva vida de sus cadáveres que alimentarán el bosque.

Pero todavía tiene un enemigo demasiado peligroso que afrontar. Se le ha quitado demasiado a la tierra. Intenta sacar algo de los árboles, pero están muertos. Peor que muertos, los han borrado. Es horrible. Allí no puede hacerles frente.

Sígueme, susurra con el zumbido de mil moscas negras que traen la plaga en el calor húmedo del verano. Tráela.

CAPÍTULO VEINTISIETE

Ginebra oyó a la Reina Oscura deslizándose entre los árboles, más rápida que la sombra, más rápida que el vuelo. Se había levantado y había desaparecido, y todo era culpa de Ginebra.

Mordred se rio, retrocediendo y alejándose de Arturo. Se llevó a Ginebra con él. Ella estaba demasiado débil por la pérdida de sangre y las náuseas de Excalibur como para resistirse.

—Déjala —ordenó Arturo.

—Ven a por nosotros y tendrás que pelear conmigo. Esto termina con uno de nosotros muerto. Estoy listo para matar o morir. ¿Y tú?

Arturo dejó caer la cabeza y se encorvó, derrotado. A pesar de lo que había hecho, él aún era su familia. Ginebra sabía, como Mordred, que Arturo no estaba dispuesto a matarlo.

Mordred aceleró el paso. Ginebra arrastraba los talones y tironeaba, pero él no aminoró su marcha. Uno de los caballos de Maleagant merodeaba por ahí. Mordred silbó y el caballo trotó hacia ellos. Arrojó a Ginebra sobre el caballo y montó detrás. Espoleó los flancos del caballo y se internaron en el bosque.

—Lo que sea que te hayan dicho —dijo Mordred, apretando con su brazo su cintura, con la boca en su oído—, te han mentido.

—Merlín…

—Merlín es el más mentiroso de todos. ¿Crees que él se preocupa por ti? ¿El hombre que va y viene por el tiempo? Él habría visto esto, habría sabido que iba a suceder. ¿Y está aquí? —Mordred señaló la oscuridad que los rodeaba—. No, no está.

—Él es mi... mi padre.

—No puedes decirlo, sin tartamudear siquiera. Tu corazón y tu lengua reconocen una mentira cuando la sienten, aunque tu cerebro te diga que es verdad. Merlín es tu padre tanto como Arturo es tu esposo. Te han encerrado en la prisión de Camelot, te han atado con vestidos, te han desnudado de todo lo que era verdadero y han creado a su *reina*. Te han moldeado según les convenía, porque tú eres aterradora, eres más poderosa que cualquiera de ellos. ¿Sabes qué es Excalibur? ¿Qué hace?

Ginebra negó con la cabeza, cerrando los ojos.

—La gente piensa que es mágica. Es lo opuesto a la magia. Es el fin de la magia. La magia es vida. Excalibur es un verdugo. Por eso no puedes soportar estar cerca de la espada. Tu esencia es la magia, fluye por tus venas, hace latir tu corazón. Tu alma sabe que Excalibur no es tu defensora. Es tu enemiga. —Mordred ya no la sujetaba como a una cautiva, sino simplemente para sostenerla erguida. Apoyó la mejilla sobre su cabeza—. Merlín siempre ha impuesto su voluntad al mundo, a través de la magia, de la violencia, del engaño. Y ahora que ha decidido que la magia debe terminar, te ha hecho su cómplice. Te ha hecho prisionera de sus planes. ¿Te ha dicho alguna verdad?

Quería responder. No podía. Si lo hubiera sabido todo, ¿podría haber hecho algo distinto? ¿Qué hubiera elegido? Merlín había insistido en que ella había elegido eso, pero su cabeza estaba llena de lo que él había puesto en ella y no mucho más.

—Mereces ser libre —dijo Mordred—. Mereces estar en la naturaleza. No eres una reina. Camelot nunca va a alimentar tu alma. Te vaciará, como Excalibur. Entrégate a la magia en tu corazón. Déjalos atrás. —Puso su mano en la de ella, y la chispa y el fuego ardieron más fuerte que nunca.

Algo dentro de ella reconoció algo dentro de él, se levantaba para ir a su encuentro, lo anhelaba. Mordred no había matado a

Lancelot. Él no había matado a Arturo. Había peleado solo para despertar la magia, para recuperar las cosas que habían sido enterradas y eran parte de él mismo.

Las cosas que ella ya no podía negar que eran parte de ella.

—¿Qué hará ella, ahora que está libre? —preguntó.

—No lo sé. Solo sé que es una criatura tan natural como los pájaros, los ciervos, los conejos.

—Las serpientes, los lobos, las arañas.

Mordred se rio un poco.

—Sí, tiene más de ellos, es cierto. Pero ¿acaso no tienen derecho a vivir como cualquier otra criatura?

—Hará daño a la gente.

—Maleagant hizo daño a mucha gente, y Arturo no lo detuvo.

—Estaba intentándolo. Era complicado.

—Mi abuela no es complicada. Mira la danza de los hombres, con sus tratados y fronteras y leyes. Mira el poco bien que le hacen a nadie. Todos ellos siguen peleando, y sangran y sufren y mueren. Y sus almas mueren mucho antes que sus cuerpos. Dime que prefieres estar en Camelot antes que aquí.

—Pero ¡aliarse con la oscuridad!

—No debemos unirnos a la Reina Oscura. A ella no le importa, y a mí tampoco. No debemos hacer nada a menos que lo deseemos. Aquí no hay leyes, no hay fronteras, no hay reglas. Déjame deshacer los nudos con los que Merlín te ha atado, y que Arturo ha apretado aún más.

Merlín le había mentido. La había mantenido lejos de la verdad de una manera que ella temía que nunca entendería. Y Arturo había dejado que creyera las mentiras. Pero cuando pensó en cortar todos los vínculos de los recuerdos y la experiencia y el amor que la ataban a Arturo —cosas que Merlín nunca había puesto en su cabeza, cosas más profundas y más antiguas que la magia—, solo sintió tristeza.

No había iniciado ese camino con la verdad. Ahora la poseía toda. Ahora podía elegir, total y completamente, sacrificarse por Camelot, o alejarse.

Iba a ser doloroso. Sonrió con tristeza. Al menos, sabía que el dolor no la mataría. El dolor no la desintegraría. Se podría formar de nuevo, pero ella podía aceptar que cualquier nudo que se atara a sí misma podría siempre desatarse, y al hacerlo, creaba espacio para convertirse en algo nuevo.

—Quédate conmigo —susurró Mordred—, y sé libre. Quédate conmigo y sé amada.

Volvió la cara hacia él. Sus labios rozaron los de ella y el fuego se encendió, más fuerte y más brillante y más hambriento que cualquiera que ella misma hubiera podido convocar. El fuego era contrario a su naturaleza, pero estaba en el corazón de Mordred, y lo pasó de sus labios a los de ella.

Ella lo recibió, lo disfrutó, sabiendo que podría vivir una vida entera quemándose con esa luz, ese calor, esa verdad.

Luego, dirigió el fuego a sus manos, que se encendieron. Aferró las manos de Mordred. Él gritó de sorpresa y dolor, apartando sus manos de un tirón brusco. Ella aprovechó su impulso para empujarlo y hacerlo caer del caballo.

Tomó las riendas, y se dirigió a toda prisa de vuelta hacia el prado.

—¡Nunca serás feliz con él! —gritó Mordred, con la voz arrasada por la angustia—. ¡Él es el fin de nuestra especie!

Su rostro estaba bañado en lágrimas. Sabía que Mordred tenía razón, que al elegir a Arturo, elegía sacrificar la magia, poner fin a lo maravilloso, domesticar y cultivar el corazón salvaje de la tierra, matar esa parte de ella misma.

Elegía a Arturo, una vez más. No sabía cómo, ni cuándo, pero había hecho la misma elección antes. Lo supo tan súbita y certeramente como sabía que Mordred había dicho la verdad: Merlín y Arturo habían mentido sobre todo.

Arturo estaba de rodillas en el centro de la pradera, derrotado. Excalibur, envainada, yacía en el suelo del bosque junto a él. Ginebra se bajó de un salto del caballo y corrió hacia él; luego se arrodilló.

—Lo siento —dijo.

Él levantó la cabeza; sus ojos brillaban. La abrazó.

—Creía que te había perdido.

—Deberías haberlo hecho. La he despertado. Deberías haberme sacrificado para acabar con ella.

—Puedo pelear con ella. Lo he hecho antes. Pero no podría perderte, no otra vez.

Seguía abrazándola. Ella apoyó la cabeza en su pecho; la cercanía de Excalibur le provocaba un dolor punzante, aunque estuviera en su vaina. Arturo era un final, pero también un comienzo. Y creía en él. Merlín había puesto su fe en los hombres. Ella no entendía a Merlín, pero entendía eso, al menos. Eran capaces de mucho mal y mucho bien. Con Arturo, sabía que la balanza se inclinaría hacia el bien.

—¿Cómo has sabido dónde encontrarnos? —preguntó. Brangien se lo había contado solo a Mordred.

—Lamento no haber llegado antes. Y lamento no haber venido a por ti cuando Maleagant te secuestró. Quería hacerlo, desesperadamente; quería dejarlo todo y venir a salvarte. Pero...

—Pero tienes un reino que cuidar. —Por eso él debería haber matado a la Reina Oscura, aunque significara matar a Ginebra. La misma mezcla de aflicción y felicidad que había sentido diciéndole a Maleagant que Arturo nunca sacrificaría a su pueblo por ella, la experimentaba ahora, pero a la inversa. No sabía qué versión era mejor.

El dolor que le producía Excalibur latía al ritmo de su culpa. Ella le había abierto el paso a la oscuridad, y no tenía ni idea de cuál sería el resultado. Mordred tenía razón: Merlín debía de haber visto todo eso, y aun así la había enviado. ¡Ojalá hubiera podido confiar en que el mago sabía lo que estaba haciendo! En cambio, intentaría confiar en sí misma.

Lancelot fue rengueando hacia ellos y se sentó con dificultad en el suelo. Silbó y silbó de nuevo. Por fin se oyó el galope de los cascos. Su yegua le dio un empujoncito con el hocico, y Lancelot abrazó su cuello y acarició su cabeza.

—Hemos perdido —dijo Ginebra—. La Reina Oscura todavía anda por ahí. Mordred también.

Arturo miró con tristeza el cadáver de Maleagant. Ginebra se estremeció y se alejó. Ella lo había hecho. Eso era lo que Mordred había querido que fuera: poderosa y terrible. Cuando habían cabalgado por allí, matar a Maleagant le había parecido muy importante, muy urgente, pero en ese momento dudaba.

—Siempre habrá otra amenaza. Alguien llenará el vacío que deja Maleagant. La Reina Oscura conspirará. Mordred... —Arturo se interrumpió, atragantándose al nombrarlo. La traición era reciente e intensa—. Mordred tomará sus propias decisiones. Tener Camelot vale la pena y por eso vale la pena defenderla.

—Todavía estamos vivos —dijo Lancelot—. Considero eso una victoria.

Arturo extendió la mano y apretó el hombro de Lancelot.

—Gracias por rescatar a Ginebra cuando yo no pude.

—Fue un honor servir a mi reina.

Ginebra se alejó de Arturo. Negó con la cabeza.

—Pero no soy la reina de nadie. No podemos fingir que lo soy. Mira lo que he hecho, el caos que he liberado. Arturo, yo... Todo lo que soy es una mentira. Mordred lo supo en cuanto me conoció. Sabía que podía ser usada en tu contra. Maleagant, también. Te he puesto en peligro.

Arturo, de pie, extendió su mano hacia Ginebra, mostrándole la cadena de plata y los dijes que le había regalado a su reina.

—He estado en peligro toda mi vida. No quiero afrontarlo solo nunca más. Por favor —dijo—, por favor, vuelve a casa.

Ginebra vaciló. No se uniría a Mordred ni a la Reina Oscura. Pero podía escaparse hacia la oscuridad, a vivir en la naturaleza y convertirse en una ermitaña, en una leyenda.

Se había equivocado en todo, pero Merlín también. Ya no necesitaba protección, pero Arturo sí. Aislarse a sí misma y a su magia no le haría ningún bien a nadie. Fuera lo que fuera Ginebra, lo usaría para defenderlo. Volvió a ponerse la cadena de plata en la frente, y luego tomó la mano de Arturo.

No era la chispa y la llama que sentía al tocar a Mordred, ni tampoco la inmediata conexión al tocar a Lancelot. Era más antigua y más fuerte, como la montaña de Camelot. Valía la pena seguir adelante. Podía aceptar que tal vez no fuera lo que quería, que tendrían que ir conociéndose para descubrir lo que podían ser juntos. Pero lo intentaría.

—Tengo dos condiciones para ser la reina a partir de ahora.

—Dímelas.

—La Reina Oscura ha vuelto. Ahora conocemos la amenaza. Yo seré la primera línea de defensa. No huiré de esta pelea, y no me detendrás.

Arturo asintió solemnemente.

—¿Y la segunda?

—Puedo elegir a mi propio caballero para ser el protector de la reina. De esa manera, nunca tendrás que preocuparte por protegerme. No será tu responsabilidad.

Arturo se molestó un poco.

—Siempre será mi responsabilidad.

—No. —La voz de Ginebra era firme—. Nunca más, Arturo. Si te enfrentas a la misma elección otra vez, eliges Camelot. No eres mi caballero. —Se dio vuelta y le tendió la mano libre a Lancelot—. Ella lo es.

Lancelot se quedó inmóvil. No se acercó a Ginebra, y miró a su rey.

Y su rey sonrió y asintió.

—Sir Lancelot, ¿aceptas tu puesto de protectora de la reina?

Lancelot se arrodilló e inclinó la cabeza.

—Con todo mi ser.

La mano de Arturo fue en busca de Excalibur. Ginebra se estremeció y él se detuvo.

—Lo siento. Es el hábito. Te ordenaremos caballero cuando regresemos a Camelot —le dijo a Lancelot—. Lo haremos con una espada diferente.

Lancelot seguía de pie, inmóvil. De pronto, se rio, abrazó a Ginebra y la levantó, haciéndola girar.

—Gracias —susurró. Dejó a Ginebra en el suelo y se enderezó, carraspeando—. Mi señora, permíteme que te ayude a subir a tu caballo.

Arturo los condujo hasta su propio caballo, y cabalgaron en la oscuridad hasta que el amanecer iluminó Camelot en la distancia, llamándolos a casa.

Ginebra cruzó el lago en bote. Se acordaba del espía de Maleagant. No se arriesgaría a que más personas notaran sus idas y venidas y descubrieran cualquier debilidad que pudiera ser utilizada en su contra.

El agua aún la atemorizaba, pero podía vivir con ese temor. Había cosas peores que ahogarse. Se había enfrentado a la Reina Oscura. La Dama del Lago tendría que esperar su turno.

La noticia de su regreso los precedió. Arturo la sacó del bote, luego subió al embarcadero y se paró a su lado. Una multitud se reunía en las calles, formando largas filas a lo largo de la interminable colina que conducía al castillo. Murmuraban y lloraban. Arturo levantó la mano de Ginebra.

—¡Nuestra reina está en casa!

La multitud aplaudió. Lancelot estaba detrás de ellos, en silencio. Arturo se giró hacia ella, señalándola con el brazo.

—Rescatada por su defensora: ¡la protectora de la reina y mi nuevo caballero, Sir Lancelot!

Esta vez la aclamación fue un poco más desordenada y menos decidida. Pero se acostumbrarían a ello, y después de todo, no era una decisión de su incumbencia. Lancelot, con la mano en el pomo de su espada, se dirigió con confianza al lado de Ginebra. Escudriñaba la calle como si esperara ver asesinos en el corazón de Camelot.

—¡Ginebra! —Brangien salió de la multitud y se abalanzó sobre ella. Se dieron un apretado abrazo.

—Me has encontrado —susurró Ginebra—. Gracias.

—Eres mi hermana. Siempre te encontraré. —Brangien retrocedió, protestando al ver las mangas ensangrentadas y rasgadas de Ginebra. Se quitó su propia capa, la puso sobre sus hombros y levantó la capucha—. ¿Dónde está Mordred?

—Más tarde —dijo Ginebra. Sabía que Brangien se sentiría culpable por haberle dado a Mordred la información que lo había ayudado. Pero la culpa era solo de Ginebra.

Juntos, comenzaron la larga caminata hacia el castillo. Arturo saludaba a la gente que vitoreaba, incluyendo a Dindrane, que lloraba sin disimulo, del brazo de Sir Bors. Pero Ginebra notaba la tensión en la sonrisa de Arturo, cuánto le costaba ser el pilar que todo lo sostenía. Ella apretó su brazo para soportar la carga con él. Había elegido Camelot.

Se desató una leve llovizna. Ginebra, primero, trató de cubrirse, pero luego inclinó la cabeza hacia atrás, y dejó que el agua le mojara la cara y lavara la sangre, el terror y el remordimiento. Era la primera vez que el agua tocaba su piel, según recordaba. Cada gota la nutría, reponía algo de lo que había perdido.

Se sintió más fuerte, más poderosa, más preparada.

Era Ginebra, reina de Camelot. Estaba en casa.

Lluvia en la cara, que lava y se lleva el sudor y la sangre y el sabor de ella.

Gotitas y más gotitas, que se juntan, caen, se derraman. Todas las cosas que el agua conoce corren por las calles de Camelot, por las zanjas, sobre las piedras, hacia abajo.

Hacia abajo, a través del lago abandonado. Del río al arroyo a un lago más antiguo, más frío. El más diminuto rastro perdura, pero es suficiente.

El agua se agita, toma forma. Una cara mira hacia arriba desde las profundidades, contraída por el anhelo y la furia de un ser infinito que nunca antes había perdido nada.

Sus labios se curvan al pronunciar una sola palabra.

Mía.

AGRADECIMIENTOS

Un agradecimiento especial a Sir Thomas Malory, T. H. White, Godofredo de Monmouth, y a una serie interminable de películas y programas de televisión, por sembrar las leyendas de Arturo en lo más profundo de mi cerebro.

Un agradecimiento especial a mi editora, Wendy Loggia, y a su asistente, Audrey Ingerson, por ayudarme a podar y dar forma a lo que estaba creciendo.

Un agradecimiento especial a mi agente, Michelle Wolfson, por ser capaz de vender las cosas salvajes que surgen de mi imaginación.

Un agradecimiento especial a mi marido, Noah, y a mis tres preciosos hijos, por mantener alegre y siempre verde el paisaje de mi vida.

Un agradecimiento especial a Regina Flath, por hacer magia con la realidad para la portada.

Un agradecimiento especial a Janet Fletcher y Colleen Fellingham, por asegurarse de que no crezcan malas hierbas bajo su vigilancia.

Un agradecimiento especial a Missio y *Bottom of the Deep Blue Sea*, por mantener mi cerebro irrigado y concentrado.

Un agradecimiento especial a todos en Delacorte Press y Random House Children's Books, especialmente a Beverly Horowitz, Barbara Marcus y a mi publicista Allison Judd, así como a los departamentos de marketing y publicidad, por ayudar a que mis libros encuentren nuevos lectores.

Un agradecimiento especial a Stephanie Perkins y a Natalie Whipple, que siempre trabajan a mi lado.

Y finalmente, un agradecimiento especial a las niñas y mujeres ignoradas en las historias y en la vida, que aún encuentran formas de crear magia y crecer en poder y verdad.

¿TE GUSTÓ ESTE LIBRO?

Escríbenos a

puck@edicionesurano.com

y cuéntanos tu opinión.

ESPAÑA  /MundoPuck /Puck_Ed /Puck.Ed

LATINOAMÉRICA /PuckLatam

/PuckEditorial

¡Gracias por vivir otra
#EXPERIENCIAPUCK!

 PUCK

ECOSISTEMA DIGITAL

NUESTRO PUNTO DE ENCUENTRO

www.edicionesurano.com

2 AMABOOK
Disfruta de tu rincón de lectura y accede a todas nuestras **novedades** en modo compra.
www.amabook.com

3 SUSCRIBOOKS
El límite lo pones tú, **lectura sin freno**, en modo suscripción.
www.suscribooks.com

DISFRUTA DE 1 MES DE LECTURA GRATIS

1 REDES SOCIALES:
Amplio abanico de redes para que **participes activamente**.

4 APPS Y DESCARGAS
Apps que te permitirán leer e **interactuar con otros lectores**.

 iOS